Teseu

SARA FIDÉLIS

SOMBRAS
DO PASSADO

Diretor-presidente:
Jorge Yunes
Gerente editorial:
Luiza Del Monaco
Editor:
Ricardo Lelis
Assistente editorial:
Júlia Tourinho
Suporte editorial:
Juliana Bojczuk
Estagiária:
Emily Macedo
Coordenação de arte:
Juliana Ida
Designer:
Valquíria Palma
Assistentes de arte:
Daniel Mascelani, Vitor Castrillo
Gerente de marketing:
Carolina Della Nina
Analistas de marketing:
Heila Lima, Flávio Lima
Estagiária de marketing:
Agatha Noronha

© Sara Fidélis, 2021
© Companhia Editora Nacional, 2021

Todos os direitos reservados. Nenhuma parte desta obra pode ser reproduzida ou transmitida por qualquer forma ou meio eletrônico, inclusive fotocópia, gravação ou sistema de armazenagem e recuperação de informação sem o prévio e expresso consentimento da editora.

1ª edição — São Paulo

Preparação de texto:
Iris Figueiredo
Revisão:
Laila Guilherme, Claudia Vilas Gomes
Diagramação:
Marcos Gubiotti
Capa:
Fernanda Mello
Imagem de capa:
istockphoto – LightFieldStudios

DADOS INTERNACIONAIS DE CATALOGAÇÃO NA PUBLICAÇÃO (CIP) DE ACORDO COM ISBD

F451t   Fidélis, Sara

Teseu / Sara Fidélis. - São Paulo, SP : Editora Nacional, 2021
376 p. ; 16cm x 23cm.

ISBN: 978-65-5881-072-8
ISBN: 978-65-5881-073-5 (Pré-venda)

1. Literatura brasileira. 2. Romance. I. Título.

CDD 869.89923
2021-3881   CDU 821.134.3(81)-31

Elaborado por Odilio Hilario Moreira Junior - CRB-8/9949

Índice para catálogo sistemático:
1. Literatura brasileira : Romance 869.89923
2. Literatura brasileira : Romance 821.134.3(81)-31

NACIONAL

Rua Gomes de Carvalho, 1306 - 11º andar - Vila Olímpia
São Paulo - SP - 04547-005 - Brasil - Tel.: (11) 2799-7799
editoranacional.com.br - atendimento@grupoibep.com.br

Notas iniciais

Aqui estamos nós, prontos para mais uma história juntos!

Vocês vão conhecer Teseu e Lívia, além de outros personagens que com certeza vão ganhar seus corações.

Preciso dizer que esta história pode conter alguns gatilhos. Não trabalho violência neste livro, mas trato de situações de abandono e de uso de drogas que podem ser pesadas para aqueles que vivenciaram momentos parecidos ou tiveram entes queridos na mesma situação.

Esta história nasceu no meu coração muitos anos atrás, quando conheci pessoas que não tinham moradia, ou que haviam perdido tudo por causa das drogas. Pessoas que careciam de um apoio e uma palavra amiga e que muitas vezes morriam por falta de empatia.

Sempre quis escrever algo que mostrasse como nossa visão é limitada, nossos preconceitos são fortes e que naquela pessoa, por quem não damos nada, pode haver a força de um guerreiro, capaz de vencer o mundo.

Espero que se apaixonem por este enredo lindo e que, ao final, sintam nos seus corações que tudo é possível, assim como eu acredito.

Um forte abraço,
Sara Fidélis

Prólogo

Levanto da cadeira, apressado, e recolho meus materiais. Jogo o lápis e as canetas dentro do bolso da bermuda que estou usando e pego o caderno.

Deixo a sala, doido para chegar em casa, mas meus amigos me alcançam logo na porta.

— Bora dar um peão? — João Vítor me dá um encontrão, enfatizando o convite.

— Hoje não, cara. Minha mãe tá esperando... — falo, dando a primeira desculpa que vem à cabeça.

Ele ri, porque foi mesmo uma péssima justificativa.

— Deixa de ser besta. Sua mãe nem vai perceber que você ainda não chegou; bora lá na pracinha com os caras.

O portão da escola está aberto, e saímos por ele em bando, como todos os dias depois da aula.

— Não é minha mãe — admito, encarando o mala do João Vítor —, tenho que fazer umas coisas em casa.

Aprendi tem um tempo que, quando falo a verdade, que vou estudar, viro alvo de zoação, então prefiro dar outras desculpas. Além disso, realmente não gosto de deixar minha mãe sozinha com o novo namorado.

— Vai fazer o quê? — Quem pergunta é outro dos moleques, o que chamamos de Pneu, porque ele roda a cidade toda. — O Marquinhos disse que conseguiu um lance pra gente. Mas temos que ir na pracinha.

— Dessa vez eu passo.

A verdade é que, apesar de fazer parte da turma e já ter fumado muita maconha com eles, ultimamente os meninos têm levado a coisa pra outro nível, e prefiro não ir além.

O exemplo que tenho em casa me mostra que essas merdas não levam a lugar algum e, se quero chegar aonde planejei, preciso de outro meio de transporte, diferente das viagens que me oferecem.

— Certeza que vai pra casa? O Marquinhos chamou umas meninas, acho que vai rolar um fervo brabo, mano — insiste João.

— Brabo sou eu, que vou jantar e dormir. Dá sossego, cara, já falei que não vou.

Despeço-me erguendo o dedo do meio para os três e viro a esquina, seguindo para casa, como o planejado.

Pulo duas poças de água suja e subo na calçada, desviando de uma bicicleta sem freio. O cara ainda grita me alertando, mas sou mais rápido e escapo por um triz. Continuo meu caminho cantarolando uma música, batucando com os dedos na capa do caderno.

Estou quase chegando em casa quando vejo minha mãe saindo pelo portão. Ela tranca o cadeado pelo lado de fora, sem perceber que estou perto.

— Manhê! — grito, tentando chamar sua atenção, mas ela está rindo de alguma coisa que o babaca do namorado dela falou e não me escuta. — Mãe, deixa destrancado! — tento outra vez.

Começo a correr para conseguir alcançá-la, mas os dois sobem em uma moto vermelha e desaparecem em segundos.

Merda. Estou suado e cansado quando chego diante do portão, o cadeado parece rir da minha cara, porque vou ter que pular o portão se quiser entrar.

Eu devia ter ido com os meninos...

Isso já aconteceu tantas vezes que tenho minhas manhas, os lugares certos para me apoiar e escalar o muro. Coloco a ponta do pé no buraco pequeno da parede cimentada e pego impulso, então ergo a outra perna e consigo me firmar no alto do muro.

De dentro da casa vizinha, dona Marieta me sonda, sentada no sofá enquanto assiste à televisão.

— Chegou, menino? Sua mãe te trancou de novo?

Abro um sorriso sem jeito, porque estou sempre pulando o muro. A velha poderia achar que quero bisbilhotar suas coisas se não soubesse como minha mãe é.

— Levou a chave de novo, mas logo ela volta.

A mulher balança a cabeça, e seus cabelos brancos sacodem junto, reprovando. Não sei bem se é comigo ou com minha mãe, mas prefiro não perguntar.

Pulo para dentro de casa e, por sorte, encontro a porta destrancada. Entro na sala e jogo o caderno em cima do sofá, bem irritado.

Meus tênis ficam no caminho para o quarto, e logo arranco as meias também — minha parte preferida de chegar em casa é me livrar das roupas.

Pego um short mais solto no amontoado de roupas ao lado da cama. Elas estão limpas, só não dobrei e não dá para esperar que minha mãe vá dobrar.

Visto a bermuda e volto para a sala, conferindo o relógio da cozinha no caminho. Já são seis horas, então decido que vou estudar um pouco e esperar minha mãe voltar para comermos juntos.

Abro o caderno e uma prova cai de dentro dele, exibindo o meu dez azul em matemática. Se minha mãe voltar sã, vai gostar de ver minha nota. Acertei todas as questões, mas não tenho muita esperança de mostrar para ela hoje. Talvez amanhã, antes de ir para a aula, consiga falar com ela.

Eu devia fazer comida pra gente, penso por um momento. Posso estudar depois disso. Minha mãe sempre volta da rua doida de fome e, se vier com o Tininho, é pior.

Desisto de estudar, deixo as minhas coisas no sofá e vou para a cozinha ver o que tem para fazer. No armário, encontro um restinho de arroz e coloco em cima da pia. Abro a geladeira e o congelador à procura de feijão, mas só tem gelo e mais gelo.

Encontro dois ovos na porta. *Tininho que se lasque comendo arroz puro, aquele folgado.*

Refogo o arroz do jeito que dona Marieta ensinou, com alho. Apesar de a vizinha ser um pé no saco às vezes, pelo menos me deu dicas de como me virar na cozinha, e com isso não passo fome.

Pego a água da torneira e jogo no arroz. Ouço o chiado quando ela atinge o fundo da panela e sinto o cheiro bom do tempero.

Tampo a panela e frito os ovos. Quando tudo fica pronto, desligo o fogão e volto para a sala, para finalmente estudar um pouco. Minha mãe sempre me disse para ir à escola, aprender, ser alguém na vida — alguém diferente dela — e dar a nós dois um futuro melhor. Como se pudesse ser muito pior...

Mas é o que eu quero, sair desse lugar ferrado, levar minha mãe para longe do Tininho e das cópias dele e das merdas que ela vive usando. Tenho certeza de que quando formos só nós dois, em outro lugar, ela vai melhorar.

Vai ficar mais em casa, feliz. Ela sempre diz que só usa essas paradas porque não tem nada de bom na vida, porque seus dias são tristes. Se a gente conseguir, se eu me formar e trabalhar bastante, vou comprar uma casa para nós dois em outro canto, um carrão importado... Ela vai ter muitos motivos pra ficar alegre e sem se drogar.

Fecho os olhos por um instante, imaginando tudo que quero fazer. Vou ser professor... Não, apesar de achar que ser professor é uma carreira muito digna, sei que paga mal e preciso de uma profissão que mude de fato a minha — ou melhor, a nossa — vida. Vou ser arquiteto ou um empresário fodão e aí vou comprar um Porsche ou uma Ferrari.

Um Legacy. Fechando os olhos, quase dá pra me ver dentro do avião, a minha mãe no banco ao lado, bonita, usando um daqueles vestidos caros. Ela está limpa, saudável, e nós dois cortamos o céu.

— Voltei! — A voz dela me alcança ao mesmo tempo que a porta da sala bate contra a parede, com um estrondo, me arrancando do sonho e trazendo de volta para a realidade.

— Que susto, mãe...

Ergo os olhos e a vejo entrar, seguida pelo Tininho.

— E aí, moleque?

Aceno com a cabeça, porque nem consigo disfarçar que não gosto dele.

— Fiz a janta, mãe.

Minha mãe se abaixa, os cabelos pretos caindo um pouco sobre o rosto, enquanto ela bagunça os meus com a mão.

— Você é foda, filhão. Tô numa fome que comeria as paredes! — exclama, gargalhando alto.

Pelo som estridente da sua risada, que faz minha coluna arrepiar, sei que está chapada.

— Fez pra mim também? — pergunta o babaca.

— Tem arroz pra você — respondo, abrindo um sorrisinho pra parecer educado.

Os dois seguem para a cozinha, rindo de alguma besteira que não dá para tentar entender.

Resolvo esperar que eles comam primeiro para depois comer, mas os dois apenas pegam o prato com os ovos e vão juntos para o quarto.

Droga.

Corro até a cozinha e vejo que deixaram só o arroz para trás. Abro a geladeira outra vez, só para ter certeza, mas não tem mesmo mais nada para fazer.

Devia ter saído com os caras...

Não consigo estudar nem comer e, pelo visto, vou dormir no sofá de novo.

A música vem pouco depois. O som alto com uma música eletrônica não ajuda em nada. Não consigo me concentrar, também não dá para ligar a televisão porque não vou conseguir ouvir.

Eu me deito no sofá e encaro o teto. As telhas colocadas sobre os pedaços de madeira que mantêm tudo no lugar estão com alguns buraquinhos, e, se chover, vai molhar tudo.

A música não me deixa pensar. Cubro a cabeça com uma almofada para abafar um pouco o barulho, e aos poucos o som se afasta e sinto o sono chegar.

Acho que dormi mesmo, porque de repente acordo com os gritos do Tininho e me sento, assustado. Ele deve estar batendo nela, já aconteceu antes.

Esfrego os olhos meio sonolento, tentando me localizar, e encontro Tininho parado em pé à minha frente.

— EU TÔ FALANDO PRA ACORDAR, PORRA!

— Que foi? — Olho para o lado, à procura da minha mãe, mas não a vejo. — Por que você tá gritando?

— A vagabunda da tua mãe, aquela doida! Ela tá muito esquisita lá na cama. Eu vou me mandar, moleque! Sabe que se os cana me acharem aqui, vai dar ruim.

— Os canas? — repito, tentando entender. — Que que aconteceu com a minha mãe? Você bateu nela? — Levanto, procurando com os olhos alguma coisa para jogar na cabeça dele.

Consigo ouvir o som do meu coração acelerado enquanto vejo Tininho me dar as costas e sair da sala. Corro aos tropeços para o quarto, gritando por ela, que, como sempre, não responde.

— Mãe? Manhê?

Abro a porta, o som ainda está nas alturas e parece que as paredes do quarto vão estourar. Ela está deitada sobre a cama, os olhos arregalados e uma gosma amarela escorrendo da boca.

— Mãe! Que foi? — Seguro os braços dela e tento fazer com que se sente, mas ela está muito pesada e não consigo erguer seu corpo.

Ela não se mexe.

Não pisca.

Não respira.

— MÃE! — grito outra vez, mas não tenho resposta. — Tininho, chama a ambulância!

Sinto o ar me faltar, meus olhos se enchem de água enquanto no fundo da minha mente registro o que está diante de mim, ainda que eu não aceite.

Um bolo de dor, pesado, se forma no meu estômago.

Deixo o quarto e volto correndo para a sala, mas o desgraçado não está mais aqui. Sumiu, como o bom filho da puta que sempre foi.

Corro para fora de casa, gritando pela minha vizinha no portão ao lado. Eu grito e choro tão alto que ela aparece na porta em menos de um minuto, os olhos arregalados pelo susto.

— O que foi, menino?

Dona Marieta olha para os lados, procurando a fonte do meu desespero.

— É minha mãe... Ela tá passando mal e não responde. Chama uma ambulância, dona Marieta.

— Ai, meu Deus do Céu!

A mulher corre para dentro da própria casa, e eu volto para a minha.

Chego ao quarto, desesperado para ver a minha mãe sentada na cama, mas ela nem se mexeu.

Fecho os olhos e faço o que nunca fiz: uma oração para que Deus cuide dela, para que tudo fique bem. Mas, no fundo do meu coração, sei que nada mais será como antes e que me enganei quando disse que as coisas não poderiam piorar.

Dói tanto que o ar que entra pelas minhas narinas e enche os meus pulmões parece queimar. Sinto como se algo dentro de mim, no meu peito, estivesse em chamas.

Enquanto peço a Deus por ela e choro, os minutos se passam sem que eu perceba. Pouco depois, ouço a sirene da ambulância, cada vez mais perto.

Levanto do chão, onde tinha me ajoelhado, e corro para abrir a porta para que os paramédicos entrem, indicando o caminho. *Tudo vai ficar bem. Eu orei e Deus atende as orações.*

Dona Marieta vem atrás e fica de pé ao meu lado, enquanto aguardamos que digam o que minha mãe tem. Vejo os dois homens se olharem e um deles balançar a cabeça.

O quê? O que ele quer dizer com isso?

O meu coração dispara.

— Você mora só com a sua mãe, garoto?

Um deles se abaixa à minha frente. Confirmo com a cabeça.

— Tudo bem, então. A senhora mora aqui ao lado?

— Moro, sou vizinha deles... — responde dona Marieta. Percebo que ela está a ponto de chorar.

Também não é pra tanto, ela e minha mãe nem são amigas, não precisa tanta preocupação só porque ela desmaiou... Ela desmaiou, reforço para mim mesmo.

— A senhora pode ficar com o menino? Vamos levar a mãe para o hospital e damos notícias. Mas...

Dona Marieta assente, e nós dois ficamos parados, assistindo enquanto colocam minha mãe em uma maca branca. Nenhum de nós está ansioso pelo que ele diria depois do "mas".

Os paramédicos levam a minha mãe embora. Tranco tudo e vou até a casa da vizinha, à espera de qualquer notícia que possam dar.

Assistimos a um pouco de televisão, mas fico encarando o telefone fixo num canto da sala, esperando ansioso que toque e traga boas notícias.

Só que, quando finalmente a melodia preenche a sala e dona Marieta atende a ligação, me arrependo de ter ficado tão ansioso. Eu preferia que ela não tivesse atendido ou que nem tivesse tocado.

Eu deveria ter saído com os caras... Teria feito alguma diferença?

1

Teseu

O vidro que me separa do motorista desce, e vejo Borges me encarar pelo retrovisor. O trânsito está caótico, mas, pelo cenário lá fora, estamos quase em casa.

— Estamos chegando, chefe. Pra onde devo ir?

Desvio os olhos dele para encarar a moça seminua sentada ao meu lado no banco da limusine.

Merda, não lembro o nome dela, mas também, depois de um voo de mais de dez horas, seria esperar muito que me lembrasse o nome da comissária de bordo que me deu as boas-vindas de volta a São Paulo.

— Vamos deixar a senhorita no hotel...

Deixo o nome do hotel em aberto, esperando que ela complete. Vejo quando ela ergue a sobrancelha bem desenhada e me encara, percebendo que nosso momento acaba de passar.

Provavelmente esperava que eu a convidasse para minha casa, mas isso nunca vai acontecer.

— No Clinton, por favor — responde, cobrindo os seios com a saia.

Borges aquiesce e sobe o vidro outra vez, dando privacidade para a moça se vestir. Não que ele estivesse olhando — decência é o sobrenome dele, do contrário nem trabalharia para mim.

Aproveito o momento para ajustar minha gravata e conferir meu reflexo no espelho.

— Então, Teseu... — diz ela, usando meu nome como se fosse um gemido sensual. — Seria demais esperar que me ligasse? — A moça veste a saia com agilidade, erguendo o quadril para subir a peça de roupa.

Abro um sorriso ao perceber que ela é mais esperta que a maioria. Encaro seus olhos azuis e os lábios grossos. Ela é um espetáculo, não seria nada mau, mas infelizmente as diretrizes que sigo em minha rotina são muito rígidas, firmadas por mim mesmo.

— Seria — respondo, me divertindo com o biquinho que ela faz em uma tentativa de sensualizar —, mas não me leve a mal. Não é nada pessoal, o sexo foi ótimo.

— Então? — insiste, querendo saber meus motivos, vestindo a camisa branca que abraça os seios com perfeição.

— Não tenho tempo — explico com sinceridade. — Quem sabe nos encontramos em outro voo no futuro? Como deve saber, trabalho muito e não posso me dedicar a você como merece.

E é isso. Não minto sobre minhas intenções, tempo realmente não é algo que eu tenha de sobra, e o que me resta, passo em casa com minha família.

Administrar um conglomerado de oitenta e sete lojas espalhadas pelo país não é tarefa fácil, e, se quiser — e eu quero — atingir a marca de cem lojas até o final do ano, com certeza preciso abdicar de relacionamentos e de lazer desnecessário.

No momento, preciso otimizar meu tempo para tudo, até para o sexo. Então por que não comer a aeromoça durante o voo e na volta para casa?

— Claro que eu sei. O CEO mais jovem do nosso país tem muitas responsabilidades — responde, abotoando a camisa até em cima e passando a mão pelos cabelos revoltos.

Aquiesço, sorrindo educadamente. Elogios também não funcionam comigo. O carro para em frente ao hotel, e percebo que ela ainda hesita por um instante.

— Foi um prazer te conhecer — digo, dando a deixa de que ela precisa para finalmente descer do carro.

— Se mudar de ideia... — A aeromoça coloca um cartão no banco ao meu lado e só então abre a porta para sair.

Faço um aceno afirmativo e pego o cartão.

— Claro, te ligo — respondo, enquanto assisto a Borges descer e retirar a mala dela.

Ela sorri, confiante, afinal o sexo no banco de trás do carro foi mesmo muito bom, mas no fundo nós dois sabemos que não vai se repetir.

Não é nada contra mulheres ou relacionamentos; não sou um homem que sofreu uma desilusão amorosa e por isso não quer se envolver. Não, as desilusões que sofri não são relacionadas a mulheres, mas às rasteiras da vida, que nunca me deu cartas boas para o jogo. Hoje sou apenas uma pessoa com objetivos profissionais bem definidos que sabe que não se pode ter tudo ao mesmo tempo.

Borges se distancia com o carro e me fita pelo retrovisor outra vez.

— E agora?

— Agora vamos pra casa.

Seguimos com o carro na direção de casa, e aproveito o momento para conferir e-mails e mensagens e me colocar a par de qualquer novidade, mas sempre desvio os olhos para as janelas, me situando da distância a que estamos. Consigo visualizar as ruas e percebo quando entramos no meu bairro.

Moro em um dos condomínios fechados mais caros de São Paulo, com meu avô e meu irmão, mas acabo passando menos tempo em casa do que gostaria. As calçadas arborizadas tornam as ruas mais escuras, e isso traz um aspecto mais reservado ao bairro, o que de fato ele é.

Borges não precisa parar na guarita — quando o vigia avista os faróis da limusine abre os portões imediatamente, e entramos.

O condomínio se estende por várias ruas e sobe uma colina até o topo, onde ficam as casas ainda mais reservadas, como as de celebridades, por exemplo. As mansões aqui são bem distantes umas das outras, oferecendo privacidade aos moradores, mas a minha é a última da rua, no pico da colina, o que é ainda melhor. Tenho meus motivos para me manter tão isolado.

Chegamos diante do portão branco de casa, e ele se abre. Borges entra com o carro para a garagem subterrânea e estaciona ao lado dos outros veículos. Abro a porta e pego minha pasta com os documentos, enquanto Borges se encarrega da minha mala.

— Deixa isso em qualquer lugar — falo pra ele —, vou subir. Obrigado e boa noite.

Deixo-o na garagem e abro a porta lateral que conduz ao quintal.

A lua brilha sobre a água da piscina, e posso ouvir o leve farfalhar das folhas das árvores. Está começando a esfriar.

Entro pela porta dos fundos e sigo pelos cômodos, procurando pelo meu avô.

As luzes da cozinha estão apagadas, assim como as da área gourmet, e a sala de jantar está totalmente organizada, o que indica que já comeram horas atrás.

— Vô?

Afrouxo um pouco a gravata apertada e sigo na direção da sala de televisão. Posso escutar alguns sons vindos de lá.

— Música com a letra P... — Ouço a voz do meu avô e abro um sorriso.

— Estão jogando *stop* de novo? — questiono, entrando na sala.

Ele e meu irmão param as canetas no ar e erguem os olhos ao ouvir minha voz.

— Teseu! Filho, você não disse que voltaria hoje — comenta o velho, contente.

— Quis fazer uma surpresa.

Caminho até ele e me inclino um pouco para dar um beijo em sua testa já enrugada.

— Estávamos com saudades, não é, Ares?

Meu irmão meneia a cabeça, se divertindo.

— De jeito nenhum. Estava ótimo aqui sem você.

— Babaca — respondo, ao mesmo tempo que ele se levanta para me abraçar.

Ares e eu somos um pouco parecidos, ambos temos os olhos castanhos e os cabelos escuros, embora eu seja um pouco mais alto e alguns anos mais velho. Ao contrário de mim, os traços do rosto dele mostram claramente sua herança asiática, assim como os de Hélio.

— Como foi em Nova York? — ele pergunta, voltando a se sentar e puxando uma cadeira para que eu me sente.

— Cansativo. Continuem o jogo de vocês, que vou subir e tomar um banho. Daqui a pouco desço e conversamos melhor.

Deixo a sala e, enquanto subo as escadas para o andar superior, onde fica meu quarto, ouço os sons indicativos de que retomaram o jogo de onde tinham parado.

Meu avô adora jogar *stop* desde que o conheço e obriga Ares a entrar no jogo no mínimo uma vez na semana. Eu consigo escapar com mais facilidade, mas de vez em quando me vejo no meio da brincadeira, sem chance de fuga. Ele também é um excelente contador de histórias, mas de um tempo pra cá parece ter desistido de encontrar um conto que nós ainda não tenhamos ouvido.

Essa é uma faceta que reservo apenas para os dois, meu lado mais humano, como um homem que ama a família e gosta, sempre que possível, de passar mais tempo com eles.

As pessoas de fora não conhecem essa versão, apenas a do Teseu implacável, que gere com punho de ferro a empresa, que não perdoa preguiça e desordem e leva as próprias regras muito a sério. Não sou desumano ou mal-educado, mas também não aceito corpo mole nem proximidade. Os dois são as únicas pessoas que me conhecem de verdade, que sabem quem eu sou e de onde vim.

Foi assim que construí o meu império — sendo reservado e metódico — e é assim que o mantenho: poucos amigos, zero intimidade, mas muitos aliados. Afinal, as pessoas não precisam gostar de você, mas precisam te respeitar. É isso que busco em meus parceiros de negócios: respeito mútuo, lucros vantajosos e progresso.

Tudo começou com a compra de uma loja de brinquedos, mas, depois de muito trabalho duro, eu a transformei em referência no nicho e abri mais oitenta e seis iguais a ela. Assim, carrinho a carrinho, boneca a boneca, transformei a Pic-Pega na maior rede do país quando se trata de brinquedos, e nossas sacolas brancas com a logo em vermelho e amarelo são o sonho de consumo de toda criança e de muitos adultos, assim como foi o meu sonho quando pequeno.

Já no quarto, retiro os sapatos e sinto meus pés se afundarem no tapete que se estende por todo o chão. As cortinas estão abertas e me permitem ver o brilho das luzes da cidade lá embaixo. Adoro a vista daqui, e foi um dos motivos principais por ter me apaixonado pela casa, porque do alto dessa janela me sinto no topo do mundo.

Retiro o paletó e a gravata e os jogo sobre a cama. Sigo para o banheiro, ligando o chuveiro e deixando a água cair, enquanto tiro o resto das roupas.

Já sem camisa, fito meu reflexo no espelho, notando a barba que está por fazer e as olheiras, que deixam claro o quão pouco dormi nos últimos dias. Não é como se eu tivesse tempo sobrando para gastar dormindo.

Entro debaixo do jato quente e deixo a água atingir minhas costas, relaxando meu corpo quase de imediato. Mesmo assim, meu cérebro não se desliga, e, enquanto ensaboo o corpo, começo a pensar no que ainda preciso fazer antes de me permitir cair na cama e dormir por algumas horas.

Preciso comer, não posso pular refeições — essa é uma das minhas próprias regras, que levo muito a sério. Não ignoro os horários de comer e não desperdiço alimentos.

Depois tenho que conversar um pouco com Ares e vovô e contar a eles sobre o projeto para a filial em Nova York, nossa primeira loja no exterior, e depois disso dormir um pouco.

Fecho o chuveiro e me enrolo na toalha branca. Deixo o banheiro com o corpo ainda pingando, de volta para o quarto.

Vou dormir até as cinco da manhã. Preciso acordar cedo e correr um pouco antes de ir para a empresa, e é o único horário que vou ter livre amanhã, porque, depois de quinze dias fora, as coisas na matriz devem estar precisando de uma atenção especial.

Visto uma calça de pijama e desço as escadas outra vez, voltando para a sala.

— Tomou um banho, filho? Senta aí — vovô instiga, provavelmente me querendo no *stop*.

— Vou pegar alguma coisa pra comer e já venho.

Ares indica o prato na ponta da mesa, saindo fumaça.

— De onde veio isso? — pergunto, me sentando na cadeira diante do prato.

— Esquentei pra você — responde, ainda rabiscando suas respostas na folha branca.

— Que amor de irmão! — brinco, e ele faz uma careta.

Mas é assim desde que estamos juntos. Somos uns pelos outros. Ares e o velho Hélio não trabalham efetivamente na empresa, ainda que tenham suas ações, mas participaram de cada etapa, desde a compra da primeira loja — e antes disso —, passando pelas primeiras filiais e todo o progresso.

Meu irmão preferiu trilhar o próprio caminho e, por mais que tenha me apoiado em tudo, decidiu cursar medicina, que sempre foi seu sonho e lhe dá os próprios rendimentos. Ainda assim, não tomo decisões sem consultar os meus dois maiores incentivadores.

— E então? Como foi lá? — pergunta, curioso.

— Ótimo. Eles estão interessados, e acho que vamos fechar o negócio e finalmente avançar para o exterior.

— Vai se mudar por um tempo? Até a loja começar a dar retorno? — Ares questiona, mas a verdade é que ele sabe minha resposta.

— Não. Vou mandar alguém; não posso me ausentar da matriz tanto tempo, e vocês sabem que tenho coisas a cuidar aqui, que não posso me afastar ainda.

Os dois aquiescem. Nós sabemos que meus objetivos não são simples, mas os dois me conhecem, sabem como comecei do zero e cheguei até aqui e não duvidam mais que eu consiga qualquer coisa que me disponha a fazer.

— Vai descansar amanhã? — meu avô pergunta.

Sei que é apenas preocupação. Ele sabe que estou cansado e também sabe que eu não descanso.

— Vou descansar quando morrer — respondo, abrindo um sorriso para os dois.

Lívia

Entro no refeitório cantarolando e sou recebida por vários rostinhos sorridentes. Cumprimento todas as crianças, uma a uma, com beijos estalados nos seus rostinhos.

Depois, sigo até nosso bufê — sim, chamo assim para causar um impacto mais positivo nos dias em que só nos resta mingau — e pego uma maçã da cesta.

A diretora está do outro lado, na última mesa, acompanhada das duas funcionárias que também trabalham aqui. Somos nós quatro, dezesseis crianças entre oito e quinze anos e um mundo injusto que acabou por colocá-las aqui.

Caminho até a mesa dos adultos e me sento entre Pietra e Laís, que encaram dona Beth enquanto ela conta alguma coisa às duas, gesticulando bastante.

— E eles já vêm amanhã, podem acreditar?

— Quem vem? — pergunto, tentando me informar das novidades.

— Hoje à tarde vão chegar duas crianças, um menino e uma garotinha, e acredita que já tem um casal esperando pela menina? Vão vir amanhã, querem conhecer.

— Hum, é novinha? — questiono, já imaginando a resposta.

As crianças com mais de seis anos dificilmente são adotadas, a maioria dos futuros pais estão aficionados pela ideia de ter um bebê em casa ou uma criança que não vá ter lembranças do passado. E eu entendo, juro que sim, mas não é muito justo com os maiores.

Uma dura realidade que aprendemos aqui: o mundo não é justo.

Nenhuma delas me responde de imediato, mas noto pelos olhares que tem algo errado.

— O que foi? Algum problema com a menina?

— Não, não... — Beth meneia a cabeça, dispensando meu comentário. — Só me assusto com a rapidez desse povo quando se trata de crianças pequenas assim. Ela tem um mês, Lívia.

Paro a maçã a caminho da boca, chocada. Faz tempo que não recebemos aqui um bebê tão novinho, e é, na verdade, bem natural que tenha alguém interessado, que tenha uma fila, até.

— Não vai ficar aqui por muitos dias, então — digo.

— Não — responde. Sua expressão deixa claro que ainda tem algo a dizer, mas ela hesita um instante, antes de assumir a verdade. — É bom que não tenham chegado muitos bebês. Nossa situação não está nada fácil, os doadores não estão ajudando muito, e bebês dão muito gasto.

Laís concorda, parecendo tão derrotada quanto Beth.

— Conseguimos leite para o mingau, mas o Dia das Crianças está chegando... Só espero que nenhum deles se lembre, porque não temos condições de comprar nada.

— Não se preocupem com isso, vamos dar um jeito. Sempre damos — respondo, voltando a comer e aproveitando para olhar no relógio. — Inclusive, tenho uma entrevista de emprego agora. Se tudo der certo, vou trabalhar por meio período e usar o dinheiro para ajudar aqui. Me desejem sorte!

As três abrem sorrisos sinceros, sei que estão torcendo por mim. Apesar de ajudar muito no dia a dia, no momento uma renda externa ajuda mais do que as minhas mãozinhas aqui pegando no batente.

— Vai dar tudo certo, menina, mas não acho justo trabalhar fora e colocar tudo aqui. — Beth remexe a própria comida, desanimada.

— Não tem nada mais justo. Eu fiquei aqui por anos, sendo sustentada por você e pelos doadores, não foi? Depois saí e voltei exatamente por isso, porque quero ajudar essas crianças, assim como me ajudaram um dia, e é o que vou fazer. Esse lugar é meu lar, Beth. Devo tudo a vocês. Se hoje me formei e posso conseguir um emprego melhor, foi porque me apoiaram, trabalharam dobrado pra que eu pudesse estudar... Nada é mais justo do que isso.

A diretora está com os olhos cheios de lágrimas. Beth já está velhinha e se lembra de quando cheguei aqui, tantos anos atrás, sem uma família, e fui acolhida por esse lugar, que se tornou especial para mim.

— E onde é a entrevista? — Pietra pergunta. Ela é um pouco mais velha do que eu e trabalha como voluntária no abrigo, meio período todos os dias.

Laís e eu trabalhamos em período integral e dormimos aqui. Na teoria, recebemos um salário, mas a verdade é que deixamos praticamente tudo aqui mesmo.

— Em uma firma de contabilidade, lá na Paulista — respondo, me levantando. — Acham que estou bem-vestida?

— Está linda, Lívia. A vaga é para administrar a firma?

— Ainda não, Pietra. Mas eu chego lá! Por enquanto, se der certo, vou trabalhar como assistente, mas vou ganhar experiência, e o salário não é muito ruim. Eu ligo pra contar assim que acabar, tá bom?

Pego minha bolsa, que deixei sobre a mesa, e arrumo o conjunto social que estou usando. É a mesma roupa que usei no dia da formatura e ficou guardada desde então, mas é o que tenho de mais sério e apresentável. Acho que passa uma boa imagem, me faz parecer mais velha.

Tenho vinte e quatro anos, não é como se fosse uma criança, mas muitas pessoas nesse ramo são mais conservadoras e podem me achar jovem demais.

Como em todas as vezes que preciso ir um pouco mais longe, pego o metrô, o modo mais econômico e rápido. Às vezes, preciso lidar com uma galera que esquece o desodorante. Isso pode prejudicar minha apresentação aromática na entrevista? Com certeza. Mas não tenho a menor condição de pegar um Uber com a grana que pode render um quilo de salsicha para as crianças.

Depois é só economizar para o pão e o molho, e *tcharan*: podemos ter cachorro-quente no fim de semana.

Desço na estação Consolação e sigo a pé, caminhando para o endereço que anotei no celular.

A rua está abarrotada de pessoas andando de um lado para o outro. Percebo o prédio alto antes de me dar conta do número. É esse.

Aproveito o vidro de um carro estacionado à minha frente para prender uma mecha dos cabelos claros que se soltou do coque rígido e passo um batom clarinho nos lábios. Abro um sorriso para a minha imagem e entro no prédio, torcendo para que hoje seja um dia bom.

2

Lívia

Eu tinha quatro anos quando cheguei ao abrigo; meu irmão, Otávio, tinha catorze.

Passamos por um período difícil antes disso e por outros tantos depois. Nossos pais morreram em um acidente de moto, pouco depois que eu nasci. Desde então, fomos criados por nossos avós maternos, mas, quando meu avô faleceu, minha avó não durou muito. Os dois eram apaixonados, e ela sentiu falta dele de tal forma que acabou não resistindo.

E então veio o conselho tutelar, que era tudo o que nos restava. Apesar de Otávio ser bem mais velho que eu, ainda não tinha dezoito anos, por isso fomos encaminhados para o mesmo abrigo. Lembro como se fosse ontem.

— Então vocês são Lívia e Otávio. É um prazer receber vocês aqui! — A diretora nos encarava com um sorriso imenso no rosto.

Nessa época, Beth era mais jovem, mas já tinha os cabelos grisalhos que ostenta bem branquinhos hoje em dia.

— É Lili — respondi baixinho.

— Lili? Prefere ser chamada assim, meu bem?

Confirmei com um gesto de cabeça, amedrontada com o lugar, as pessoas desconhecidas e com o que viria dali em diante.

Otávio apertou minha mão bem forte, e me senti mais calma. Ele sempre havia sido protetor comigo, mas, desde que anunciaram que nos mandariam para um abrigo, ele não saía mais do meu lado.

Meu irmão me olhou, transmitindo segurança em seus olhos azuis e gentis, iguais aos meus. Ele era um menino lindo, se parecia com um anjo e realmente agia como um.

— Muito bem. Vamos esperar um pouquinho mais e já levo os dois até seus quartos; temos um outro rapazinho chegando — disse Beth.

Ela saiu de trás de sua mesa e se colocou à nossa frente enquanto esperávamos, e realmente, poucos minutos depois, outro garoto passou pela porta, acompanhado de uma mulher que se vestia toda de preto.

— Bom dia, Beth — cumprimentou a mulher. — Esse é o Jonas, ele foi encaminhado para cá.

Entregando uma pasta preta nas mãos da diretora, ela se voltou para o garoto, que devia ter a idade de Otávio ou um pouco menos, e sorriu.

— Muito bem, Jonas. A Beth vai cuidar muito bem de você. Esse lugar é ótimo, e tenho certeza de que vai acabar gostando.

A cara dele não parecia das mais animadas e acho que também queria chorar, assim como eu, mas se manteve firme, apesar das lágrimas que enchiam seus olhos pretos.

A mulher deixou a sala, e ficamos a sós: a diretora e nós três.

— Bom, esse é o Jonas — informou, mas já sabíamos disso —, e Jonas, esses são a Lili e o irmão dela, Otávio.

Otávio cumprimentou o menino com um gesto de cabeça, enquanto eu apenas me escondi atrás dele.

— Vocês têm quase a mesma idade, então vão ficar no mesmo quarto. A Lili vai para um quarto com outras duas meninas.

— Ela não pode ficar comigo? — meu irmão insistiu, e senti ainda mais vontade de chorar.

— Separamos meninos e meninas por quartos, Otávio. Sei que você entende que não é bom para sua irmãzinha ficar no mesmo quarto que outros rapazes. Mas fiquem tranquilos, podem passar o tempo de vocês juntos e se separarem apenas na hora de dormir. Além disso, esse lugar não é tão grande. Vão estar sempre perto um do outro.

Otávio olhou para mim e então se abaixou à minha frente, apoiando as mãos nos joelhos para ficar da minha altura.

— Não se preocupe, Lili. Sempre vou cuidar de você.

E realmente cuidou. Desse dia em diante, Otávio e Jonas estavam sempre juntos, se tornaram melhores amigos, e eu os seguia por todo lado. Meu irmão não era o único que fazia o possível para cuidar de mim; Jonas também me protegia de todas as formas possíveis.

O abrigo se tornou meu lar, e com ele nossa família aumentou. Nós éramos inseparáveis, fazíamos tudo na companhia uns dos outros, incluindo nossos planos para o futuro, mas, em um dado momento, as coisas saíram do nosso controle e eu os perdi.

Agora, tantos anos depois, me vejo diante de duas crianças recém-chegadas ao abrigo e mais uma vez tenho que controlar as lágrimas para não chorar.

— Por que não me disse? — pergunto, encarando Beth no escritório a portas fechadas.

— Não encontrei um jeito de contar. Sabia que iria reagir assim.

Desvio os olhos dela para encarar as criancinhas. A bebê, tão pequenininha, segura o dedo do irmão com mais força do que qualquer um julgaria possível, mesmo no sono.

— Mas... são muito novinhos. Tem certeza de que não têm uma avó? Uma tia, talvez.

— Tenho, Lívia. São só os dois.

Fito a bebezinha adormecida no carrinho e o garotinho sentado no banco ao lado dela, quietinho. Ele nem mesmo chora e parece não entender que sua vida acaba de mudar de forma tão drástica.

— Quantos anos ele tem?

— Faz três daqui a dois meses.

Meus olhos se enchem um pouco mais. Os dois são bem mais novos do que eu era quando cheguei e já não foi fácil para mim.

— Em dois meses aquele casal que você disse já vai ter adotado a bebê e deixado ele aqui, sozinho. Isso não é certo. Vão separar os dois!

Beth suspira alto, mas seu olhar é resignado.

— Sei como isso é pessoal pra você, Lívia. Mas sabe que da sua época para cá as coisas mudaram. É quase impossível que um juiz conceda a guarda de apenas uma das crianças a eles, tendo outras opções melhores.

— E nem deveria. São crianças; se os pais não as quiserem de verdade, não vão ser uma família. Mas ainda pode acontecer, não pode? Deve ter como esperar um pouco mais. Talvez surjam outras pessoas que queiram os dois.

— Ainda não tem nada certo. O casal está na fila de adoção. São os próximos, mas ainda não foram devidamente analisados. Vão vir aqui só para conhecer a menininha, uma visita informal.

Bato o pé no chão, encarando as duas crianças à minha frente, tentando pensar em como ajudá-los para que fiquem juntos. Assim, ainda que não tenham a família mais amorosa do mundo, terão sempre um ao outro; separados, vão perder o único laço de sangue que possuem.

— Eu vou para a entrevista — aviso, de repente me dando conta da hora —, mas ainda vou pensar sobre o assunto. Não posso me atrasar.

— Não tem o que pensar, Lívia. A decisão não é nossa. — Ela me fita com ternura, mas então parece se dar conta do que eu disse. — Você não foi à entrevista ontem? Como não disse nada, presumi que não tivesse dado certo e nem quis perguntar.

— Acredita que o cara que ia me entrevistar tinha saído? Pediu para que eu voltasse hoje depois do almoço.

— Então vai.

Olho mais uma vez para as criancinhas, hesitando.

O garotinho tem uma chupeta na boca e me encara com os olhinhos verdes, curiosos. Ele tem os cabelos claros, como os do meu irmão.

— Ai, Beth... São tão fofos. Tem leite aí?

— Tem um pouco, mas a bebê vai precisar de fórmula. Vou comprar com o que ainda temos em caixa.

— Tá bom, na volta eu fico um pouco com eles.

Ela não me responde. Não deve achar uma boa ideia. Então pego minha bolsa e saio antes que decida me dizer isso.

Hoje o dia não está ensolarado. Na verdade está chovendo muito, e, no curto trajeto que faço até a estação de metrô, molho meu cabelo quase todo.

Aproveito o tempo para rearrumar o coque de um jeito que pareça aquele molhado natural — *Nossa, acabei de sair do banho!* —, e, com as mãos, seco o blazer e a saia. Por sorte a roupa é preta, o que facilita para não parecer tão úmida.

Quando deixo o metrô e saio para a rua, a chuva ainda não parou, mas ao menos diminuiu. Sigo a passos rápidos para o prédio, antes que fique encharcada ou perca o horário.

E é então que três coisas acontecem.

Se ontem o dia parecia bom, o de hoje foi criado para o caos absoluto, ou talvez sejam só coincidências absurdas, ou, ainda, meu azar decidiu que hoje é dia de reinar sobre a sorte e a calmaria.

Estou quase chegando na faixa de pedestres para atravessar quando um carro preto desses caríssimos passa na minha frente. O maldito espirra água para todos os lados, mas de alguma forma a água parece determinada a me usar de foco e cai toda em cima de mim.

Abro a boca, surpresa, e acabo engolindo parte da água tão limpa quanto a de esgoto. Minhas roupas estão completamente arruinadas.

Estou ensopada, suja e desgrenhada, mas não adiantou absolutamente nada para o carrão, porque o semáforo fechou e o maldito Porsche teve que parar.

Caminho alguns passos até estar no meio da rua e começo a gritar com ele, esperando que me ouça. Não que seja uma atitude muito madura, mas estou irritada, e o dia já começou muito mal desde que abri os olhos.

— Seu idiota, olha o que fez! Jogou água em mim, cretino! Só presta atenção no próprio umbigo? Babaca!

O sinal abre, e, temendo ser atropelada, corro para o outro lado da rua, mas mal piso na calçada e consigo a proeza de enfiar o salto em um buraco, quebrando-o em meio à avenida Paulista.

Inferno! Como eu vou para a entrevista assim? Sem sapato e molhada da cabeça aos pés?

Puxo o sapato, tentando me soltar do buraco, mas o maldito não sai. Tento uma, duas e na terceira tentativa consigo me soltar, mas me desequilibro e... adivinhem? Caio em cima de uma garota, que carrega nada menos que um copo de café na mão.

A água ainda podia passar, mas como vou me livrar da mancha de café?

— Ah, nossa! — a menina grita.

Faço um gesto indicando que não precisa se desculpar, mas ela franze o cenho e me olha irritada. Enquanto isso, tento desgrudar a blusa do corpo, evitando me queimar por muito pouco.

— Você derrubou todo o meu café! — Emburrada, ela me dá as costas e volta pelo caminho por onde veio, antes que eu me ofereça para pagar pelo café.

Graças a Deus, porque eu não tinha como pagar se ela aceitasse.

E então, descabelada, suja, molhada, cheirando a café e com um pé de sapato na mão, me vejo diante de um impasse. Ir à entrevista e com certeza perder a vaga ou tentar remarcar?

É então que percebo onde estou: diante da Pic-Pega, a matriz da rede de lojas de brinquedos e, não só isso, um dos lugares que mais amo no mundo.

Choramingando, atravesso as portas duplas, altas, e sinto imediatamente meu corpo ser envolvido pelo calor do ambiente. É tão lindo, tão aconchegante e nostálgico, que quase choro de verdade ao pisar dentro da loja.

Uma vendedora caminha na minha direção, mas acho que desiste ao constatar meu estado, então tiro o outro sapato, porque fico melhor descalça do que mancando em cima de um sapato só, e caminho por entre as prateleiras intermináveis de brinquedos.

Ah, esse lugar é mágico. Amo caminhar por entre os corredores desde que eu era criança e não podia comprar nada. Não que essa parte tenha mudado, ainda não posso comprar. A matriz da Pic-Pega tem um significado tão forte para mim que a loja já é tão minha quanto do dono — ele só não sabe disso.

Dentro da bolsa, alcanço meu celular e digito o número da firma para qual estava indo antes do desastre total.

— Oi — cumprimento assim que atendem —, aqui é a Lívia. Eu tenho uma entrevista marcada com vocês em... — Olho o relógio fixado na parede da loja. — Quinze minutos, mas aconteceram alguns imprevistos, com a chuva e tudo. Será que existe a possibilidade de remarcar?

Ouço por alguns instantes a secretária discursar sobre como minha presença é imprescindível caso queira o emprego e que na próxima semana a vaga já terá sido preenchida.

Depois disso não escuto mais muita coisa, porque diante de mim está ele: Teseu Demetriou, o homem mais incrível dessa cidade, talvez do país.

É claro que o reconheço de imediato, não apenas pela presença física, porque o homem é um tremendo gato, o pecado ambulante, mas porque é o dono da Pic-Pega e o mais jovem CEO do Brasil, ao menos de acordo com a última entrevista dele que vi. Acompanhei até o final, por mais de uma hora, apenas pela trama, claro.

Lógico que não teria melhor dia para encontrá-lo e causar uma boa impressão no dono da loja que eu mais amo no mundo.

— Por que isso está exposto aqui? — Ele não está falando comigo, na verdade nem me notou ainda, o que é um feito e tanto considerando que pareço uma doida que invadiu a loja com intenções nada dignas.

— Eu... não sei, senhor — gagueja a pobre vendedora. — Onde deveríamos colocar?

— Em algum lugar que dê mais destaque. Conferi as vendas ontem mesmo e não vi saída, sendo que uns anos atrás era nosso produto mais vendido.

Fito a prateleira à qual ele se refere e me deparo com bonecas enormes, aquelas que são feitas para se parecerem com crianças em tamanho real e que um dia já foram meu sonho de consumo, caríssimas e totalmente fora do meu alcance. O problema é que elas não fazem nada. Não falam, não cantam nem andam. Os brinquedos modernos têm milhares de funções, o que acaba atraindo mais. Deixar as bonecas escondidas também não ajuda.

— *Senhorita Lívia?* — a mulher chama ao telefone. — *Se não estiver aqui em quinze minutos, não precisa vir.*

Ouço o som do telefone sendo desligado na minha cara e suspiro olhando para a rua. A chuva voltou a cair forte, e se eu sair agora vou chegar lá pingando. Não tenho a menor chance.

— As meninas não querem mais, senhor Demetriou. As bonecas não fazem nada... — a vendedora tenta explicar.

Fito o perfil magnífico do homem e o analiso por um instante.

Já perdi mesmo a entrevista, posso me dar ao luxo de secar o bonitão para melhorar meu dia. Nunca o tinha visto assim, ao vivo e em cores, e a realidade parece mais impactante que a versão das câmeras.

Os cabelos escuros são bem aparados na altura da nuca, mas os fios são mais longos em cima. A barba está crescendo e molda o queixo, deixando seu rosto mais sério. Não posso ver seus olhos, mas já os vi na televisão algumas vezes e sei que são escuros.

Ele está usando um terno perfeitamente alinhado ao corpo. E que corpo! Seus ombros fortes parecem a ponto de rasgar o tecido do paletó, e a calça... *meu pai amado, que calça é essa?*

Volto os olhos para cima, determinada a ver os olhos dele, e me deparo com as duas jabuticabas fixas em mim, me encarando com curiosidade.

— Você está bem? — ele pergunta, olhando para os meus pés descalços.

— Ah... sim — respondo, lutando para não gaguejar. — Tive uns probleminhas na rua, com a chuva.

Nunca me senti tão envergonhada na vida.

— Probleminhas? É um eufemismo.

— Hum, acho que sim — concordo.

A vendedora aproveita a distração para fugir, e me sinto incomodada com a forma como ele me encara. Não é com desejo — longe disso, seria muito melhor que fosse —, mas como se eu fosse realmente a doida que invadiu a loja.

— Eu não sou louca — me apresso a explicar e vejo sua sobrancelha se erguer, esperando.

— Não disse que era.

— Eu estava indo para uma entrevista de emprego, e, quando fui atravessar a rua, um babaca passou com um Porsche por mim, acredita?

Ele agora tem o cenho franzido.

— Não sei por quê, mas acredito.

— Pois é, passou em uma poça d'água e me molhou toda.

O homem apenas assente, sério, ainda me olhando de um jeito que deveria ser proibido.

Por que tão lindo enquanto eu pareço o monstro de uma mansão mal-assombrada?

— Imagino que tenha arrancado os sapatos para jogar nele...

— Não! Claro que não. Corri para a calçada, e meu salto se prendeu, quebrou e caí em cima de uma moça.

— Não parece ser seu dia de sorte.

— Como pode ver pelo estado da minha roupa, a garota estava com café nas mãos — concluo.

Não sei por que estou contando tudo assim, ele sequer parece interessado em ouvir, mas sinto que devo uma explicação antes que me expulse daqui e me proíba de voltar.

— Sinto muito — Teseu responde e então se vira outra vez para a prateleira, me ignorando.

Ele parece procurar a vendedora com os olhos, mas não a encontra por perto.

Por algum motivo o homem continua ali, fitando as bonecas, pensativo. Parece que se importa mesmo com o fato de não venderem mais tão bem.

— Sabe, quando era criança, eu amava essa boneca...

Ele me olha de esguelha, mas não responde nada, como se perguntasse o que ainda estou fazendo aqui.

— As garotas adoravam saber que podiam ter uma amiga do seu tamanho em casa. Vocês fazem comerciais na televisão, não é?

Dessa vez ele ao menos balança a cabeça, concordando.

— Então, deveriam incluir os brinquedos antigos em uma campanha, mostrar como são divertidos. Tenho certeza de que vão voltar a vender. Talvez possam falar sobre o poder da imaginação das crianças para criar cenários incríveis e histórias fascinantes, e isso pode estimular os pais a comprar. Pais gostam que os filhos se desenvolvam, mas os brinquedos novos entregam tudo de mão beijada.

Isso chama a atenção dele, que pousa aqueles olhos incríveis sobre mim outra vez, e vou dizer... se eu já não tivesse um amor eterno, me apaixonava agorinha.

— Você já trabalhou com brinquedos?

— Não — respondo, dando de ombros.

— Como entende tanto sobre eles?

— Eu adoro brinquedos e, além disso, lido com crianças todos os dias.

— É professora, então?

— De certa forma, mas sou formada em administração de empresas. Tinha uma entrevista até... você sabe. — Aponto para as roupas outra vez.

— Eu tenho uma vaga temporária — diz ele de supetão. — Cheguei de viagem e encontrei isso aqui de ponta-cabeça, e minha assistente entrou de licença sem que os idiotas arrumassem alguém pra ficar no lugar dela. Mas é só por um mês.

— Está me oferecendo trabalho? — pergunto, arregalando os olhos.

Como assim, gente? Contratam as pessoas agora sem nem perguntar o nome?

— Bom, eu preciso de alguém com urgência, suas ideias foram boas e, se você está dizendo a verdade sobre a faculdade, tem as qualificações necessárias. Além disso, é só um mês. Acho que não dá pra bagunçar tanta coisa nesse prazo.

— É, mas... Eu estou descalça, você não me entrevistou, e isso parece um milagre. Por que você daria um emprego a alguém completamente encharcada e suja?

— Porque fui eu que te deixei assim e gosto de fazer milagres.

— O quê?

Esse homem pode ser lindo e milionário, mas não parece bater muito bem da cabeça.

— Prazer — ele coloca as mãos nos bolsos da calça e quase sorri —, sou Teseu Demetriou, CEO da Pic-Pega e proprietário de um Porsche preto nas horas vagas.

3

Teseu

Desde que cheguei ao escritório de manhã, percebi que teria uma semana agitada e cheia, com o trabalho acumulado e todas as decisões que não foram tomadas na minha ausência.

Mas ao menos uma pendência eu havia resolvido quando voltei do almoço. Desviando os olhos para o relógio, percebo que já são quase três horas.

— Avise no RH que encontrei uma pessoa para substituir a Helena durante a licença; ela deve trazer os documentos mais tarde ou amanhã cedo e já começar.

A vendedora, que no momento está fazendo as vezes de secretária porque não tiveram a capacidade de me arrumar uma pessoa para o trabalho, me encara com os olhos muito abertos.

— O senhor contratou a moça que estava lá embaixo?

Dou uma olhada nos papéis sobre a minha mesa e apenas faço um gesto com a mão, dispensando-a. Não gosto de intromissões.

— Senhor Demetriou — insiste ela —, sabe que ela não é nenhuma sem-teto, não sabe? Eu... derrubei café na roupa dela na entrada da loja e acho que quebrou o sapato um pouco antes, por isso estava andando descalça.

Sua narrativa finalmente atrai minha atenção quando percebo que aqui na sala estão os dois responsáveis pela situação um tanto estranha em que a moça se encontrava.

— Por que está me dizendo que ela não é sem-teto? Algo do que disse sugeriu que era o que eu pensava?

Ela coloca uma mecha dos cabelos escuros atrás da orelha, sem jeito.

— Não, me desculpe — responde. — É que, geralmente, quando o senhor faz essas contratações repentinas costuma ser por caridade.

Meu semblante se fecha automaticamente. Não por saberem de minhas tendências filantrópicas, isso não é algo que mantenho em segredo, mas pela sugestão de que essas pessoas não foram dignas do trabalho.

— Senhorita... se eu contrato alguém, pode estar certa de que essa pessoa é qualificada para o trabalho. Eu agradeceria se não deduzisse o contrário, com base apenas na situação financeira dos meus funcionários. Não contratei a moça porque ela estava suja ou descalça. Que ideia sem sentido!

A garota, cujo nome infelizmente não lembro, tem a decência de ficar corada e abaixar a cabeça. Não gosto de ser rude, mas também não aprecio quando tentam opinar sobre temas que não estão abertos à discussão.

— Me desculpe, interpretei mal — murmura ela, compreendendo minha irritação.

— Está tudo bem, só faça o que eu pedi, por favor.

Ela aquiesce e sai da sala. Fico sozinho e me distraio com os meus pensamentos a respeito do que acaba de acontecer.

A verdade é que nem sei bem por que contratei a menina. Tudo bem que é uma vaga temporária e que precisava mesmo de alguém para ficar no lugar e liberar a vendedora de volta à sua função. Mas não foi só por isso.

Ela me impressionou com as ideias sobre as bonecas, talvez porque os brinquedos antigos tenham um valor especial para mim e, claro, também me senti responsável por fazê-la perder a entrevista.

Não joguei água nela de propósito, mas escutei muito bem o quanto ela me xingou no meio da rua. A verdade é que estava com pressa e desatento, uma combinação que não funciona no trânsito.

Mas admito, contrariado, que me decidi pelo conjunto. A situação precária dos sapatos dela e das roupas deixou muito claro que, apesar de não ser, como minha funcionária tão sensivelmente alegou, uma moradora de rua, também não se tratava de alguém cheio de privilégios, o que sempre acaba com meus impasses.

Não menti quando disse que não contrato pessoas sem qualificações por caridade — não faço isso. Mas, se a pessoa estiver com necessidades financeiras e puder fazer o trabalho, sempre acabo dando uma chance se perceber que realmente precisa. Mas costumo perguntar ao menos o nome da pessoa antes.

Vejo isso como um objetivo de vida, e é por isso que também ajudo instituições de caridade de todos os tipos. Essa é minha maneira de agradecer por tudo que alcancei e dar aos outros a oportunidade de também atingirem seus objetivos, assim como fui ajudado em meu próprio caminho até aqui.

O telefone começa a tocar na mesa da secretária. Tento voltar a me concentrar no trabalho, mas o barulho começa a me incomodar e não parece que alguém vá atender.

Levanto, um pouco contrariado, interrompendo meu raciocínio, e abro a porta, confirmando minhas suspeitas de que não tem ninguém por perto. Como posso estar sem secretária em plena segunda-feira?

— Alô? — atendo, hesitante.

— Teseu? — É a voz do meu irmão do outro lado. — *Por que está atendendo o telefone?*

— E por que você não ligou para o meu celular?

— *Ah, ia só deixar um recado. Estão ligando aqui em casa, parece que você tem uma entrevista ao vivo hoje, em um canal de televisão, mas não conseguem falar com sua assistente para confirmar.*

— Porque ela saiu de licença, e os incompetentes não colocaram ninguém no lugar enquanto estive fora. Por isso estou atendendo o telefone, Ares.

Ouço quando o idiota começa a rir do outro lado, achando graça do meu estresse.

— *Então... Já que a função é sua hoje, dá uma olhada aí na agenda dela onde deve estar tudo anotado. Qualquer coisa, liga para eles e remarca.*

— Não sabe que não se remarca nada, Ares? Só se estiver morrendo, nada de...

— *Procrastinar, eu sei, conheço seu lema. Por falar nisso, vai chegar tarde? Porque procrastinei demais nos meus atendimentos e estava decidido a dar um plantão hoje à noite, mas não quero deixar o Hélio sozinho.*

— Não, eu vou pra entrevista e depois direto pra casa.

— *Se quiser, posso chamar alguém pra ficar aqui com ele.*

— Sabe que prefiro não ter gente de fora aí além do necessário.

— *Então tá, irmão. Você decide, mas posso chamar a Renata ou a Andrezza* — sugere, referindo-se às duas únicas responsáveis pela limpeza da mansão.

— Não. Elas já ficam aí várias vezes na semana, durante o dia.

— *Mas...*

— Acho, inclusive, que já está na hora de encerrarmos os contratos.
— Teseu! *Elas fazem o trabalho muito bem.*
Não posso discordar disso.
— Realmente fazem, mas a Renata andou mexendo na minha mesa do escritório esses dias, não sei se estava xeretando.
— *Deixa de ser paranoico, ela estava limpando a mesa, não vai demitir a coitada por causa disso.*
Suspiro fundo, pensando. Talvez seja mesmo paranoia.
— Então pede pro vovô avisar que não quero mais que limpem o escritório.
Encerro a ligação e começo a remexer a agenda em cima da mesa. Tudo bem que a Helena saiu de licença, mas a substituta não está fazendo o melhor dos trabalhos; ela nem mesmo me informou dos compromissos do dia.
Droga. Encontro a marcação sobre a entrevista de hoje à noite e a nota embaixo que diz que a pauta foi enviada para o meu e-mail. Dou graças a Deus por Helena ser eficiente e torço para que volte logo.
Retorno para minha sala e abro o e-mail, encontrando logo o que procuro. Leio superficialmente os tópicos e percebo que dessa vez a entrevista será mais focada na minha vida pessoal; claro, afinal é o que os mantém curiosos sobre mim.
Vai ser ao vivo, então preciso ficar atento contra qualquer tipo de pergunta mal-intencionada, mas minha história está pronta e já foi repetida tantas vezes que já sei de cor.
Disco o número do meu motorista antes de me levantar para deixar a loja.
— Borges, vou passar em casa para deixar o carro e me arrumar. Me pega às seis?

Lívia

— Mas o que, em nome de Deus, aconteceu com você? — Pietra pergunta, me olhando de cima a baixo.
— Se eu começar a contar, promete que não vai rir?
Laís aparece atrás dela, trazendo duas das nossas crianças pelas mãos. Ao me ver, já apresenta a sombra de um sorrisinho sutil.

— Vão rir de qualquer forma, né? — Eu me dou por vencida.

Fecho a porta que dá para a rua e me viro para encarar a humilhação.

— Tomei chuva, até aí tudo lindo. Mas um babaca passou em uma poça d'água e me molhou todinha, e eu xinguei ele no meio da rua, com risco de ser atropelada. Então corri para a calçada, enfiei o salto num buraco, e ele quebrou, me desequilibrei e caí em cima de uma garota que derrubou café em mim. É mole? Mais um dia feliz na minha vida de herdeira de um império.

A essa altura as duas já passaram por todos os estágios. O de negação, balançando a cabeça sem acreditar em tanto azar; depois veio o luto, quando recebi seus olhares de pena e sofrimento; e, por último, a superação, o estágio em que é liberado rir da pobre coitada — vulgo eu — abertamente.

— Acho que devia tomar um banho antes de encontrar a Beth. A coitadinha estava toda esperançosa de que você ia conseguir um emprego e tal — Laís conta num sussurro.

— E quem disse que eu não consegui? — Tento fazer uma cena, jogando os meus cabelos, que já se soltaram do coque, para trás. Mas estão ensopados de chuva e não dão o efeito desejado. — Precisam ter um pouco mais de fé em mim, reles mortais.

As duas se entreolham, tentando entender se é para comemorar ou não.

— Então você conseguiu?

— Nem cheguei à entrevista que planejava, mas lembram que disse que um babaca me jogou água? Acontece que ele não foi tão babaca assim no final das contas e acabou me contratando.

Prefiro manter só para mim que a proposta é de apenas um mês, mesmo porque o senhor Teseu Demetriou não sabe com quem está lidando. Vou ser a melhor funcionária que ele já teve na vida e nem em sonho vai querer me dispensar.

— E como é que foi isso? Conta essa história direito! — Laís parece tão curiosa quanto Pietra.

Mas, por duvidarem de mim, merecem mais uns minutos de suspense.

— Vou tomar banho, porque quero ver os bebezinhos que chegaram, mas quando sair eu conto tudo em detalhes, tá? Vou aproveitar pra falar com a minha irmã.

Deixo as duas na sala de entrada e sigo para o quarto que divido com Laís. Separo minha roupa limpa para vestir depois do banho e disco o número da Bruna, colocando no viva voz.

— E aí, sumida? — ela atende no segundo toque. — *Como vão as coisas?*
— Tudo bem, Bru. E com você? Como vai o Marcos?
— *Ah, vai bem. Trabalhando muito, como sempre, mas ao menos no fim de semana tenho ele só pra mim.*

Acabo rindo ao ouvir como ela fala do namorado. Os dois foram morar juntos há alguns anos, exatamente quando decidi voltar para o abrigo.

Nossos pais adotivos não eram boas pessoas, mas, por piores que fossem, nos deram um teto e comida. Mais do que isso, nos deram uma à outra e ficamos amigas assim que nos conhecemos e, depois, nos tornamos irmãs.

E mesmo que hoje tanto Bruna quanto eu evitemos até falar deles, nós duas sempre nos apoiamos, ainda que à distância.

— Consegui um emprego hoje — conto, voltando a me animar com a novidade. — Se adivinhar onde é, te dou um beijo.

— E eu quero beijo seu? — brinca, dando risada.

— Não tô podendo pagar mais nada no momento, mas anda... Chuta aí.

— *Você ia fazer uma entrevista em uma firma de contabilidade, então...*

— Não! Próximo chute. Só tem mais uma chance, vou te dar uma dica. É um dos meus lugares preferidos da cidade. Do mundo!

Bruna fica quieta por um momento e então solta um grito. Começo a rir ao perceber que ela já entendeu.

— *Tá brincando? Vai trabalhar na Pic-Pega? Ahhh, não acredito! É o destino, Lívia, já pensou se o Jonas te encontra por lá? Você trabalhando, aí vai atender um bonitão, e é ele?*

Imaginei isso no mínimo dez vezes desde que o senhor Teseu me ofereceu o emprego.

— Eu voltava lá... quase toda semana. Nunca encontrei ninguém que sequer se parecesse com ele, mas agora, trabalhando lá todos os dias, pode acontecer, não acha? — Paro por um momento, pensando nessa pequena chance. — Eu sei que parece bobo acreditar que um dia ele vá cruzar aquela porta e perguntar por mim. Não sei nem se Jonas está vivo, Bru. Mas não vou desistir sem tentar. Enquanto eu puder manter o emprego, vou esperar por ele.

— *Não é bobo, Lívia. Do mesmo jeito que quer reencontrar Jonas, ele também deve pensar em você. Uma hora ele vai aparecer, e agora as chances de vocês se encontrarem são maiores. E é lógico que ele está vivo. A Beth não disse que um rapaz te procurou antes de você voltar a morar aí?*

Essa é Bruna, sempre me apoiando nas minhas maluquices.
— Disse, mas também falou que não era o Jonas.
— Com certeza era alguém que foi por causa dele, tenho certeza, mas...
E é nessa hora que ela me lembra da realidade.
— Você era uma menina, com uma paixonite pelo melhor amigo do irmão. Tenho certeza de que ele também te procura, mas, talvez, você sabe... Ele pode ter se casado, ou não via você dessa forma.
— Eu sei... Sei que é bobo sonhar com um cara que conheci quando criança e que me tinha como uma irmã. Mas, enquanto eu não souber, vou manter meu conto de fadas vivo.
Bruna ri outra vez, mas agora ouço o som abafado que me diz que ela está mastigando alguma coisa.
— Tá bom — fala finalmente. Você precisa manter o trabalho. Seja a melhor funcionária daquele lugar, Lívia!
— Lógico que vou ser. Vou estudar até os gostos do chefe, preparar o melhor café, ser pontual e antecipar tudo que ele sequer pensar.
— Pode começar já, já... Ele vai participar do programa da Geo Medeiros hoje, às oito.
— Sério? Vou desligar, então, tomar um banho e assistir ao bonitão.
— Bonitão, é? E o Jonas?
É a minha vez de rir.
— Sou fiel ao meu sonho, irmã, mas não sou cega.
Encerro a ligação e tomo um banho rápido, porque já são sete horas e ainda quero ver as crianças antes de tirar um tempo para acompanhar a tal entrevista.
As crianças estão reunidas na sala de televisão, assistindo ao desenho animado com as monitoras e dona Beth, então, quando chego, entro pé ante pé para não atrapalhar e, com os olhos, procuro pelo garotinho novo.
Encontro-o sentadinho ao lado da Laís, mas a bebezinha não está por perto. Já deve estar dormindo.
Eu me abaixo para passar diante da televisão e me sento ao lado dele. O menininho desvia os olhinhos verdes para me encarar, e abro um sorriso para ele.
— Oi, lindinho. Tudo bem?
Vejo-o balançar a cabeça para cima e para baixo.
— Qual é seu nome?
O anjinho tira a chupeta da boca para me responder. *Aiiii, tão fofo.*

— Davi — responde, a voz fininha ainda de bebê, mas a pronúncia sai direitinho, provavelmente por ser uma palavra curta e fácil.

— Que nome lindo, meu amor! Quer vir no colo da tia?

Ele concorda com a cabeça e passa as perninhas gordinhas por cima das minhas, engatinhando para o meu colo.

— Onde está sua irmãzinha?

— Nenê tá *mimindo*.

— Ela é um nenê? — pergunto, achando graça porque ele mesmo é muito pequeno. — E você não é?

— Não. Davi é *gandi*.

— Claro que é.

Abraço o pequenininho bem apertado e fico quieta, antes que as outras crianças reclamem da falação. Passamos o resto do filme assim e, antes mesmo de terminar, Davi já está dormindo.

Levanto com ele no colo e o levo para o berçário. Isso me faz lembrar de Otávio e de mim mesma. Infelizmente, não podíamos dormir no mesmo quarto pela diferença de idade.

Pelo menos Davi e a irmãzinha podem ficar juntos, ao menos até ele fazer três anos. Por outro lado, eu tinha Otávio e Jonas comigo, me protegendo, e esses dois não têm ninguém, nenhum deles tem idade suficiente para se proteger.

Coloco Davi deitado no berço e puxo o cobertor sobre ele, depois caminho até onde está a bebê e leio a plaquinha ao lado do berço: Martina. Sorrio ao ler o nome lindo que ela recebeu.

A menina está deitadinha de barriga para cima, e o peito sobe e desce com a respiração compassada. Ela ainda não sabe virar para cima ou para baixo, então permanece no meio do berço, imenso para um bebê tão pequeno.

Ouço os passos no corredor e me viro a tempo de ver Pietra cruzando a porta.

— Oi — sussurra.

— Oi, você vai passar a noite aqui? — pergunto.

Como estive fora boa parte do dia, não sei qual o cronograma que montaram, e, com bebês aqui, alguém precisa dormir no quarto com eles todas as noites.

— Vou. Já liguei em casa e avisei, mas... — Ela faz um gesto com a mão me chamando para o corredor.

Sigo-a para fora na ponta dos pés, morta de medo de acordar Martina. Bebês nessa idade acordam muito à noite.

— O que foi?

— Tô preocupada. Se os dois ficarem aqui, vamos precisar de mais ajuda. Não posso dormir aqui sempre, e você e Laís não podem passar todas as noites em função dos dois.

Abro um sorriso sincero.

— Claro que podemos. Nós daremos um jeito, Pietra. É isso que fazemos. Inclusive, você já faz muito em ajudar como voluntária. Pode ir pra casa que eu fico com os dois essa noite.

— Você também não ganha quase nada, Lívia. A verdade é que não fazemos isso por nós...

— Não. Mas já fizeram por mim. Hoje estou retribuindo.

— Eu ouvi você e a dona Beth falando que você cresceu aqui, mas foi adotada. Então decidiu voltar?

Pietra não conhece minha história toda. Não gosto de falar muito desse período em detalhes, mas não me incomodo de contar resumidamente.

— Eu cheguei aqui com o meu irmão, assim como eles dois, mas acabamos nos separando... Por isso fico tão incomodada com a possibilidade de separarem os dois.

Pietra desvia os olhos para dentro do quarto, observando as crianças em um sono tranquilo.

— Eles vieram enquanto você esteve fora.

— Quem? Os possíveis pais?

Ela aquiesce, mas não parece feliz.

— Sim — responde. — Olharam a bebê por um minuto no berço, e a dona Beth tentou apresentar o Davi, mas nem olharam pra ele.

— Pareciam contentes com a possibilidade de adotar a Martina?

— A mulher parecia muito animada, mas o marido, não sei... Sabe quando a pessoa tem uma energia ruim? Era ele. Uma aura carregada.

Isso me incomoda mais do que tudo que foi dito antes. Eu mesma fui vítima de um lar em que a mãe não era ótima, mas o pai era horrível, e não desejo algo assim para ninguém.

— Sei como é... — respondo, tentando ignorar a sensação horrível que me domina. — Pode ir, Pietra. Vou dormir com os dois.

— Tá bom, amanhã cubro você, então. E boa sorte no primeiro dia de trabalho — deseja, antes de voltar correndo pelo corredor.

Volto para dentro do berçário e me sento na poltrona de amamentação que fica entre os berços. Desbloqueio o celular e encontro uma notificação de mensagem da minha irmã.

> *O patrão bonitão já está na* TV.

Ela enviou cinco minutos atrás, então conecto o fone de ouvido no celular e abro o link que me mandou.

A tela é preenchida pelo rosto bonito da apresentadora, que está com as pernas cruzadas sensualmente na direção do entrevistado.

Teseu Demetriou.

O homem é o próprio pecado encarnado e está ainda mais bonito do que pela manhã, usando um terno de corte impecável e com a barba mais aparada.

Ele ostenta seu semblante sério e enigmático de sempre e inclina o rosto um pouco para o lado, para ouvir a pergunta que está sendo feita.

— *Então está dizendo que não pretende se casar nunca?* — a mulher pergunta, e se ouve um coro de desânimo na plateia.

Teseu abre um sorriso sexy e meneia a cabeça.

— *Não, eu não disse isso. Apenas não estou em um relacionamento, então não é algo que deve acontecer tão cedo.*

— *Ah, então uma mulher incrível ainda pode alcançar a honra de se tornar a senhora Demetriou...*

— *Tudo é possível* — ele responde, ainda sorrindo, e outra vez o barulho da plateia invade a cena.

Mas agora os gritos são de empolgação.

Ele parece extremamente simpático, mas não foi a impressão que tive mais cedo, exceto pelo momento em que decidiu me dar um emprego, assim, do nada.

— *Mas então como ficam os filhos? Não pretende ter crianças para aproveitar todos aqueles brinquedos das suas lojas?*

— *Com certeza vou ter filhos* — afirma, enfático.

É, o útero chega a dar uma cambalhota com a imagem desse homem segurando um bebê.

— *Vai nos perdoar pela invasão de privacidade aqui, e fique à vontade para não responder se não quiser* — a mulher continua.

Teseu se mexe na poltrona, parecendo desconfortável.

— Você é conhecido por todas as instituições de caridade, incluindo abrigos para crianças, casas de repouso e hospitais, como um doador muito generoso. Em entrevista para a revista Forbes, você afirmou que pretendia entrar na fila para adotar uma criança. É por isso que fala com tanta convicção que vai ter filhos? Alguma novidade nesse sentido?

Adotar? Ele quer adotar crianças? Ô, Deus, o homem deve ter defeitos que não se resumam a jogar água nas pessoas no meio da rua. Como pode ser bonito assim, gostar de ajudar os outros e ainda por cima estar na fila de adoção?

Ele volta a sorrir, inabalável, o assunto não parece ser inconveniente.

— Tenho, sim. Pouco depois daquela entrevista eu realmente entrei na fila de espera. Pretendo adotar uma criança quando for a hora, e isso não tem a ver com o meu estado civil.

— Mas e se você se casar depois e sua esposa não quiser filhos que não sejam biológicos?

Ele meneia a cabeça parecendo achar graça no comentário.

— Vai ser meu filho, então se ela não aceitar eu não poderei aceitá-la. É muito simples.

Isso, senhor Demetriou! Arrasou! Assim que se fala, esse, sim, vai ser um ótimo pai um dia.

Desvio os olhos dele para as crianças que ainda dormem e suspiro com pesar.

Custava Deus preparar um pai como esse para os dois?

4

Lívia

Eu era a última menina da fila — mesmo sendo a menor em tamanho, as outras sempre acabavam passando na minha frente. Mas aprendi a gostar disso, porque sempre ganhava uma porção maior do que estivesse sendo servido.

Nesse dia, a senhorita Dirce me entregou mais dois biscoitos depois que as outras crianças saíram. Todas receberam dois, mas eu fiquei com quatro.

Comi os dois primeiros na mesa, junto com as outras meninas, e guardei os outros para mais tarde, quando não estivessem vendo.

— Não conta pra ninguém viu? Se as outras crianças virem, vão querer, e não tenho mais — pediu dona Dirce quando passei por ela.

Agradeci com um sorriso, contente, e deixei o refeitório correndo, saindo para o quintal.

Minhas sandálias eram cor-de-rosa. Elas vieram na caixa de doação que dona Beth ganhou, e fiquei com elas porque me serviram direitinho, mas esquentavam meus pés e eles escorregavam.

Sentei à sombra, embaixo da janela da diretoria, e fiquei olhando as outras crianças brincarem.

Otávio e Jonas estavam jogando a bola murcha que a escola tinha ganhado. Eles a chutavam de um para o outro, mas nunca ia muito longe.

Lembro de pensar em como achava os meninos bobos. Para que jogar aquela bola feia, se podiam brincar de alguma coisa mais divertida?

— Ei, Lili, quem te deu esse biscoito?

Coloquei os biscoitos atrás das costas bem rápido, mas Amanda já tinha visto.

Ela e a Cibele eram mais velhas que eu alguns anos, assim como todas as crianças no abrigo, e por isso eu estava sempre sozinha.

— Que biscoito?

— Deixa de ser mentirosa, Lili. Você tem dois aí, dá um pra mim e um pra Cibele.

— Mas... — Senti meus olhos se encherem de água, mas tentei segurar o choro para que ninguém risse de mim. — Se eu der os dois, não sobra nenhum.

— Você é pequena, não precisa comer isso.

As duas se aproximaram mais e me encurralaram contra a parede. Aproveitando disso, Amanda me deu um tapa forte na cabeça.

— Anda!

Eu sentia meu queixo tremendo, mas não ia chorar. Não ia.

— Tá tudo bem, Lili? — Era Otávio.

Ele e Jonas chegaram, afastando as duas para o lado, e senti quando as primeiras lágrimas rolaram pelo meu rosto. Meu irmão me puxou para mais perto dele e o abracei forte, minha cabeça ficava na altura da cintura dele.

— Estão implicando com a Lili? Vocês não têm vergonha? Ela é pequenininha — Jonas repreendeu. Ele parecia um príncipe aos meus olhos.

Amanda fez uma careta e me mostrou língua, mas deu meia-volta e saiu, com Cibele indo logo atrás.

— O que aconteceu, Lili? — Meu irmão se agachou na minha frente, como sempre fazia quando queria ficar do meu tamanho. — Por que aquelas chatas estavam implicando com você?

Olhei dele para Jonas, que também estava ao meu lado, e tirei as mãos das costas, revelando os biscoitos.

— A dona Dirce me deu dois a mais, e elas viram, Tato.

— Então come, Lili — Jonas incentivou, abrindo um sorriso bonito.

Ele se sentou no chão e bateu no cimento ao seu lado, para que eu também me sentasse.

— A gente fica aqui até você comer tudo — concordou Tato.

— Eu não ia comer sozinha — respondi, partindo um biscoito no meio. — Toma...

Entreguei metade ao Jonas e a outra metade para meu irmão, depois, mordi o meu próprio biscoito, contente.

Os dois ainda tentaram me devolver, mas acabaram comendo. Era muito difícil termos alguma coisa gostosa assim, e tudo que um de nós ganhava era dividido com os outros dois.

É nisso que estou pensando quando abro os olhos na manhã seguinte.

Vejo Davi, tão pequeno, de pé ao lado do berço da irmã, conversando com ela com sua voz bonitinha de bebê, e é impossível não me lembrar do Otávio. Tato.

Meu irmão já era adolescente quando viemos para cá, mas, ainda assim, ver os dois aqui e saber que podem se separar é um gatilho para mim, e não consigo me desligar nem agir como se não me incomodasse.

— Bom dia, anjinho. Vem cá... — Pego Davi no colo e o levo até o trocador, onde retiro sua fralda praticamente seca e jogo no lixo.

Durante o dia ele não usa mais fraldas, como dona Beth me avisou ontem, mas, pelo que posso ver, logo vai deixar de usar à noite também.

— Agora a tia vai trocar a Martina, tá bom? Depois vamos pegar um leite bem gostoso pra você beber.

Ele balança a cabecinha, concordando, e o coloco sentado na poltrona em que dormi.

Volto para perto do berço e observo a pequenininha, que já está se remexendo no sono e provavelmente vai despertar querendo seu leite, logo, logo. Mesmo que a bonequinha já tenha me acordado quatro vezes durante a madrugada.

Tiro o macacão que ela está vestindo e a calça por baixo, até chegar na fralda. Ela é tão pequena e suas perninhas ainda são tão fininhas que todo cuidado do mundo é pouco na hora de vesti-la.

Depois de limpá-la e vestir a roupa outra vez, deixo-a dormindo no berço e pego Davi nos meus braços.

Sigo pelo corredor, cantarolando com o garotinho no colo, e ele dá uma risada gostosa quando começo a saltitar aqui e ali. Já no refeitório, providencio um prato do mingau de aveia que fizeram, e por sorte ele parece gostar, porque não dá por falta do leite que prometi.

— Laís, pode ficar com ele? — chamo quando a vejo entrar no refeitório.

— Claro. — Ela está prendendo os cabelos pretos em um rabo no alto da cabeça. — Você já está indo?

— Preciso ir, não posso chegar atrasada no primeiro dia. A bebê está dormindo, mas precisam ficar por perto para escutar quando ela acordar.

Laís se senta ao lado de Davi e acena com a mão, sinalizando para que eu vá.

— Tá bom, vou só terminar o mingau aqui com ele, e nós vamos para o berçário.

Dou um beijo estalado no anjinho e aceno pra Laís antes de deixar o abrigo, rumo ao meu primeiro dia de trabalho.

Mal me dou conta do percurso de dentro do metrô lotado, pois minha cabeça está a mil. Estou preocupada com tudo o que vou precisar fazer e pensando em mil e uma maneiras de agradar meu chefe. Preciso manter o cargo.

Talvez possa limpar a sala dele ou fazer hora extra até colocar tudo no lugar. Preciso mostrar serviço, esse é o objetivo.

Quando paro diante das portas da Pic-Pega, abro um sorriso. Eu sempre soube que, de uma forma ou de outra, essa loja teria relevância na minha vida, e agora trabalho aqui.

Entro na loja e sigo direto até o caixa, onde um rapaz muito compenetrado em suas contas demora para erguer os olhos e me fitar.

— Pois não?

— Bom dia, quero falar com alguém do RH — respondo.

Estou sentindo um misto de empolgação e ansiedade, ânimo e pavor. É uma sensação incrível saber que vou trabalhar aqui todos os dias, mas é apavorante, porque não posso perder essa chance.

— Você é a moça que vai substituir a secretária do senhor Demetriou?

— Eu mesma! Meu nome é Lívia dos Santos Paiva.

— Certo. Pode subir as escadas e entrar na segunda porta, Lívia. Leve seus documentos até o RH, e eles vão te mostrar o caminho depois disso.

Agradeço o rapaz educado e sigo o caminho conforme ele instruiu. Estou usando jeans, camiseta e tênis, e isso me deixa ainda mais apreensiva.

Não acho que seja o tipo de roupa que o senhor Demetriou espere de sua assistente, mas, depois do que aconteceu com meu terninho ontem, não me sobraram muitas opções.

Bato na segunda porta e ouço a voz de uma moça me dizendo para entrar.

Fico surpresa quando o faço e me vejo diante de umas dez pessoas, cada uma em uma mesa diferente. Também sinto meu corpo ser envolvido pela temperatura baixa vinda do ar-condicionado, e um leve tremor perpassa meu corpo.

Todo os olhares se voltam para mim, ao me verem invadir o seu espaço de trabalho, e me surpreendo ao perceber quantas pessoas trabalham aqui.

— Com licença, vou substituir a secretária do senhor Demetriou por um tempo. Com quem deixo meus documentos?

Uma moça simpática que está sentada à mesa mais perto de mim se levanta e caminha na minha direção.

— Pode deixar comigo. RG, CPF e carteira de trabalho, por favor.

Abro a bolsa e pego os documentos, entregando-os em seguida. Percebo as roupas elegantes que ela usa, o que me faz desviar os olhos para minha blusa um pouco desbotada.

— Quando for embora, pode passar por aqui e pegar — diz ela, me chamando de volta ao que importa.

— Obrigada. Agora pode me dizer como faço pra chegar até a sala dele? Ou o local em que vou trabalhar?

— Isso aqui está uma bagunça. Você precisava de um treinamento, mas não vai ter, porque a secretária dele já saiu de licença. Então a menina que a substituiu por esses dias deve te passar as coisas, ao menos o básico.

Caminhando até a porta, ela aponta para o final do corredor.

— Tem um elevador ali, basicamente usado por ele e, agora, por você. A sala dele é a última, e a sua mesa fica bem em frente, do lado de fora.

— Qual andar?

— Sexto, é o último.

Sexto? Mas o que tanto tem entre o terceiro andar em que estamos e o sexto?

Reunindo coragem para enfrentar o primeiro dia e repetindo para mim mesma que vai ser um sucesso, continuo andando até chegar em frente ao elevador. Ele está aberto, então entro, procurando o seis no painel, e respiro fundo antes de apertar.

É bem rápido, então logo ouço o som indicando que cheguei, e as portas se abrem. Saio do elevador e me deparo com uma sala bem grande e bonita, uma recepção elegante.

A porta do outro lado está fechada, mas minha mesa está bem aqui. Diante de mim, atrás do computador, reconheço a moça que derrubou café nas minhas roupas.

Os olhos castanhos dela piscam duas vezes, ligando os pontos, e vejo quando abre um sorrisinho sem graça.

— Oi, eu sou a Bianca, prazer.

— Oi... Bom dia, meu nome é Lívia.

— Acho que já nos conhecemos, não é? Me desculpe por ontem.

Não fico surpresa ao constatar que ela também se lembra de mim. Difícil seria esquecer, considerando nosso encontro e, depois, meu passeio pela loja.

— Você não tem culpa de que eu tenha caído em cima do seu copo.

— Não, mas estava tendo um dia ruim e fui grossa. Poréém... — Ela arrasta a última sílaba, dando ênfase. — Agora, os dias ruins vão ser transferidos pra você, então vou te tratar muito bem e te trazer café pra compensar o mau humor do chefe.

Olho para a porta atrás de mim, temendo que o homem ouça e saia de lá irritado. Bianca parece notar meu constrangimento, porque se apressa em explicar:

— Ele ainda não chegou. Deve estar preso no trânsito.

— E ele é mal-humorado?

Ela faz um muxoxo, pensativa.

— Não exatamente, acho. Não fica gritando nem xingando. Mas é muito exigente com pontualidade, com qualidade no serviço. E também não abre muito a cara, então não se aproxime demais. Sempre que alguém xereta onde não deve ou começa a marcar ele no Instagram, chamar pra jantar, essas coisas, essa pessoa acaba demitida ou transferida.

Franzo o cenho, compreendendo o quanto o homem parece reservado, mas aquiesço porque isso não é um problema.

Eu não saberia lidar com um babaca que grita com todo mundo e humilha os funcionários, mas posso me adequar a pessoas introvertidas.

— Ok. Chegar no horário, ser eficiente e saber meu lugar.

Ela sorri, jogando os cabelos ruivos para trás.

— Exatamente. Você vai tirar de letra, aprende rápido. Eu fico toda enrolada aqui e, pra completar, ontem fiz um comentário e quase tirei o patrão do sério.

— É mesmo? O que você disse? — pergunto, aos sussurros, e me aproximo mais da mesa.

Bianca fica vermelha e abaixa os olhos para o chão.

— Eu... não sei por que eu disse aquilo.

— O quê? — O constrangimento dela só me deixa mais intrigada.

— Você concorda que foi estranho ele te contratar assim, do nada, não concorda?

Faço que sim, porque com certeza foi uma coisa inesperada, e estreito os olhos, percebendo que eles estavam falando de mim.

— Ele faz isso às vezes... com pessoas, hum, em situação carente — ela explica. — Nós já nos acostumamos, e, na verdade, acho bem bacana da parte dele.

Ergo a sobrancelha, tentando encontrar em mim uma parte que tenha se ofendido, mas a verdade é que não me incomodo com isso. Sou pobre mesmo; isso é fato, não ofensa.

— Bom, a julgar pela minha conta bancária, sou bem carente — respondo, dando de ombros.

— Não. Eu quero dizer... carentes mesmo, moradores de rua.

— Ahhh! — exclamo, começando a entender o que ela quer dizer. — Então você acha que ele me contratou porque pensou que eu morasse na rua?

— Então, eu cheguei a pensar na possibilidade, e aí eu e minha boca gigante fomos explicar pra ele que você estava molhada da chuva e suja porque derrubei o café na sua roupa. Não estava tentando te impedir de conseguir o trabalho, sinto muito. Falei também que estava descalça porque quebrou o sapato... Não sei por que fui falar, não tinha nada com isso.

Ela passa a mão pela testa, parecendo mesmo chateada, e começo a rir.

— Está tudo bem. Mas acha que ele vai me demitir, agora que sabe que não moro na rua?

Agora é Bianca quem começa a rir.

— Não, foi por isso que ele ficou bravo. Disse que eu achava que ele contratava pessoas desqualificadas só por caridade e que sabia que você não era moradora de rua.

Assinto, me lembrando da conversa que tive com ele.

— Expliquei o que tinha acontecido e dei umas dicas de marketing, mesmo não sendo da área.

— Pois é, eu sou muito linguaruda. — Ela parece mesmo desolada por ter falado mais que o necessário. — Desculpa, Lívia, mas juro que não quis dizer que você não servia para o trabalho, eu só... pensei que ele estava achando isso por causa das suas roupas sujas e da falta de sapatos e, quando vi, já tinha falado. Eu faço muito isso, não tenho filtro entre os pensamentos e a boca.

— Isso é besteira, não precisa se desculpar. Mas você sabe me ensinar? Me disseram que está aqui só por uns dias, cobrindo a secretária anterior.

— Pois é. Caí de paraquedas aqui e não consegui pegar o trabalho, sendo bem sincera. Então não tenho muito que explicar, mas aqui estão as agendas dele, em cima da mesa. — Ela apoia as mãos sobre elas, mostrando. — Os compromissos já marcados estão anotados aí. Ah! Sempre atenda o telefone, porque ele não gosta de se ver obrigado a atender. Vai por mim, experiência própria.

Bianca me chama com a mão para que eu dê a volta na mesa e, quando o faço, ela se levanta da cadeira para que eu me sente.

Coloco minha bolsa no chão, ao lado da cadeira, e me sento, observando meu novo local de trabalho.

— O e-mail que você vai usar está aberto, e no *post-it* tem o endereço de e-mail do senhor Demetriou, pra repassar o que precisar.

— Mais alguma coisa que eu precise saber?

— Os relatórios estão no armário de aço, naquele canto. — Ela aponta para um negócio enorme, que deve estar abarrotado de papéis. — Estão separados por número de filial, então ele vai dizer que quer o arquivo da loja vinte e oito, por exemplo, e você vai abrir o armário, encontrar o número que ele pediu e, dentro da pasta, vai achar as divisões por data, aí pode pegar o mês específico que estiver procurando.

— Até aí parece fácil.

Repasso as informações na minha cabeça, antes de ter certeza. Por fim, abro um sorriso confiante. Não que eu esteja realmente tão segura assim.

— Imagino que vá ficar mais difícil quando você precisar fazer os relatórios, em vez de só encontrar, mas não cheguei nessa parte... — Bianca faz o sinal da cruz, agradecendo a Deus.

— Tudo bem, vou me encontrar por aqui. Você vai estar onde? Se eu precisar de ajuda...

— Eu fico na loja. Trabalho como vendedora, mas não tenho um setor fixo — explica —, então fico rodando por lá. Da escada você consegue avistar um tufo de cabelos laranja, se precisar. E eu almoço ao meio-dia, se quiser ir comigo.

A loja é muito grande, como uma enorme loja de departamentos, com muitos funcionários e brinquedos de todos os tipos e preços e para todas as idades, além de uma cafeteria no fundo. Mas ela tem razão, não deve ter muita gente com os cabelos laranja como os dela por lá.

— Almoçar? — repito, pensando na oferta. — Ah, eu... — Tento encontrar um jeito de dispensar sem precisar dizer que não tenho grana pra sair e almoçar fora.

— Relaxa, todo mundo tem seu horário de almoço; é por revezamento, e a cantina daqui é excelente.

— Cantina, é?

— Isso, o cardápio está colado aí na sua mesa. — Bianca aponta para um papel pendurado precariamente ao lado do computador.

— Legal, então. Vou ver se consigo sair no mesmo horário que você.

Ouço passos vindos do corredor e vejo os olhos de Bianca se abrirem, assustados. Ela gesticula com os lábios algo como "ele chegou".

— Bom dia! — A voz grave do senhor Demetriou me atinge antes que eu possa vê-lo.

— Bom dia — responde Bianca, se virando com um sorriso tenso colado no rosto. — Já expliquei o que eu sabia para ela, senhor Demetriou. Agora vou retomar minhas funções na loja, tudo bem?

— Pode ir — diz ele, fazendo um gesto de dispensa com a mão.

Bianca ainda me dá um aceno agitado e corre para o elevador, parecendo muito aliviada por poder retornar ao trabalho habitual, ou talvez por se ver mais distante do chefe. Apenas quando ela sai, consigo vê-lo.

Está tão bonito quanto ontem, mas hoje não usa terno, apenas camisa social e gravata. Um colete preto sobre o tecido branco da camisa, que confere um ar moderno à roupa.

Ele realmente fez a barba, como presumi vendo ontem na televisão, mas ela ainda está lá, apenas mais aparada.

Teseu Demetriou me fita de cima, com sua presença imponente e o aroma amadeirado e forte de seu perfume, que envolve o ambiente.

— Podemos conversar por um momento? — ele pede, educado.

Será que alguém ousaria dizer não?

Confirmo com um gesto e me levanto, seguindo-o para dentro da sala.

Teseu Demetriou caminha como um rei. O porte elegante, as costas eretas e as mãos nos bolsos, tudo em sua postura exala poder e autoridade.

— Sente-se.

Ele vira de costas para mim e abre as cortinas de sua sala, revelando a vista chuvosa da cidade de São Paulo.

O lugar é incrível. As poltronas de couro preto se afundam um pouco no tapete marrom que se estende por todo o chão. A mesa dele também é escura e grande, cheia de papéis e com um notebook que parece muito caro.

As janelas de vidro vão do chão ao teto e são cercadas por cortinas grossas que agora estão abertas. A vista desse lugar é fantástica.

Antes que eu consiga me controlar, estou ao lado dele olhando lá para baixo. É impossível entrar aqui e não ser seduzida por essa vista incrível.

Teseu me olha de canto de olho, como se me perguntasse o que estou fazendo.

— Hum, desculpe... A vista daqui é... Nossa! — Continuo com os olhos fixos no vidro.

Daqui é possível ver todos os prédios da cidade — com o perdão da hipérbole. As ruas lá embaixo, os carros minúsculos. Só consigo pensar em como deve ser isso aqui à noite e como pode ser tão alto se são apenas seis andares.

— Parece um pouco absurdo perguntar isso agora, mas preciso saber seu nome.

A voz grossa dele me tira do momento de encanto, e sinto uma pontada no estômago ao perceber o quanto ele está perto.

Meu nome, claro. Ele me contratou sem nem perguntar como eu me chamava.

— É Lívia, senhor Demetriou — respondo, finalmente dando a volta na mesa e me sentando, como ele havia pedido.

Ele permanece de costas, então não posso ver seu rosto, mas volta a falar pouco depois:

— Lívia? E seu sobrenome? Imagino que tenha levado toda a documentação ao RH.

— Lívia dos Santos Paiva, e, sim, deixei todos os documentos lá.

Vejo sua cabeça balançar, aprovando minha resposta.

— Senhorita Lívia, creio que a ajuda da substituta não tenha sido das melhores, porque ela ainda não havia se adaptado à rotina como assistente. Então, se precisar de alguma coisa, pode bater na porta e entrar. Vou responder às suas dúvidas.

Abro um sorriso, um pouco aliviada. Estava com receio de perguntar as coisas e ele não gostar.

— Eu aprendo rápido, não vai precisar repetir a mesma coisa duas vezes.

— Melhor ainda. Mas, por favor, fique atenta à minha agenda, aos compromissos marcados. Tem duas coisas que precisa saber sobre mim, senhorita Lívia.

Virando-se de frente, ele se senta em sua poltrona e cruza as mãos diante do rosto, me encarando. Seus olhos escuros, tão intensos, causam uma comoção não muito bem-vinda dentro de mim. Estou nervosa e minhas mãos começam a suar frio.

— Primeiro, não procrastino compromissos e afazeres, então não quero perder algo importante e ter que remarcar.

Balanço a cabeça, concordando, porque parece que perdi a voz.

— Também aprecio pontualidade. Não quero me atrasar para qualquer coisa que seja, então não me avise de um compromisso em cima da hora.

Concordo outra vez.

— Certo, entendido.

— Minhas regras também se aplicam à senhorita. Não fique enrolando para cumprir com as próprias obrigações, porque seus atrasos vão se refletir sobre mim, e isso não vai ser bom. Também espero que não se atrase para o trabalho.

— Tudo bem. E atender o telefone, e não me aproximar demais — enumero em voz alta, assentindo.

Ele me fita com a sobrancelha arqueada, e apenas então percebo que falei demais. O vírus da Bianca me alcançou.

— Imagino que a substituta deva ter falado sobre isso. Não é motivo de dispensa, senhorita Lívia, mas não gosto de ter que atender as ligações, porque, afinal, pra que ter uma assistente se preciso fazer o trabalho dela, não acha? — A mão dele alcança uma caneta preta sobre a mesa, e meus olhos se desviam para os seus movimentos. — E, sobre a outra questão, apenas faça seu trabalho e ficaremos bem. Somos patrão e funcionária, e essa é a nossa relação.

A palavra *única* está implícita. Que babaca. Precisa ficar falando desse jeito? Como se ele fosse o rei do mundo e eu a plebeia?

— Mas, caso precise de alguma coisa, pode me dizer também.

Que criatura ambígua! Como vou entendê-lo?

Não somos colegas, não se aproxime, mas ajudo a quem precisa e, se você precisar, pode me procurar. Assim fica difícil.

— Pode ir agora, e me avise se tiver algo marcado para mais tarde.

5

Teseu

Estou tentando colocar a papelada sobre a minha mesa em ordem quando ouço o telefone tocar. Minhas mãos param na mesma hora, e fico atento para conferir se a garota nova atendeu.

Como não ouço mais nada após o segundo toque, deduzo que sim e volto a organizar meus papéis, os relatórios de vendas que precisam ser arquivados. Separo os documentos que já verifiquei em uma pilha e mantenho no lado oposto aqueles em que ainda nem consegui dar uma olhada.

A porta se abre, e ela entra. Franzo a testa por conta do seu jeito intempestivo, e ela parece perceber que não bateu, porque abre a boca e fecha a porta outra vez.

Ouço as batidas, então, e tento ocultar um sorriso ao responder:
— Entre.

Lívia passa a cabeça pela porta e depois o corpo. Percebo que seus olhos não me encaram e que ela fica bonita assim, envergonhada.

Na verdade, ela é bem bonita. Eu não havia notado no primeiro momento, mesmo porque seria difícil, considerando o estado em que estava no dia anterior. Mas, agora, começo a perceber os cabelos de um tom loiro-escuro, com algumas mechas mais claras, os olhos azuis e a boca pequena.

Não há nada excepcional nela, mas o conjunto como um todo é o que a torna atraente. As pernas grossas dentro da calça jeans e o modo como a camiseta abraça os seios. Médios, eu diria. É, realmente ela é bem interessante.

Não que eu seja esse tipo de homem. Não me envolvo com pessoas do meu convívio e com certeza não me aproveito das minhas funcionárias. É apenas uma constatação.

— ... mas logo me acostumo.

Ela está falando. O que foi que ela disse? Pelo vermelho em suas bochechas, presumo que minha análise não tenha sido muito discreta.

— Desculpe, estava distraído. O que disse?

Isso parece deixá-la ainda mais constrangida. Merda, agora vou ficar parecendo um babaca que fica secando as secretárias.

— Me desculpei por entrar sem bater.

— Ah, sim. Não faça mais isso, por favor. Senhorita Lívia, estava reparando em suas roupas — digo, encontrando um bom modo de disfarçar o que aconteceu.

— Minhas roupas? Sim! Claro que estava. Perdão por isso, senhor Demetriou. Eu compreendo que, como sua assistente, devo usar roupas mais sociais, mas o único conjunto que tenho é aquele de ontem. Vou tentar me vestir discretamente até receber o primeiro salário e, depois disso, prometo comprar umas roupas mais adequadas. Ah, bom...

— O quê?

— É que em teoria não tem um depois, já que fui contratada para ficar um mês.

Ignoro o comentário e volto o foco para a questão principal.

— Tudo bem, vou providenciar um adiantamento. Quando pegar seus documentos no RH, eles já vão te falar sobre isso.

Ela concorda, mas franze os lábios, como se quisesse dizer alguma coisa que não pode.

— E então?

— O quê? — pergunta, distraída.

— Imagino que tenha vindo até aqui me dizer alguma coisa.

— Sim, senhor. — Seus olhos se arregalam um pouco, quando ela se dá conta de que se perdeu. — Tem uma reunião com o senhor Ernesto Palheiros, às quinze horas.

Aquiesço, com uma careta. Tinha me esquecido do homem.

— Algo mais?

— Bom, tem dois recados um pouco estranhos...

Percebo o olhar dela sobre o pedaço de papel que traz nas mãos, hesitante.

— Estranhos como?

— Um homem chamado Ares ligou. Ele disse que hoje é dia de código secreto e que não deve se atrasar.

— Hum, certo.

A garota me olha, parecendo esperar uma explicação, mas prefiro que continue pensando que se trata de um mistério a admitir que é noite de jogos de tabuleiro com o vovô.

— E o outro é pior.

— Pior?

— Uma intimação. Um juiz ligou, disse que... o senhor precisa comparecer ao tribunal e se explicar. Parece que... foi um...

As bochechas da menina parecem dois tomates maduros, e minha vontade é matar o Thiago pela palhaçada.

— Crime hediondo? — pergunto, porque já é a terceira secretária que cai nessa.

— Bom, eu vim te dizer. Sei que deve ser um equívoco, já que o senhor é um homem que ajuda os outros e não faria nada dessa natureza, mas o recado é esse.

Um sorriso teima em surgir no meu rosto ao perceber o quanto a garota é inocente, mas me contenho em tempo.

— Senhorita Lívia, muito obrigado por acreditar na minha integridade, mas não acha muito estranho que o juiz em pessoa ligue e informe sobre o meu crime assim, com um recado?

Ela ergue os olhos para mim e parece refletir sobre a situação.

— Na verdade, nunca fui intimada, e também nunca cometi um crime, então não sei bem como são os procedimentos.

— O Thiago é meu amigo, ele estava só te pregando uma peça e enchendo o saco porque voltei de viagem e não avisei. Retorne a ligação, por favor, e peça que venha me ver amanhã. Hoje não dá, tenho o código secreto.

Lívia concorda e me dá as costas, pedindo licença.

Continuo meu trabalho um pouco menos atento do que antes. O que Ernesto Palheiros pode querer comigo? Não somos inimigos declarados, mas também não somos amistosos um com o outro. Somos concorrentes, e isso inviabiliza uma aproximação.

A situação constrangedora com a nova secretária mais cedo continua martelando em minha cabeça. Usei a desculpa das roupas para justificar meu olhar impróprio, mas agora, tendo em vista uma reunião com um empresário tão importante, as roupas dela se tornam ainda mais relevantes. Roupas não fazem uma pessoa, mas mostram o tamanho do poder que ela tem, e, no caso da minha secretária, sua imagem vai se refletir sobre a minha também.

Em poucos instantes tomo uma decisão.

Espero que Lívia saia para o almoço e disco o número da Rocher's, esperando que atendam.

— Rocher's, Débora falando.

— Boa tarde, Débora. Aqui é Teseu Demetriou.

A linha fica muda por alguns momentos, e abro um sorriso que sei que ela não pode ver. Ainda aprecio muito as reações das pessoas diante do meu nome.

— Que prazer, senhor Demetriou! Não esperava que um dia fôssemos nos falar.

— O prazer é meu. Minha assistente entrou de licença e deixou seu contato aqui para eventuais urgências. Obrigado por sempre me socorrer quando preciso de algo rápido.

Em todas as ocasiões inesperadas em que preciso de uma camisa ou uma gravata às pressas, é à Rocher's que recorro, geralmente por meio da minha secretária. Mas, dessa vez, algo me diz que meu conhecimento sobre moda, por menor que seja, ainda é maior que o de Lívia.

— Ah, sim. E o que posso fazer para ajudá-lo?

— Você também trabalha com vestuário feminino, certo?

— Sim, tenho lindos vestidos de festa — responde, se animando.

— Não, não preciso de roupas de gala. Tenho uma nova secretária temporária, e ela precisa de algo adequado para usar em uma reunião de negócios importante. Pode me ajudar?

— Claro, pode mandá-la até aqui.

— Infelizmente não temos tempo, por isso liguei. Preciso disso para daqui a duas horas, acho que ela deve usar... M?

Ouço o riso da mulher do outro lado da linha.

— Talvez. Quer passar a ligação para ela?

— Não precisa. Traga peças nesse tamanho, é melhor que você escolha quais roupas ficam melhores para a situação. Ela vai precisar de sapatos também, pode me mandar a conta.

A mulher não pergunta o tamanho do sapato, graças a Deus, e imagino que vá encontrar um jeito de descobrir sozinha.

Depois disso o tempo passa rápido. Um pouco antes do horário da reunião, Lívia bate na porta e a abre depois de me ouvir responder.

Ela parece hesitar, trocando o peso do corpo de uma perna para outra, o que atrai minha atenção para os tênis. Ainda bem que pedi que trouxessem sapatos.

— O que foi, senhorita Lívia?
— Tem uma mulher aqui, com sacolas de roupas...
— Ah, sim. Pode ir se trocar.
— Mas... ela disse que o senhor encomendou pra mim. — Então ela diminui o tom de voz e entra na sala, aproximando-se mais da minha mesa. — São muito caras, senhor Demetriou! Sei que preciso comprar roupas novas para trabalhar e que o senhor disse que me daria um adiantamento, mas vou gastar o salário todo em um único conjunto, sem contar os sapatos... Me desculpe, mas eu preciso do meu salário.
— Eu entendo. Fique tranquila, porque não espero que você use roupas de grife no dia a dia. Pode pegar o que ela trouxe; eu estou pagando.

A moça balança a cabeça freneticamente, de um lado para o outro.

— Não posso aceitar, não pode gastar comigo assim.
— Não é um presente, é necessidade. Tenho uma reunião em vinte minutos, e minha secretária não pode estar calçando tênis.

Ela desvia os olhos dos meus, e pressiono a têmpora ao perceber que fui grosseiro.

— Escute — falo, tentando outra vez —, não são as suas roupas especificamente, apenas o estilo.

Lívia assente, mas acho que piorei tudo.

— Então eu não vou pagar por elas, certo?

Concordo com um gesto.

— Não vai. Pense nessas roupas como um uniforme. Agora pode ir.

Ela deixa minha sala e fecha a porta após sair. Não agradece, mas também não rejeita.

Reclino-me em minha cadeira, pensando na reunião. Quando a secretária do homem ligou querendo agendar esse encontro, eu estava fora, mas concordei que fosse marcado para logo que eu retornasse.

O que não foi dito, no entanto, foi o motivo disso. A menos que o velho esteja querendo me fazer uma proposta pela minha empresa, não consigo pensar em outra razão.

Não demora muito, e o telefone sobre minha mesa toca. Apenas a secretária e meus gerentes nas filiais conhecem meu ramal, então geralmente ele toca para informar que um cliente, vendedor ou negociante, chegou.

— Sim? — atendo, arrumando a postura na cadeira.
— O senhor Palheiros está aqui.
— Pode mandá-lo entrar.

A porta se abre assim que coloco o telefone no gancho. O homem, usando um terno impecável, passa por ela com um sorrisinho ensaiado no rosto e caminha a passos firmes na minha direção.

Levanto-me para recebê-lo com um aperto de mão e desvio os olhos por um segundo para tentar ver se minha emergência de moda deu certo, mas Lívia não entra na sala.

— Sente-se, Palheiros. — Aponto para a poltrona diante da mesa e dou a volta para tomar meu assento. — Fiquei surpreso com a ideia dessa reunião.

Ernesto se senta à minha frente.

O homem já deve ter a idade do meu avô, mas ainda é bem atlético. Os cabelos brancos são apenas um detalhe, sua cabeça esconde muito mais do que os fios claros.

— É um prazer recebê-lo aqui — completo, tentando ser educado, apesar das minhas ressalvas.

— Deixe de conversa, rapaz. — O velho ri sem reservas. — Sabemos que não somos amigos.

Ainda que isso seja verdade, o fato de ser direto, além de bem-sucedido, me faz admirá-lo mais.

— Não somos, mas tenho respeito pelo seu trabalho.

— Nisso estamos de acordo. Também o acho formidável. Tudo que construiu em poucos anos e o modo como administra sua empresa são algo que respeito muito, Demetriou.

Eu me reclino um pouco na poltrona, sentindo a massagem no ego. Um homem da idade dele que gastou toda a vida construindo um patrimônio daquela dimensão é alguém que tem propriedade para criticar minha carreira.

— Obrigado. Pretendo superar seu patrimônio em poucos anos e colocá-lo em segundo lugar no nosso nicho, muito em breve.

O velho inclina a cabeça para o lado e abre um sorriso sarcástico, parecendo gostar da minha resposta.

— Vejo que não me enganei a seu respeito. Franqueza, ambição e determinação são qualidades que admiro. Por isso estou aqui hoje: vim te fazer uma proposta e creio que não haja motivo algum para recusá-la.

— Uma proposta irrecusável? Estou ouvindo. — *E muito curioso, diga-se de passagem.*

— Proponho uma fusão.

Enrugo a testa, encarando-o sem entender. Não porque não esteja sendo claro, mas por ser inacreditável.

— Vejo que não esperava por essa.

— Não esperava mesmo, Palheiros. Mas se explique melhor, não entendo como isso seria possível ou por que me faria essa proposta.

— Bom, estou velho, como pode ver. Não tenho filhos, apenas uma filha que nunca se interessou pela empresa, mas tenho uma neta.

— Entendo. Sendo assim, sua neta vai assumir os negócios quando o senhor não estiver mais aqui. Daqui a muitos anos, espero eu.

Ele ergue as sobrancelhas, duvidando.

— Espera mesmo? Se eu morrer e deixar a empresa na mão de uma garota sem tino nenhum para os negócios, você teria vantagem para me superar.

— Mas aí qual seria a graça?

Isso arranca outra risada do velho.

— Como nenhum de nós tem tempo a perder e já vi que é tão franco quanto eu, vou direto ao ponto. A minha proposta se baseia em um casamento entre minha neta e você. Uma fusão.

Não demonstro minha surpresa com a proposta, mas, quando acordei de manhã, não imaginava o rumo que meu dia iria tomar.

— E o que sua neta acha disso? — pergunto, ganhando tempo.

— Ela está disposta a analisar a possibilidade.

— É mesmo? Não nos conhecemos, creio eu.

O que *eu* penso disso? Nunca imaginei um arranjo desses, mas pode não ser o pior tipo de casamento.

— Não, nunca se viram — responde. — Mas Brenda não tem essas ilusões românticas a respeito do casamento. Ela entende que a proposta visa o bem dos negócios, mais dinheiro, mais roupas e viagens de luxo. Tudo o que importa para aquela desmiolada.

— Então é um acordo puramente comercial.

— Não sei se me enganei a seu respeito — continua Palheiros —, mas não me parece o tipo de homem que está por aí esperando que o amor bata à sua porta de repente.

Ele joga a isca, mas não é por causa dela que começo a cogitar a possibilidade. Realmente não sou um romântico incurável. Acredito na existência do amor, sim, só não é o que tenho buscado para mim. Meus objetivos não costumam caminhar lado a lado com sentimentos ternos.

— E não estou. Não reprovo a sugestão de um casamento por conveniência, desde que ambas as partes entrem nele cientes do que representa.

— Então sua resposta é sim?

É a minha vez de encará-lo com ceticismo.

— Ainda que não seja uma união movida por sentimentos, prefiro conhecer sua neta antes de concordar com qualquer coisa. Sei também que entende que é um passo muito importante, não pelo casamento, mas pela fusão, e preciso pensar a respeito.

— Não sei o que tem a pensar; é uma proposta excelente. Mas vou te ceder esse tempo. Vou deixar o contato da Brenda para que combinem de se encontrar e se conheçam, mas preciso avisar: não tenha grandes expectativas.

Lívia

Ainda me sinto desconfortável com as roupas novas. Não que não tenha gostado, porque, nossa, são muito lindas!

A Débora veio até a empresa pessoalmente trazer as coisas que o senhor Demetriou pediu, e, por mais que sejam roupas caras, nada tira da minha cabeça que ela veio na esperança de conhecê-lo. Considerando que ficava olhando para dentro da porta entreaberta do escritório e não parava de me fazer perguntas sobre ele, foi difícil crer no seu comprometimento desinteressado.

O problema é que é tudo muito elegante e diferente demais do que costumo vestir, então todos os funcionários da loja que me viram antes agora ficam me encarando como se eu tivesse criado chifres.

— Quer dizer que o senhor Demetriou mandou que trouxessem essas roupas? — Bianca revira a sacola em cima da minha mesa, sussurrando. — Olha essa calça! — Ela segura uma calça de alfaiataria creme, perfeita.

Porque, como se não bastasse um conjunto para a reunião, a vendedora trouxe mais três.

— E os sapatos. — Aponto para os pés.

— Levanta daí, deixa eu te ver direito...

Nós nos vimos no almoço, como combinado, mas, quando voltei para minha mesa, encontrei Débora à minha espera, e, logo que ela saiu da loja, Bianca deu um jeitinho de subir para matar a curiosidade.

Então, coloco-me de pé um pouco sem jeito e ainda assim acabo dando uma voltinha, instigada por ela.

— Achei a saia curta — comento, enquanto Bianca me olha com um sorriso descarado.

— Não é curta, é pouco acima dos joelhos. Tá um arraso!

— Mas isso não é roupa de trabalhar — resmungo. — E se eu precisar me abaixar, ou pegar alguma coisa e sujar essa blusa? E com esses sapatos, como faço se tiver que sair correndo pra procurar um café pro senhor Demetriou?

— Peça demissão. — Ouço uma voz grossa e me viro com os olhos muito abertos.

Droga.

— Boa tarde — cumprimento, ao me deparar com um homem alto e muito bonito, acompanhado de um senhor, ambos saindo do elevador de braços dados.

— Boa tarde — Bianca também os cumprimenta. — Vou voltar ao meu posto, Lívia. Mais tarde conversamos.

A descarada dá no pé e me deixa sozinha, constrangida diante dos dois.

— Querida, eu vim ver meu neto — fala o senhorzinho, ainda apoiado no braço do outro homem.

— Seu neto?

— Você é nova aqui? — o bonitão pergunta. — Nos falamos por telefone mais cedo, eu sou Ares Demetriou, e viemos ver meu irmão.

— Ah, sim! É um prazer conhecê-los — respondo, abrindo um sorriso para os dois.

Ares é tão alto quanto Teseu, mas os cabelos são bem mais escuros e os olhos são puxados. Além disso, ele não parece ser sério como o irmão. Como o irmão e o avô dele podem ser asiáticos e ele não?

— Sinto muito, mas o senhor Demetriou está em reunião agora, com um empresário.

— É mesmo? — o velho questiona, dando a volta na minha mesa, bem tranquilo. — Então vai me perdoar se eu me sentar na sua cadeira, mas minhas pernas não são mais como antigamente, e se vamos esperar...

— Esperar? — Ares pergunta, apoiando as mãos na mesa e encarando o avô. — Vamos encontrar Teseu em casa, mais tarde.

— Não. Se não falarmos com ele, vai se esquecer do código secreto.

Assisto à conversa entre os dois sem entender nada, mas muito atenta. Quem sabe finalmente descubro que código é esse?

— Mas eu já avisei. Liguei aqui mais cedo, e a senhorita aqui deu o recado, não foi? — Ares pergunta, me olhando.

Confirmo com a cabeça e abro um sorriso fitando o avô deles.

— Foi mesmo, eu disse pra ele não esquecer o código secreto. Presumindo que ele saiba qual é o código, então foi avisado.

Os dois se entreolham e começam a rir, mas, antes que eu possa me sentir ofendida pela reação deles, a porta se abre e o senhor Palheiros aparece.

Em seguida vem meu chefe, e os dois se despedem na porta. Enquanto o senhor Palheiros passa por mim rumo ao elevador, os olhos do meu patrão se voltam para as minhas roupas.

Ele se demora um pouco mais que o adequado nas minhas pernas — *eu não disse que a saia era curta?* —, depois sobe o olhar, analisando a camisa azul-bebê e meus cabelos presos em um coque, uma das insistências da tal Débora.

— Agora sim parece uma secretária — afirma, aprovando tudo com um olhar apreciativo.

E como não aprovar? Por esse preço! Não tinha nada de errado com minhas roupas de antes, e o modo como falou do meu estilo me deixou um pouco envergonhada, mas admito que agora, usando as roupas novas, percebo o quanto são diferentes das outras.

— E vai nos convidar pra entrar? — Ares fala, atraindo a atenção do irmão.

— O que estão fazendo aqui? Nem vi vocês.

Só então ele parece se dar conta da presença de sua família, e é muito sincero ao afirmar que não os tinha visto.

— Parece que não nos percebeu mesmo — concorda o avô, se levantando, e fico sem jeito com a sugestão de que ele tenha se distraído comigo.

— Entrem.

Enquanto Ares oferece o braço para apoiar o avô, o senhor Demetriou escancara a porta para facilitar a entrada dos dois.

— Senhorita Lívia, pode providenciar um café? — Então ele se vira para os dois. — Estão com fome?

— Não. Só o café está ótimo — responde o avô, cujo nome ainda não sei.

Percebo o riso no rosto de Ares e não entendo, até que ele se pronuncia, me lembrando de que ouviu minha conversa com Bianca mais cedo.

— Pode ligar na cafeteria da esquina e pedir que entreguem, senhorita.

Teseu olha dele para mim, apoiando a mão no batente da porta.

— E o que mais ela faria?

— Não sei, talvez decida sair correndo por aí, com esses sapatos...

Teseu franze o cenho, sem entender a conversa, mas não diz nada. Ele apenas espera que o irmão e o avô se afastem um pouco mais e então também entra, fechando a porta.

Corro para trás da mesa e procuro nos telefones úteis o da cafeteria e o encontro com facilidade, provavelmente por ser bastante usado. Considerando que Bianca me deu um banho de café no outro dia, imagino que seja bem comum pedirem lá.

Ligo e faço o pedido de três cafés comuns, já que não sei do que eles gostam, e aproveito para acrescentar um para mim, com canela. Eu deveria economizar com coisas desnecessárias, mas, no momento, uma dose de energia e sabor parece tudo que eu preciso.

Quando avisam que os cafés chegaram, desço no elevador para o primeiro andar e recebo o pedido na parte central da loja, ao lado dos caixas.

— Vai passar o cartão? — o rapaz da entrega me pergunta, impaciente.

— Eu... — Olho para o moço do caixa, pedindo socorro. — Eu ia pagar só o meu. Preciso pagar pelo café do chefe?

Ele começa a rir e meneia a cabeça, tirando uma nota do caixa e me entregando; em seguida faz uma notinha, escrevendo nela *Café do senhor Demetriou*.

— Tem um cartão que você pode usar para pagar as coisas que o senhor Demetriou pedir — explica. — Provavelmente está na sua gaveta. Fale com o chefe sobre isso depois, mas por enquanto está tudo certo.

Assinto, agradecida, e, depois de pagar ao entregador, subo outra vez para o sexto andar. Preciso dar uma boa lida em todas as informações que encontrar na agenda, porque pelo visto a Bianca realmente não me disse muita coisa.

6

Lívia

— Aqui estão os cafés... — aviso ao entrar na sala, depois de bater. Uma hora a gente aprende, né?

O senhor Demetriou indica a mesa para que eu possa colocar a bandeja e sigo até lá. Ele está sentado em sua cadeira presidencial, tão sério como sempre, mas do outro lado estão seu irmão e o avô, e eles não parecem muito contentes.

— Acho um absurdo que o Palheiros te faça uma proposta dessas! Você precisa disso, Teseu? — pergunta o avô. Ele parece repreender o neto, mas sem contexto não dá para ter certeza.

Apoio a bandeja na mesa e só me dou conta de que esqueci de tirar meu próprio café quando vejo meu chefe pegar o meu copo.

— Com canela? — ele pergunta, arqueando a sobrancelha ao ler a letra descuidada no copo e, em seguida, pousa os olhos sobre mim.

Abro a boca para me explicar, mas ele beberica o líquido quente antes que eu o faça.

— Como soube que era o meu preferido? A substituta nunca acertou.

Abro um sorriso, contente. Posso ter perdido o café, mas ganhei uns pontinhos e é minha intenção aqui: agradar o homem e permanecer na empresa. Se para isso preciso dar a ele meu café, tudo bem.

— Que bom que gostou, senhor — respondo, fazendo aquela expressão de quem sabe que é eficiente.

Ares pega um dos outros copos e vejo o avô deles também segurar o seu, ainda que ele pareça contrariado.

— Tem quatro copos aqui — Ares menciona, e seus olhos se desviam para mim.

Ops!

— É, pedi um também — respondo, pegando o último copo, reafirmando minha fala.

— Teseu — o avô volta a falar —, mas e as crianças?

Pego a bandeja e volto para a porta bem lentamente. Me julguem por estar curiosa.

— O que isso tem a ver? — Ele se irrita.

Deixo cair um guardanapo no chão e me abaixo para pegar, ganhando tempo.

— Você disse que ia adotar ao menos uma criança, Teseu. Isso é o que vai ser a alegria da minha velhice.

O homem parece mesmo triste. Que gracinha, vai ser um ótimo bisavô.

— E ainda pretendo fazer isso.

— Quando você falou na televisão, pensei que estivesse perto de acontecer.

Ouço o suspiro profundo do meu chefe.

— Não é imediato, vô, mas vai acontecer. Já está quase na minha vez.

Ele está quase no primeiro lugar na fila de adoção? Droga. Queria ter uma desculpa para ficar mais um tempo e saber os detalhes. Abro a porta e passo por ela, o mais devagar que posso.

— Sabe que se pedir para o Thiago...

Com a porta fechada já não consigo ouvir nada. É incrível como a acústica dessa sala é boa. Dou a volta em minha mesa, me sentando e abrindo uma aba de pesquisa no computador.

Teseu Demetriou e adoção.

Digito rápido, olhando ao redor para ter certeza de que não vou ser pega.

Escutei quando ele falou sobre isso no programa e agora outra vez. Parece que não foi algo pensado só para ficar bem na mídia. Ele tem mesmo a intenção de adotar uma criança, e é impossível tirar da cabeça a ideia de que um pai como ele seria ótimo para a Martina e o Davi.

Tudo bem que o homem é sério demais e um pouco mal-humorado, apesar de também ter seus momentos de gentileza. Só que ele tem condições de dar um ótimo futuro a qualquer criança, além de uma família que vai suprir o carinho do qual os dois tanto precisam. Mas, principalmente, Teseu Demetriou tem condições de manter os irmãos juntos.

Meu chefe ajuda pessoas, contrata moradores de rua. Ele não me parece o tipo de pessoa que adotaria um dos irmãos e deixaria o outro sem rumo.

Mordo a tampa da caneta, concentrada em evitar as ideias que começam a surgir na minha cabeça. Eu não devia pensar nisso, mesmo porque as coisas não funcionam assim. Existe uma fila, uma ordem... E aquele casal que foi ao abrigo tem preferência.

Mas será que ainda seria assim se outra pessoa, interessada em adotar o casal de irmãos, surgisse? E o que o tal Thiago poderia fazer para ajudar em um processo de adoção?

Lembro da nossa conversa mais cedo e do recado estranho.

Abro a gaveta, às pressas, e encontro o bilhete em que anotei o recado sobre a intimação.

Doutor Thiago Monteiro, juiz.

Então quer dizer que, se meu chefe quisesse usar a influência do amigo, poderia ter feito isso. Provavelmente não o fez porque não quer passar na frente de alguém que está esperando, tão ansioso quanto ele. Mas nesse caso específico...

Não, Lívia! Você não pode se intrometer nisso por razões pessoais, não pode!

Teseu

Eu não precisava ter contado nada ao vovô. Era óbvio que ele não acharia uma boa ideia a proposta do Palheiros. Mas, desde que fui morar com ele, nunca escondi nada que acontecia ou as minhas decisões, então foi natural contar sobre a ideia da fusão com a neta do meu concorrente.

Só que Hélio ainda tem esperanças de que um dia eu vá encontrar uma mulher, me apaixonar por ela e, aí sim, minha vida estará perfeita.

Já eu não tenho essas ambições. Não se pode ter tudo. Eu tenho tudo aquilo que o dinheiro pode comprar; também tenho uma família e poder. Sou realizado profissionalmente e venço meus leões todos os dias. Sou o rei da minha própria selva.

Ou o jogo ou o amor, e eu escolhi o jogo. Escolhi vencer, e isso me basta. E, se para crescer ainda mais vou precisar assinar alguns papéis e tornar essa Palheiros uma Demetriou, que seja! Ela só precisa estar ciente das minhas condições e do que realmente vamos ser um para o outro.

Não é como se eu tivesse aceitado a proposta, mas estou inclinado a aceitar e, por isso, decidi me encontrar com Brenda Palheiros e colocar minhas cartas na mesa.

Sei que pode parecer uma decisão insensível e talvez seja uma atitude muito fria, mas minha vida é concentrada em minha carreira e na empresa. Sendo assim, qualquer coisa que possa ser benéfica a elas, desde que não prejudique ninguém, é válida.

A situação é um pouco inesperada, mas não sou o tipo de homem que deixa passar uma oportunidade como essa, sem ao menos estudar a possibilidade.

— Vai mesmo a esse encontro? — Ares se senta na beirada da janela do meu quarto, como uma criança com sede de perigo.

— Sabe que, se cair daí, não sobra nada, não é?

— Não fuja da minha pergunta, Teseu.

Fito minha imagem no espelho, enquanto dou o nó na gravata.

— Vou — respondo, ignorando seu olhar de irritação. — Por que não? Nunca vi a neta dele, pode ser que eu goste da moça.

Ares me olha com ceticismo.

— É mesmo?

— Quem sabe me apaixono à primeira vista?

A brincadeira o irrita ainda mais.

— Sabia que estava de palhaçada. Teseu, você não tem que fazer isso. Já não tem dinheiro demais? Você compra tudo o que quer, cara! Olha a garagem dessa casa, o jato, o iate... Oitenta e sete lojas, irmão! E fez tudo isso sozinho. Você não precisa superar o Palheiros ou se juntar a ele.

— Primeiro, não fiz nada disso sozinho: fiz com você e o Hélio. E não disse que vou aceitar, apenas que vou analisar a hipótese. Eu sei que você não entende meu ponto, Ares; não sabe a sensação que tenho sempre que fecho um negócio que me distancia mais e mais de uma vida miserável.

Ares suspira e, quando percebe que não vai me convencer assim, muda a tática.

— Cara, não é só um negócio. Essa garota vai viver dentro da nossa casa, já pensou nisso? E se ela começar a remexer nas coisas e a te espionar? Sabe que aqui tem muita informação que alguém mal-intencionado poderia encontrar e usar contra você.

Ele sabe meu ponto fraco, mas, sendo algo tão importante para mim, obviamente já pensei nisso.

— Se eu aceitar me casar com ela — caminho até o closet e abro a gaveta para pegar um relógio —, vou deixar muito claro que não vamos morar na mesma casa.

Quando retorno ao quarto, percebo que a expressão de Ares é impagável. Parece achar que enlouqueci de vez.

— E como seria isso? A mídia iria descobrir, seu idiota — xinga, pulando da janela para o chão outra vez.

— Vamos pensar no presente? Você já está ansioso com coisas que podem nem acontecer, doutor.

— Certo, vamos pensar no hoje. Você vai sair, mas como fica o código secreto? Você prometeu que ia jogar — acusa, me olhando feio.

— Por isso marquei de encontrar com ela mais cedo, assim até as dez já estarei de volta e vamos jogar. Eu prometi, mas já vou avisando que nunca joguei isso... Não tenho ideia de como é.

— Eu também não. Nosso velho disse que a faxineira falou pra ele do jogo, por isso insistiu tanto para que pegasse uma caixa na loja.

Balanço a cabeça, porque ele é assim mesmo. Quando coloca uma coisa na cabeça, ninguém pode tirar. Exatamente como eu.

— Tá bom, vamos aprender como se joga. Enquanto isso, tenta controlar sua ansiedade.

Deixo o quarto e Ares para trás, seguindo para o andar de baixo.

Tento me despedir do vovô antes de sair, mas não encontro o velho em lugar algum, o que provavelmente quer dizer que está com raiva de mim e se escondeu no quarto.

Saio para a garagem, onde encontro Borges me esperando, com o quepe nas mãos.

— Boa noite, senhor Demetriou — cumprimenta quando me vê.

— Boa noite, Borges.

Ele apenas me encara, aguardando que eu diga em que carro vamos, e aponto para o Mercedes.

Eu poderia dirigir, mas com Borges posso aproveitar o tempo do trajeto para conversar com a senhorita Palheiros e conhecer mais a fundo o que ela e o avô têm em mente.

Meu motorista abre a porta, e me sento no banco de trás, aproveitando para enviar uma mensagem para o meu amigo Thiago.

> *E aí, juiz de araque? Vai passar na Pic-Pega amanhã? Talvez a gente possa sair pra beber alguma coisa à noite.*

A resposta dele não demora a chegar. O cara não tem nada pra fazer?

> *Vou passar lá pra quê, se vamos sair à noite?*
> *Quer que te busque na porta, Cinderela?*

> *Idiota. Faça como preferir, mas se puder parar de ficar dizendo às minhas secretárias que cometi um crime assustador, agradeço.*

> *Sabe como minha profissão é... repetitiva? Processos e mais processos, vereditos, eu batendo o martelo e tal. Qual é a graça se não puder ao menos pregar uma peça nos amigos mais próximos?*

Não respondo à última mensagem — nada menos do que ele merece por me fazer passar por esses constrangimentos.

Por um instante lembro-me da menina, toda envergonhada ao me avisar sobre a intimação, e meneio a cabeça. Tão inocente, tão bonita. Eu não tinha ideia do que as roupas novas fariam por ela.

Como uma pessoa pode ficar tão diferente apenas usando uma saia e saltos altos? Eu já havia notado que ela era bonita, mas uma beleza mais delicada. As roupas novas a deixaram sensual e elegante. Acho que não fui o único a notar, considerando a conversinha entre ela e Ares quando os encontrei.

— Estamos chegando, senhor — Borges avisa, interrompendo meus pensamentos.

Ele sempre relata trechos do caminho, mesmo que eu não peça. De certa forma é bom para que eu esteja preparado.

Borges estaciona diante de uma mansão tradicional, com portões grandes de ferro que ocultam a fachada da casa. Bem o que eu esperava do Palheiros.

Mas, quando os portões se abrem, a mulher elegante que caminha até o carro não é bem o que eu imaginava.

Talvez seja pelo modo como Palheiros falou da neta, mas imaginei uma garota com uns vinte e dois anos, muito sorridente e desmiolada. O que vejo diante de mim é uma mulher bonita, sensual e segura de si.

Borges abre a porta do carro para que ela entre, e então vejo-a se sentar ao meu lado.

— Boa noite, Demetriou — cumprimenta, fixando os olhos verdes sobre mim.

Seus cabelos pretos estão presos em uma trança comprida, e os olhos se estreitam enquanto me analisa.

— Boa noite, senhorita Palheiros — respondo, fitando-a com curiosidade. Realmente não era o que eu esperava.

Borges segue com o carro para um restaurante italiano que escolhi, simplesmente porque me pareceu apropriado para um encontro, ainda que não costume ter muitos e que o objetivo deste seja muito claro. Seguimos conversando sobre amenidades até entrarmos no local.

Quando pedi para que a secretária fizesse a reserva mais cedo, especifiquei que queria uma mesa afastada, para que pudéssemos conversar mais à vontade. Mas não pedi pelo champanhe que está à nossa espera, dentro de um balde com gelo.

Penso em questionar o *maître*, mas ao fitar minha acompanhante vejo seu sorriso e entendo que foi ela quem pediu.

— Pensei que, dependendo de como nosso jantar transcorrer, pode ser que tenhamos algo a comemorar ao final — comenta, respondendo à pergunta que não fiz.

— Ousada. — Puxo a cadeira para que ela possa se sentar e só então me sento do outro lado.

— Apenas confiante. Por que não aceitaria uma proposta como essa?

— Por que aceitaria?

Dessa vez ela enruga a testa e me fita, parecendo intrigada.

— Veja bem, senhorita Palheiros — começo a explanar minhas ideias —, seu avô possui, sim, um patrimônio vultuoso e um nome mais consolidado que o meu. Mas, considerando que quando nasci ele já estava no ramo, podemos dizer que estou indo muito bem sozinho.

— Não posso discordar.

— Vim até aqui hoje para conhecê-la, mas ainda não tomei minha decisão.

O garçom chega à mesa com nossa refeição, que tomei o cuidado de pedir antes. Isso parece surpreender a senhorita Palheiros.

O homem coloca o prato de massa à minha frente e a vejo erguer a sobrancelha, mas seu sorriso se alarga quando ele coloca uma salada bem trabalhada diante dela.

— E se eu quisesse massa? Está tentando me emagrecer, senhor Demetriou? Nem nos casamos ainda — ela brinca.

— Sempre investigo as pessoas com quem negocio, e sua secretária afirmou categoricamente que seu jantar consistia apenas em um prato de folhas. Posso perguntar como sobrevive?

— Sobrevivo magra, obrigada — ela responde.

Apesar do tom de brincadeira, estou mesmo impressionado com a alimentação da mulher. De que adianta tanto dinheiro se não pode nem mesmo comer bem?

— O que o faz hesitar? — questiona, colocando um pouco de salada na boca. — Tem medo de compromisso? Porque posso assegurar que não tenho aspirações românticas quanto ao nosso envolvimento.

— Tenho algumas ressalvas. Dizer que não espera sentimentos é fácil quando não está envolvida.

— Uma afirmação muito arrogante.

— A senhorita ainda não me conhece. É difícil não se envolver — respondo.

Ela sorri, mas não é uma piada. Não sou egocêntrico a ponto de achar que as mulheres se apaixonariam só de me ver. Mas gastei anos moldando minha personalidade, expandindo meus conhecimentos e me esforçando para ser o melhor em tudo que me disponho a fazer. Então não é ego, são fatos.

— Estou vendo por quê. Mas não se preocupe, meus interesses nesse acordo se restringem a joias, carros e viagens. Quero ajudar meu avô e, consequentemente, você a alcançarem ainda mais sucesso e, enquanto isso, vou poder desfrutar mais também.

— E por que não assumir os negócios você mesma? Esperava me encontrar com uma menina boba, mas me parece bem esperta.

Ela agradece o elogio com um sorriso.

— Esperteza e vocação são coisas diferentes. Não sou burra, mas não tenho a aptidão necessária para estar à frente da empresa. Também não tenho disposição. Vocês, homens poderosos, abrem mão da vida em nome de seus legados. Não é o que quero pra mim. Prefiro curtir férias infindáveis.

— Sabe que a proposta não envolve amor, mas aceitaria que vivêssemos em residências separadas?

Ela para o garfo a caminho da boca.

— Separadas? Não quer morar na mesma casa que sua esposa? Isso seria difícil de explicar.

— Talvez a idade avançada do seu avô, assim como a do meu, justifique essa decisão. Apesar de incomum, seríamos vistos como netos exemplares e amorosos.

Ela se mantém séria, pensativa. Sei que estou querendo demais, mas é minha condição inegociável. Não posso aceitar uma pessoa como ela morando na minha casa.

Se não fosse tão perigoso, as coisas seriam mais fáceis, mas existem alguns riscos que não posso correr, e colocar a neta do meu concorrente sob o meu teto é um deles. Por mais que depois do acordo não sejamos mais oponentes, nunca se sabe o que podem tramar contra mim.

Aprendi há muito tempo que só sou um deles, um dos ricos e intocáveis, porque me fiz assim.

— Não sei se seria viável, mas posso aceitar sua condição. Se aceitar a minha...

— E qual seria?

— Vamos a festas e eventos juntos e, diante da mídia, seremos um casal em todos os sentidos da palavra. Não precisamos dormir juntos... se você não quiser.

A senhorita Palheiros deixa a insinuação no ar.

— Não podemos ir de concorrentes a marido e mulher do dia para a noite. Concordo que nossa relação precisa ser construída gradativamente diante da sociedade.

— É o encontro mais romântico que já tive — ela solta.

— Por falar nisso, você entende que, caso eu concorde, não seremos um casal de verdade? O que significa que não vamos ter envolvimento físico a não ser diante das câmeras? — questiono, já trazendo à tona o que ela disse há pouco.

— Não me acha atraente?

— Você é linda, mas não é esse o ponto. Não podemos misturar negócios e prazer, ou as coisas podem sair dos trilhos.

— Claro. Posso me apaixonar, não é?

— Exatamente.

— Então eu poderia ter um amante? — pergunta, me testando.

— Não é um amante se não sou seu marido de verdade. Teremos apenas um contrato, mas a discrição precisa ser mantida.

— Mas e você? Pretende arrumar uma namorada?

— Eu não tenho relacionamentos, então pode ficar tranquila. Meus romances não duram mais que uma noite. Não tenho tempo para mais do que isso.

— Justo. São apenas negócios. Um noivado longo?

— Precisamos ser convincentes. Casar de repente despertaria suspeitas, mas um ano deve bastar.

— Mais alguma condição? — Ela parece me desafiar.

— Não se intrometa na minha agenda, me avise antes se houver algum evento a que temos de comparecer e não queira me conhecer intimamente.

— Desde que o contrário também valha. — Ela dá de ombros. — Não atrapalhe minhas viagens nem coloque freios em minhas compras.

— Acho que temos um acordo, senhorita Palheiros — respondo, porque não consigo pensar em outras objeções. O que mais poderia me motivar a casar, além da empresa? — Quero ver os relatórios de vocês e ter certeza de que não estão falidos ou planejando um golpe contra mim.

— Falidos? Tenha paciência. Pode ir até a empresa falar com o vovô amanhã.

— Vamos comer, então.

Ela me fita por longos segundos, depois abre um sorriso largo.

— Já terminei. — Pousa os talheres na mesa, deixando a salada quase intocada. — E, como somos namorados agora, pode me chamar de Brenda.

Tomo um gole do meu champanhe antes de responder:

— Pode continuar me chamando de Demetriou.

Lívia
~~~

Pego o metrô de volta ao orfanato no fim da tarde. O primeiro dia foi exaustivo, já que trabalhei o dia todo, fiz reservas, agendei reuniões e tentei colocar ao menos um pouco de ordem nos documentos bagunçados.

Aconteceu tanta coisa durante o dia que nem parece que de manhã eu ainda estava no refeitório, ajudando os pequenos a comer.

O senhor Demetriou tinha um jantar de negócios, mas pediu por uma mesa reservada, o que me fez imaginar que pudesse ser com uma mulher, em um encontro, e isso disparou na minha mente várias imagens de modelos altas e lindas, provavelmente o tipo dele. Quem seria a sortuda da noite?

Com a sacola de roupas novas em uma mão e minha bolsa no ombro, passo o trajeto todo pensativa, refletindo sobre tudo — meu chefe, a empresa, o orfanato e as crianças —, tentando entender como as coisas deram essa virada tão grande em apenas vinte e quatro horas.

Chego em casa apenas quando a noite já começa a cair, mas, apesar da hora, encontro todas alvoroçadas à minha espera.

— Que roupas são essas? — dona Beth quer saber assim que passo pela porta.

— Estou bonita? — pergunto, brincando. — Fui trabalhar de jeans e camiseta, mas tinha uma reunião importante hoje e acabei ganhando umas roupas do patrão.

Ela não parece achar isso tão legal quanto eu.

— Que coisa estranha.

— Também achei, mas ele falou que era pra encarar as roupas como um uniforme. Por ser secretária dele agora, não posso andar tão desleixada.

— O conjunto de ontem está seco, por falar nisso — diz ela, parecendo entender a situação das roupas novas.

Ergo as mãos aos céus, grata porque alguém se lembrou de colocar para secar.

Laís entra na sala com a bebê no colo e abro os braços, sentindo o cheirinho de sabonete que indica que ela acabou de tomar banho.

— Ahh, deixa eu pegar essa fofurinha da tia Lívia.

Laís me entrega Martina, que dorme calmamente no colo, como se nada no mundo a preocupasse.

— Tão lindinha, não acham?

As duas concordam, sorrindo, tão apaixonadas quanto eu.

— E o Davi? — pergunto, olhando ao redor.

— Está comendo com os outros. Acho que... talvez seja melhor separarmos os dois na hora de dormir.

Beth não precisa explicar o motivo, logo entendo que pretende afastar as crianças para que sofram menos na separação.

— Os possíveis pais voltaram?

— Voltaram, e aconteceu uma coisa que não gostei — admite, contrariada.

— O quê?

— Eles passaram um tempo com a Martina, e ouvi quando o marido perguntou à esposa o que fariam com a viagem que programaram. Ela disse que levariam a bebê, mas o homem pareceu discordar, achando que a menina fosse atrapalhar...

— Ele quer desistir da adoção por uma viagem? — pergunto, chocada.

— Não. Quer deixar a bebê com um parente deles, logo no primeiro mês.

— Por que está me contando? — Tento não ser grossa, mas me sinto muito irritada agora. — Sabe o que acho sobre separarem os irmãos. Então, se não pode fazer nada pra impedir, por que está me dizendo isso?

— Não sei. Talvez você consiga pensar em alguma coisa, Lívia. Eles vão voltar de manhã. Não acho que deviam vir tanto aqui... Não antes de o juiz decidir qualquer coisa. E se não der certo?

— Melhor pra todo mundo, pelo visto.

O resto da noite passa sem que eu consiga relaxar. O dia começou bem, mas as más notícias pioraram tudo.

Repito para mim mesma que não devo me intrometer, que não sou responsável por eles e que a Justiça vai tomar a melhor decisão, mas ainda assim não consigo tirar do peito a sensação incômoda de que deveria tomar alguma atitude.

7

Lívia

Acordo com uma mensagem de Bruna.

> *Me liga pra contar sobre o trabalho.*

 O celular vibrando embaixo do meu travesseiro é o responsável por acabar com meu sono, mas tudo bem, tenho só mais uma hora antes de precisar sair para o trabalho, então me levanto e corro para o banheiro.
 Laís passou a noite com os bebês, portanto não preciso me preocupar com o barulho enquanto me arrumo. Visto a calça de alfaiataria que ganhei e uma das outras camisas, a bege, mas hoje opto por um sapato baixo, mais confortável.
 Quando chego ao refeitório pouco depois, vejo as crianças maiores conversando e se divertindo enquanto comem. Pietra e Beth estão na mesa dos fundos, mas não vejo Laís e os pequenos em lugar algum.
 — Onde estão os bebês? — pergunto, me aproximando da mesa. — Queria ver os dois antes de ir.
 — Estão na sala de recreação com a Laís. Os futuros pais da nenê estão aqui, e Laís insistiu em ficar por perto com Davi. Acho que ainda tem esperanças de que mudem de ideia...
 Rejeito a possibilidade na minha cabeça, porque, como já disse antes, se os candidatos não querem, então não vão ser bons pais. Dou meia-volta, mas ainda escuto dona Beth perguntar, preocupada:
 — Aonde você vai, menina?
 — Só quero ver o casal, conhecer os dois.
 Ela não me pede para não ir, talvez porque saiba que tenho experiência com pais babacas e sei identificá-los com facilidade.

Aproveito para digitar uma mensagem para minha irmã no caminho, prometendo ligar à noite. Mas, quando chego à sala em que as crianças estão, encontro Laís com Davi em um canto, brincando com um papel e lápis, enquanto um casal observa Martina, que está dormindo nos braços da mulher.

O homem desvia os olhos para mim quando passo pela porta. Ele deve ter uns cinquenta e cinco anos e me lança um olhar tão indecente que sinto meu estômago revirar.

Não é só pela idade, ainda que ele seja uns bons trinta anos mais velho que eu. Mas um homem que não respeita a própria mulher com um bebê no colo não me passa a mínima confiança.

O descarado ainda abre um sorrisinho, que nem por educação consigo devolver.

— Bom dia, Laís — cumprimento. — Vim me despedir. Estou indo para o trabalho.

Se ela estranha minha atitude, não demonstra. Laís abre um sorriso para o pequeno, antes de apontar para mim.

— Vai lá dar um beijo na tia Lívia.

Davi se levanta do chão com suas perninhas gordinhas e vem na minha direção, saltitante. Ele joga os braços ao redor do meu pescoço e me dá um beijo molhado na bochecha.

— Você vai ficar bonzinho, Davi? Comportado? Quando a tia Lívia chegar, vamos ver um desenho muito legal.

Ele balança a cabeça, animado.

— O Davi é *munto* bonzinho.

— É mesmo, um amor. E a Martina está dormindo? — pergunto, e vejo a mulher erguer os olhos para mim e abrir um sorriso.

Quando meus olhos encaram os dela, sinto um arrepio percorrer minha espinha e engulo um nó incômodo. Ela parece uma boa pessoa e com certeza quer ser a mãe da Martina, mas consigo ver nitidamente uma sombra arroxeada sob seu olho esquerdo.

Foi oculta sob uma camada de maquiagem e já está desbotando, mas meus olhos treinados reconhecem a marca de um soco na mesma hora.

De jeito nenhum eles vão levar a Martina!

Nem que para isso eu precise fazer uma coisa muito imprudente.

Nem que para isso eu precise me intrometer.

Nem que eu precise tomar uma atitude louca e impensada.

Mas esse casal levar nossa bebê? Não vai acontecer.

Olho no relógio e percebo que ainda tenho vinte minutos antes de precisar sair. Tempo suficiente para pensar em um plano, coisa que minha mente já vinha arquitetando nos últimos dias.

Obviamente, meu primeiro instinto foi um sequestro — não me julguem se não passaram pelo que passei. Nessa opção, pegaria as crianças no meio da noite, chamaria um táxi e as levaria para a porta da casa do senhor Demetriou, que em algum momento eu descobriria onde fica. Tocaria a campainha e me esconderia nos arbustos, vestindo uma roupa preta.

Mas são muitas implicações nesse plano. Primeiro que o homem não iria simplesmente aceitar duas crianças na sua porta assim, sem questionar. E, mesmo se aceitasse, quando Beth informasse a polícia sobre o desaparecimento e soubesse que elas teriam chegado à porta do meu chefe, eu seria a primeira suspeita. Iria presa, e as crianças seriam devolvidas.

Por isso tive que apelar para uma opção menos agressiva, ainda que igualmente invasiva. Mas eu não estaria forçando nada; apenas dando uma mãozinha ao destino.

Talvez tenha assistido a muitos programas de investigação criminal, mas não posso deixar de pensar em todos os rastros que preciso apagar e torcer para que meus conhecimentos obtidos assistindo a CSI sejam o suficiente para me salvar.

Ah, fala sério! Também não vou cometer um crime. Só não quero ser descoberta.

A melhor maneira de contatar o senhor Demetriou anonimamente seria um *chip* e, então, uma mensagem. Eu poderia quebrar o *chip* e jogar dentro de uma taça de champanhe depois — as pessoas costumam fazer isso nos filmes, mas minha mensagem teria que ser imensa. Além disso, com certeza o contato dele é restrito, o que logo me colocaria no rastro da sua desconfiança.

Cartas enviadas pelo correio, com as palavras recortadas de revistas e coladas no papel, também são uma ideia que funcionaria na prática, só que se trata de um ato dramático e demorado demais.

Então temos as boas e velhas *lan houses*, quase extintas hoje em dia, já que todo mundo tem computador em casa. Mas ainda tem uma perto do abrigo, e dessa forma me decidi em menos de dez minutos por enviar um e-mail.

Caso ele fique curioso e resolva investigar o IP do computador e rastrear de onde saiu a mensagem, pode até chegar à *lan house*, mas não vai me descobrir.

O lugar pode ter câmeras e, se fosse um assassinato ou um roubo, com certeza voltariam as filmagens até o dia de hoje e me encontrariam. Mas não consigo imaginar meu chefe, tão ocupado, perdendo tempo com uma mensagem inocente apenas por curiosidade.

Com essa confiança, me sento na cadeira preta com o estofamento rasgado e estalo os dedos, me preparando para digitar.

Primeiro crio um e-mail novo, apenas para esse fim, o que toma o resto do meu tempo. Provavelmente vou chegar atrasada no segundo dia e ouvir uma bronca daquelas, mas não posso parar agora.

> **Usuário:** *umcoracaoaflito*
>
> *Ao senhor Teseu Demetriou, CEO da empresa Pic-Pega:*
>
> *Antes de tudo, peço desculpas por me apresentar assim, sob um nome fictício. Mas tente me imaginar como uma representante do destino, e dessa forma não seria muito bom que eu me revelasse.*
>
> *Vi sua entrevista no programa da Geo Medeiros outro dia e o ouvi falar sobre adoção. Peço agora que me leia. Tenho uma história triste para contar sobre esse tema.*
>
> *Um tempo atrás, dois irmãos chegaram ao Lar Santa Inês, um menino e uma menina que perderam os pais e de repente se viram jogados em uma vida que não conheciam.*
>
> *Infelizmente, o casal com prioridade na fila de adoção deseja apenas uma menina, e, por isso, os irmãos talvez sejam separados. Meu coração se partiu ao imaginar que eles nunca mais se veriam.*
>
> *O seu também não se parte?*
>
> *Mas, para piorar ainda mais — e aqui entra a parte em que espero que nunca descubram meu nome, porque sei que são acusações graves as que farei a seguir —, conheci os futuros pais e, na última vez em que os vi, pude perceber que o homem não é uma pessoa muito decente. A mulher dele tinha um dos olhos roxo, e ele olhava sem nenhuma vergonha para outra moça, na frente da esposa. Pode imaginar o que esse homem vai fazer com a bebezinha?*
>
> *Por isso estou enviando este e-mail, ciente do seu desejo de adotar uma criança e torcendo para que haja espaço para duas. Se no seu coração encontrar essa disposição, convido o senhor a conhecer os dois.*

Eu sei, isso não é uma ficção, e sei que, assim como está para acontecer com eles, já aconteceu com tantos outros antes. Mas, nesse caso, talvez haja uma esperança. Talvez o senhor seja essa esperança.

A bebê se chama Martina e tem apenas um mês de vida. Já o menino se chama Davi e vai fazer três anos em breve.

Já se imaginou perdendo a única família que possui? É tão triste passar por isso que escrevo estas palavras em meio às lágrimas, torcendo muito para que o senhor tenha a influência que eu não tenho e possa fazer alguma coisa.

Assinado: Ajudante do Destino.

Por sorte, consigo encontrar um motorista e vejo pelo aplicativo que o trajeto vai levar cerca de dezessete minutos, só dois a mais que o tempo de que disponho para chegar dentro do horário.

São oito em ponto quando chego ao prédio, mas, considerando o tempo nas escadas e no elevador, chego à minha mesa com três minutos de atraso. Olho para a porta, verificando se meu chefe chegou antes de mim, mas não vejo nenhum sinal dele pelas janelas, cujas cortinas estão abertas.

Estou sondando pelo vidro quando a porta se abre de repente, e ele aparece com cara de poucos amigos.

— Está atrasada, senhorita Lívia.

— Eu... — Encaro meu celular e confiro que foram apenas três minutos mesmo e a resposta me vem a ponta da língua, mas me controlo em tempo. — Sinto muito, senhor Demetriou, não vai se repetir.

Ele ainda demora o olhar em meu rosto por um tempo, como se estivesse analisando se digo ou não a verdade.

— Espero que não.

Mas que mau humor! Espero que não seja assim com seus futuros filhos, senhor!

Depois disso, passo o dia no trabalho, nervosa. Talvez eu tenha agido de modo precipitado, mas não temo por mim; meu medo ainda não é o de ser descoberta. No momento, meu maior medo é que meu chefe não abra o bendito e-mail.

Ele deve receber tantos, todos os dias, que um e-mail com o remetente "um coração aflito" deve ser descartado sem nem ao menos ser aberto.

Eu deveria ter colocado: *Se não abrir, uma bomba vai explodir seu Porsche.* Ou algo dramático assim.

Peço o café com canela na cafeteria da esquina e, quando chega, pago com o cartão da empresa. Então, com a desculpa perfeita em mãos, entro na sala dele pronta para sondar o terreno.

— Senhor Demetriou, trouxe seu café. Com canela!

Ele assente, mas nem mesmo desvia os olhos dos papéis sobre a mesa, concentrado em alguma coisa neles. O homem consegue ficar ainda mais bonito assim, compenetrado. Tão lindo que perco uns segundos apenas admirando o perfil bem desenhado de sua mandíbula.

Enfim me obrigo a parar de babar e deposito o copo sobre a mesa, mas ainda hesito um instante. No entanto, quando ele ergue os olhos e me fita, parecendo se perguntar o que ainda estou fazendo aqui, abro um sorriso amarelo e dou as costas.

Droga! Como vou fazer para que ele veja o e-mail?

O horário do almoço chega e desço para a cantina para me encontrar com Bianca.

O prato do dia está muito bonito e cheiroso, uma delícia, mas mal consigo comer, ansiosa e preocupada com o que vai acontecer quando ele ler a história de Martina e Davi.

— Você está doente? — Bianca pergunta, encarando meu prato intocado. — A comida está ótima.

— Eu sei, não estou doente, só ansiosa... preocupada com algumas coisas.

Ela aquiesce e joga os cabelos ruivos para trás.

— Sabe de uma coisa? Acho que três dias já é tempo mais que suficiente de amizade pra que você me conte tudo. Não sei nada sobre você...

Abro um sorriso com a honestidade dela. Minha história não é algo que eu queira esconder, tenho orgulho do quanto alcancei sem ter privilégios ou condições.

— Cresci em um orfanato, mas fui adotada com oito anos.

— Sério? Não tinha a menor ideia! Eu cresci com meu pai. Somos só eu e ele desde sempre.

— É difícil, né?

Bianca concorda.

— Eu tinha um irmão, mas ele era mais velho e o casal só queria a mim. Na casa deles, conheci uma menina que também tinha sido adotada por eles, a Bruna, e nos tornamos como irmãs.

— Ah, que bom que encontraram pessoas boas que cuidaram de vocês...

Acho que meu sorriso entrega a verdade.

— Não encontraram?

— Na verdade, eles queriam apenas empregadas. Nós estudávamos de manhã, porque era obrigatório, mas à tarde limpávamos a casa toda e depois tínhamos que ajudar no bar que eles tinham.

— Era tão ruim assim?

— O nosso pai não era uma pessoa boa, sabe? Perdi as contas de quantas vezes apanhei por besteiras, Bruna também — concluo a história por aí, tendo o cuidado de não dizer que voltei para o abrigo, para que não me liguem às crianças, se possível.

— Mas e o seu irmão? O que aconteceu com ele?

— Éramos em três, eu, meu irmão e o Jonas, que se tornou nosso amigo logo no primeiro dia no orfanato. Os dois acabaram na rua, e eu fui adotada. Na última vez que vi os dois, eu tinha uns onze anos. Mas nos anos anteriores, sempre que um de nós fazia aniversário, vínhamos os três aqui, sabia? Tinha uma cafeteria dentro da loja e a diretora do abrigo nos pagava um café, enquanto fazíamos planos de comprar todos os brinquedos da loja...

Não sei nem por que estou contando os detalhes, mas preciso de alguém de olho, caso ele apareça.

— Nessa loja? Na Pic-Pega?

Confirmo com um gesto, perdida nas lembranças.

— Um dia, combinamos que em uns dez anos íamos voltar aqui, com dinheiro suficiente pra comprar tudo. Essa loja era muito especial pra todos nós.

— Mas vocês não se encontraram.

— Ainda não. Mas tenho esperanças de que, qualquer dia desses, Jonas vai passar por essa porta procurando por mim. É um sonho de criança, uma paixão infantil, mas não consigo esquecer.

— Meu Deus, amiga! É seu amor verdadeiro! Sabe como é, aqueles dos contos de fadas e tal.

Acabo rindo da cara de surpresa que ela faz.

— Na verdade, eu era criança e ele, um rapaz. Provavelmente nunca foi a mesma coisa pra ele.

— Mas pode ser, não é? Agora você já é uma mulher. Tudo bem que vocês não vão mais querer comprar brinquedos, porque não são mais crianças, mas quando ele vier e te encontrar... Ahh, eu vou tirar uma foto!

— Você é mais iludida do que eu, Bianca.

— Sou mesmo. Pode deixar que, assim que entrar um bonitão, já vou sair correndo perguntando se é o Jonas.

Começo a rir porque é impossível me manter séria com os ataques dela.

— Mas e o seu irmão?

Sua pergunta cala meu riso, como acontece sempre que alguém menciona Otávio.

— Não, meu irmão não vem.

Após o almoço, retomo meu lugar atrás da mesa e faço as anotações necessárias para a reunião que terei que organizar para amanhã, já que, por alguma razão, nosso CEO decidiu reunir todos os sócios minoritários antes da data prevista. Pelo que os funcionários andam dizendo, isso só pode significar uma coisa: expansão imediata.

Pelo pouco que venho conhecendo do meu chefe, é impossível não admirar a mente genial por trás do humor ártico. O homem não para e não descansa, é como se a mente dele pensasse em maneiras de crescimento até durante o sono.

Mas que tipo de pessoa cresce assim, sem verificar os e-mails? Nenhuma das minhas tentativas de sondagem parece ter surtido efeito. Desanimo completamente quando, no meio da tarde, bem antes de o expediente se encerrar, meu chefe sai pela porta, às pressas, e me direciona um olhar que exala raiva e... algo mais. Ele parece chateado.

— Senhorita Lívia, surgiu uma emergência e vou precisar ir embora mais cedo. Quando acabar seu trabalho, pode ir pra casa.

A expressão dele é um misto de irritação e angústia, e por um momento fico preocupada de que seja algo sério, mas me limito a assentir e concordar, afinal ele me ensinou suas regras: não procrastinar, não me atrasar e, a mais importante, não me intrometer. Seus problemas pessoais não são da minha conta.

Repassando as regras, percebo que o meu e-mail quebrou a última delas, afinal não daria para me intrometer mais que já o fiz. Além disso, os meus três minutos de atraso parecem ter se incumbido de quebrar mais uma.

— Tudo bem — respondo apenas.

Espero as portas do elevador se fecharem e me jogo na cadeira para chorar as mágoas e procrastinar. Um único dia e todas as regras foram quebradas; sou mesmo um exemplo de funcionária.

Teseu

Não é um bom dia. Fui completamente ignorado no café da manhã com Hélio e Ares depois de ter contado a eles ontem à noite sobre o acordo com os Palheiros, então saí chateado para o trabalho.

Os dois estão comigo desde o começo, sabem o quanto batalhei para chegar aonde estou e conhecem as minhas prioridades invertidas — eles sabem quem eu realmente sou. Então era de se esperar que me apoiassem, que entendessem os meus motivos, por mais gananciosos que eles sejam. Mas não foi assim.

Eles se sentem no direito de julgar minha decisão.

Precisei preparar o material para uma reunião com os sócios, reagendada às pressas, para notificar sobre a pausa nos planos de expansão para o exterior. Nova York vai ter que esperar, porque meu plano com os Palheiros merece atenção total por um tempo.

Só que, depois de muito trabalho para apresentar uma proposta para duas novas filiais, já que os planos com o velho e a neta precisam ser mantidos em segredo, abri meu e-mail para conferir qualquer urgência e a mensagem com a qual me deparei terminou de destruir meu dia.

Quando comecei a ler, foi impossível que um tremor involuntário não se apossasse do meu corpo, e então, de um minuto para outro, minha vida virou de cabeça para baixo.

Por mais que não fosse o que eu esperava a princípio, a história mexeu comigo de uma maneira que não posso explicar, mas foi o suficiente para me fazer abandonar a empresa antes do horário.

Sou recebido no abrigo pela diretora, que concordou em abrir as portas e me mostrar as instalações.

— Boa tarde, dona Beth.

Minhas mãos estão nos bolsos, uma maneira de ocultar o tremor. Faz muito tempo que algo não me tira dos eixos assim, mas Teseu Demetriou não demonstra fraquezas.

— Boa tarde! Nossa, fico muito feliz em receber alguém como o senhor aqui.

Abro um sorriso diante da espontaneidade da mulher.

— Mas por que veio? Algum problema com...

Interrompo sua preocupação com meus problemas apenas com um gesto de mão.

— Não, nenhum problema. Fiquei sabendo sobre um casal de irmãos que foi enviado para cá, um garotinho e uma menina. Será que posso conhecê-los?

Ela hesita por um momento, provavelmente porque meu pedido é um pouco estranho, mas ela sabe quem sou, o poder que tenho, o dinheiro, e dificilmente as pessoas se opõem a mim sem que haja necessidade.

— Bom, acho que não seria um problema.

A mulher me conduz pelos corredores do abrigo, me acompanhando até os jardins, onde as crianças mais velhas brincam no gramado.

Em um canto, uma moça balança um carrinho velho de bebê, e, sentado no chão ao lado dela, está um menino brincando com um carrinho vermelho.

— Laís, esse é o senhor Demetriou.

A moça ergue os olhos para mim e então os desvia para a diretora.

— Das lojas de brinquedo?

— Exatamente — responde a diretora em tom de voz elevado e estridente. — Ele quer conhecer a Martina e o Davi.

— Claro! Essa aqui é a Martina. Parece um anjinho, não acha? — Ela abre o tampo do carrinho para que eu possa ver melhor.

A menina é tão pequena e frágil que sinto um aperto no peito. Os olhos estão semicerrados, e ela tem os punhos fechados com força.

— Sim, parece um querubim — concordo com sinceridade.

Eu me abaixo até ficar da altura do garotinho, e ele me fita com um par de lindos olhos verdes, curiosos.

— E você deve ser o Davi.

Ele balança a cabeça, concordando com bastante ênfase.

— Muito prazer, Davi. Você é irmão da Martina?

Outra vez ele confirma com um gesto, os cabelos balançando junto.

— E você cuida dela? — pergunto, me sentindo mais emotivo do que deveria e lutando para que não seja perceptível.

— Sim. *Puquê* Davi é *gandi* e a Tina é bebê.

— Sim, ela precisa de você, não é? E você dela...

O e-mail anônimo me desestabilizou completamente. Que outra explicação eu teria, a não ser minhas emoções, para ter deixado o trabalho, entrado no carro e dirigido até aqui?

— Será que podemos conversar, Beth?

Ela assente, empolgada, e imagino bem o porquê. O dono de uma rede de lojas de brinquedos em um abrigo? Um doador assim pode fazer toda a diferença na vida das crianças. No caso específico dela, sei que não é interesse pessoal no que eu tenho, é pelas crianças sob sua responsabilidade. Esse tipo de ambição é altruísta.

Caminhamos pelos corredores na direção da saída, em vez de irmos para o escritório, pois não temos de ficar a portas fechadas para dizer o que preciso.

— Eu estou na fila para adoção — começo e vejo-a erguer o rosto para me encarar. — Na verdade, devo ser chamado muito em breve. Mas fiquei sabendo do casal de irmãos e que uma família pretende adotar apenas a menina. Isso é verdade?

— Como soube disso? Infelizmente é verdade... Eles são os próximos na fila e a intenção é essa, sim, mas ainda não sei se o juiz vai permitir. A Justiça sempre opta pelo melhor para as crianças.

— E deve ser assim. Conheço muita gente nos tribunais, juízes e promotores. Acredito que, estando na fila, com a intenção de adotar os dois e podendo dar a eles o conforto que posso, eu consiga a guarda deles se pedir alguns favores.

Ela se mantém séria, me encarando.

— Sei que não é o mais honesto, dona Beth, mas creio que, nesse caso, concorde comigo que é por uma boa causa.

— O senhor está me dizendo que quer adotar os dois? Assim, do nada?

Sim, do nada, só por causa de um e-mail. Ainda assim respondo com sinceridade:

— Não é do nada. Já estou na fila tem muito tempo. Mas, sendo bem sincero, nunca tentei burlar a espera, porque não acho justo, tendo tantos pais desesperados para adotar um filho. Mas é um caso atípico.

Ela assente, me entendendo.

— Já que está sendo sincero, também serei. Eu não gosto do casal que quer adotar a menina. Eles não me parecem boas pessoas... A mulher talvez seja, mas não é o suficiente.

Dona Beth não precisa me dizer isso. O anônimo já disse tudo o que eu precisava saber.

— Creio que eu consiga providenciar os papéis bem rápido. Se a senhora puder me ajudar, dificultando o acesso desse homem à bebê, vou ficar grato. Não me sinto confortável sabendo que ele pode... fazer alguma coisa.

Se ela me considera prepotente por falar dessa maneira, como se tivesse algum direito, não comenta. Provavelmente porque também não se sente bem com a aproximação do casal com a bebê.

— Farei o possível. Acha que vai dar certo?

— Com toda a certeza. E vou retribuir o favor: pode ter certeza de que o Santa Inês será incluso em minhas doações mensais.

Beth abre um sorriso, feliz, mas também com certo ar de deboche.

— Cheguei a pensar que o senhor tinha alguma coisa contra nós. Sua empresa contribui com todos os outros orfanatos da cidade, mas nos ignora completamente.

— Me perdoe pelo descaso, isso vai mudar.

8

Teseu

Entro no bar e percebo o ambiente mais vazio, então continuo andando até encontrar uma mesa mais afastada. Sempre que posso, prefiro não estar rodeado por muitas pessoas e me manter socialmente afastado.

Sento-me à mesa e peço ao garçom que traga duas doses de uísque enquanto espero.

Quando anunciar o noivado com a senhorita Palheiros, meu conforto em me manter mais distante vai terminar, porque, com certeza, ela é do tipo que adora uma aparição pública. Isso é algo que eu deveria ter considerado antes de me decidir.

— E aí, cara. Já dominou o mundo essa semana?

Ergo os olhos e me deparo com Thiago, de pé à minha frente. Levanto-me, estendendo a mão para ele. Thiago dispensa meu gesto, me puxando para um abraço que me pega desprevenido.

— Pelo visto sentiu minha falta mesmo — comento, dando um tapa nas costas dele e o afastando em seguida.

O problema não é com Thiago em específico, mas criei uma linha invisível que me separa dos meus amigos. Mesmo com toda a minha resistência, ele consegue transpor as barreiras com paciência e muita persistência. Geralmente eu os afasto da minha vida logo que começam a se aproximar demais, mas não é o caso. Thiago não é enxerido, só um pouco empolgado.

Arrastando uma cadeira, ele se senta do outro lado da mesa e me encara com aquele sorrisão.

— Vai dizer que não sentiu a minha? Deixa de pose, Teseu. Eu sei que você me ama.

E gosto mesmo, mas não esperem que eu admita em voz alta.

— Vim te ver porque você não parava de me mandar mensagens, parecia uma namorada carente — respondo. Ao mesmo tempo, percebo dois dos meus funcionários entrando pela porta, o rapaz agarrado à cintura da menina. Não que seja um problema; o que fazem da porta para fora não é da minha conta.

Escolhemos um bar perto da empresa, então, saindo do abrigo, passei em casa para tomar um banho e depois peguei o carro para encontrar meu amigo, sem o Borges dessa vez.

— E então? — ele questiona, ainda rindo do meu comentário. — Tudo em perfeita ordem no seu mundo particular? Não vai pra Nova York de vez, né?

— Não está tudo exatamente em ordem. Está mais como se o mundo tivesse dado um giro muito mais rápido que de costume e me desestabilizado um pouco.

— Você? — Thiago ri e se recosta na cadeira, pressentindo uma boa história de desgraça. — Nada consegue te impactar. O que poderia ter acontecido?

O garçom chega com nossas bebidas e vejo a careta do juiz. Ele prefere bebidas mais fracas, e eu sei disso, claro.

— Traz um energético, por favor — pede, educado.

Espero o garçom se afastar e então coloco as cartas na mesa.

— Preciso de você. — Preparo o terreno para pedir um favor que nenhum amigo deveria pedir ao outro.

Bebericando seu uísque de mau grado, Thiago coloca o copo sobre a mesa e me encara com os olhos semicerrados.

— Sou todo seu, tesão — brinca em tom de voz baixo, recebendo minha careta de desgosto como resposta.

— Não gosto desse trocadilho, Thiago.

Nem mesmo meu olhar gélido tira o bom humor do imbecil.

— E por que acha que eu sempre brinco com isso? Mas anda, do que você precisa?

— Sabe que estou na fila de adoção, não sabe? — Encosto-me na cadeira, tentando agir com naturalidade, mas estou um pouco tenso em trazer o assunto à tona.

— Sei. Já tem um tempo, não tem?

— Tem. Acontece que tem dois irmãos no Lar Santa Inês, uma bebê e um garotinho de quase três anos...

Ele assente, compreendendo o rumo da conversa.

— E você quer adotar os dois?

— Quero. Só que tem um casal na minha frente. Inclusive já foram ver a menina e estão só esperando a decisão do juiz.

— E esse juiz por acaso sou eu?

— Não sei. A questão é que eles querem ficar só com a bebê, vão separar os irmãos. Eu quero os dois, você conhece minha índole, os recursos que tenho e, bom, realmente estou na fila esperando minha vez.

Dessa vez ele ri, mas somos interrompidos pela chegada do energético. Dou um tempo para que Thiago abra a latinha e despeje metade dela dentro do copo.

— *Estava* esperando. Agora está me pedindo pra furar a fila. — Thiago bebe um gole, sorrindo com satisfação.

— Se fosse outro casal disposto a ficar com os dois, eu respeitaria como fiz até agora. Mas, além de quererem apenas a menininha, o homem é um agressor.

Thiago me olha, agora mais sério.

— Não vou nem perguntar como sabe das agressões, mas tem certeza de que quer isso? Você trabalha demais, ainda não se casou. — Ele batuca com o dedo sobre o tampo da mesa, enfatizando sua opinião. — Criança dá trabalho, cara. Não é fácil.

— Tenho certeza. Acha que eu não pensei nisso tudo antes de decidir me candidatar?

— Só acho um pouco estranho. Você não se aproxima de ninguém, raramente convida os amigos pra irem na sua casa, não namora, mas quer ter dois filhos. Não acha estranho?

— Pode ajudar? — Deixo sua pergunta sem resposta.

— Claro que posso, se tem certeza. Mas fique tranquilo, porque dificilmente o juiz vai aceitar separar os irmãos. As duas crianças estão dentro de uma faixa etária muito procurada, então, mesmo que não fosse você, surgiriam outros pais dispostos a adotá-los.

— Mesmo sendo dois?

— Mesmo assim. Existem mais pais na fila do que crianças para serem adotadas. Muitos não querem irmãos, mas a maioria busca por crianças menores de cinco anos, o que é o caso, então esse casal que pretende adotar apenas a menina não tem muitas chances.

— Isso já é um alívio. Eles não deveriam ficar indo lá, criando um vínculo com a bebê, sem ter certeza das coisas...

— E você já está com ciúmes de uma filha que ainda nem é sua... — Thiago meneia a cabeça, descrente.

Não vejo minha atitude como ciúmes, mas como proteção. Principalmente depois do que soube a respeito do homem.

— Vai me ajudar, então?

— Bom, se as crianças estão dentro do perfil que você solicitou e se já estava mesmo pra acontecer, não vai ser difícil. Deixa comigo, que amanhã procuro saber melhor sobre os dados dos dois e trabalho nisso pra você.

— Isso pode te dar problemas?

— Vou pedir alguns favores, e você fica me devendo um. Na hora certa eu cobro.

Confirmo com um gesto, qualquer coisa para tirar as crianças de lá.

Lívia
~~~

Mal abro a porta da frente e já me deparo com um trio ansioso de mulheres à minha espera.

— Você chegou! Sabe que não se encontraram por pouco? — dispara Beth, remexendo as mãos, agitada.

Descalço os sapatos ainda no hall, como sempre faço, libertando meus dedos que foram comprimidos por eles o dia todo, e me abaixo para pegá-los.

— Encontraram? — pergunto, me colocando de pé outra vez. — Quem esteve aqui?

— Como, quem? Seu novo chefe. Não foi você quem deu o endereço a ele? — Laís diz, dando pulinhos no lugar, mostrando toda a empolgação que a presença do homem causou.

— O senhor Demetriou esteve aqui? — É como se aos poucos a notícia chegasse até meu cérebro, ganhando a dimensão que ela tem. — Meu Jesus amado! O que foi que ele disse?

Eu me aproximo delas e agarro dona Beth pelas mãos, suplicando que conte logo. A ansiedade para saber de tudo briga com o medo de que ele tenha me descoberto.

— Pelo visto não foi você que deu o endereço a ele, que estranho. Disse que ficou sabendo sobre as crianças, o Davi e a Martina, e que quis vê-los.

— Sério? Que inacreditável! — grito, empolgada.

Logo começo uma imitação ainda mais efusiva dos pulinhos da Laís. Não acredito que deu certo! Faço minha dancinha da vitória sob os olhares atentos das três, que me encaram com expressões que exalam ceticismo.

— Não vão cair nessa, não é? — pergunto, ainda sorrindo.

Como ninguém me responde, passo por elas seguindo na direção do quarto, mas as três me seguem de perto.

— Talvez eu tenha dado um empurrãozinho para que ele ouvisse falar dos dois, mas o senhor Demetriou não sabe, ouviram? Não digam que fui eu, ou posso perder meu emprego.

Paro, me virando e apontando o dedo para elas, depois começo a dançar de novo.

Lívia, você foi uma gênia!

— Mas eu não entendo. — Pietra me encara com desconfiança. — Como falou sobre isso, se ele não sabe que foi você?

Arrumo a postura, me preparando para os aplausos que com certeza mereço.

— Mandei um e-mail! — Espero por um instante, mas, como a salva de palmas não vem, continuo a narrar os detalhes da minha operação secreta. — Eu sabia que ele estava na fila pra adoção, e ele me pareceu uma opção muito melhor que aqueles dois que querem ficar com a Martina.

— E que opção! — Laís concorda, fingindo se abanar com a mão.

Isso me arranca uma risada.

— Você viu? — pergunto, me aproximando mais dela. — Ele veio de terno? Nossa, aquele homem fica um espetáculo de terno.

— E sem? — ela pergunta, maliciosa.

— Com certeza um espetáculo também!

— Lívia! — dona Beth me repreende, mas está rindo e se divertindo com nossa palhaçada.

— Ainda não vi ele sem terno — respondo —, e nem estou falando de ver o homem sem roupa, mas de jeans e camiseta. Ele é muito elegante pra usar essas roupas informais.

— Sem falar no relógio. Você viu aquilo? Deve custar mais do que a minha casa! — Laís dispara.

Olho dela para Pietra e depois para dona Beth, e todas começamos a rir ainda mais.

— Que casa, Laís? Nós não temos isso. Ele veio no Porsche? Porque eu soube que também tem uma limusine.

— Isso é sério? — Dona Beth me encara com os olhos muitos arregalados. — Pensei que só usavam nos filmes.

Arranco o blazer, jogando-o em cima da cama, enquanto as três invadem o quarto, ansiosas pelos meus relatos. E eu, claro, não poupo detalhes.

— Pois é! Mas não pensem que tentei essa artimanha pelo dinheiro. Conheci o avô e o irmão dele. Parece que todos querem muito que a família cresça com as crianças. Então, como podem ver, foi o destino que me colocou naquela loja. É perfeito!

— Porque ele é rico — comenta Pietra, arrancando risadas das outras duas.

Ela nos dá as costas, retornando para a sala de recreação, onde as crianças sempre ficam nesse horário.

— Porque ele tem condições de criar os dois, e não apenas um deles, mas principalmente porque vão ter uma família amorosa e vão ficar juntos — explico, ainda que ela não esteja mais ouvindo.

— Não foi o destino, foi você — reforça dona Beth, me olhando com ares de repreensão.

— Eu só dei uma forcinha. Nada de mais.

Agora resta sabermos se deu certo.

— Ele parecia determinado. Até me pediu pra não deixar o casal visitar a Martina.

— E como é que vamos fazer isso? — Laís se joga na cama, preocupada.

— E eu sei? Vamos ter que encontrar uma forma. Inventar uma história e torcer para que o senhor Demetriou resolva tudo rápido — responde a diretora.

— Vou ficar de olho lá na empresa e conto o que descobrir pra vocês.

Pelo visto meus planos deram muito certo. Quando o vi deixando o trabalho mais cedo, imaginei que não fosse ler meu e-mail, mas agora entendo que provavelmente saiu mais cedo porque já tinha lido.

Escrevi aquilo torcendo para que a história mexesse um pouco com ele, mas não esperava que fosse ter uma reação tão impetuosa.

— Vou ligar pra minha irmã, ela está esperando novidades sobre o trabalho. Encontro vocês para o jantar!

Disco o número de Bruna, e ela atende a ligação quase de imediato. Laís sai, seguida por dona Beth, que fecha a porta para me dar alguma privacidade.

— *Até que enfim, sua desnaturada!*

— Eu avisei que ligava depois — respondo, me desviando do drama dela.

— *Sua irmã aqui, sofrendo de ansiedade, curiosa com os detalhes, preocupada com seu bem-estar e você aí, me ignorando completamente. Como se eu não fosse ninguém...*

— Olha só, a televisão perdeu uma ótima atriz, porque você chega a ser engraçada de tão dramática.

— *Aff, tá bom! Vou perdoar o seu descaso se me contar tudo agora.*

Posso ouvir o barulho do sofá rangendo enquanto Bruna se arruma para ouvir as novidades.

— Bom, meu primeiro dia foi bem legal. A moça que estava trabalhando como assistente do meu chefe me explicou o que ela sabia sobre o trabalho, mas não era muita coisa. Pelo menos ficamos amigas.

— *Ah, fazer amizade em um emprego novo é ótimo! Tem alguém pra te contar as fofocas.*

Sorrio, ouvindo o que ela considera relevante.

— Depois, meu chefe me chamou na sala dele, enumerou algumas regras que espera que eu não quebre...

— *Que tipo de regras?* — questiona, me interrompendo.

— Não procrastinar meu trabalho, não me atrasar e não me intrometer.

— *Ele disse isso desse jeito?*

— Exatamente assim. — Começo a rir ao relembrar a cena. — Será que alguma secretária ficou xeretando as coisas dele? Ou tentou fisgar o senhor Demetriou? Porque ele parece bem rígido com essas três regras.

— *Pode ser. Ou ele é meio criminoso e não quer que você descubra.*

— Deus me livre. Ele faz o tipo, sabe?

— *Tipo criminoso?* — Bruna parece chocada.

— Sei lá... Aqueles olhos penetrantes, o terno sempre impecável, o fato de que nunca sorri, mas, quando fala, consegue me arrepiar inteira.

Ouço a gargalhada dela e percebo que o que eu disse pode ser interpretado de outra forma.

— *Olha, pra mim isso quer dizer que ele é sexy. Minha visão de criminoso é bem diferente da sua.*

— É que falei pensando mais em algum mafioso ou naqueles crimes do colarinho branco.

— *Ah, entendo o tipo. Será?*

Volto a rir ao perceber que ela levou a sério.

— Não é nada disso, boba. Ele trabalha pra caramba, tem oitenta e sete lojas e continua abrindo filiais. Provavelmente tem segredos de negócios ou só é reservado com a família e não quer misturar as coisas.

— *Você conheceu a família dele?*

Não só conheci, como conversei e acho que até ajudei a aumentar!

— Conheci o avô e o irmão; acho que são só os três. Os pais devem morar em outra cidade.

— *A verdade, Lívia, é que, quando a pessoa é rica assim como ele, muita gente se aproxima por interesse, tentando ganhar uma pontinha. Provavelmente por isso seu chefe prefere não misturar as coisas no trabalho.*

— Então, eu fiz uma misturinha básica — conto, me preparando para ouvir um sermão.

— *Ah, merda. O que você já aprontou?*

— Chegaram duas crianças aqui, irmãos, e um casal queria adotar um deles.

— *Só um?* — Bruna pergunta. Pelo seu tom sei que já entendeu o problema, ela sabe o quanto é pessoal para mim.

— Só a menina. — Solto um riso sem humor. — O senhor Demetriou está na fila de adoção, eu te falei?

— *Acho que ele disse naquele programa.*

— Isso! Eu acabei, por acidente, mandando um e-mail pra ele contando a história dessas crianças e sugerindo que tentasse adotar os dois.

— *Lívia, isso não é acidente! Você não escreve um e-mail inteiro por acidente.*

— Claro que foi. Quando eu vi já tinha escrito...

Bruna fica quieta por um momento e fecho os olhos, aguardando os gritos, mas ela me surpreende quando volta a falar:

— *O que ele disse?*

— Ah... Eu não disse que era eu. Escrevi como anônima, mas parece que deu certo.

— *Tá brincando?*

— Não. A dona Beth disse que ele acabou de sair daqui. Veio conhecer os dois e disse a ela que vai dar um jeito.

— Caramba! Isso é surreal. Não acredito que você fez uma coisa dessas e que deu certo.

— Pois é. Mas ele não pode descobrir de jeito nenhum. Já pensou? É a maior intromissão que eu poderia cometer. Ele me coloca na rua na mesma hora!

— *Então não deixe que ele descubra...*

⁓⁓⁓

Acordei uma hora antes de o despertador tocar. Consegui me arrumar e sair bem mais cedo que de costume e, por isso, quando o elevador se abre, indicando que o patrão chegou, já estou na minha mesa há bastante tempo.

— Bom dia, senhor Demetriou — cumprimento ao ouvir seus passos. Ergo o rosto para encará-lo e me vejo sem fôlego por um instante.

Ele escolheu um terno na cor areia, e a camisa azul é bem clara. Sua gravata completa o conjunto, e tudo contrasta com o tom dos seus olhos e cabelos.

Semideus o escambau! Teseu Demetriou é um deus, em todo o significado da palavra.

— Bom dia — responde, seco. — O que temos marcado pra hoje?

Abro a agenda dele no computador e tento me concentrar nos horários à minha frente em vez de no cheiro inebriante do perfume que me envolve.

— Huum, às onze horas o senhor tem uma reunião com o pessoal do design. Vão apresentar alterações em alguns produtos que já estão no mercado e precisam da sua aprovação.

— Certo. Se prepare para participar e tomar notas.

— Sim, senhor. Depois, às três, tem uma videoconferência com Peter Grant, sobre a filial em Nova York.

Acho que ele faz uma careta, quase imperceptível, mas não dá para ter certeza.

— Decidi adiar esse projeto. Pode cancelar a videoconferência; vou mandar um e-mail pra ele com os novos planos.

— Certo. Quatro e meia o pessoal do marketing vai apresentar uma ideia para reinserir alguns produtos no catálogo. Depois disso, não tem mais compromissos por hoje.

— Tudo bem. — Ele para diante da porta aberta do escritório, uma das mãos no bolso da calça social. — Se o Thiago me ligar, transfira imediatamente.

Então, dando as costas para mim, meu chefe entra na sala. Mas, quando está prestes a fechar a porta, me lembro de uma questão.

— Senhor, essas reuniões...

— Sim?

— Tenho que deixar a sala preparada antes. Alguma recomendação específica? — Sondo, torcendo para que ele me diga alguma coisa que ajude.

Mas o homem apenas meneia a cabeça.

— Não, só o de costume.

E finalmente fecha a porta.

Droga. Como eu vou saber o que é o de costume?

Não penso duas vezes antes de deixar minha mesa e correr para o elevador. Neste momento, Bianca é a única que pode me ajudar e, provavelmente, não vai saber de nada...

9

Teseu

Sinto-me ansioso pela ligação de Thiago, à espera de qualquer avanço, mas até agora ele ainda não me deu novas informações. Eu, por outro lado, preferi omitir a situação de Hélio e Ares; não quero encher os dois de esperanças, para em seguida jogar um balde de água fria.

Ainda que esses pensamentos tomem conta da minha mente, me esforço para me concentrar no trabalho. Não tive notícias dos Palheiros desde o jantar com Brenda, mas sei que logo farão algum movimento para evidenciar minha falsa relação com ela, e, quando as notícias se tornarem públicas, tudo vai ficar bagunçado por um tempo. Então o melhor a fazer é deixar o escritório pronto, as decisões tomadas e os projetos em andamento.

Também preciso informar a eles sobre a adoção, mas não quero lidar com as reações dos dois agora, ainda que seja necessário.

— Vamos, senhorita Lívia? — chamo, ao passar pela mesa da minha nova secretária.

Esperava encontrá-la desestruturada, descabelada e nervosa, assim como aconteceu com a substituta no dia em que pedi que preparasse uma reunião, mas a moça está muito bem-arrumada. Ela usa um vestido preto na altura dos joelhos, justo demais para a sanidade de qualquer patrão bem-intencionado, um par de sapatos pretos de salto, e os cabelos claros estão amarrados num rabo no alto da cabeça, sem um fio fora do lugar.

Lívia se levanta de sua cadeira e dá a volta na mesa, inclinando-se um pouco sobre ela para apanhar uma pasta marrom. Seu gesto me força a desviar o olhar, antes que ele me traia.

— Estou pronta, senhor Demetriou.

A garota se aproxima com um sorriso. Percebo que também está um pouco maquiada — a cor escura do batom destaca seus olhos claros —, e lidar com uma mulher bonita assim, me chamando de senhor, é uma tentação ridícula para enfrentar no trabalho.

Não respondo; apenas começo a andar para o elevador e vejo que ela me segue de perto.

As portas dele se fecham, e cai entre nós um silêncio confortável. Analiso sua imagem assim, de perfil, e tento deduzir quantos anos ela pode ter. É jovem, bem mais nova do que eu, imagino, e estou curioso com várias coisas a seu respeito, mas qualquer questão que não tenha a ver com o trabalho não é da minha conta.

O elevador para no segundo andar, que fica acima da loja, e saímos para um corredor largo e comprido. A sala de reuniões é a última nesse andar, também a maior.

Lívia caminha ao meu lado, confiante, mas, pouco antes de chegarmos diante da porta, ela se adianta e a abre para que eu entre.

A sala já está cheia. Todos os funcionários chegaram antes de mim e tomaram seus lugares, e, diante de cada um deles, vejo impressa a pauta da reunião.

Eles se levantam ao me ver entrar, e passo por todos até chegar à minha cadeira na cabeceira da mesa comprida. Um pouco mais atrás, noto a cadeira que Lívia reservou para si mesma.

— Bom dia, pessoal — cumprimento antes de me sentar.

Surpreendo-me ao notar que também há uma pauta diante de mim, além de um copo de *mocaccino* de canela. Agradeço a Lívia com um gesto de cabeça e encaro todos diante de mim.

Estranhamente, todo mundo também tem um copo de café, e duvido muito que tenham saído às pressas para comprar, o que significa que é mais uma obra da secretária.

— Vamos começar. A reunião de hoje é para que apresentem suas ideias de novos designs para produtos que já estão sendo vendidos. — Abro a pasta diante de mim e leio o tópico número um.

Leandro Gonçalves é o chefe da equipe de design e, de acordo com a pauta deles, é quem vai iniciar a apresentação.

Volto o rosto para trás e recebo um sorriso da minha secretária em resposta. Por acaso pensou que eu não soubesse o nome dos funcionários e me fez um detalhamento de tudo? Pelo visto, sim.

— Leandro, fique à vontade... — digo, procurando com os olhos o homem ruivo e baixinho.

O rapaz forte, sentado à minha direita, se levanta. Franzo o cenho para minha própria falta de educação, mas ele apenas sorri enquanto se encaminha para o outro lado da mesa, ligando o projetor.

Esse é o Leandro?

— Vou começar essa apresentação agradecendo ao senhor Demetriou por nos proporcionar o café hoje. Realmente, com o horário da reunião, o almoço só vai sair mais tarde. Obrigado por se preocupar.

Dessa vez não desvio os olhos para a secretária, apenas concordo com um gesto de cabeça.

— Senhor, queremos remodelar o Velocicarro, nosso carrinho de controle remoto mais vendido nos últimos anos.

Cruzo as mãos diante de mim, analisando a imagem de um carro azul que Leandro colocou no slide.

— Esse é o modelo atual, certo? Por que mudar algo que, como você mesmo disse, é um dos nossos carrinhos mais vendidos?

— Como em todos os casos, depois de algum tempo os brinquedos deixam de ser prioridade, passando a vez a novos modelos. Apesar de o Velocicarro ainda vender bem, conversando com o pessoal das vendas chegamos a um consenso de que ele voltaria ao nosso top um se fosse remodelado. Talvez em outra cor; assim, mesmo quem já possui o primeiro modelo compraria um novo.

Reclino-me um pouco na poltrona, analisando a sugestão. Faço um gesto para que ele passe para o próximo slide, e, quando o faz, a imagem do novo modelo surge. É vermelho e tem as rodas prateadas. Parece elegante demais; não sei se combina com o nome.

— O que acha, senhor? — Leandro parece ansioso, e eu, pronto para atirar um balde de água fria sobre o coitado.

— Acho que quando penso em Velocicarro, me colocando no lugar de um garoto, não é bem o que imagino. Esse modelo é bonito, elegante, mas não é o que se espera de um carrinho que promete a velocidade de um carro esporte e a fúria de um predador.

Leandro se vira outra vez para a projeção na parede, como se procurasse o erro. O desenho tem potencial, e a ideia de reinventar o produto é boa, mas não assim, não com esse design.

— E se... — Ouço a voz vinda de trás de mim, baixinha.

Ainda que os outros não tenham escutado, viro minha cadeira para encará-la e vejo seu rosto se tingir de vermelho rapidamente.

— Falei alto, não foi?

— Só eu escutei — comento. — Acho que dá tempo de recuar.

Mas, nesse instante, todo mundo já está concentrado em nós.

— Posso dar minha opinião?

Dou de ombros, sem saber bem o que ela pode ter a dizer a esse respeito, mas não sou o tipo de chefe que poda as ideias dos outros. Se forem boas e válidas, são ouvidas.

Lívia se coloca de pé e em instantes está mais confiante, deixando a timidez de lado.

— *Velocicarro*. Quando ouço esse nome e penso em garotos, consigo visualizar perfeitamente o que eles imaginam. Se vocês, adultos, pensam em um carro esportivo dos sonhos, aquele que vocês não podem pagar, mas seu chefe pode... — Ela aponta com a mão para mim, me lembrando do incidente com o Porsche e arrancando risadas dos outros.

— O que meu carro tem a ver com a reunião? — pergunto, um pouco irritado.

— Seu carro é baixo, faz um barulho que parece de turbo e é compacto. No modelo para o brinquedo infantil, acho que também caberiam desenhos de chamas nas laterais, dando aquela impressão de selvageria, as crianças adoram! Além disso, as portas poderiam abrir para cima.

Como todos ficam calados, apenas olhando dela para Leandro, Lívia abaixa a cabeça, perdendo um pouco da segurança inicial.

— Era isso... Obrigada.

Ela então volta para sua cadeira.

— Leandro, esse modelo que você desenhou... consegue pensar em um outro nome para que possamos lançar como um novo produto?

O rapaz confirma, contente em ver que seu trabalho não vai ser desperdiçado completamente.

— E o que acha das ideias da senhorita Lívia? Consegue reproduzir algo assim? — Antes que ele responda, dou minha opinião a respeito da sugestão dela: — Devemos pensar nessa questão, entendendo que os adultos são as crianças de ontem, que finalmente podem realizar seus próprios sonhos e adquirir seus brinquedos. Os meninos sonham com carros assim, e é o que eles procuram em um brinquedo. Acho que um modelo como esse pode ultrapassar nosso recorde de vendas.

— Consigo, sim, senhor. Vamos tentar algo nesse sentido e volto a apresentar.

Os outros concordam, empolgados com a ideia.

— Então podem começar, vou falar com o pessoal do marketing mais tarde e pedir que pensem em uma campanha de venda de peso. Mais algum produto?

Leandro assente, mas, em vez de começar a falar a respeito, ele se senta outra vez, abandonando o posto.

Corro os olhos pela pauta, tentando descobrir o que vem agora e ao mesmo tempo ouço os passos de Lívia, que se levanta e começa a posicionar difusores de ambiente por todo o comprimento da mesa.

Mas que porra é essa?

Meus olhos se voltam novamente para a folha e vejo a inscrição.

Fazendinha de laranjas, apresentação por Tatiana Castro.

— Hum, senhorita Tatiana. Pode começar... — digo, fitando a moça muito alta e magra, sentada à minha esquerda.

Na outra ponta se levanta uma mulher negra, de altura mediana.

Merda, pelo visto eu não sei mesmo o nome de ninguém.

— A fazendinha de laranjas não vendeu bem, senhor. Apesar de o marketing ter sido bom, por algum motivo não encantou as crianças como pensamos que fosse acontecer. Então decidimos criar um novo design.

O cheiro adocicado de laranjas invade a sala, no mesmo instante em que Tatiana projeta na tela a imagem da fazenda repaginada.

Agora, o modelo é bem maior e dividido em partes montáveis. No lado direito podemos ver a casa grande, com janelas pintadas em azul e um cercado branco. Já na lateral esquerda temos o pomar, as arvorezinhas abarrotadas de pontinhos laranja.

— A ideia é aumentar a fazenda — Tatiana aperta um botão e a imagem gira na tela, mostrando o outro lado do desenho —, inserindo a parte dos estábulos e do chiqueiro.

Realmente, agora parece uma fazenda. Eles tiveram o cuidado de desenhar até mesmo os animais e um caminhão para o transporte das laranjas.

— Eu gosto da mudança — afirmo. — Creio que assim tenha ficado mais interativo. As crianças menores vão continuar gostando, mas mesmo as maiores vão se interessar. Vocês tiveram o cuidado de montar o brinquedo para que tenha desde a produção até a venda das laranjas.

Tatiana sorri e se vira para Leandro, que oferece um joinha como incentivo.

— E o aroma, senhor Demetriou? — ela questiona, voltando-se para mim outra vez.

— Esse cheiro de laranja? — questiono, tentando entender a pergunta. — O que tem ele?

— Foi uma ideia nossa para deixar a coisa toda mais real, e sua nova secretária nos sugeriu aromatizar a apresentação pra que pudéssemos perceber mais claramente se ficaria enjoativo ou se de fato seria uma boa ideia.

Essa menina parece ter tirado o dia para me surpreender.

— Achei o aroma agradável, um pouco calmante até. O que vocês pensam? Alguém achou forte?

Como ninguém tem uma opinião contrária, aprovo a inserção do aroma na fazendinha atualizada e, depois de confirmar que não temos mais produtos a serem apresentados, encerro a primeira reunião do dia.

Lívia

O pessoal do design sai pelas portas de vidro, parecendo satisfeito com o resultado da reunião. Ainda me sinto um pouco constrangida por ter sugerido as alterações em um dos brinquedos e com receio de ter ofendido o gerente da equipe. Mas, enquanto arrumo minhas anotações e recolho as pastas com a programação da reunião, Leandro acena para mim, se despedindo, e isso me faz relaxar um pouco.

— Não ficou com raiva, pelo menos — murmuro, ao me ver sozinha.

— E por que ficaria? Foram ótimas sugestões.

Dou um pulo ao ouvir a voz do meu chefe, e com isso uma das pastas se abre, espalhando as folhas pela mesa.

Ouço um riso baixo, ou penso ter ouvido, porque com ele não dá para ter certeza. Ele não sabe rir, não é?

— Não vi que o senhor ainda estava aí.

— Estava te esperando. Vamos?

Confirmo, terminando de recolher as folhas e organizando a pilha nos braços.

Caminho ao lado do meu chefe até o elevador e entramos. Eu o sigo de perto. Mantenho a pose firme e arrogante de quem sabe que fez um trabalho excelente.

Quero ver me demitir em um mês se eu continuar maravilhosa assim.

— Seu trabalho na reunião de hoje foi irrepreensível, senhorita Lívia.

— A voz grave dele toma conta do cubículo, que sobe, assim como meus batimentos cardíacos.

Ouvir um elogio desses, vindo desse homem, faz qualquer coração disparar.

— Obrigada, chefe — respondo.

Seus olhos negros se movem na minha direção, e um vinco quase imperceptível se forma entre suas sobrancelhas.

— Você me parece muito confiante hoje.

— É porque estou. Fiz um bom trabalho, não foi?

Ele concorda com um gesto, como se esperasse outra resposta, talvez um pouco de modéstia.

É, eu deveria ser mais humilde, mas adorei ver a expressão surpresa que sempre surgia em seu rosto esculpido quando notava mais um dos meus detalhes para a reunião.

Realmente falei com Bianca, porque estava em desespero sem saber por onde começar. Para meu alívio, apesar de não ter preparado muitas reuniões como esta, ela já havia participado de várias, e por isso sabia me dizer exatamente como iria acontecer.

Bianca me disse que eu era a responsável por lembrar as pessoas sobre a reunião e que deveria me preparar para as carinhas de infelicidade, já que era bem no horário de almoço de todos. Isso me deu a ideia do café, e, mesmo temendo ouvir uma repreensão, afinal o dinheiro não é meu para sair gastando, arrisquei. Meu patrão não me parece o tipo de pessoa que faz conta de um cafezinho para os funcionários.

Depois decidi imprimir as pautas. Percebi já tem um tempo que o senhor Demetriou não chama nenhum funcionário — além de mim, e juro que não entendo a exceção — pelo nome. Supus que ele não saberia os nomes dos funcionários, e nem dá para culpar. Tem muita gente na sede da Pic-Pega e imagino que, somando todas as lojas, ele tenha cerca de mil funcionários. Então tomei a iniciativa de montar um cronograma para a reunião, e parece ter dado muito certo.

Mas minha melhor ideia do dia foram os difusores; um simples aroma mudou todo o clima da reunião.

Ainda temos umas três horas até a próxima reunião, e já deixei tudo preparado para que corra tão bem quanto a primeira. Como resolvi o que me preocupava com relação ao trabalho, meus pensamentos se dispersam, correndo em direção às crianças no abrigo e ao homem ao meu lado.

Tento encontrar uma maneira de conseguir informações, mas a verdade é que não existe uma forma que não seja me intrometendo, o que ele abomina, ou me delatando, o que eu abomino.

As portas se abrem outra vez, e o senhor Demetriou passa por mim, deixando para trás um rastro do seu perfume de homem poderoso.

※

Mais alguns dias se passam sem grandes acontecimentos. O juiz aprovou as visitas do senhor Demetriou para que conhecesse as crianças, então ele passou a ir ao abrigo com bastante frequência — por sorte, geralmente em horários em que estou no escritório.

No entanto, quando apareceu no domingo, acompanhado do avô e do irmão, precisei me esconder no quarto e ficar lá até que fossem embora. Quase morri de curiosidade para ver a interação deles com as crianças, mas tive que me contentar com as narrativas entusiasmadas de Laís.

Segundo ela, Ares e o avô voltaram outras vezes nos dias que se seguiram, mesmo sem o senhor Demetriou, e Davi parecia gostar bastante de todos eles. Martina dormia na maior parte do dia, até durante as visitas.

Tudo está correndo conforme o planejado, mas ainda não sabemos se a adoção vai se concretizar.

É uma quarta-feira chuvosa e me sento atrás da minha mesa, tamborilando os dedos sobre o tampo, enquanto reflito sobre isso. O telefone toca, interrompendo minhas divagações.

— Escritório do senhor Demetriou, Lívia falando...

— *Pode pedir pro tesão atender o celular? Tô tentando dar uma boa notícia, mas o idiota não quer atender.*

— Hum... — Não sei o que responder, então, apesar de achar que reconheço a voz do juiz, prefiro dar uma enrolada. — Acho que o senhor ligou para o lugar errado.

— Como assim? Não acha o Teseu um tesão? — pergunta, gargalhando em seguida.

Homem doido.

— O senhor gostaria de falar com o senhor Demetriou?

— Sabia que achava. Quero falar com o Teseu. Aqui é o Thiago.

Claro que é. Fico curiosa com um homem tão doido que conseguiu se tornar um juiz.

— Vou transferir a ligação.

Aperto o botão para o ramal do meu chefe e aguardo que ele atenda.

— *Pronto* — sua voz responde do outro lado, mas por algum motivo me calo e continuo ouvindo, em vez de colocar o telefone no gancho.

— *Tá me evitando, Teseu? Pensei que quisesse notícias.*

— *Eu sabia que, se fosse importante, ia ligar no escritório. Mandei a mensagem perguntando de coisas sérias e você fica brincando.*

Que mau humor, meu Deus!

— *Quanto mais bravo você fica, mais eu gosto.*

Cubro a boca para não rir ao imaginar a expressão do senhor Demetriou. Como um homem sério como ele arrumou esse amigo?

Afasto o telefone do ouvido para desligar; não é do meu feitio ficar ouvindo conversas alheias.

— *Conseguiu algum avanço com relação à adoção?*

A menos que o assunto seja esse.

— *Primeiro você precisa dizer que me ama e que sou o melhor de todos. Depois, me convidar pra jantar.*

— *Claro, lógico que você é o melhor, e nós jantamos tem pouco tempo, Thiago.*

— *Na sua casa, com sua nova família.*

O silêncio é ensurdecedor, e meu coração bate tão forte que tenho medo de que possam me ouvir. Ele conseguiu?

— *Você conseguiu?* — meu chefe pergunta, refletindo meus pensamentos.

— *Mas é claro que consegui, porra!*

Ahhhhh!, grito em silêncio. Sabe como é, abrindo a boca sem deixar sair nenhum som. Ergo a mão, dando altos socos no ar.

— *Caralho, Thiago! Você é mesmo o melhor. Não acredito que conseguiu mesmo.*

— *Bom, por enquanto a guarda é provisória. Quer os detalhes de como arrumei tudo?*

— Não, sem detalhes. Quero saber o resultado. Guarda provisória, você disse?

— Sim, mas não quer dizer que vai ser revogada. Você pode levar as crianças pra casa, e enquanto isso vamos adiantar a papelada pra tornar tudo definitivo o quanto antes. Uma assistente social também vai acompanhar vocês num primeiro momento, confirmando que é um lar estável e essas coisas todas.

Coloco o telefone no gancho finalmente. Não que não esteja curiosa pelos mínimos detalhes, mas é melhor não arriscar ser pega ouvindo tudo; além disso, preciso fazer a dancinha da vitória.

Olho para os lados, confirmando que ninguém está me vendo e então me coloco de pé, afastando a cadeira.

Ergo o pé, giro, soco, soco, soco pra frente, soco pra cima.

— Arrasou, garota! — digo para mim mesma, afinal elogios fazem bem ao ego.

Giro o braço duas vezes e soco pra esquerda, giro para o outro lado e soco pra direita, e repeeeeete.

Estou tão empolgada no meio da coreografia que demoro a perceber que a porta se abriu e que meu chefe está diante de mim, me encarando como se tivesse acabado de ver um extraterrestre.

— Que diabo é isso? — Ele está tão assustado que não aguento e começo a rir.

— Desculpe, senhor Demetriou. É só uma mania boba...

O deus grego coloca uma das mãos sob o queixo, como quem analisa a situação, o que o deixa ainda mais bonito.

— Se exercitar no meio do expediente porque fica muito sentada? — ele supõe, mais questionando que afirmando.

— Não. É uma dancinha que faço sempre que algo de bom acontece — confesso, voltando para o meu lugar. — Eu chamo de dança da vitória. Fazia sempre com a minha irmã.

— Certo, então você tem uma irmã. — Ele não pergunta: afirma de um jeito meio estranho, como se explicasse a dança ou qualquer outra coisa que se passe pela cabeça dele. — Também me aconteceu algo muito bom agora... — conta.

Fico contente, porque, mesmo que eu tenha que me fazer de besta, estamos compartilhando esse momento. Ele pode não saber, mas tenho muito a ver com tudo.

— Que bom, chefe. Fico feliz pelo senhor.

Quando ele balança a cabeça, agradecendo, sua expressão parece mais leve, o que me faz pensar que, no fim das contas, talvez eu tenha feito algo incrível não apenas para as crianças, mas também para ele.

— Como a notícia vai se espalhar em breve, não vejo por que não compartilhar. — Teseu leva a mão aos cabelos castanhos, bagunçando-os um pouco. — Eu vou ser pai!

Abro um sorriso enorme ao ouvir a confissão, ao perceber o modo como ele diz aquilo, extasiado e ao mesmo tempo com uma dose de receio.

— Isso é maravilhoso, senhor. — Bato os pés no chão em comemoração, simplesmente porque sei que ele não está vendo. — Já o ouvi dizer que estava na fila para adotar uma criança uma vez, em um programa de TV.

— Sim, mas são duas! — concorda e, apesar de não estar rindo, parece animado.

— Duas? Que ótimo! — Tento parecer surpresa. — Fico feliz pelo senhor e pelas crianças. Muito feliz mesmo! Nem sei expressar o quanto.

Isso faz com que ele me encare, talvez achando minha felicidade um pouco descabida, mas não consigo diminuir meu sorriso.

— Vou embora agora. Preciso preparar a casa para receber os dois.

— Certo, pode deixar que resolvo tudo por aqui. Vou reagendar a reunião que tinha hoje à tarde.

— Não remarque para amanhã. Provavelmente não virei ao escritório.

Isso me deixa ainda mais contente. Apesar de já vê-lo como uma ótima opção, é bom ver que também pretende dedicar seu tempo aos filhos.

O único pesar que sinto é saber que, quando chegar em casa, Davi e Martina já terão ido embora e não vou poder me despedir; não sem ser descoberta.

Mas me sinto plena e realizada por ter conseguido fazer, por eles, o que ninguém pôde fazer por mim e por Otávio. O pensamento me faz lembrar de Jonas, e percebo quão pouco pensei nele nos últimos dias.

10

Lívia

Desço até o andar da loja no final do expediente. Sei que deveria evitar qualquer intromissão, mas saber que não vou mais encontrar as crianças quando chegar em casa me deixa um pouquinho deprimida, ainda que tudo o que eu mais queira seja vê-los em um lar de verdade, juntos.

Sigo até a sessão de brinquedos para bebês, decidida a comprar um presente para cada um, mas sou interceptada por Bianca assim que entro na ala específica.

— Tá fazendo o que aqui? Soube da pipoca, né?

— Pipoca? — questiono, olhando ao redor, sem entender o comentário.

Bianca usa uma calça verde que contrasta com os cabelos vermelhos e torna a imagem toda chamativa demais. Imagino que, se não fosse pela blusa laranja do uniforme, ela usaria roupas ainda mais excêntricas.

Sim, ela está com uma blusa laranja e uma calça verde, mas quem pode julgar? Ela é bonita o bastante para que ignorem essas coisas.

— É, tem um rapaz ali fazendo pipoca para as crianças. Tão fazendo fila hoje. — Quando aponta o dedo, consigo ver a que ela se refere. Tem um homem vestido de palhaço, e a fila para entrar na loja está bem grande.

— Ah, que legal! Mas não foi por isso que desci... — Acho graça na sugestão dela de que eu tenha vindo atrás da pipoca. — Vim procurar dois presentinhos.

— É mesmo? Então deixa a vendedora incrível aqui te ajudar, porque ganho comissão.

Bianca sussurra a última parte, mas a verdade é que todo mundo sabe disso, não é bem um segredo.

— Certo. Preciso de algo para uma bebê de quase dois meses e para um garotinho de três anos.

— Acho que um bichinho de pelúcia para a bebê — sugere, apontando a montanha de ursinhos em um canto —, ou aquelas meias que têm bichinhos nas pontas, sabe? Nessa idade eles ainda não sabem brincar, então não tem nada muito diferente que possa dar.

— É, eu sei... Acho que um bichinho de pelúcia seria ótimo. Sabe aquelas naninhas? Vocês têm aqui?

Ela captura um orangotango do meio dos ursos e me entrega. O macaquinho está pendurado na ponta de um pedaço de pano bem macio.

— Será que ela vai gostar?

— Ela vai morder, chupar, babar e abraçar — Bianca responde —, então acho que sim.

— Certo, vai ser o orangotango. Agora, o menino adora carrinhos, bolas e todas essas coisas, mas queria algo diferente. Imagino que ele vá ganhar muitos brinquedos.

— Diferente como?

— Um livro de histórias, talvez — respondo.

Já posso imaginar meu chefe à noite, contando histórias para os pequenos.

— E por que está suspirando? — Bianca ri, me olhando como se eu fosse doida.

Talvez seja. Eu estava suspirando pela imagem mental do meu chefe com as crianças?

Minha vendedora doidinha segue loja adentro e a acompanho, me surpreendendo com a quantidade de mudanças que foram feitas aqui ao longo dos anos.

Na última vez que vim à Pic-Pega, quando criança, já haviam aumentado a loja, mas a antiga cafeteria ainda existia. Agora ela não está mais aqui; o espaço foi usado para expandir a loja, e apenas alguns doces continuam sendo vendidos, mas diretamente no balcão.

O espaço para a livraria também não existia, mas agora me vejo diante de estantes bonitas, coloridas e baixinhas, de modo que as crianças possam escolher e pegar os próprios livros.

— Tem para todos os gostos. Você queria algo mais de aventura ou contos de fadas?

— Não tem algum com os dois tipos de história? Uma mistura delas?

Bianca se abaixa em frente à estante e começa a remexer, meneando a cabeça para alguns títulos. Ela se levanta pouco depois, com dois exemplares de capa dura, lindos.

Um deles tem a capa almofadada em azul e dourado, e na frente está escrito o título, *Mil e uma histórias para as noites*; o outro é todo verde, aveludado, e se chama *Para se aventurar nos sonhos*.

Pego os livros das mãos dela e começo a folhear, dando uma olhada para ver o que mais se parece com o que tenho em mente. No verde, consigo encontrar contos clássicos, com princesas, bruxas, cavaleiros e muita magia, mas também algumas fábulas e histórias de garotos aventureiros.

— Acho que gosto mais do verde. Quanto custa?

— Noventa reais... — ela responde, fazendo uma careta.

Não é tão barato quanto supus a princípio, e não tenho esse dinheiro agora. Entrego o livro para que ela o coloque no lugar.

— É uma pena. Acho que vou ter de deixar para o fim do mês, quando receber.

Bianca atira os cabelos para trás, fazendo charme, antes de sugerir com entusiasmo:

— E se pegar como vale? Pode descontar do salário no dia do pagamento.

— Posso? Como assim?

— Pode, o patrão libera para todos os funcionários, e aí você assina um recibo. No dia de receber, o pessoal do RH desconta o valor.

— É uma ótima alternativa. Tem certeza de que todo mundo pode fazer isso?

— Absoluta!

— Legal. E você pode embrulhar pra mim? Vão ser presentes.

— Claro.

Por sorte, Bianca não pergunta para quem são, e, por ora, consigo manter a nova condição do nosso chefe em segredo — ao menos até que a fofoca se espalhe por conta própria.

Quando os embrulhos ficam prontos, volto à minha mesa para deixar os pacotes por lá, decidida a entregá-los pessoalmente amanhã e torcendo muito para que a nova família seja muito feliz.

Dessa vez, antes de ir para casa, tomo o cuidado de mandar uma mensagem para Laís, sondando se o senhor Demetriou está por lá. Melhor não correr o risco de nos encontrarmos.

Ela responde dizendo que acabaram de sair. Meu chefe, as crianças e a assistente social que iria acompanhá-los até em casa. Segundo Laís, Davi não chorou, o que não me surpreende, considerando que o menininho quase não reclama de nada. É um verdadeiro anjinho.

Ciente de que o caminho está livre, pego o metrô para voltar ao abrigo com uma sensação estranha no peito.

Estou feliz por Davi e Martina, mas triste por não poder mais vê-los, ao menos não com a mesma frequência que antes. Também tenho o sentimento inquietante de que me apeguei mais aos dois do que geralmente acontece no abrigo.

<center>~~~</center>

Às oito da manhã em ponto, estou sentada em minha confortável cadeira no escritório da Pic-Pega.

Faz dois dias que o senhor Demetriou não vem trabalhar, o que não é nada de mais considerando as novidades. Os outros funcionários, no entanto, parecem ainda não ter sido informados sobre as crianças e estão curiosos pela razão que o afastou da empresa nos últimos dias.

Arrumo o jarro com margaridas sobre minha mesa, tomando o cuidado de deixar as mais bonitas voltadas para a frente, e é nesse momento que o elevador apita, abrindo em seguida.

Sento-me, ereta, aguardando pela presença sempre inebriante do meu chefe. No entanto, em vez de encontrá-lo à minha frente, me deparo com uma mulher de cabelos pretos e olhos claros, muito elegante e bonita.

Ela ostenta uma expressão fechada enquanto olha ao redor, analisando minha mesa e tudo nela, inclusive eu.

— O senhor Demetriou está? Preciso falar com ele.

— Bom dia — cumprimento, não me deixando intimidar por seu olhar ferino. — O senhor Demetriou não veio ao escritório hoje. Mas, se quiser, pode deixar o recado, que passarei assim que ele vier.

— Ele vem hoje; vou esperar no escritório — responde. E se vira, como se fosse entrar na sala, por isso me apresso em chamar sua atenção de volta.

— Com licença, como disse que se chamava?

— Não disse. — Seu tom de voz se torna ainda mais seco.

— É que o senhor Demetriou não recebe os clientes, a menos que seja algo muito importante. A senhora é da família?

O olhar gélido da moça me faz encolher; ela não parece nada feliz que eu não saiba quem ela é.

— Sou Brenda Palheiros, a noiva dele.

Isso me surpreende mais do que qualquer outra resposta que ela pudesse me dar.

— Desculpe, a senhorita disse *noiva*? — pergunto antes que consiga me conter. — Ele não tem noiva.

Não digo isso por maldade, mas me sinto chocada com a informação. Afinal de contas, quando arquitetei todo o plano de adoção, não contava com uma esposa iminente.

— Não creio que tenha intimidade com seu chefe o bastante para conhecer sua vida pessoal. Quando ele chegar, avise que o estou esperando.

— Senhorita Palheiros — chamo, tentando me recompor, mas começando a suar frio. Ela precisava ser tão mal-educada assim? — Não sei se o senhor Demetriou virá hoje.

— Como assim? Pelo que sei, ele nunca falta ao trabalho.

— Sim, mas agora, com as crianças, ele precisou se ausentar por alguns dias.

— Ele mesmo me disse que viria hoje. Mas... Você disse *crianças*? — Isso parece surpreendê-la por alguma razão que não entendo a princípio.

— Sim, complicou um pouco a agenda dele.

— Mas de que crianças você está falando?

Agora quem está confusa sou eu. Ou ela mentiu e não é noiva dele ou, por algum motivo bem estranho, não sabe sobre a adoção.

Que tipo de noivo deixa de lado uma informação como essa?

— Bom, creio que se a senhorita não saiba, então não cabe a mim contar. Pode ficar à vontade, e, quando o senhor Demetriou chegar, vou informá-lo de que está esperando.

A dondoca caminha a passos lentos de volta até minha mesa. Agora seus olhos estão estreitos, e ela parece bem irritada. E o alvo sou eu, que não tenho nada com isso! Bom, quase nada, mas não fui quem escondeu dois filhos dela.

— Eu estou mandando que me diga que crianças são essas agora mesmo!

Agora já vi de tudo nessa vida. Sinto vontade de alertar a moça que assisti à *Maria do Bairro* e conheço bem o tipo Soraya Montenegro de ser.

— Sinto muito, senhorita Palheiros, mas sou nova aqui e não quero um problema com meu chefe.

— Você acaba de arranjar um problema comigo, e, considerando que vou me casar com Demetriou, acho que isso significa que seus dias nessa empresa estão contados.

Apoio a mão na testa, tentando pensar e também evitar a dor de cabeça que ameaça chegar.

— Precisa de alguma coisa enquanto espera? — pergunto, mudando de assunto repentinamente.

Ao perceber que não pretendo ceder, a senhorita Palheiros me fita com raiva por um último momento, e então volta à sua atitude inicial, altiva e superior, me olhando como se eu fosse só uma sujeirinha no meio do escritório.

— Traga café, puro.

Com essa última ordem, ela me dá as costas e entra na sala dele.

Apresso-me a ligar para a cafeteria, pedindo o café da noivinha, além de um para o senhor Demetriou. Se ela diz que ele vem, quem sou eu para duvidar? Antes mesmo que o café chegue, a bendita da mulher abre a porta da sala outra vez.

— Mocinha, fui usar o banheiro e ele está imundo. Pode limpar?

— Limpar o banheiro? Agora?

Nada contra o trabalho, só que não é o *meu* trabalho e eu tenho um milhão de coisas a fazer. Além disso, a faxineira veio ainda ontem e ninguém usou a sala desde então, o que torna óbvio que ela só está tentando me punir e mostrar quem é que manda. É óbvio que é uma Soraya Montenegro.

— Por quê? Tem algo mais importante pra fazer? — pergunta, exalando sarcasmo.

Claro que não, madame!

— Vou limpar agora mesmo.

Eu lhe diria umas poucas e boas, não fosse o receio de conseguir a antipatia do chefe e, consequentemente, ser mandada embora. Não posso perder o emprego, não agora que estou indo tão bem. Preciso ficar, ajudar no abrigo e, com um empurrãozinho do destino, reencontrar Jonas.

Entro na sala e sou seguida de perto pela megera que, em vez de se sentar e esperar, decide ficar parada na porta, me observando fazer o que mandou. Até cruza os braços, a abusada.

Tiro os sapatos, porque de jeito nenhum vou correr o risco de estragar o par caríssimo que ganhei do chefe, e então pego a vassoura, o rodo e o balde de dentro do armário. Encho-o com água da pia, enquanto sinto o olhar dela atento a cada passo meu.

Começo a cantarolar uma música, disfarçando a tensão que estou sentindo, porque estou nervosa com a atitude da mulher, mas também irritada com essa babaquice.

— Quer ser cantora? — pergunta em tom mordaz.

Pronto! Agora não posso nem cantar.

— Hum, não.

— Então deveria fazer direito o que está pagando suas contas.

Fico quieta, porque se for responder não vai ser nada bonito.

— E esses sapatos? Como foi que alguém como você comprou um par desses?

A vontade é dizer que foi o noivo dela quem me deu e deixar no ar o motivo, como quem não quer nada.

— Com dinheiro — respondo, afinal paciência também tem limite.

Jogo a água no chão e espalho o sabão, para esfregar o piso que está impecável.

— Dinheiro de quem é o que resta saber.

Infelizmente, ela não parece achar que foi o senhor Demetriou, mas está sugerindo que eu roubei. Claro, pobre tem que roubar os outros, não é? Vontade de esfregar essa vassoura na cara de porcelana dela.

Estou prestes a dar um grito, quando ouço o barulho da porta se abrindo. A Soraya Montenegro está tão obcecada em me humilhar que não percebe a chegada do seu noivo.

— Eu não roubei, se é o que está sugerindo.

Ela não morde a isca, mas se inclina, observando a privada de longe.

— Não vai esfregar o vaso?

— Claro que vou. — Sei muito bem que ela quer me ver ajoelhada, mas o que posso fazer?

Não há nada errado em limpar um vaso sanitário; limpo no abrigo toda semana! Mas é bem constrangedor se ajoelhar e enfiar a mão na privada enquanto uma dondoca que nunca segurou uma vassoura na vida me encara como se eu fosse a própria *coisa* que cai dentro do vaso.

— Acho que está bem sujo. — Ela aponta o dedo com aquelas unhas imensas pintadas de rosa para a privada, que falta brilhar de tão limpa.

— O que está acontecendo aqui? — A voz grave do senhor Demetriou nos alcança.

A expressão da cobra muda no mesmo instante, e ela abre um sorriso, contente, se virando para encará-lo.

— Pedi para a sua empregada lavar o banheiro enquanto te esperava. Estava imundo.

— Imundo? Ninguém usou esse banheiro por esses dias, senhorita Palheiros.

Ouço o tratamento formal, e isso me deixa com a pulga atrás da orelha. Que tipo de noivo fala assim com sua amada?

— Bom, estava mesmo bem sujo — insiste ela.

— A senhorita Lívia não é faxineira. — Por isso eu digo que o homem é um deus! — Ela tem outras funções, que com certeza a esperam na sua mesa. — Dessa vez ele me encara ao dizer isso. — Volte ao seu trabalho e peça à faxineira para subir e terminar isso.

Agora a culpa é minha! Foi de deus a demônio em instantes...

Ainda que chateada por levar a culpa, aproveito a deixa e me levanto, correndo para calçar meus sapatos.

— Desculpe, senhor. Sua noiva apareceu e disse que queria que eu lavasse o banheiro, então tive que sair de lá e vir até aqui.

— Minha noiva... — repete.

Parece incerto sobre isso, mas também não nega.

— Você não me avisou que viria aqui hoje — diz a ela, nada contente.

Aproveito o momento, que parece prestes a virar uma discussão, para me esgueirar por entre os dois, passando pela porta do banheiro.

— Não, mas perguntei se viria ao escritório por isso. E, pelo jeito, não sou a única que anda escondendo as coisas, Demetriou.

— Do que você está falando? — ele questiona, e faço uma careta, sabendo que agora a minha casa vai cair.

— Sua secretária me disse que não veio trabalhar esses dias por causa das crianças. Que crianças são essas?

— Senhorita Lívia? — Ele pede uma explicação, sutilmente.

Mas que saco! Ele disse que não era segredo, mas escondeu da mulher com quem vai se casar. Quem faz isso?

— Ela disse que era sua noiva... — Viro-me para encará-lo. — Então pensei que ela já soubesse. Mas juro que, quando percebi que a senhorita Palheiros não sabia de nada, fiquei quieta. Eu não dei nenhum detalhe!

— Exatamente — ela concorda comigo pela primeira vez. — Sua secretária teve a audácia de dizer que não iria me falar nada, já que você não tinha contado. Imagine como me senti!

— Pode ir, Lívia — ele me dispensa.

Saio pela porta, torcendo para que a situação não signifique o fim do meu emprego. Mas não me sinto nada confiante.

Além disso, tenho outras preocupações. Se essa mulher se casar com ele, o que vai ser dos meus bebês? Ah, meu Deus, por que não investiguei o homem melhor, antes de fazer o que fiz?

Teseu
~

— Achei um desaforo a menina se negar a me dizer a verdade.

— Ela é minha secretária, Brenda. Não te conhece. Isso só mostra que é leal.

A mulher, que me pareceu agradável em um primeiro momento, me encara como uma louca.

— E você a socorreu bem rápido — afirma, caminhando, confiante, e sentando-se em frente à minha mesa.

Apoio a cabeça nas mãos, irritado. Minhas últimas noites foram complicadas, e a falta de sono não faz muito bem ao meu humor, não sem um café.

— Espero que isso não seja uma confirmação de que que estava humilhando a garota. Não tolero essas atitudes.

A repreensão fica implícita. Brenda e eu sabemos que era exatamente o que estava fazendo, mas se ela quer levar esse acordo adiante é bom que esteja ciente do tipo de pessoa que eu sou.

— E eu espero que sua atitude não signifique nada de mais. É o tipo de chefe que dorme com as secretárias, senhor Demetriou?

— Por Deus, ela é só uma garota — digo, reconhecendo a pequena mentira em minha frase.

Lívia é mais nova que eu, tenho certeza, mas não é tão jovem assim, e, com certeza, sei que é uma mulher.

— Não acho que seja tão nova.

— Isso não vem ao caso. Eu não mantenho relações com minhas funcionárias. — Diminuo o tom de voz, temendo que Lívia possa nos ouvir. — Mas devo lembrar você que o nosso acordo não representa um noivado real?

— Sei bem disso. O que não quer dizer que tenha o direito de me humilhar com traições públicas. Não quero chegar ao seu escritório e ser alvo de zombaria dos funcionários, já que, até onde todos vão saber, seremos um casal.

— Isso não vai acontecer. Mas preciso dizer que sua atitude parece a de alguém enciumado, e quero que fique bem clara a natureza da nossa relação.

— Não se preocupe, sei bem onde estou pisando. O que me leva a outra questão: de que crianças ela estava falando?

Merda. Eu sabia que tinha que ter falado antes, mas fiquei pensando sobre o assunto, decidindo sobre o que fazer com a proposta do Palheiros depois que a adoção foi aprovada, e acabei não fazendo anda. Quebrei minha própria regra, procrastinando, e olha só o que me aconteceu.

— Não é incrível que nossa relação já comece com dois filhos? — Tento incutir leveza à situação, mas sei que não será resolvida tão facilmente.

— Do que você está falando?

— Adotei duas crianças.

— Como pôde fazer algo assim sem nos dizer? Isso é um absurdo! — Brenda se levanta, seus passos em frente à mesa refletindo a raiva. — Eu não quero ser mãe! Vou contar ao meu avô o que fez — fala, como a garota mimada que ele me alertou que era.

— Você não vai ser mãe. São meus filhos, Brenda — digo em tom baixo. — Eles estão inclusos na minha vida pessoal, aquela que não te diz respeito.

— Argh! — Ela arfa e posso ver em seus olhos a raiva, a vontade de pegar o meu peso de papel e atirar na minha cabeça. — Como tem coragem de me dizer isso assim? Não estamos brincando, senhor Demetriou! Você está inviabilizando nossa situação.

— Que seja. Ouça bem, Brenda. — Também me levanto, afinal sempre estive à frente dos meus próprios planos, da minha vida, e não vai ser agora que vou aceitar esse tipo de intromissão. — Agora eles são meus filhos. Isso é irrevogável, assim como os termos do nosso acordo. Pode tomar o tempo que quiser para pensar; vou fazer o mesmo.

Pegando sua bolsa de cima da mesa, ela deixa minha sala em um acesso de fúria, sem olhar para trás. Talvez seja melhor assim, antes que a notícia se espalhasse e todos tomassem conhecimento do noivado.

Quando aceitei o acordo, não esperava que a adoção fosse acontecer tão rápido. Além disso, nem pensei muito nos Palheiros nos últimos dias.

O único contato que tive com os dois foi por meio de ligações, e ocultei meus planos de propósito. Ainda assim, quando Thiago me informou que eu poderia buscar as crianças, eu deveria ter ido até eles e contado a respeito, em vez de deixar Brenda descobrir assim.

11

Teseu

Ouço as batidas à porta e imagino que seja Brenda outra vez, pronta para romper o compromisso. Minha cabeça já começa a doer, e não sei se estou com disposição para essa conversa agora.

— Entre.

Lívia coloca o rosto para dentro pela fresta da porta.

— Posso falar com o senhor por um momento?

Faço um gesto com a mão indicando que entre, e ela passa pela porta com dois embrulhos de presente nos braços. Eu a encaro, um pouco atônito. Por que ela está me trazendo presentes?

— Primeiro, quero me desculpar pelo que aconteceu. Eu não sabia que o senhor tinha uma noiva. Fui pega de surpresa.

— Acredite, eu também fui.

Percebo a confusão em seus olhos azuis, mas ela não questiona minha réplica. A verdade é que, depois do jantar com Brenda, não definimos quando ou onde iríamos anunciar nossa relação, então foi uma surpresa e tanto ouvir minha secretária se referir a ela dessa maneira.

— Acabei mencionando as crianças — ela continua — porque não imaginava que ela, como sua noiva, não soubesse.

Estou sendo repreendido pela minha secretária? Acho que sim, mas na situação natural de um noivado realmente seria bem esquisito não mencionar um assunto tão importante.

— Não tem por que se desculpar, Lívia. O noivado é uma coisa muito recente e pode ou não ser levado adiante. Então agradeceria se não contasse a ninguém.

Ela abre um pouco a boca, como se de repente entendesse minha atitude. Quanto mais penso, mais percebo o quanto deve ter parecido estranho aos olhos dela que um pai escondesse os filhos da noiva. Sou pai das crianças oficialmente há dois dias, mas já faz duas semanas que decidi que seriam meus e, desde então, não saí mais do abrigo.

— Imagino que por isso o senhor não tenha falado sobre as crianças.

— Sim, digamos que minha situação com Brenda é complicada — digo, sem revelar a real natureza da complicação.

— Percebi pelo modo como ela ficou feliz com a adoção — comenta com ironia.

Lívia dá um tapa na própria cabeça, me assustando, e acabo pulando na cadeira.

— Está tudo bem?

— Desculpe — ela diz —, é que falei demais.

Essa menina é bem estranha — dança quando algo bom acontece e se bate quando faz algo errado. Ou talvez eu é que tenha me tornado sério demais.

Afasto os pensamentos a respeito da dancinha que presenciei no outro dia, porque eles são totalmente impróprios e não muito profissionais.

— Vou relevar dessa vez, considerando o modo como foi tratada pela Brenda. Me desculpe por isso. Já expliquei minha posição a ela e não vai mais acontecer.

— Então não vou ser demitida?

— Demitida por causa da Brenda? Nem passou pela minha cabeça.

— Que bom, ou eu não poderia pagar por eles. — Ela mostra os embrulhos e enrugo a testa, sem entender o rumo dessa conversa esquisita.

— Comprei para os seus filhos. São presentes simbólicos de boas-vindas. Sei que não tenho nada com isso, então me desculpe se meu gesto for invasivo, mas é que eles estão começando uma vida nova e penso que seja algo a ser comemorado.

Que tal dançar outra vez, então? A dancinha da vitória, já que é um momento para celebrar.

— É muito gentil — respondo, me repreendendo em silêncio. Por que estou pensando nessas coisas? — Pode ter certeza de que eles vão adorar — digo, mesmo sem saber o que é.

A verdade é que os dois estão estranhando a casa nova, e os últimos dois dias têm sido intensos, para dizer o mínimo. Talvez por isso eu tenha perdido o controle dos meus pensamentos e eles estejam fluindo para caminhos errados.

— Senhor Demetriou, posso fazer duas perguntas? — A garota continua aqui. Quantos anos ela deve ter? Se for muito nova, vou me sentir ainda pior. — Se estiver me intrometendo demais, o senhor me diz.

— É sobre mim? Não respondo perguntas muito pessoais, senhorita Lívia.

— Não exatamente.

— Então pergunte — respondo. Não sei se estou sendo generoso com ela por causa do que aguentou com Brenda ou apenas porque estou muito cansado.

— Como eles se chamam? Os seus filhos... Quero incluir os dois em minhas orações.

Orações. Estou dizendo que essa garota é estranha... Eu não sei o que é orar tem muitos anos.

— Martina e Davi. Ela tem quase dois meses e o menino vai fazer três anos em poucos dias.

— São nomes lindos! Ah, como são maravilhosos! — Lívia comemora, tão feliz que quase me arranca um sorriso também.

— Hum, obrigado, mas não fui eu que escolhi — admito, afrouxando a gravata. — Já se chamavam assim.

— E eles estão se adaptando bem? Me desculpe por perguntar, mas é que adoro crianças, muito mesmo, e não consegui não pensar em como deve ser difícil no início...

Passo as mãos pelos cabelos, frustrado. Não pela pergunta, mas pela resposta.

— Mais ou menos. O Davi é muito bonzinho, apesar de ainda estar estranhando a casa, mas a Martina... — Balanço a cabeça, um pouco desesperado. — Ela não dormiu mais que duas horas seguidas nos últimos dois dias. Acho que é uma questão de tempo — afirmo, meio em dúvida.

Olho para Lívia, aguardando sua opinião, afinal foi ela quem disse que adora crianças.

— Talvez ela esteja estranhando o ambiente. Além disso, as pessoas ainda são estranhas pra ela. Mas logo vai se adaptar, tenho certeza.

— Não é como se tivesse alternativa — digo, achando graça no incentivo dela.

— Claro que não. O senhor não abriria mão deles, não é?

— Dos meus filhos? Por que eu faria isso?

— Bom, sua noiva...

— Brenda não vai ser um problema. Obrigado pelos presentes. Vou ter que sair...

Ela me olha de um jeito estranho. Parece quase com pena de mim.

— O senhor está bem? É cedo ainda.

— Eu sei, mas não dormi nada, preciso de um café urgentemente.

Lívia sorri, como se minha resposta a deixasse contente. Ela coloca os embrulhos em cima da minha mesa e faz um gesto com a mão para que eu espere, antes de sair correndo porta afora.

Ela volta segundos depois, com um copo grande de café com canela nas mãos.

— Problema resolvido!

E não é que já me sinto melhor só de olhar para o copo?

Lívia

— Lili, o que vai querer fazer hoje? — Otávio passou pela porta, sorrindo. Ele trazia um bolinho de chuva em uma das mãos.

— Um passeio, Tato! Será que a dona Beth leva a gente naquela loja de brinquedos?

— Vou pedir pra ela. Não se faz seis anos todos os dias, né? — Ele bagunçou os meus cabelos e, com a outra mão, me ofereceu o bolinho. — Peguei pra você. Hoje você pode tudo, Lili.

— Então será que a dona Beth deixa o Jonas ir também? — sondei.

— Ir aonde? — Jonas entrou no quarto, seus cabelos pretos pingavam um pouco de água do banho.

— É aniversário da Lili — Otávio contou. — Ela quer ir na Pic-Pega.

Jonas cruzou os braços, irritado.

— Eu sei que dia é hoje! Acha que eu ia esquecer? Olha o que eu trouxe pra você. — Então ele se abaixou para ficar da minha altura e tirou do bolso uma flor branca. — É um lírio. Me lembra o som do seu nome, Lili. Feliz aniversário!

Abracei Jonas pelo pescoço, um pouco emocionada. Eu estava apaixonada, em toda a maturidade dos meus seis anos de idade. Para ele, que já tinha quase quinze, eu era como uma irmã mais nova, que sempre protegeria. Mas, para mim, ele era meu príncipe encantado.

— E eu não ganho abraço? — Tato resmungou.

Agarrei meu irmão com uma das mãos enquanto mantinha a outra envolvendo o pescoço de Jonas.

— E então, aniversariante? Aonde nós vamos hoje? — Dona Beth parou diante da porta, nos olhando de cima.

— Pic-Pega! — gritei, animada, e soltei os dois para correr até ela. — Passamos lá na porta outro dia e eu queria muito, muito entrar. Será que podemos ir hoje?

— A loja de brinquedos? Claro, tudo bem — concordou. — Vou pegar minha bolsa e já vamos.

— O Tato e o Jonas podem ir junto? Não quero comemorar meu aniversário sem eles.

— Claro que podem. São sempre os três. Mas vocês, garotos, precisam ficar quietinhos, porque se todo mundo descobrir eu estarei perdida.

Eles concordaram, mas sabíamos que ela fazia o mesmo no aniversário de todas as outras crianças.

Pouco mais de uma hora depois, estávamos às portas da loja. A fachada alta tinha, nas laterais, pirulitos enormes que pareciam de verdade, mas o que realmente importava estava lá dentro.

Meu fascínio só aumentou quando atravessamos as portas. Havia bonecas de todos os tamanhos que podiam fazer quase tudo — elas falavam, andavam e comiam.

Corri empolgada pela loja, mesmo sabendo que dona Beth não podia me comprar aquelas coisas. Ela já tinha me dado um vestido amarelo, e eu estava muito feliz.

— Lili, vai com calma — Otávio chamou enquanto me seguia loja adentro.

Ele e Jonas já não eram crianças, não a ponto de ficarem tão interessados nos carrinhos e nos bonecos de super-heróis, mas Jonas parecia vidrado em uma prateleira de jogos.

— Que tal tomarmos um café? — dona Beth sugeriu, reunindo nós três.

Nos fundos da loja havia uma cafeteria, e caminhamos para lá. Eu segurava a mão de Tato de um lado e a de Jonas do outro. Eles me erguiam do chão pelos braços e me balançavam no ar, enquanto eu ria, contente.

A diretora perguntou o que queríamos e pedimos refrigerante; não era todo dia que podíamos escolher, então aniversários eram nossos dias preferidos para a comilança. Ela também pediu sanduíches de presunto e queijo com muito ketchup, e começamos a comer.

— Sabe o que eu ia comprar se fosse bem rica? — perguntei, com a boca cheia. — Aquela boneca do meu tamanho.

— Só aquela, Lili? — Tato provocou. Ele sabia que eu queria todas.

— Não. Também ia comprar a que fala e a que anda, que também são muito lindas. Não acha, dona Beth?

— Claro que sim, querida. — Ela limpou o canto da minha boca com o guardanapo.

— E vocês, comprariam o quê? — perguntei aos meninos.

— Uma bola. — Otávio sempre adorou futebol. — E talvez um jogo legal.

— Eu compraria os jogos todos, mas também a cafeteria pra comermos esses sanduíches todos os dias — comentou Jonas, nos fazendo rir enquanto mordia seu pão, contente.

— A cafeteria não posso dar a vocês, mas um pedacinho dela... — dona Beth disse misteriosamente.

Quando ela se levantou, nós olhamos para os lados, tentando entender o que estava acontecendo, e nos deparamos com o garçom que chegava com um bolo. Não era grande, mas era todo colorido e no meio tinha uma vela que faiscava para todos os lados.

— Parabéns pra você, nesta data querida... — dona Beth puxou a canção e logo um coro se juntou.

Eram Otávio, Jonas e dona Beth, mas também todos os funcionários da loja.

Que lugar incrível! Comecei a chorar ao entender que era tudo para mim. Eu amava mesmo aquela loja, e Jonas era o mais esperto de nós, querendo comprar a cafeteria. Eu compraria a loja toda se pudesse.

— Feche os olhos, pequena Lili — incentivou ele. — E faça seu pedido. Se você pedir com muita fé, qualquer coisa pode se tornar realidade.

Balancei a cabeça, concordando. Ele sempre me dizia aquilo, e eu acreditava em tudo o que Jonas me dizia. Ele era muito inteligente — todos no orfanato sabiam disso.

Fechei os olhos e senti quando a mão de Tato segurou a minha, como sempre fazia.

— Pede, Lili. O que você quiser...

E eu pedi. Pedi que nós três estivéssemos sempre juntos.

Acordo assustada e percebo que meu rosto está molhado, o que quer dizer que eu estava chorando enquanto dormia. Olho ao redor; o quarto está escuro, mas Laís não está em sua cama.

Que horas são? Cheguei do trabalho quase às sete da noite e me joguei no colchão, preparada para tirar um cochilo, mas acho que acabei perdendo o jantar.

Busco meu celular, que está vibrando sem parar embaixo do travesseiro, e vejo a tela piscando com o nome dele, meu chefe. Acho que foi isso que me acordou.

— Alô, senhor Demetriou?

— *Que bom que atendeu, Lívia. Preciso que me faça um favor. Sei que já é tarde, mas sabe aqueles orçamentos que pedi que olhasse pra mim? Das filiais do Rio?*

— Sei, sim, já analisei tudo, as contas estão batendo direitinho.

— *Então, preciso assinar e enviar pra eles. É urgente porque as obras já começam de manhã, mas esqueci de te pedir pra me devolver. Tem como me enviar?*

— Enviar? Mas não digitalizei, estão apenas impressos.

Ouço um choro alto no fundo e abro um sorriso, percebendo que Martina está agitando a vida do CEO.

— *Acho que a bebê está doente. Não para de chorar* — diz ele, começando a me preocupar. — *Talvez eu acabe não indo à loja pela manhã e preciso muito enviar essa assinatura. Será que... Será que você pode vir aqui? Trazer os papéis para que eu assine e depois levar de volta? Aí envia uma cópia a eles por e-mail e arquiva o documento original?*

— Eu... — Afasto o celular para ver as horas e percebo que ainda são nove e quinze, mas até chegar lá, seja onde for, vai ser bem mais tarde. — Os papéis estão na Pic-Pega.

— *Vou mandar o Borges aí. Ele vai estar com as chaves da empresa, te leva até lá pra pegar os papéis e depois te traz aqui. Não precisa se preocupar, porque ele também te leva de volta pra casa. Qual é o seu endereço?*

Droga.

— Hum, estou em uma... cafeteria — falo, me lembrando do sonho e improvisando. — Vou enviar a localização.

— *Muito obrigado, Lívia. Te devo essa...*

Ele encerra a ligação, e mal tenho tempo de assimilar suas palavras informais demais, porque já estou me levantando, cambaleante.

Calço um par de tênis e visto uma blusa de moletom, afinal está frio e não tenho a obrigação de andar de terninho fora do horário do expediente.

— Aonde você vai, menina? Nem jantou — diz dona Beth, me interceptando no caminho.

— Vou levar uns documentos pro senhor Demetriou. O motorista dele vem me buscar.

— Mas... se ele vier aqui vai te descobrir.

— É por isso que estou saindo. Vou entrar em algum comércio e mandar o endereço.

Ela assente, entendendo minha pressa, e sigo pelo corredor, rumo à saída.

Caminho apressada pela rua, me distanciando ao máximo do Lar Santa Inês. Também corro por um quarteirão, afinal situações desesperadas pedem medidas desesperadas.

Na esquina, entro na farmácia, torcendo para que o senhor Demetriou não tenha dito ao motorista que era em uma cafeteria.

Envio a localização para ele por WhatsApp e espero, andando por entre as prateleiras. O atendente fica me olhando o tempo todo. Não sei se está desconfiado ou se pretende me atender.

Por sorte não preciso descobrir, já que logo entram duas garotas pela porta e ele precisa dar atenção a elas. Um pouco depois, um senhor de cabelos grisalhos também entra na farmácia. Ele tem um quepe na mão e está vestido como aqueles motoristas que vemos na televisão.

— É a senhorita Lívia? — questiona, caminhando até onde estou.

— Sim. O senhor veio rápido.

— Não moro muito longe. O patrão me disse pra esperar a localização, porque podia ser mais perto de onde eu estava do que da casa dele.

Balanço a cabeça, concordando, e deixo o calor de onde estamos para o frio da rua, acompanhada pelo motorista. Dessa vez não é uma limusine, mas também não é o Porsche. Ainda que eu não reconheça o carro, pela aparência posso dizer que é do chefe.

— Então o patrão te deixa com o carro dele em casa? — pergunto, surpresa.

Porém, chocada mesmo fico quando Borges abre a porta para que eu entre.

— Que isso, hein? Tratamento VIP.

Meu comentário parece deixá-lo sem jeito, mas ainda assim o homem fecha a porta depois que me sento e dá a volta para tomar seu lugar atrás do volante.

Borges entra direto no condomínio, e não consigo disfarçar meu fascínio com todas as mansões maravilhosas. A maioria das casas ocupa um grande espaço e por isso são afastadas umas das outras.

Passamos na empresa e peguei os papéis na maior correria e nem me lembrei de pegar uma pasta para guardar tudo. Então tomo o cuidado de não amassar nada no caminho.

O carro sobe a colina, e cada vez me impressiono mais. Como deve ser morar em um lugar como esse? Para alguém que sempre teve tão pouco, é difícil até imaginar crescer em uma dessas casas. Mas agora, graças a mim, Martina e Davi vão viver outra realidade.

Finalmente nos distanciamos da maioria das casas e chegamos a um espaço arborizado, reservado. No alto da colina, uma casa imponente, ainda mais bonita que as outras, se destaca.

Não preciso perguntar para saber que chegamos. Primeiro porque realmente não tem mais casas depois dessa e, segundo, porque nesse pouco tempo já pude perceber que o senhor Demetriou sempre vai escolher o que for mais privativo.

A porta da garagem se abre e entramos com o carro, seguindo para uma garagem subterrânea ou algo assim. Assim que estacionamos, abro a porta do carro antes que o motorista o faça, e fico ainda mais aturdida diante dos outros carros do chefe, assim, todos juntos.

Além da limusine, do Porsche e do veículo em que viemos, tem um vermelho maravilhoso do outro lado. Quatro carros em uma garagem! Quem precisa de tantos?

— Pode vir por aqui. — Borges aponta o caminho e o acompanho, ainda boquiaberta.

Entramos em um quintal que parece saído de um resort cinco estrelas. Avisto uma piscina grande que tem um daqueles chafarizes jorrando água sobre ela e um deque todo de madeira, além de um conjunto de mesa e cadeiras que faria inveja a qualquer pessoa.

Ao redor, algumas das árvores projetam sombras escuras, de forma que apenas a piscina é bem iluminada pelos postes de luz que a circundam. É noite, mas posso imaginar que esse lugar durante o dia deve ser espetacular.

Passamos por uma cozinha ainda do lado de fora, com churrasqueira e um freezer preto, e finalmente entramos na casa, pela porta dos fundos.

Ainda estamos na sala de jantar, mas o som nítido do choro de Martina ressoa por toda a casa. Há também uma música alta tocando, e posso ouvir os gritos do meu patrão e de mais alguém por sobre a barulheira toda.

— Faz alguma coisa! — implora a voz de um homem.

— Já fiz de tudo! Pega ela um pouco... — Agora é o senhor Demetriou.

Entramos na sala de estar, e a visão que tenho vai me assombrar para o resto da vida.

Nunca consegui imaginar uma cena como essa, mas, agora que vi, sei que não vai dar para esquecer.

Meu chefe está sem camisa, usando apenas uma calça de moletom precariamente pendurada no quadril. Ele acaba de entregar Martina para o irmão, que a balança de um lado para o outro sem conseguir fazer com que a bebê pare de chorar.

Só que o que mais me impressiona são as tatuagens que cobrem o peito do senhor Demetriou — que, por sinal, é muito mais malhado do que eu podia imaginar. E os braços... Como ele pode ter esses braços se fica no escritório o dia todo?!

Os papéis nas minhas mãos escorregam para o chão, e provavelmente estou babando um pouco também. Como esse homem consegue estar descabelado, sem camisa, usando moletom e ficar ainda mais bonito do que de terno? Abaixo-me para recolher as folhas, mas ninguém parece ter notado minha chegada.

E essa música tocando no fundo. É rap? Hip-hop?

— *Um dia eu vi... uma estrela cadente e fiz um pedido...* — Ares começa a cantar.

Isso é Hungria? Um dos meus cantores preferidos! O que tá acontecendo aqui? Sinto como se tivesse entrado em outra dimensão, uma muito aleatória.

— Ela não para, Teseu! — reclama ele.

— Tenta abaixar o som, acho que ela não está gostando. — Reconheço a voz do avô, mas não o vejo.

— Claro que está, Hélio. Quem não gosta de Hungria? — meu chefe pergunta ao avô e só fico ainda mais surpresa, se isso é possível.

Ele gosta de Hungria, tem o peito todo tatuado e usa moletom!

— Acho que a Martina está doente — Ares insiste, ainda se balançando sem sucesso.

— E você é médico, dá um jeito... — O senhor Demetriou passa as mãos pelo rosto, desolado, o que só destaca ainda mais os músculos dos braços dele.

— Não sou pediatra, merda.

Ô meu Deus, por que meu chefe tinha que estar vestido assim? Eu sou comprometida com meu sonho de infância, mas não consigo manter minha castidade desse jeito.

Ele ergue o rosto e finalmente me vê; sua expressão muda na mesma hora. Vai de desesperado a constrangido em instantes, como se tivesse sido pego fazendo algo muito errado.

— Ah, oi... Vocês chegaram... — fala, meio sem jeito.

Olho para trás e encontro Borges de pé, tão chocado quanto eu.

— Eu vou... — Teseu pega uma camiseta preta de cima do sofá e a passa pela cabeça, apenas para retirar outra vez, com uma careta. — Está fedendo a vômito. Vou buscar outra e já venho.

O homem desaparece, saindo da sala, e o clima ficaria constrangedor se não fosse por Martina, que continua chorando.

Eu me aproximo de Ares, que olha para a bebê totalmente sem atitude, e estendo os braços. Ele me entrega Martina com algo bem parecido com alívio brilhando nos olhos.

— Xiiii, nenê... O que foi? — pergunto baixinho, mas não tem conversa, ela continua com seus gritos e berros.

— Eu juro que tentamos de tudo. — Ares puxa os cabelos, enlouquecido. Eu entendo; o choro constante de um bebê tira qualquer um do sério.

— Não está suja? — pergunto, cheirando por sobre as roupas dela.

— Troquei agora.

— Com fome?

— Teseu deu a mamadeira...

Observando a calça e o casaco quentinho, sei que não é frio.

— Cólica, então?

Ares se cala, olhando para Martina e depois para mim, com cara de bobo.

— Será que é isso?

Olho para Martina outra vez, que mexe as perninhas sem parar, arqueando as costas e ficando cada vez mais vermelha. Bato com os dedos na barriguinha dela, que está dura como pedra.

— Com certeza.

— Ai, coitadinha... O que podemos fazer?

O senhor Demetriou volta à sala, agora com uma camiseta branca e tão informal quanto antes. Ele traz Davi pela mão, e, quando me vê, o pequeno corre e abraça minhas pernas.

Faço carinho nos cabelos pretos dele enquanto sinto os olhos de todos sobre mim, espantados. Eu sabia que ele iria me reconhecer. Só espero que não grite meu nome antes que alguém o diga em voz alta.

— Eu... Eu disse que me dava bem com crianças. — É a única coisa que penso em falar e então já mudo o assunto, antes que as coisas saiam do controle. — Vamos lá. O senhor pode esquentar uma fralda de pano? Pode passar a ferro ou aquecer água para fazer uma compressa — peço a Ares, que está mais perto.

— Não sei passar roupa — admite. — Mas vou ferver a água.

— Eu sei passar — Borges se adianta. —Vai ser mais rápido.

Os dois saem para completar a primeira missão e me viro para o seu Hélio, que agora posso ver sentado em uma poltrona, observando tudo, atônito.

— O senhor pode ligar na farmácia? Pede um remedinho para gases, mas avisa que é pra um bebê.

O velhinho concorda e se levanta com algum esforço, deixando a sala apoiado em sua bengala.

Sobramos meu chefe e eu, mas o coitado me olha ainda sem saber o que fazer.

— Calma que tudo vai dar certo, deita aí no sofá...

Agora sim ele me encara como se a Terra tivesse se partido ao meio e eu fosse o meteoro que causou a divisão.

12

Teseu

— O que quer dizer? — pergunto, estranhando o pedido.

Na verdade, toda a noite parece uma sucessão de momentos esquisitos, e, em meio a tanto grito e choro, não consegui nem mesmo me trocar antes que Lívia e Borges chegassem.

Nunca apareci vestido de maneira informal diante de algum dos meus funcionários; minhas roupas sérias e sociais ajudam a propagar a imagem de poder que quero passar, e por isso dou tanta importância a elas.

No entanto, informal ainda seria válido diante da cena que presenciaram. Eles me encontraram sem camisa, usando calça de moletom, ouvindo hip-hop, e, com toda a certeza, minhas tatuagens não passaram despercebidas.

— Quero dizer o que disse — responde Lívia, enquanto segura Martina e Davi permanece agarrado à sua perna. — Se deite no sofá que vou te entregar ela. Agora o senhor vai ver como se resolve uma cólica, ou ao menos se ameniza.

Nunca pensei que um dia seguiria ordens da minha secretária, ou de uma menina tão mais nova do que eu. Mas aqui estou eu, me recostando sobre as almofadas, me deitando no sofá.

Ares volta à sala acompanhado por Borges e entrega a fralda a Lívia, que de repente me olha um pouco hesitante.

— O que foi?

— Com licença... — pede, antes de se inclinar e colocar a fralda quente sobre meu abdômen.

Seus dedos tocam minha pele por um único instante, mas é o bastante para que suas bochechas adquiram um tom avermelhado, ao qual estou começando a me acostumar.

Antes que pergunte o que está fazendo, ela coloca Martina em cima da fralda, com a barriga virada para baixo, e eu a seguro para mantê-la firme no lugar.

— Agora comece a dar tapinhas no bumbum dela, ou massagear as costas. Isso vai ajudar até o remédio chegar.

Faço o que ela diz, ainda fora do ar diante de tanto tumulto no meio da minha sala de estar. Só que, aos poucos, o volume do choro diminui. Ela não parou por completo, mas ao menos não está gritando mais.

Com isso, consigo ouvir o som da bengala do meu avô retornando para a sala.

— Rapidinho vai chegar o remédio da nossa Titina — ele diz, sentando-se na poltrona.

Ares está de pé, com as mãos na cintura. Sua expressão demonstra que está fascinado por perceber que a tática da fralda realmente ajudou.

— Você entende mesmo de crianças — comento, ainda surpreso com quanto Lívia ajudou.

— Eu disse.

— Quantos anos você tem? — pergunto. A dúvida tem martelado em minha cabeça faz dias, por motivos diferentes, e finalmente posso questionar sem que pareça inadequado.

— Tenho vinte e quatro.

Mais nova do que eu, realmente, mas está bem longe de ser uma adolescente. Isso me traz um pouco de alívio, porque, apesar de meus pensamentos não serem de conhecimento público, me sentiria muito pior se ela fosse mais jovem.

— E você, tem filhos? — Ares é quem pergunta, mas viro o rosto, também curioso com a resposta.

— Eu? — Ela prende os cabelos em um rabo no alto da cabeça. — Não — responde, achando a pergunta engraçada. — Ainda não tenho, mas um dia vou ter vários. Talvez adote também.

A resposta me surpreende, afinal a maioria das pessoas que podem ter filhos biológicos não cogita a hipótese de adoção.

Davi continua em volta dela, então Lívia se abaixa e o pega no colo, no mesmo instante em que ouvimos o interfone tocar.

— Deve ser o remédio. Vou buscar. — Ares sai da sala andando rapidamente, e continuo minha tarefa de acalmar Martina.

— Espere só mais um pouco. Depois que ela tomar o remédio, assino os papéis e te libero. Desculpe por isso — peço. — Te fazer vir aqui a essa hora da noite...

— Não tem por que se desculpar. Fico feliz em ter ajudado. Não é, Davi? A bebê estava dodói? — Ela brinca com o pequeno enquanto faz cócegas no safado, que se desmancha em risadas.

Comigo ele não ri em nenhum momento. Tudo bem que não andei tentando conseguir essa proeza, mas seria bom perceber que ele gosta da casa e de nós.

O malandrinho balança a cabeça e, de repente, responde à pergunta de Lívia:

— Davi não tem dodói.

Isso me surpreende, porque ele disse pouquíssimas palavras desde que chegou. Lívia realmente leva jeito com as crianças.

Ares retorna com o remédio já colocado em uma colherzinha e se ajoelha ao lado do sofá, me ajudando a abrir a boquinha dela para colocarmos o medicamento.

Depois disso, Martina ainda chora mais um pouco, mas devagar vai se acalmando, o que faz com que eu me acalme também. Espero mais alguns minutos em silêncio, enquanto pelo canto do olho percebo que Davi continua falando, com a maior intimidade do mundo, com minha secretária.

Espertinho o garoto. Com os três machos da casa não quis abrir a boca, mas basta aparecer uma garota bonita que já se solta.

— Ela dormiu — Lívia sussurra para mim.

Apoio as costas de Martina com a mão e me levanto devagar, fazendo todo o possível para não acordá-la. Em absoluto silêncio, deixo a sala com ela nos braços e subo as escadas.

Martina está dormindo no meu quarto por enquanto, já Davi tem dormido com Ares. Ainda não conseguimos uma babá, não alguém que seja adequado às nossas necessidades, e estamos nos revezando nos cuidados com os pequenos enquanto entrevistamos as candidatas.

Coloco-a no berço e suspiro aliviado. Nunca imaginei que um choro de bebê pudesse desnortear tanto um adulto.

Encosto a porta e desço as escadas em seguida. Encontro Lívia já com os papéis nas mãos e assino os orçamentos, devolvendo-os em seguida.

— Pode levar para a empresa de manhã. Talvez agora, com as técnicas que me ensinou, eu possa dormir bem e ir trabalhar cedo.

Ela aquiesce e só então reparo como está vestida. Assim como eu, Lívia também trocou as roupas sociais por peças mais básicas, como tênis, calça jeans e blusa de moletom. Essas roupas fazem com que pareça mais nova, mas ela continua tão bonita quanto antes.

— Mocinha, como é seu nome mesmo? — Passada a tempestade, seu Hélio voltou a ser o velho abelhudo de sempre.

— É Lívia, senhor.

— Muito obrigado por ajudar. Estaríamos os três surdos a essa hora, e a pequena, ainda sentindo dor. Você caiu do céu nessa casa hoje! Você também, Borges.

Apesar de eu não admitir, o mesmo pensamento passou pela minha cabeça. A chegada deles foi um alívio absurdo para uma noite que tinha tudo para ser como as duas últimas.

Lívia

— A tia Lívia vai embora, tá bom? Mas eu volto.

Foram minhas últimas palavras antes de dar um beijo estalado na bochecha de Davi. Ele fez carinha de choro, e isso me partiu o coração; sei que a adaptação não deve estar sendo fácil, e o garotinho já havia se acostumado comigo e com o abrigo.

Borges me leva para casa e passo o caminho pensando nisso, nos riscos que corri indo até lá. Penso no perigo de que Davi, mesmo com seu vocabulário limitado, diga alguma coisa que me entregue, mas não consigo visualizar nenhum cenário em que ele tenha uma conversa coerente com o senhor Demetriou e conte que já me conhecia.

— Estamos chegando na farmácia, senhorita Lívia — Borges avisa.

— Para onde sigo daqui?

— Hum. Pode me deixar na farmácia mesmo, preciso comprar uma coisa...

— Eu posso esperar e depois te levar — oferece, me olhando pelo retrovisor. — É muito tarde pra que ande sozinha por aí.

Pior que ele tem razão, e, ainda que seja só um quarteirão, fico com receio.

— Não tem problema — respondo. — É que eu moro na casa do lado da farmácia... — A mentirinha é a solução que encontro para evitar que Borges me descubra, ainda que preferisse que me deixasse em casa.

— Ah, tudo bem, então.

Dois minutos depois, estacionamos diante da farmácia, que, para a minha sorte, fica aberta a noite toda.

Quando entro, o atendente me olha, estranhando meu retorno. Pelo seu olhar, percebo que agora ele tem certeza de que vim roubar. Acho que o rapaz é novo por aqui, ou saberia que sempre apareço quando temos alguma criança doentinha.

Ele sai de trás do balcão, imagino que disposto a me confrontar, mas Borges se afasta com o carro e saio pela porta antes que o rapaz se aproxime.

Escondo o celular dentro do moletom e corro por mais de um quarteirão. São Paulo é uma cidade bem assustadora a essas horas, principalmente para uma mulher desacompanhada.

Mas graças a Deus chego ao abrigo sã e salva, com os documentos assinados um pouco amassados — nada que os comprometa — e com uma dor no coração por ter deixado as crianças e meu chefe na mansão. Nenhum deles parecia saber muito bem o que estava fazendo.

Teseu
~~~

Ser pai é bem mais difícil do que imaginei.

Estudei logicamente todo o contexto dessa nova posição, como sempre fiz com tudo na vida.

Ledo engano de quem pensa que cheguei até aqui por sorte, acaso ou por uma herança milionária. Cheguei depois de estudar muito sobre o mercado, sobre comportamento humano, sobre mim e sobre qualquer outro assunto relevante que ajudasse a construir o homem de negócios que sou hoje.

Faz parte da minha essência. Se não entendo alguma coisa, fico incomodado, então estudo e pratico até conseguir desempenhar a tarefa com perfeição.

Foi assim com a paternidade. Desde que me coloquei na fila para adoção, passei a estudar comportamento infantil, educação, psicologia e muito mais.

Aprendi sobre as fases da vida de uma criança, já que não sabia quantos anos meu futuro filho teria. Li sobre alimentação, desempenho e saúde.

Depois que descobri que seriam Martina e Davi, meus estudos se tornaram mais específicos e aprendi sobre recém-nascidos, fórmula, fala, fraldas e até mesmo a famigerada cólica.

Nada disso me preparou para a realidade.

Não é fácil lidar com crianças pequenas, e, se são duas ao mesmo tempo, o trabalho é dobrado.

A empresa, que é extremamente importante para mim, está ficando de lado nos últimos dias, porque os cuidados que meus filhos necessitam são intermináveis.

Ares também tem rejeitado plantões e quase não foi ao consultório na última semana. Seguimos revezando, já que Hélio não pode ficar sozinho com as crianças. Temos uma faxineira, mas esse não é o trabalho dela, então nos resta cuidar de tudo por enquanto.

Eu sabia disso quando os adotei, sabia que precisaria ceder e ter alguém de fora dentro da minha casa. Mas o problema é que não tenho facilidade em confiar nas pessoas, não para ficarem no lugar em que eu vivo, com total acesso às minhas coisas e, principalmente, não com esse trabalho.

Por isso, encontrar uma funcionária tem sido difícil. Meu passado me mostra que não é qualquer pessoa que pode lidar com crianças. As histórias que já ouvi me falam muito da crueldade que o ser humano é capaz de ter, principalmente por dinheiro.

— Tem certeza de que não gostou dessa? — Ares entra em meu quarto, sem bater como sempre.

Abro a gaveta do closet, escolhendo um relógio de ouro branco para usar.

— Tenho.

— Ela era legal, conversava bastante — insiste, referindo-se à babá que entrevistamos há pouco.

— Exatamente. Logo iria se intrometer no que não deve.

— Calma, cara. — O sem-vergonha se joga na minha cama, ainda com a roupa que usou na academia. — Você precisa parar de pensar que todo mundo vai mexer nas suas coisas, não existe um motivo pra que desconfiem de algo.

— Não, Ares. Essa moça, não.

Eu me viro para encará-lo e ouço seu assobio baixo.

— Aonde vai todo príncipe assim?

— Vou para a empresa, como sempre.

— Como sempre, não; hoje você está pior.

Encaro minha imagem no espelho e não vejo nada de errado.

— Melhor, você quer dizer.

— Isso. Não tem um fio de cabelo fora do lugar, terninho de corte italiano, seu relógio mais caro... É por causa da secretária, não é?

— O quê? Que ideia ridícula, Ares. Você sabe que não me envolvo com minhas funcionárias.

Ele franze o cenho, observando minha explosão. Às vezes eu me supero na grosseria.

— Sei mesmo e não disse isso. Estou falando porque ela te viu de moletom e descabelado. E, só pra você saber, a garota com certeza reparou nas suas tatuagens. Não parava de olhar, inclusive.

— Merda!

Meu humor estava quase melhorando antes de Ares entrar no quarto, mas agora já começo a me estressar. Ainda mais.

— Aí agora você quer reforçar sua imagem de homem poderoso e CEO irrepreensível — Ares completa o raciocínio, certeiro.

— Mas eu *sou* poderoso e irrepreensível.

— Claro que é, mas com um pezinho no submundo...

— Cala a boca, porra! — Atiro o que está na minha mão na sua cabeça, e, para a sorte dele, é apenas uma caneta.

— E aí está ele, as profundezas do grande Teseu. Não devia ter essa boca suja. Sabe disso, não sabe?

— Tenha um bom dia. — Passo por Ares, mas sua gargalhada me acompanha até que eu saia pela porta.

Quando penso que me livrei, ouço seus passos descendo a escada atrás de mim. Tento ignorar, mas ao entrar na sala encontro vovô me esperando em sua poltrona.

— Teseu, tivemos uma ideia — diz ele, me detendo.

Davi já está sentado na sala, assistindo a um desenho e enrolado na coberta. Procuro por Martina com os olhos e a encontro no cesto que meu avô insistiu que comprasse. Acho que ela voltou a dormir.

— Que tal ela? — meu avô pergunta, animado.

— Eu já disse que achei que fala demais.

— Não a moça de agora, sua secretária — fala, achando graça da minha resposta.

Viro para encarar Ares, e ele cruza os braços, dando de ombros.

— Bom, ela já te viu daquele jeito ontem, o que significa que vai poder vestir o que quiser em casa, sem ter que dar satisfações. Se você a contratou para o escritório, ela deve ser confiável, certo? — Pelo jeito a opinião dele também é favorável.

— Não é assim. Eu não faço toda uma análise antes de colocar alguém na empresa. Aqui em casa é diferente.

— Então ela não é confiável? — Meu avô me encara com os olhos arregalados.

Lembro do incidente com Brenda e de como Lívia não disse nada, mesmo sendo humilhada no processo e correndo o risco de perder o emprego.

— Não, ela é de confiança, sim.

— E você a viu com as crianças. Conseguiu em uma hora o que nós não conseguimos em três dias. E o Davi a adorou. Até chorou quando ela disse que ia embora...

— Mas, vô... Eu vou ficar sem secretária outra vez.

— Só que colocar alguém no escritório é mais fácil. — Ares me encara. — O RH entrevista as candidatas e arruma uma secretária nova em dois dias. Aqui, no entanto, estamos precisando urgente e não dá pra apressar e pegar qualquer pessoa. A gente precisa trabalhar e não tem a menor condição de deixar dois bebês e um idoso aos cuidados de uma pessoa que a gente não conhece.

— Quem é o idoso? — vovô pergunta, ofendido.

— O senhor, claro.

— São dois idiotas. Eu só estou ficando mais sábio, não mais velho — resmunga.

Penso por um instante na sugestão, e não me parece má ideia. Lívia foi ótima com as crianças e me passa confiança, mas, ainda que eu concorde, não quer dizer que ela vá aceitar.

— Ela é administradora de empresas; se formou nisso. Não sei se vai aceitar um trabalho como babá.

— A Helena não ia voltar? — Ares lembra.

Realmente, o prazo da licença de Helena termina em poucos dias.

— Sim, a Lívia está só cobrindo o mês de licença dela.

— Pois é, ela vai estar desempregada em uma semana. Ofereça a vaga, dobre o salário, e ela vai aceitar — fala, como se fosse muito simples.

— Mas ela vai ter que morar aqui...

— Então triplica a porra do salário, Teseu! — As palavras dele rendem um olhar de repreensão de Hélio. — Não é você que vive se gabando de como é rico? É só fazer uma proposta irrecusável.

— E não esquece de falar do carro — Hélio sugere.

— Mas que carro?

— Ela vai precisar levar as crianças ao médico, ao dentista, sair para comprar coisas... Vai ter que deixar um carro para que ela use, e é um acréscimo bem atrativo na oferta de um emprego.

— Isso é verdade — concordo. Realmente, na situação dela, um emprego que vem com carro e um salário alto não deveria ser recusado.

Quando chego ao escritório, a encontro sentada atrás da própria mesa. Lívia se levanta quando me vê, e tenho um momento para contemplá-la usando uma saia preta, justa até os joelhos, e uma camisa rosa com os primeiros botões abertos.

Seus cabelos estão presos no alto, em um coque, deixando o colo descoberto. Cacete...

— Bom dia, senhor Demetriou.

— Bom dia, senhorita Lívia. Pode vir até a minha sala?

— Claro.

Abro a porta e espero que ela entre, o que me dá uma visão privilegiada da sua bunda nessa saia. Definitivamente, se admitir que a secretária é gostosa é um caminho sem volta, convidá-la para morar em sua casa, sendo uma tentação todos os dias, só pode ser burrice.

— Já enviei os documentos de manhã e arquivei o original, como pediu — diz ela, alheia ao que se passa em minha mente.

— Ótimo.

— O senhor está muito bem. Parece que conseguiu dormir.

— Muito obrigado pela ajuda. — Dou a volta e me sento em minha poltrona. — Sente-se um minuto, Lívia, tenho uma proposta a oferecer.

Ela obedece, mas cruza as pernas no processo. Que merda tá acontecendo com a minha cabeça? Eu costumo pensar muito mais com a de cima do que com a de baixo.

— Então, já faz três semanas que você está aqui e seu contrato vence na próxima sexta-feira.

— Passou tão rápido... — Suspira, parecendo chateada.

— Tenho um emprego para te oferecer, mas não creio que seja bem o que você tinha em mente.

— Um emprego aqui na empresa?

— Não, na minha casa.

Ela me encara, confusa.

— Preciso com urgência de uma babá para as crianças. Eu já entrevistei várias pessoas, mas não confio esse tipo de trabalho a qualquer uma. Você tem se mostrado uma mulher profissional e dedicada, e as crianças te adoraram. Meu avô e Ares sugeriram que eu te oferecesse a oportunidade. O que acha?

— Senhor Demetriou, eu adoraria passar o dia todo com aqueles dois, mas preciso muito do salário que recebo aqui, além de ganhar experiência na minha área. Sei que não pretende me manter na empresa, mas preciso ao menos tentar encontrar um emprego que pague um pouco mais...

— Mas vou pagar três vezes o seu salário — falo, me decidindo na hora. — Foi registrada por apenas um mês para receber dois mil e quinhentos reais, certo?

Lívia balança a cabeça, boquiaberta.

— Então pago sete mil e quinhentos.

— Mas... pelo trabalho de babá?

— É muito mais importante, você não acha? Vai fazer parte da criação dos meus filhos e viver na minha casa.

— Viver na sua casa? Eu teria que me mudar?

— A Martina é muito pequena, precisa de cuidados até mesmo durante a noite — respondo, temendo que seja um problema.

Ela é jovem e pode ser que prefira sua liberdade, sair à noite. Talvez tenha até um namorado.

— Sete mil e quinhentos?

Sua pergunta não deixa claro se achou pouco, considerando a mudança.

— Você terá folga aos domingos e, se quiser sair à noite nos fins de semana, não tem problema; nos revezamos. E, se aceitar se mudar e também der uma força olhando o Hélio, aumento para dez mil e fechamos negócio.

— Seu avô? Ele precisa de cuidados especiais?

— Não, ele é independente. É mais para preparar o almoço, café, essas coisas, além de fazer companhia.

— Então eu preciso cuidar das crianças e fazer o almoço?

— Fazer, não. Só cuidar para que ele coma, às vezes seu Hélio é teimoso. Ah, e como você vai precisar levar as crianças ao médico, dentista e sair para comprar as coisas, vai ficar com um dos meus carros. Você sabe dirigir?

— Sim, eu sei. — Ela dá uma risadinha e sinto um aperto no peito. De quem foi a ideia estúpida de oferecer o carro? — Nem posso acreditar nisso. Estou me sentindo como se tivesse ganhado na loteria!

— Então você aceita?

— É claro que sim! Me mudo hoje mesmo, senhor Demetriou. E... tem alguma regra? Como as que me deu aqui no escritório?

— Uma única regra: não mexa no meu escritório nem nos meus documentos, além de, você sabe...

— Não me intrometer.

— Isso...

13

Lívia

Reviravoltas são impressionantes. Quando você menos espera, algo acontece e tudo muda em segundos. Eu adoro reviravoltas; fiquei muito feliz quando, em uma delas, consegui o emprego na Pic-Pega, e ficaria ainda mais feliz se conseguisse a vaga permanente.

Mas um emprego que me permite dirigir um dos carros do patrão, que paga dez mil por mês e oferece casa, comida e roupa lavada? Tudo bem que ninguém falou nada sobre roupa lavada, mas, mesmo que não tenha, com certeza a máquina de lavar daquela casa entrega tudo passado e dobrado.

Não é na minha área de formação, mas e daí? Administrar crianças é tão trabalhoso quanto gerir empresas, e o salário vai ajudar muito no abrigo, que é o que mais me importa.

O único problema é que, se Deus ou o destino me olharem e decidirem dar aquela forcinha que sempre pedi, mandando Jonas até a Pic-Pega, não estarei mais lá.

Para isso também é fácil pensar em uma solução: basta deixar meu número com Bianca e um aviso a respeito da minha mudança.

Desço ao andar da loja para cuidar disso, principalmente porque o patrão me incumbiu de encontrar alguns brinquedos para Davi e Martina. Segundo ele, vou ser responsável por montar os quartos dos dois, que ainda não estão prontos.

— Bianca! Me traz um carrinho — falo alto, como se estivesse em um shopping com o cartão ilimitado da minha vida de herdeira.

Esse é o momento pelo qual esperei muitos anos, aquele com que sempre sonhei! Não sou criança mais, sei bem disso, mas finalmente posso pegar todos os brinquedos que quiser sem me preocupar com a conta.

E, convenhamos, você já entrou em uma loja grande de brinquedos depois de adulto? Esse é o poder que elas têm — despertam nosso melhor lado, aquela criança que ainda existe em cada um de nós.

— Uma cestinha, você quer dizer? — Bianca coloca as mãos na cintura e me encara com olhar interrogativo.

— Não, um carrinho mesmo, daqueles de mercado. Tem algum aí?

— Temos uns dois. É muito raro precisarmos...

— Pois eu preciso. Traga! — Olho para os lados, planejando fazer minha dancinha da vitória por finalmente experimentar isso. Ainda que eu mesma não tenha mais idade, vou me realizar através das crianças e, claro, brincar com elas.

No entanto, tem muita gente aqui, e por isso me controlo. Às vezes pode até não parecer, mas sou bem adulta quando necessário.

— O que está acontecendo aqui? — É a voz do senhor Demetriou.

Volto-me para ele, ainda sorrindo, e dou de ombros. O homem está impecável, um terno tão alinhado que imagino ter sido feito sob medida e os cabelos perfeitos demais, sem falar no cheiro, que quase me faz inalar profundamente e suspirar. Quase, mas lógico que não posso fazer isso na frente dele.

O homem voltou à sua carranca habitual depois que aceitei o emprego, mas nem sua seriedade vai estragar meu dia.

— Vou escolher os brinquedos que mandou — explico, e, ao ouvir, Bianca finalmente se mexe e vai buscar o que pedi.

— Acho que nem o Davi vai ficar tão animado quanto você.

— Ah, estou mesmo! Talvez o senhor não saiba o que é isso, mas quando criança eu sonhava com os brinquedos que queria ganhar. Morria de vontade de entrar em uma loja como essa e pegar todas as bonecas, os jogos, ursos e todo o resto, mas não podia. Então hoje é uma realização. Bem tardia, claro, mas vou encher o carrinho e nem vou pagar por isso!

Ele balança a cabeça, descrente com o meu comentário. Provavelmente porque não entende mesmo o que é querer tanto uma coisa e não poder ter.

— Vou te ajudar — responde, me pegando de surpresa.

Olho de soslaio para ele, tão impecavelmente vestido e austero. Não parece uma pessoa que ache divertido passear por uma loja, principalmente considerando que é o dono.

— Me ajudar com os brinquedos? Não precisa, senhor. Eu dou conta.

— Eu sei que dá, mas quero ajudar. Preciso me aproximar um pouco mais das crianças. Quem sabe isso fique mais fácil se eu souber do que gostam?

Ele tem um ponto e ganha muitos no meu conceito. O homem quer ser um bom pai, e nada me deixa mais derretida que uma coisa assim.

— Que crianças, gente? — Bianca está de volta, empurrando o carrinho, e pergunta ao estacionar diante de nós.

Antes que o senhor Demetriou tenha tempo para responder, ela percebe que se intrometeu e então faz um gesto com as mãos, se desculpando.

— Força do hábito. Perdão, chefe.

— Não é um segredo, são os meus filhos — ele responde.

Bianca abre a boca de um jeito que me dá vontade de rir. Ela olha tão chocada para o chefe que me sinto na obrigação de ajudar a pobrezinha.

— Então, Bianca... pode me indicar o corredor em que ficam os brinquedos para bebês?

— Bebês?

— Isso, os filhos do chefe.

— Ahhh. — Ela finalmente parece ter recuperado o raciocínio. — Então a adoção finalmente aconteceu, patrão? Parabéns!

Ele assente e agradece, mas não parece notar o quanto a notícia sobre Martina e Davi era um segredo até então.

— Os brinquedos ficam naquele ali. — Bianca aponta.

Pego o carrinho das suas mãos e começo a empurrar, animada. O senhor Demetriou caminha à minha frente, com as mãos nos bolsos e o semblante sério; nem parece que está comprando brinquedos.

Quando entramos no corredor certo, a primeira coisa que vejo é uma daquelas cadeirinhas que vibram e tocam canções, cheias de objetos coloridos pendurados para estimular a criança.

— Ahh, chefe! A Martina precisa de uma dessas!

Ele observa o acessório, mas, diferentemente de mim, que começo a ler todas as embalagens, apenas balança a cabeça, concordando.

— Pode pegar tudo que achar melhor, senhorita Lívia.

Observo os modelos, desde a mais barata e supercolorida, passando por uma que é toda marrom, mais cara e bem sem graça, finalmente chegando a uma maior, que além das funções normais também reclina para dar mais conforto quando a criança dormir. Ela é toda colorida, e os brinquedos são de tecido. É perfeita!

— Olha, eu acho que essa...

— Fez uma boa escolha. Essa é a melhor peça que temos dessas cadeiras.

— O senhor conhece todos os produtos na loja?

— Claro que sim — responde, como se fosse uma pergunta sem sentido.

— Hum, é que pensei... — Olho ao redor, medindo mentalmente o tamanho da loja. Tem milhares de brinquedos nesse lugar. — É muita coisa.

— Realmente é, mas eu não confiaria em um empresário que não conhece seus produtos, desde a fabricação até a venda.

— E o senhor está certíssimo, só é surpreendente. Vou pegar essa, então, tá?

— Pode pegar sempre o melhor, Lívia, não se preocupe com os valores.

— Tá bom! — Levanto os braços para alcançar a caixa grande.

O senhor Demetriou ergue a mão para me ajudar, e por um segundo seus dedos tocam os meus.

Tiro a mão, apressada, e volto os olhos para ele, mas seu rosto está perto demais e ele me olha com tanta intensidade que não consigo dizer nada. É só um momento, mas é um daqueles que fazem o coração disparar e as mãos suarem frio.

— Eu, hã... Me desculpe — peço, ao perceber que continuo a encará-lo.

— Pelo quê? — Apesar de suas palavras, com intuito de demonstrar que não aconteceu nada, ele continua me olhando fixamente.

Seu rosto não se afasta, e os olhos intensos, combinados a esse maxilar com a barba por fazer, quase me fazem esquecer onde estou e quem somos. Levo ainda um segundo, mas me recomponho, afastando-me e balançando a cabeça para desanuviar os pensamentos maliciosos.

— Bom, o que a Martina já tem? — Fingir que nada está acontecendo é sempre a melhor estratégia. — Vi que ela estava em um carrinho e imagino que já tenha um berço.

Ouço-o pigarrear antes de voltar as mãos para os bolsos e se afastar uns dois passos.

— Comprei só o essencial — responde, voltando à sua atitude distante de sempre. — Não sei escolher essas coisas, mas não vai encontrar nada disso aqui.

— Então ela não tem brinquedos ainda?

— Tem aquele que você deu e um urso maior que ela, que o Ares comprou.

— Então tá! Vamos montar o quarto dela todo em rosa. Vai parecer um cenário de contos de fadas.

— Rosa, tá bom... — concorda, parecendo achar uma ideia boa.

— Mas daqueles bem clarinhos — explico, antes que o homem pense que estou planejando usar *pink* em tudo. — Olha isso! — Pego uma caixa, que mostra um tapete de tecido, todo desenhado. — É como se fosse uma fazendinha. Vai ensinar a ela quais os nomes dos animaizinhos. Ah! Ela vai amar.

— Ela ainda mal fica acordada — diz o senhor Demetriou, cortando meu barato.

— Essas coisas mudam muito rápido nos primeiros meses. Vai ver quanta coisa a Martina vai fazer com quatro meses.

— Se você diz, eu acredito.

Entendo isso como aval e coloco a caixa ao lado da outra, dentro do carrinho.

— Os brinquedos que têm formas!

Desses eu pego vários. Não deixo para trás os carrinhos, nem os trens, tampouco as casinhas e ainda agarro um bem lindo, que brilha no escuro e parece um céu estrelado.

Depois disso, seguimos para a parte dos ursos de pelúcia, e aproveito para pegar os bichinhos de todos os desenhos animados que as crianças mais gostam.

A primeira que pego é a Galinha Pintadinha, logo que encontro uma caixa que vem com a galinha e uma boneca incrível. Talvez a Martina só vá usar daqui a uns três anos? Provavelmente, mas não posso sair daqui sem ao menos umas três bonecas. Também encontro a Dora, a Peppa, o George e o Bita. Pela expressão do chefe, ele não faz ideia de quem são esses.

— Disse que queria aprender sobre as crianças, não foi? Essa é uma lição valiosa, chefe. Esses daqui são seus ajudantes.

— O quê?

— Eles podem parar um choro ou te dar alguns minutos pra fazer uma ligação importante.

— Do que você está falando?

Ele olha da Peppa para mim, sem entender nada.

— Bebês adoram desenhos coloridos e, de preferência, que tenham músicas. No caso do Davi, a Peppa, a Patrulha Canina e a Dora vão ser um sucesso. Já a Martina vai amar a Galinha e o Bita...

— Tem certeza disso?

— Absoluta.

— Mas... esse Bita é um homem de bigode... — Ele observa a embalagem do boneco, chocado. — Por que os bebês gostam?

— Vai entender logo, logo.

São os mistérios inexplicáveis da mente dos bebês. Eu lá vou saber por que gostam tanto?

— Não sei, não...

— Que tal essa boneca? — Alcanço na ponta dos pés o suprassumo das bonecas. Ela chora, tem uma daquelas mamadeiras que quando é virada o leite desaparece e ainda pode ter catapora, que sai com água.

— Uma ótima escolha. — Dessa vez eu posso ver o canto do lábio dele se erguer um pouco.

— O senhor sorriu?

— Não, eu não sorri — nega veementemente.

— Sorriu, sim. O senhor nunca sorri. Gostou tanto da boneca assim?

— Está vendo coisas, senhorita Lívia.

Ele assume o carrinho e segue em frente como se eu estivesse alucinando. Mas sei bem o que vi. Ele sorriu, sim, mesmo que minimamente.

— E agora? — O senhor Demetriou está de costas, indo reto pelo corredor sem olhar para trás.

— Carrinhos!

Como o Davi é mais velho, minha festa na loja também vai ser bem maior.

Em pouco tempo, já temos o modelo antigo do *Velocicarro* — o novo vai ficar ainda mais incrível, modéstia à parte —, vários outros carrinhos de tamanhos e cores diferentes — Davi adorava brincar no orfanato com um que nem rodas tinha mais —, uma bola de futebol, lousa mágica e um kit de cozinha.

Começo a olhar ao redor, procurando o que mais possa interessar, mas, quando volto com um Lego para colocar junto aos outros brinquedos, vejo o senhor Demetriou caminhando na minha direção. Eu nem percebi que ele tinha se afastado; mas seus braços estão abarrotados de coisas e simplesmente despeja tudo em cima dos itens que já separei.

— O que é tudo isso? — pergunto, sondando suas escolhas.

— Um kit de ferramentas, duas armas de água, todos os bonecos de super-heróis que tinha aqui, um jogo de pescaria e um Legacy 500.

— Legacy?

— O jato. Esse é o mais rápido da categoria. Sempre quis ter um quando era criança — responde ele, e parece tão... feliz que quase não reconheço a expressão em seu rosto.

— E olha só pra você agora — devolvo, brincando.

— Eu tenho.

— Um avião?

Coloco as mãos na cintura, porque não é possível que ele esteja falando sério.

Sei o quanto meu chefe é rico, eu vi a mansão em que ele mora, ao menos parte dela, e já vi alguns dos seus carros, sem contar as roupas e a facilidade com que gasta. Mas daí a ter um avião particular é outra coisa, outro nível de riqueza.

— É, um jato. Ele vai adorar, não vai?

Demoro um momento para entender que se refere a Davi, porque ainda estou assimilando a novidade.

— Claro que vai, que garoto não ia gostar? — respondo. — Inclusive, quando for levar as crianças pra dar uma voltinha, a babá precisa ir junto.

Ele ergue a sobrancelha, percebendo minha estratégia.

— O quê? Nunca andei de avião. Preciso aproveitar as oportunidades.

Assentindo, ele pega um caminhão de bombeiros na prateleira mais alta.

— Está certa. Oportunidades nunca devem ser desperdiçadas. É preciso agarrar cada uma delas e fazer valer a pena.

— Pode deixar comigo — falo e literalmente agarro um robô que anda e vira um carro.

— Mas nunca andou de avião mesmo?

— Parece absurdo assim? Eu nunca tive dinheiro pra viajar pra longe, então nunca voei em um.

Ele parece entender meu ponto — nossas realidades são bem diferentes.

— Acha que já está bom? — Seus olhos estão fixos na montanha de brinquedos que escolhemos.

— Queria pegar alguns livros. Acho que vai ser legal ler pra eles antes de dormirem.

Mas o senhor Demetriou meneia a cabeça, e por um momento penso que vai dizer que não gosta de ler. Não é possível, sendo tão bem-sucedido e inteligente.

— Você ainda não conhece bem meu avô, mas ele tem uma biblioteca naquela casa. A propósito, melhor não mexer com isso de contar histórias. Isso é privilégio do Hélio, e, por enquanto, ele gosta de você.

— Quer dizer que, se eu pegar o lugar dele de contar histórias, isso vai mudar?

— Com certeza. É assim que ele se sente mais avô. Não mexa com isso, mesmo quando ele começar a contar os mitos gregos pra Martina dormir.

Faço uma expressão de horror; não que não goste de mitologia, mas a bebê mal chegou ao mundo e nem mesmo Davi vai entender muita coisa. Enfim, cada doido com suas manias.

— Tudo bem, então. Já temos o suficiente.

— Acho que nem vamos ter espaço pra tanto — resmunga, como se eu fosse exagerada.

— Vai, sim, sua casa é imensa. O senhor consegue levar tudo? Quando sair hoje, vou arrumar minhas coisas em casa e amanhã mesmo estarei lá.

— Vou pedir os móveis para os quartos ainda hoje, mas depois que se instalar você pode verificar o que falta nos quartos das crianças.

— Tudo bem.

— Pode deixar que resolvo tudo por aqui hoje. Vá para casa e arrume suas coisas; quanto antes chegar, melhor.

Assinto e, por um momento, me pego sem palavras. Tudo o que ele está fazendo... Teseu Demetriou pode não imaginar, mas esse emprego vai ajudar muitas outras crianças além de Martina e Davi.

— Obrigada, senhor. Jamais vou esquecer a oportunidade que está me dando.

— Não precisa me agradecer. Estou fazendo mais por mim e pelas crianças do que por você, então não se sinta em dívida.

Reconheço a sinceridade em suas palavras. O salário, o carro e todos os benefícios não são nada para ele, que realmente me ofereceu a vaga pensando nas crianças e na família. Mas é muito para mim.

Deixo-o se resolvendo com a baixa de produtos no estoque da loja, enquanto procuro por Bianca, às pressas. Encontro-a perto da porta, seguindo disfarçadamente uma cliente que observa as pequenas motos elétricas.

— Bianca, vem aqui — sussurro, chamando-a com um gesto.

— Que foi?

— Não tenho muito tempo para explicar tudo, mas o chefe me ofereceu a oportunidade de continuar trabalhando pra ele, como babá das crianças. Já que meu tempo aqui na empresa estava acabando, eu aceitei. Então estou indo.

— Isso é bom, ao menos é um emprego fixo. Está indo agora mesmo?

— Isso, agora. Não sei quando vou aparecer na loja de novo, mas me ligue se precisar, tá bom? E vamos nos encontrar de vez em quando.

— Claro que vamos. Não vai me esquecer, não é? — Seus braços envolvem meu pescoço enquanto ela choraminga, emotiva.

Não é como se fôssemos amigas há tanto tempo, mas a verdade é que nos apegamos uma à outra com nossos almoços compartilhados.

— Lógico que não, sua boba. Mas eu preciso de uma ajudinha. Será que pode me fazer um favor?

— Óbvio que sim. Qualquer coisa...

— É sobre o Jonas.

— Ah, seu amor eterno!

— Ele mesmo, meu Jonas — concordo, ainda que um pouco envergonhada pela forma como ela diz. — Se ele aparecer, não vou estar mais aqui, mas agora tenho você e, se puder me ligar, nunca vou poder agradecer.

— É lógico que te aviso, Ainda dou o seu telefone pra ele na mesma hora. O único inconveniente é que ele pode vir e acabar falando com outra pessoa, outro funcionário, e eu nem ficar sabendo...

— Então conte pra todo mundo o que achar preciso, ou pelo menos pro pessoal do caixa. O que importa é que eu fique sabendo que ele veio.

— Fique tranquila, vou ser seu cupido particular. Se ele aparecer, não vai escapar!

Dou um beijo estalado na bochecha dela, mais que merecido, mas isso a deixa um pouco envergonhada, porque suas bochechas ficam tão vermelhas quanto os cabelos cor de fogo.

— Obrigada, amiga. De coração.

Com essa questão resolvida, deixo a loja e pego um táxi para o abrigo. É um pequeno luxo que não costumo me dar. Mas, francamente, agora que sou uma pessoa que ganha dez mil por mês, posso esbanjar um pouquinho, né?

Chego em casa algum tempo depois — não sei bem quanto, porque durante todo o trajeto minha mente divagou para outras direções.

Pensei sobre a nova oportunidade e me vi ansiosa com tantas novidades. Mudar de casa, de trabalho, de vida! Passar a conviver com outras pessoas tão diferentes de mim e poder cuidar de Davi e Martina, mas também deixar dona Beth e as meninas, ainda que seja por uma chance de ajudá-las. São muitas mudanças para um só dia.

Quando entro em casa e conto a novidade à dona Beth, sua primeira reação é levar a mão ao peito e ameaçar um desmaio.

— Ficou doida, Lívia? Ele vai descobrir tudo!

— Na verdade é pouco provável. — E olha que já pensei muito nisso. — Seria muito mais fácil me descobrir enquanto estou morando aqui do que na casa dele.

— Mas o emprego na loja era tão bom... — reclama ela. Pelo seu olhar, sei bem que o problema não é o trabalho, mas me ver sair daqui outra vez. Passamos tanto tempo juntas que nos apegamos uma à outra, como família.

— Era bom, mas também tinha os dias contados. Em uma semana eu teria que sair.

— Sair? Mas por quê?

— Eu não disse quando comecei porque tinha esperanças de conseguir algo permanente, mas na verdade só estava cobrindo uma licença — conto, me retraindo um pouco quando ela ergue a mão para me dar um tapa.

— Ah, Deus! — O tapa passa de raspão pelo meu braço. — Mas vai se mudar, Lívia. E se não gostar de lá?

— Dona Beth, não se preocupe comigo. — Pego suas mãos para confortá-la. — Já sou adulta; eles não são uma família que vai me adotar, é apenas um emprego. Não tem por que me frustrar. Além disso, aceitei por causa de vocês.

— De nós?

— Das crianças. O salário é ridículo de tão alto, e vou poder contribuir com o abrigo todo mês.

Ela suspira, chateada.

— Precisa pensar mais em você, menina. Se o salário é bom, então compre roupas e sapatos novos, junte pra comprar um carro ou arrumar um cantinho que seja seu, cuide de você e deixe de se preocupar tanto com a gente.

— Mas são dez mil reais, Beth — conto, diminuindo o tom de voz.

— Dez mil? Ele enlouqueceu? Meu Deus do Céu! Como pode pagar tanto?

— Como vou dormir no trabalho, a carga horária é bem grande, então foi o valor que considerou justo. E eu acho maravilhoso; não vou avisar que é muito, né?

— Esse homem é estranho. Parece insensível, meio arrogante, mas de repente tem umas atitudes que mostram o contrário. Ontem chegou um carro aqui e descarregou um monte de caixas de brinquedos. Sabe aquele carrinho de controle remoto que os meninos são doidos pra ter? Vieram várias caixas.

— O novo inclusive é muito melhor, fui eu que sugeri o design. Quando ficar pronto, eu mesma vou comprar alguns com meu rico salário e trazer.

Ela não responde. Em vez disso encara minha colcha na cama, com os olhos marejados.

— Você vem me ver? Promete?

— Claro que venho te ver, Beth. Os domingos são minha folga; aonde mais eu iria?

Isso parece confortá-la um pouco e a mim também, porque, no fundo, apesar da empolgação com o emprego e tudo que vem no pacote, estou ansiosa, apreensiva e cheia de medos bobos.

Mas é isso: arriscar para vencer, como Jonas me ensinou um dia.

14

Lívia

Otávio e Jonas estavam jogando damas. Tato nunca foi bom em jogos de concentração, nem mesmo aos dezessete anos. Jonas sempre o ensinava e ganhava logo depois.

O problema foi que deixaram o Melado jogar — nós o chamávamos assim por causa da mania de comer doces e não lavar as mãos, então, onde encostava, grudava feito melado.

Da ponta do comprido banco de madeira, observei o movimento do Tato. Várias das outras crianças também olhavam, curiosas. Eu havia feito sete anos alguns meses atrás, mas ainda não podia jogar com eles. Tato só deixava quando éramos só nós dois e o Jonas.

A pecinha preta que meu irmão moveu ganhou a partida, mas Melado não gostou nadinha disso. Eu sei porque ele virou o tabuleiro todo no chão. Onde já se viu isso, não saber perder?

Otávio fechou a cara na mesma hora, e percebi que não viria coisa boa pela frente.

Quem começou foi Melado, virando a mesa, mas foi Tato que deu um murro bem forte no nariz dele. Forte mesmo, saiu até sangue!

Jonas tentou segurar Tato, puxando meu irmão pela camiseta, e eu comecei a gritar, mas Melado revidou o soco e, com isso, Jonas foi obrigado, pela lei da amizade, a soltar o Tato pra que ele se defendesse.

Só vi as cadeiras sendo jogadas e o tabuleiro que passou voando pela minha cabeça. As outras crianças rodearam os dois, gritando: briga, briga, briga!

Eu não gritei junto. Não gostava de ver o Tato brigando, porque sabia que ele iria se machucar e também deixar a dona Beth brava.

Dito e feito. Um dos meninos agarrou Melado pela camisa para que meu irmão batesse nele, mas a dona Beth chegou bem a tempo, com uma cara de brava e dando vários gritos, fazendo todo mundo se encolher. Depois, ela pegou Tato e Melado pela orelha e os arrastou para a sala da diretoria.

Comecei a chorar, chateada. Era o aniversário de dezesseis anos do Jonas, e ele ia pedir à diretora a nossa saída, como presente, mas Tato estragou tudo. Ainda assim, não queria que ele levasse uma bronca.

— Ei, meu lírio, por que está chorando?

Jonas se abaixou à minha frente e segurou minhas mãos. Eu adorava quando ele me chamava de lírio.

— Eu vi o Tato — continuou. — Não precisa chorar, porque o Melado nem chegou perto de machucar seu irmão.

— Não é isso...

— Então o que foi?

— É seu aniversário. Agora a dona Beth não vai levar a gente — admiti.

Ele abriu um sorriso que sempre me deixava feliz também e bagunçou meus cabelos com uma das mãos.

— Claro que vai, Lili. E vamos comer um bolo enorme — sussurrou para que os outros não ouvissem.

— Mas e se a briga estragar seu aniversário?

— Eu quero o bolo e o passeio, Lili. Mas o que importa é que a gente fique junto, tá bom? Eu, o Tato e você vamos nos divertir em qualquer lugar.

— Pra sempre, né?

— Claro que sim. Nós somos família, Lili. Vocês são tudo pra mim.

Ando de um lado para o outro, agitada com a lembrança. Sonhei com o Jonas essa noite, que finalmente o encontrava depois de tantos anos, e foi tão bom...

Só que acordei revirando as memórias do passado e agora estou sofrendo com a dor que elas carregam, enquanto arrumo minhas malas. Jonas não conseguiu cumprir a própria promessa; nós não ficamos juntos para sempre.

Fecho a segunda mala depois de colocar minhas coisas dentro. Não tenho muito: só roupas, sapatos e objetos pessoais. Os móveis não são meus, são do abrigo, e além disso não vou precisar deles naquela casa.

Vestida com duas blusas de frio — não cabia mais nada nas malas — e arrastando minha bagagem porta afora, deixo o quarto e saio para o corredor. Encontro uma fila de rostinhos à minha espera, um ao lado do outro, e dona Beth encabeçando a despedida.

— Todo mundo veio me ver? — Olho para as crianças, que variam em idades e tamanhos, e para Laís e Pietra. Todos aqui têm a mesma expressão de tristeza.

Fazemos parte da vida uns dos outros, e não dá para não sentir quando um de nós vai embora; é um pedacinho nosso que se vai e se torna apenas uma lembrança.

— Ah, minha menina... — Dona Beth me enlaça pela cintura, apoiando a cabeça no meu peito, o que ainda me surpreende bastante.

Antes disso, ela só me abraçou três vezes. A primeira foi naquela tarde, quando deixei o abrigo, a segunda foi no dia mais triste da minha vida e a outra foi quando voltei, alguns anos atrás. E agora me abraça pela quarta vez, quando estou partindo novamente.

— Não precisa chorar, Beth... Eu vou voltar sempre, prometo.

— Eu sei que vai... — Ela funga. — Mas não é justo que você tenha que ir embora assim.

Sei bem que ela não se refere ao dinheiro, mas ao fato de que vou trabalhar lá para ajudar mais aqui, mas isso não me incomoda em nada. Nem despesas vou ter direito. Essa é minha chance de fazer algo bom por esse lugar, e não vou perdê-la.

— Vai ser ótimo, Beth. Eu vou te ligar e dar notícias sempre, tá bom? Só não te digo pra ir me visitar porque ele não sabe que moro aqui.

Ela balança a cabeça e a luz do sol reflete nos seus cabelos brancos. Quando cheguei aqui, anos atrás, Beth era bem mais jovem, mas após vinte anos os sinais da idade já aparecem nos cabelos e nas rugas.

Abraço e beijo cada uma das crianças e me despeço de Laís e Pietra sendo espremida no meio delas. Borges recebeu ordens de vir me buscar, mas como dei a ele o endereço da casa ao lado da farmácia, saio do orfanato e me arrasto com a bagagem até lá, rápida como uma lesma em dia de sol.

Atravesso a rua e, antes mesmo de pisar na calçada, posso ver o atendente do outro dia escorado na porta da farmácia. O rapaz me vê, caminhando na sua direção com minhas coisas, e arregala os olhos. E depois a doida sou eu! Será que ele pensa que vou me mudar para a farmácia agora?

Subo na calçada e dou as costas para ele, arrumando as malas diante dos meus pés para não precisar ficar segurando. Olho o celular para confirmar as horas, mas antes de guardar de volta no bolso, um carro estaciona diante de mim. Não é o Porsche ou um dos outros que vi na garagem do chefe, mas quando o vidro se abaixa o rosto sorridente de Borges me cumprimenta.

— Uau, Borges! O patrão comprou um carro novo?

— E é todo seu, senhorita — responde, abrindo a porta e descendo para me ajudar.

— Meu? — Observo o modelo azul, bem maior que os carros esportivos que o chefe tem.

Borges aperta o botão do porta-malas, que se abre, revelando um espaço digno de um caminhão.

— O chefe escolheu hoje de manhã. É um Citroën C4. Tem bastante espaço para as crianças e para as coisas delas.

— Adorei! — Abro a porta da frente e me sento no banco do passageiro.

Borges parece um pouco constrangido com isso. Acho que está acostumado a ir sempre sozinho na dianteira.

— E então, Borges, você trabalha pro senhor Demetriou tem muito tempo?

— Ah, sim. Desde que ele veio do exterior.

— Isso explica por que ele tem esse nome diferente, né? Demetriou não é um sobrenome brasileiro e Teseu não é muito comum também.

Borges concorda, confirmando com um gesto enquanto sai para a rua, pegando o caminho para irmos embora.

— O senhor Demetriou... não o chefe, o avô dele — explica Borges — adora nomes gregos, mitologia e essas coisas todas. Por isso eles se chamam Ares e Teseu; o filho dele se chamava Aquiles, se não me engano.

— O pai do chefe e do senhor Ares? O senhor o conhece?

— Ele morreu muito antes de virem morar aqui. Nunca o vi, mas os meninos tratam o avô como pai. Ele os criou e deu tudo que eles têm hoje.

— Então o senhor Hélio era o CEO da Pic-Pega?

Borges entra em uma das avenidas principais e percebo que, graças a Deus, o trânsito ainda não está tão caótico.

— Não. Ele tinha o capital e investiu no neto, mas foi o chefe quem comprou a empresa do antigo proprietário e expandiu para o país todo.

— O senhor parece ter muita admiração por ele.

— Quem não teria? — Ele me olha de lado, sorrindo. — O senhor Demetriou é um gênio e tem prosperado de um jeito absurdo. E, apesar de ser focado nos negócios a ponto de nunca ter um momento de lazer, ele ajuda as pessoas sempre que pode. E agora adotou aquelas crianças.

E o deus Teseu só fica mais perfeito... Lembro que, quando comecei na loja, Bianca me contou sobre o hábito do patrão de contratar pessoas necessitadas, e me pego curiosa sobre o passado de Borges.

— Esse emprego que ele me arrumou vai salvar minha vida, sabe? — comento. — Eu tinha só mais uma semana na empresa e preciso mesmo do dinheiro.

— Ele sempre faz isso, ajuda quem precisa. Eu sei que ele é distante, não faz amizade com os funcionários, mas isso é só uma questão de personalidade... O coração daquele rapaz é de ouro.

— Você também foi ajudado assim, Borges?

Ele demora um pouco para responder. O semáforo está fechado, e, na frente do carro, dois meninos fazem malabarismos para em seguida passarem recolhendo as moedas.

Borges tira uma nota de dez reais do bolso e abaixa o vidro, entregando-a para o garoto, que sorri tanto que parece ter ganhado na loteria. Quando o semáforo se abre outra vez, ele avança com o carro.

— Eu era como esses garotos, senhorita Lívia, com a diferença que já não era mais um menino. Morava nas ruas, às vezes dormia num abrigo quando tinha vaga. Eu usava drogas, mas fiquei limpo um ano antes de conhecer o senhor Demetriou.

— E como se conheceram? — Viro de lado no banco, ainda mais curiosa.

— Estava tentando arrumar um trabalho e fui a todos os lugares em que conseguia pensar. Claro que ninguém queria me contratar. Não tinha o melhor dos históricos e nem estudos, mas aí... — O homem abre um sorriso ao se lembrar da cena. — Eu estava na Paulista, indo de loja em loja, e passei na porta da sede da Pic-Pega. Ele estava lá, dando ordens enquanto faziam uma reforma no cômodo. Os homens estavam carregando móveis e acabei correndo para ajudar a descerem uma geladeira do caminhão.

— Aposto que ele te contratou assim, do nada — calculo, com os olhos marejados. Não lido bem com histórias emocionantes, e esse simples momento, essa pequena ajuda, mudou a vida do Borges.

— Mais ou menos assim — admite. — Eu os ajudei e, depois que percebi quem era o chefe, cheguei aonde ele estava e perguntei se podia deixar meu telefone. Não menti sobre nada, expliquei minha situação e narrei toda a minha história em uns dois minutos. Ele ficou lá, segurando o papel e me encarando por um tempo.

— E aí?

— Disse que tinha duas perguntas e uma regra pra mim, algo como um teste. Primeiro ele tirou aqueles óculos escuros, me olhou firme e perguntou se eu voltaria a usar drogas e, quando jurei que nunca mais encostaria nelas, perguntou se eu sabia dirigir.

Começo a rir porque aquilo é a cara do senhor Demetriou, que também me contratou sem ver meu currículo.

— Você sabia?

— Sabia. Melhor nem te contar como aprendi. E aí ele disse que me daria um emprego e pagaria meu aluguel se eu conseguisse cumprir a condição.

— Não se intrometer na vida dele — adivinho.

— Isso mesmo, e é importante cumprir. Ele não gosta de muitas perguntas, mas é um homem do bem.

Viro-me para a frente outra vez, pensando sobre tudo isso.

— Será que ele esconde alguma coisa?

Borges me olha e abre um sorriso.

— Com certeza esconde, mas é intromissão querer descobrir o que é.

Borges me deixa diante das enormes portas de vidro na entrada principal. Da outra vez, entramos pela garagem e depois seguimos pelos fundos, mas agora ele estaciona na frente da casa e desce minha bagagem antes de abrir o portão da frente e tocar o interfone.

Uma mulher de cabelos curtos abre a porta e me olha com curiosidade. Seus cabelos são curtos e loiros. Ela é bem mais alta que eu, aparenta ter uns quarenta e poucos anos e é muito bonita.

— Essa é a senhorita Lívia, Renata. Ela vai ser a babá das crianças a partir de hoje.

O rosto da mulher se ilumina, como se tivesse recebido a melhor das notícias.

— Que bom que você chegou! Estavam todos ansiosos te esperando, inclusive eu...

Escancarando a porta, ela permite que Borges passe com as minhas coisas e entro logo depois.

— Venha por aqui, eu sou a Renata — começa a falar, animada. — Sou faxineira na mansão tem quase um ano, mas não venho todos os dias. O senhor Demetriou preza muito pela privacidade, então venho, limpo e vou embora. A Andrezza me ajuda, mas somos só nós duas.

— É um prazer, Renata — respondo, tentando acompanhar a conversa agitada e os passos rápidos. — Se são só vocês duas, quem faz a comida?

Olho ao redor, percebendo o quanto a casa é imensa. Já passamos pelo hall de entrada, com um pé-direito muito alto e um lustre que é a cara da riqueza, e agora entramos em uma sala elegante que parece feita para recepcionar as pessoas, quase como se fosse independente do resto da casa.

Os móveis são muito refinados; a tapeçaria tem desenhos intrincados, modernos e discretos, e as poltronas são lindas, mas não parecem muito confortáveis. Não há nenhuma televisão ou algo que sugira que a família costume ficar por aqui.

— Ninguém cozinha — ela responde, alheia ao meu deslumbre. — A comida vem de um restaurante todos os dias na hora do almoço e no jantar, mas a cozinha está sempre abastecida, caso precise. Uma padaria dentro do condomínio entrega pão, bolo e essas coisas pela manhã e à tarde.

— Nossa...

— Incrível, não acha?

Na verdade, não sei. Só vou saber quando provar a comida.

— Essa é a sala de visitas — diz Renata, confirmando o que eu havia pensado antes. — Quase não é usada. Geralmente só quando o senhor Thiago vem.

— O juiz?

— Ele mesmo — responde, abrindo uma porta dupla de madeira. — O senhor Demetriou não costuma receber ninguém dentro da casa, então as visitas vêm apenas até a sala.

Franzo a testa, me lembrando de como o juiz falava com ele com informalidade. Sendo tão amigos, seria natural receber o homem dentro da casa.

Mas então entramos na casa propriamente dita e esqueço o assunto. Me vejo em uma sala espaçosa, com sofás imensos que parecem bem confortáveis. É a mesma sala em que estive no outro dia, mas nem pude reparar direito, com tanto choro e ranger de dentes. Na parede há uma televisão bem grande e um aparador logo abaixo, decorado com uns vasos bonitos.

— Aqui é a sala de televisão. O menino adora ver desenhos, pelo pouco que notei, e gosta de ficar deitadinho no sofá enquanto assiste.

Quem não ia gostar, com uma televisão desse tamanho?

— Vou te levar ao seu quarto pra arrumar suas coisas, e depois você pode conhecer o resto da casa.

Saímos da sala e passamos diante de um quarto arejado. Ouço os sons de ferramentas e paro ao perceber que estão montando um guarda-roupa.

Ao me ver, um dos homens ergue os olhos e abre um sorriso. Os cabelos pretos bagunçados e os olhos escuros são difíceis de esquecer.

— Lívia! Que bom que chegou. — Ares se levanta e caminha para fora do quarto.

Eu não esperava tanta felicidade, principalmente porque nos vimos apenas duas vezes, mas retribuo o sorriso gentil.

— Bom dia, senhor Ares. Esse é o quartinho da Martina? — Aponto para o cômodo do qual ele acaba de sair.

— Como sabe?

— O berço meio que entregou.

— Ah, imagino que sim. Esse é o dela e o do lado é o seu — diz, apontando para a porta fechada um pouco adiante.

— E o Davi?

— Do outro lado, mas todos eles se comunicam.

— Como assim?

— Vai lá ver — fala, indicando que eu acompanhe Renata, que aguarda pacientemente. — Depois que se organizar, se puder voltar aqui, quero ver com você umas coisas que estão faltando.

— Tá bom. E onde estão as crianças?

— Com o vovô, na biblioteca.

— Tudo bem. Eu já volto.

Sigo com Renata para o cômodo ao lado, e ela abre a porta, revelando um quarto digno de uma princesa. Eu sou mesmo a Cinderela, ou a Maria do Bairro...

Uma cama *king size* ocupa o centro do cômodo e está coberta por muitos travesseiros e lençóis brancos impecáveis. Uma manta de tricô está jogada sobre ela, mas apenas na parte de baixo, conferindo alguma cor com seus tons amarelos e azuis.

A tapeçaria é tão bonita quanto a da primeira sala, e, ao observar bem, percebo que tudo tem tons de azul e amarelo. Olhando para as paredes posso ver três portas, e então entendo o que Ares disse sobre os quartos se comunicarem — provavelmente uma é do banheiro e as outras duas vão para os quartos das crianças.

Na cabeceira da cama, estão embutidas luminárias com um lindo aspecto retrô.

— O que acha? — Renata pergunta, mostrando-me as poltronas que eu não havia notado ainda.

— É incrível! — Noto o guarda-roupa planejado, que ocupa toda a parede à minha direita, e fico ainda mais fascinada.

— E você ainda não viu o banheiro — diz ela. — Esse é um dos meus quartos preferidos na casa, mas ficou ainda melhor com a reforma.

— Foi reformado recentemente?

— Para abrir as portas laterais. Foi uma ótima ideia que o senhor Demetriou teve...

Renata abre as cortinas, e percebo que as janelas dão para o quintal. Daqui tenho uma vista privilegiada da piscina e das árvores que a rodeiam. Posso ver até uma parte do deque de madeira.

— Que lindo!

— Não é? — ela concorda. — Os três quartos possuem janelas com vista para o quintal, mas as dos quartos das crianças vão ficar trancadas, pelo que o senhor Ares me disse, e você fica com as chaves. Vem ver o banheiro.

Corro para dentro da porta indicada por ela e fico ainda mais encantada. A pia tem uma bancada enorme para que eu coloque todos os cremes e maquiagens que não tenho, mas que vou comprar com meu rico salário. Dentro do boxe de vidro vejo o chuveiro, uma dessas duchas chiques de onde jorra água por todos os cantos.

— Só faltou a banheira — brinco.

— Tem uma no deque e nos quartos dos rapazes.

— Tem uma banheira lá fora? Tá brincando?

— Não estou, não. — Ela ri.

Como foi que não reparei no outro dia?

Saímos do banheiro, e Renata me leva até a porta que dá para o quarto de Davi. Encontro uma cama baixinha, dessas que dão mais autonomia à criança para que consiga descer e subir. Há também um guarda-roupa branco, mas não tem mais nada.

Voltamos para o meu quarto e observo a porta que comunica com o de Martina. Eu havia pensado que teria que dormir com os dois, mas o que eles fizeram com as portas laterais facilitou muito a minha vida, porque posso deixar as duas abertas e estarei a um passo de distância caso acordem de madrugada.

Borges deixou minhas coisas aos pés da cama, mas penso que vou ter muito tempo para cuidar disso depois. No momento, parece mais importante resolver os quartos das crianças para que até a noite tudo esteja arrumado.

Retiro as blusas de frio que estou usando e as deixo sobre a cama. Acompanhada por Renata, saio do quarto e entro pela porta do lado.

— Senhor Ares — chamo, ouvindo sua voz, mas sem vê-lo.

Mas então ele sai de trás do guarda-roupa.

— O que achou?

— Do quarto? Eu amei!

— O Teseu tinha mandado reformar pra abrir essas portas, isso antes de sabermos quem ficaria com as crianças. Foi uma boa ideia, não foi?

— A melhor.

— Vocês podem terminar aí? — ele pergunta aos montadores, mas ambos o encaram como se fosse uma pergunta besta. — Vem aqui, Lívia.

Ares deixa o quarto e faz com que eu o siga até a sala de televisão, Renata nos deixa sozinhos e desaparece por um corredor.

— Então, como você viu, não temos nada — diz ele, abrindo os braços para enfatizar. — Berço e guarda-roupa no quarto da Martina e cama e guarda-roupa no do Davi. Nem eu nem Teseu sabemos bem o que comprar, mas falta tudo...

— Quer que eu vá comprar? O senhor Demetriou disse que esperava que eu o fizesse.

— Eu posso ir, mas preciso da sua ajuda. Não podemos ir juntos, porque a Renata vai embora logo depois do almoço, e as crianças não podem ficar só com o velho. Mas posso ir mandando fotos e você vai me dando sua opinião. O que acha?

— Pode ser. O mais difícil vocês compraram, que eram os móveis. Talvez tenha problemas com alguns itens, mas acho que vai dar tudo certo.

Ele me olha sem parecer muito confiante, mas meu celular vibra, desviando minha atenção. Eu o retiro do bolso, vendo a notificação na tela, que se acendeu com uma mensagem do meu chefe.

> Já está na minha casa?

— É ele... — comento enquanto digito minha resposta.

> *Sim, cheguei há pouco.*

> *Prepare o que puder. Vou sair mais cedo e vamos juntos comprar o que falta.*

— Hum, ele está dizendo que vem mais cedo e vai me levar pra comprarmos o que falta. Quer que eu diga que o senhor vai?

— Para de me chamar de senhor. — Ele ri, como se isso fosse engraçado. — Não precisa dizer nada. Se o Teseu vai te levar, eu fico com as crianças até voltarem.

— Tá bom, então. O que eu posso fazer pra adiantar?

— Que tal se eu for buscar o papel de parede e você me ajudar a colar? Acho que já vai dar outra cara aos quartos.

Ares retira o próprio celular do bolso e desvia os olhos para ele.

— Já escolheram os papéis?

— Pedi que deixassem separados em uma loja aqui perto. Vou lá buscar...

Concordo, abrindo um sorriso ao perceber a empolgação dele.

— Vocês todos parecem muito animados com as crianças aqui.

Ares confirma com a cabeça, rindo mais abertamente.

— Essas crianças são a luz que esperamos nessa casa por muito tempo, Lívia. Você não tem ideia de como nós as queríamos aqui.

15

Lívia

Ares sai apressado para buscar os papéis de parede, e enquanto isso decido seguir pelo corredor por onde vi Renata desaparecer mais cedo. Passo por duas portas fechadas e, quando estou prestes a passar pela terceira, ouço a voz do senhor Hélio, em alto e bom som.

— O que você acha que aconteceu com ele, Titina?

Silêncio total, como era de esperar de uma bebê de dois meses.

— Isso mesmo — ele responde à própria pergunta. — Ícaro se aproximou demais do sol e o calor queimou a cera de suas asas, então ele caiu no mar.

Teseu tinha razão, o avô realmente conta histórias mitológicas para um bebezinho.

Empurro a porta de leve e coloco a cabeça para dentro.

— Com licença...

Hélio ergue os olhos e me vê. Ele está sentado em uma poltrona marrom que parece muito confortável, e Davi está sobre suas pernas, folheando o livro que tem em mãos. Martina está no carrinho, ao lado da poltrona, adormecida.

— Você chegou, menina. Que coisa boa! Entre, entre — ele chama com um gesto das mãos.

— Bom dia, seu Hélio. Nos vimos muito rápido nas outras vezes, mas vim me apresentar formalmente.

Entro no cômodo e perco um instante, abismada com a quantidade de livros que tem aqui. Eu adoro ler, sempre amei, e não consigo evitar que meu fascínio fique óbvio.

— Gosta de livros?

— Gostar nem começa a descrever...

— Fique à vontade para vir sempre que quiser e pegar qualquer um. Inclusive, você está intimada para a noite da história.

Isso desvia minha atenção das estantes cheias.

— Noite da história?

— Eu criei um cronograma para contar histórias para as crianças todas as noites, antes de dormirem — responde enquanto ajuda Davi a saltar para o chão.

— E de manhã também, pelo visto — brinco.

— Bem... Não estavam fazendo nada — responde, dando de ombros, como se procurasse uma desculpa.

— Eu adoraria ouvir suas histórias. — Me abaixo para pegar Davi, que já estende os bracinhos à minha frente, pedindo colo.

O rosto de seu Hélio se abre em um sorriso, contente.

— Que bom. Teseu e Ares já estão cansados, sabe? Eles adoravam no começo, mas agora já perderam a paciência.

— Pois acho que são eles que estão perdendo a oportunidade.

— Não poderia concordar mais. E o que achou da casa? Do seu novo quarto?

— Nunca tive um tão bonito quanto esse, e jamais um que fosse só meu.

— Muitos irmãos?

Meu sorriso morre um pouco, ao me lembrar de Otávio.

— Uma irmã; ela se chama Bruna — explico. — Dividimos o quarto por bastante tempo.

— E onde ela está?

— Mora com o namorado, Marcos, mas nos falamos quase todos os dias.

— Isso é bom. Irmãos devem ser unidos. Graças a Deus os meus garotos são. Pode não parecer às vezes, mas Teseu e Ares matariam e morreriam um pelo outro.

— E qual a história dos pais deles? O senhor e Ares são parecidos. Ascendência asiática, não é?

— Sim, eu vim da Coreia para o Brasil faz muito tempo. Mas Teseu e Ares são filhos de mães diferentes. O Teseu se parece com a mãe, e Ares puxou a minha família.

— Foi mais ou menos o que imaginei. Senhor Hélio, vou ajudar o Ares com o papel de parede e depois vou sair com o senhor Demetriou para comprar algumas coisas que estão faltando, mas volto a tempo de dar banho nos dois e de ouvir nossa história, tá bom?

— Ah, que ótimo! Faz tempo que não tenho um ouvinte que me entenda — fala, direcionando um olhar para Martina, que não poderia estar mais alheia ao que ele diz. — Acho que vamos ser grandes amigos, menina.

— Também acho.

Deixo-os na biblioteca, contente com a recepção entusiasmada de seu Hélio, de Ares e da Renata, e retorno para o quarto que Martina vai ocupar, tentando visualizar o que vai ficar bom no espaço e o que devo comprar.

Ares chega de volta um pouco depois, trazendo os rolos de papel nas mãos e uma escada baixa enganchada no braço. Ele coloca os rolos em um canto no chão e posiciona a escada aberta no canto da parede. Depois começa a abrir o primeiro rolo adesivo.

— Teseu disse que você sugeriu rosa-claro para o quarto da Titina, então trouxe esses aqui...

— Titina? Não seria mais fácil Tina, ou Nina? — pergunto, achando graça por escolherem um apelido do mesmo tamanho do nome dela.

— É de "pequenininha". O Hélio disse que ela era pititinha e aí depois virou Titinha, até chegarmos ao consenso de que Titina era melhor.

— E todos vocês aderiram.

— Eu, sim. O Teseu chama aos dois pelos nomes. Ele não é muito de apelidos.

— Nem com as crianças? — Afinal de contas, ele é o pai! Mas isso eu não digo em voz alta.

Ares sobe os degraus e posiciona o papel bem rente à parede.

— Pode segurar aí embaixo? Pra ficar reto.

Faço o que ele sugere, me colocando entre a escada e a parede.

— O Teseu está tentando — ele começa a explicar. — Ele queria muito a adoção, mas ainda não sabe bem como ser pai. É tudo uma questão de tempo.

— Sei como é. Algumas pessoas têm mais resistência para se abrir.

— Geralmente são as que mais têm a oferecer. — Ares passa uma espátula sobre o adesivo, tentando tirar as bolhas que se formaram. — Ele é um cara incrível, cheio de qualidades, mas não gosta que as pessoas saibam disso.

— Ele se engana se pensa que ninguém sabe — falo, lembrando da conversa com Borges. — Todos os funcionários têm muita admiração por ele.

Olho para cima e o vejo assentir.

— Ele sabe disso. Mas, na minha opinião, admiração e respeito não são sentimentos; são atitudes baseadas em fatos. Veja bem, eu disse "na minha opinião", porque o dicionário pensa diferente.

— O que quer dizer?

Ares começa a descer o papel, colando aos poucos e lentamente. É de um tom de rosa quase branco, estampado com flores pequenininhas.

— Quero dizer que as pessoas respeitam quem merece por causa dos feitos daquela pessoa. No caso específico dos funcionários, eles admiram o trabalho, o profissionalismo, a visão empreendedora e a generosidade, e o respeitam por tudo isso.

— Falando assim parece algo muito distante, meio impessoal.

— É o que quero dizer quando falo que não são sentimentos, mas atitudes. O amor é um sentimento, porque você gosta da pessoa por ela mesma, não apenas pelas qualidades ou pelo que ela fez... Você pode amar alguém bem-sucedido, mas vai continuar amando se essa pessoa fracassar.

— Faz sentido — concordo, um pouco sem graça com a conversa profunda demais.

Não acho que meu chefe veria esse diálogo com bons olhos, mas pude entender o ponto de Ares. O senhor Demetriou é respeitado e admirado, mas tem dificuldade em se abrir e se permitir ser amado.

Isso fica muito claro a cada dia que convivo com ele. Considerando a maneira impessoal com que age com todos, inclusive a noiva e o melhor amigo — que recebe apenas na sala de entrada da casa —, posso compreender o que ele quer dizer. Mas a verdade da qual preciso me lembrar é que não tenho nada com isso e não posso me intrometer.

— Acha que está bom? — Ele passa as mãos pelo papel fixo apenas na parte de cima da parede. — Posso colar pra baixo?

Observo uma ruga bem grande em cima, que acaba entortando o resto do adesivo.

— Está amassado ali. — Aponto para onde estou vendo o vinco. — Vai ficar torto.

— Onde? — Ares procura com os olhos, mas não parece estar enxergando.

— Quer que eu arrume? Desce que eu conserto.

Ele leva a mão aos cabelos pretos, tirando-os do rosto.

— Achei que esse negócio fosse mais fácil — confessa, enquanto desce a escada olhando para cima. — Se soubesse que era assim, teria deixado os profissionais instalarem.

— Vou dar um jeito. Você vai ver como vai ficar bom.

Como estou entre a escada e a parede, quando Ares termina de descer acaba ficando muito perto de mim, seu rosto a uma curta distância do meu. Não é intencional, claro, mas meu chefe escolhe esse exato instante para aparecer na porta.

— O que é isso? — Sua voz ecoa pelo quarto meio vazio.

Ares desvia os olhos para ele e dá de ombros, sem entender bem a pergunta. Acho que nem se deu conta da nossa proximidade.

— Um papel de parede, mas a Lívia acha que está torto. O que você acha?

O senhor Demetriou me olha, parecendo irritado, mas desvia os olhos para onde o irmão aponta.

— Tem um pedaço amassado. Por que decidiu fazer isso em vez de chamar alguém que entende?

— Porque eu sou um idiota, pelo jeito. — Ares começa a rir, ao visualizar o defeito que apontamos. — Podem ir comprar as coisas, vou terminar por aqui.

— É esse meu medo.

Não posso deixar de concordar com o chefe.

Ele faz um gesto e o acompanho, deixando o quarto. Enquanto segue para fora da casa, na direção da garagem, ele não diz nada, e sinto que está bravo pela forma como nos encontrou no quarto.

— Senhor Demetriou, está tudo bem?

— Claro.

Ele aciona o alarme do carro para destravar, e, com isso, percebo que sua intenção é ir no preto, o mesmo em que Borges me buscou outro dia.

— Quantos carros o senhor tem?

— Tenho três, Ares tem um — diz, apontando para o vermelho do outro lado. — Hélio tem um modelo antigo, que não usa. — Agora ele indica um carro coberto por uma capa. — E agora você e as crianças têm o novo.

Eu me divirto com a resposta, porque a verdade é que eu usarei o carro enquanto trabalhar aqui, mas ele é das crianças. Isso me faz rir ainda mais, porque, bom, *eles já têm um carro*!

— E qual o nome desse? — pergunto enquanto entro no banco do lado do passageiro.

— É um Mercedes.

Não que eu vá decorar todos os modelos, mas é bom saber um pouco sobre a coleção de brinquedinhos do chefe.

Saímos da garagem, e, enquanto ele pega a rua larga rumo à saída do condomínio, aproveito para analisar seu perfil. Não sei se realmente se irritou por ter achado que eu estava de gracinha com o irmão — porque é lógico que uma funcionária que se envolve com alguém da casa, principalmente no primeiro dia, não seria vista com bons olhos — ou se é só a personalidade dele dando as caras outra vez.

— O senhor sabe que eu só estava ajudando seu irmão com o papel, não sabe? — Eu deveria ter deixado pra lá, mas por alguma razão imaginar que ele possa estar pensando outra coisa me incomoda muito.

Ele colocou os óculos escuros, então não consigo ver seus olhos para sondar melhor sua expressão.

— A senhorita sabe que outros tipos de envolvimento na minha casa não vão ser tolerados, não sabe?

— Claro que sei! Eu sabia que estava imaginando alguma coisa errada.

— Não imaginei nada. Só acho melhor deixar isso claro.

Eu o encaro, irritada. Ele realmente pensou que eu estivesse dando em cima do irmão dele? Ares é bonito e tudo, mas se fosse me arriscar seria com Teseu. Apesar da raiva que estou sentindo agora, não dá pra negar que ele é bonito de um jeito que acelera pulsações e dá um frio na barriga — de um jeito bom.

— Por que eu daria em cima do seu irmão?

Ele dá de ombros, perdendo o interesse em fingir que não foi exatamente o que pensou.

— Ares é bonito, rico, e é médico.

— Parece um anúncio da venda de um cavalo — rebato.

— Ele tem uma ótima personalidade também. Sabe ser agradável.

— Ah, isso é verdade. E não fica acusando as pessoas assim, do nada — respondo e me viro no banco, fixando os olhos no caminho em vez de encarar o rosto dele, porque a vontade é dar uns tapas nessa carinha esculpida por Deus.

— Então admite que o acha interessante? Eu sei que ele é, mas você é minha funcionária.

— Eu não disse nada disso. É coisa da sua cabeça, chefe — respondo, a irritação evidente na minha voz.

Ele nega com um gesto, carrancudo.

— Se está sugerindo que estou com ciúmes, saiba que isso nem passou pela minha cabeça.

Isso me faz encará-lo outra vez, com os olhos arregalados.

— Ciúmes? Sinto muito, chefe, mas o senhor deve ter tomado muito sol. Ninguém sugeriu isso.

— Que bom que você entende.

— Que eu não posso me interessar pelo senhor ou pelo seu irmão? Fique tranquilo, porque sei muito bem meu lugar, e o senhor não faz meu tipo — minto, porque de jeito nenhum vou dar a ele esse gostinho.

Teseu retira os óculos e fixa os olhos bonitos sobre mim. Com esse olhar e essa intensidade, fica difícil raciocinar.

— Como assim, não faço seu tipo? Isso não faz o menor sentido. Ninguém nunca me disse uma besteira como essa.

Abro a boca, surpresa com o tamanho da arrogância e da prepotência.

— Está dizendo mesmo que faz o tipo de todas as mulheres? Porque isso é bem egocêntrico.

— Bom, imagino que não exatamente de todas. Existem as que gostam de outras mulheres e as que amam somente a Deus.

Ele está falando sério? Noto que sua expressão se suavizou e presumo que esteja brincando, ainda que esteja muito perto da verdade.

— Está fazendo uma piada?

Teseu recoloca os óculos enquanto nega com um gesto de cabeça.

— De jeito nenhum. Eu não faço piadas.

— E também não ri, né?

— Nunca.

Isso me deixa cismada. Como será quando ele ri? Será que seu rosto fica muito diferente? Começo a imaginar o que posso fazer para arrancar uma risada dele — ou melhor, uma gargalhada. O assunto sobre meu suposto interesse em Ares fica esquecido por ora, mas o chefe não me conhece; ainda não sabe que sempre retomo as discussões anteriores.

O senhor Demetriou para o carro no estacionamento e entramos enquanto abro a lista que fiz no celular, com tudo que acho que está faltando nos quartos.

— Precisamos de uma poltrona para o quarto da bebezinha.

— Por que não duas? — Ele caminha ao meu lado, exalando charme. Por onde passamos todas as mulheres desviam os olhos para ele, seja de maneira descarada ou disfarçadamente, como fazem as que estão acompanhadas.

Isso não ajuda um ego grande como o dele — que provavelmente é grande em outros lugares também, para justificar tanta prepotência.

— Lívia?

— Ah, pode ser — retomo o assunto das poltronas —, mas não é bem uma necessidade. No caso da Martina, que ainda vai acordar de madrugada por um bom tempo, com cólicas ou com fome, é preciso. Mas no quarto do Davi também pode colocar uma, claro.

— Então vamos às poltronas.

Seguimos até a parte em que elas estão expostas e começamos a analisar os modelos. O senhor Demetriou as avalia apenas com um olhar especulativo, já eu me sento em todas elas.

— Essa aqui reclina. — Prendo meus cabelos em um coque no alto da cabeça e aperto o botão, sentindo enquanto a cadeira começa a deitar para trás.

— Confortável?

— Muito! Quer experimentar?

— Não, vou confiar na sua opinião.

Uma vendedora caminha na nossa direção, e do meu lugar, confortavelmente deitada, consigo ver a intensificação do rebolado e o olhar de raposa que ela direciona ao meu chefe.

Desse jeito ele nunca vai ficar humilde.

— Posso ajudá-los? — pergunta em um tom sensual.

Eu entendo que o homem é um espetáculo. Vai por mim, não deixo de notar isso uma só vez em que o vejo. Mas daí a se prestar a esse papel de vir até aqui pra dar em cima dele é outra história.

Estamos em uma loja de bebês! Comprando uma poltrona de amamentação. Até onde ela sabe, ele poderia ser meu marido. Aperto o botão para que a cadeira volte à posição inicial enquanto escuto ele explicar que estamos à procura de diversos itens e começamos com as poltronas.

— Temos essa aqui também — a vendedora sugere, apontando para uma cadeira de palha. — Ela faz massagem por todo o corpo...

Por que essa frase vinda dela parece tão promíscua? Pelo amor de Deus, é uma poltrona para o quarto de um bebê!

— Massagem? — Teseu repete. — Interessante...

Mas que safado! Ele tem uma noiva!

— Por que não se senta e experimenta?

Ela que está doidinha pra sentar. É cada uma que eu preciso aguentar...

Espero que ele lhe dê uma resposta atravessada, mas, contrariando minhas expectativas, o senhor Demetriou realmente se senta e permite que a safada ligue o massageador.

Pela cara dele parece bem agradável e, claro, eu adoraria uma massagem no meio da noite, quando acordar morta de sono com o choro da bebê. Mas essa mulher não tem um pingo de respeito por mim. Se eu fosse a esposa dele já teria dado um chega pra lá nela desde o começo, mas mesmo não sendo me sinto insultada.

— Obrigada pela demonstração — falo, fazendo com que os dois me olhem. —Eu não preciso de uma cadeira com massageador. Meu namorado faz ótimas massagens.

Ela tem a decência de parecer envergonhada, e o senhor Demetriou me olha confuso, um vinco no meio da testa. Ainda assim, ele entende a deixa e se levanta.

— Hum, tudo bem — responde a vendedora.

— Vamos escolher o que vamos levar e, quando estiver tudo pronto, te chamo.

A moça se afasta e meu chefe começa a analisar a poltrona seguinte, como se não tivesse feito nada errado.

— Não sabia que você tinha namorado — fala casualmente.

— Porque não tenho.

— Mas então... você sabe que agora a vendedora está achando que sou seu namorado, não sabe?

— E por que acha que eu disse aquilo? Mulher abusada.

— Abusada por quê?

— Vai dizer que o senhor não notou que ela estava se insinuando na maior cara de pau?

— E o que tem isso?

— Estamos comprando móveis de bebês. Ela não nos conhece, então poderíamos mesmo ser um casal. Não é nada profissional ficar se atirando em cima dos clientes assim. Além disso, o senhor é noivo. Queria só ver se ela conhecesse a senhorita Palheiros.

Ele parece achar divertido meu comentário.

— O que tem ela?

— Pode não ser uma pessoa muito feliz, se me perdoa o comentário, mas é muito linda.

— Não tanto quanto você — comenta ele, ainda com um bom humor ao qual não estou habituada.

A frase morre em seus lábios, e sinto a ardência subir por meu rosto, o que indica que estou vermelha. Droga, eu podia não ser tão transparente.

Mas que tipo de comentário foi esse? Ele coloca as mãos nos bolsos, percebendo como soou o que disse, e ficamos os dois em silêncio. Torço para que mude de assunto e fale da poltrona, mas não tenho tanta sorte assim.

— Desculpe, não era pra ter falado alto.

— Hum... Obrigada pelo elogio.

Ele assente, meio aéreo, e aponta para a poltrona.

— Você pode não ter gostado da vendedora, mas a poltrona é realmente muito boa. E como você não tem um namorado que faça massagens de verdade...

Para que ele foi dizer aquilo? Agora já estou imaginando ele me fazendo massagem e a visão é nítida demais... E eu com certeza não deveria estar pensando nisso. Ele tem uma noiva! Uma noiva que parece uma vilã de novela mexicana, mas ainda assim é um compromisso.

— Tá bom, vamos levar.

— Próximo item?

— Babá eletrônica.

Continuamos nossas compras e agora tudo caminha bem mais rápido, principalmente porque o clima de camaradagem que havia se instaurado entre nós desapareceu no climão que se seguiu ao comentário dele.

Não é que eu não me sinta lisonjeada, porque com certeza eu estou. Depois de toda aquela arrogância dentro do carro, saber que ele me acha tão bonita assim é muito bom, mas não é certo nem natural, considerando quem ele é e a noiva psicopata que não pensaria duas vezes antes de me atirar escada abaixo — igual às vilãs de novela.

Mais tarde, entramos no carro para irmos embora com o porta-malas e os bancos de trás tão cheios que até mesmo dificultam a visão no trânsito.

— Devíamos ter vindo no carro novo — comento, me lembrando do porta-malas enorme.

O senhor Demetriou apenas assente, calado. Ele está quieto desde que disse o que não devia.

— Está... — Ele pigarreia. — Está pensando mal de mim?

Agora que decidiu falar, tinha que voltar ao assunto?

— Mal? Por que estaria? — pergunto, tentando disfarçar.

— Pelo comentário que fiz. Desculpe se passei a impressão de que estava dando em cima de você. Não foi minha intenção, eu só... falei. Geralmente costumo pesar bem minhas palavras, mas acho que estava no automático.

Engraçado que por nenhum instante pensei isso. Realmente soou mais como algo que escapou do que como uma coisa planejada.

— Hum, eu entendi, sim, mas será que podemos deixar isso pra lá?

— Você pensa que sou um canalha. — Ele mesmo balança a cabeça, com o cenho franzido enquanto sai com o carro do estacionamento. — Porque em teoria eu a elogiei dizendo que é mais bonita que a Brenda, mas é que...

Por mais que queira esquecer o assunto, também estou curiosa. O noivado, a vida pessoal — tudo que envolve Teseu Demetriou sempre foi misterioso demais para mim. Eu me calo, esperando que ele diga qualquer coisa que possa esclarecer um pouco mais do que ele pensa ou do modo como age.

— Olha, Lívia, você vai morar na minha casa agora e vai acabar ouvindo e vendo muito da nossa vida pessoal. Posso confiar que não vai dizer nada por aí?

— Como o quê? Que o senhor adora hip-hop e é todo tatuado? — brinco, tentando aliviar a tensão da conversa.

— Isso também. Mas estava me referindo ao fato de que Brenda e eu não somos um casal, não de verdade.

— Como assim? Não vão se casar? — Bem que eu achei tudo muito esquisito.

— Não sei — responde, me confundindo ainda mais. — Depois das crianças ela ficou irritada e não apareceu mais. Mas, mesmo que realmente me case com ela, nós não vamos ser um casal. Nós nunca namoramos, nunca nem nos beijamos. É um acordo, uma fusão da minha empresa com a deles, não um relacionamento de verdade.

— Quer dizer que não namora ela? Que é tudo fingimento? — Isso me deixa atônita. Nunca vi essas coisas acontecerem na vida real e não consigo entender por que alguém aceitaria um casamento assim.

— Você, meu avô e o Ares são os únicos que sabem; não só do acordo, mas do status de relacionamento também. Nós ainda não havíamos levado a público, e agora nem sei se vai acontecer. Provavelmente acabou antes de começar. Mas, se fôssemos anunciar, ainda seria apenas isso, negócios.

— Por que o senhor faria algo assim? Estou muito confusa.

— Por dinheiro, acho.

— Mas o senhor já tem dinheiro, muito. Por que fazer isso no lugar de um acordo que só envolva as empresas?

Ele aquiesce, compreendendo meu ponto.

— Eu sei, ainda não tinha conseguido a adoção e acho que fui ganancioso demais. O Palheiros me ofereceu uma chance, com o casamento, de me tornar o maior nome no segmento dentro do país, e acabei concordando. — Ele meneia a cabeça, considerando o que eu disse depois. — Claro que apenas uma fusão empresarial seria melhor pra mim, mas não pra ele, que queria apenas que sua empresa, sua herança, ficasse na família.

— E não pensou em como seria ter aquela doida como mãe dos seus filhos?

Isso faz com que ele me ofereça a sombra de um sorriso, mas nem comemoro, de tão chocada que estou.

— Pensei depois. Eu disse a ela que moraríamos em casas separadas e que as crianças eram meus filhos e não dela. Mas, quanto mais penso, mais estranho parece.

— Porque é loucura! O senhor me perdoe, mas já estou me intrometendo. Isso não diz respeito mais apenas à sua vida, mas também à vida das crianças. Sinceramente, não sei o que é pior: tornar aquela *Soraya* a mãe deles ou deixar a imprensa destilar o veneno a respeito de uma mãe que não é presente e nunca participa de nada.

— Falando assim...

Entramos no condomínio e encaro a estrada enquanto ele sobe em direção a casa. Estou tentando refrear minha língua, mas o que sinto ultrapassa e muito a decepção. Não posso acreditar que ele teria coragem de fazer algo assim.

— Você ficou quieta. — Passamos pelos portões abertos da garagem, e ele estaciona o carro, destravando as portas.

Desço, bastante irritada, e, mesmo correndo o risco de perder meu emprego no primeiro dia, não consigo controlar minha indignação.

— Melhor não falar algumas coisas, mas preciso dizer ao menos isso. Dinheiro é importante. Ajuda, sim, sei muito bem disso. Mas não é tudo. Não pode ser ambicioso a ponto de colocar esses interesses à frente das pessoas que ama.

— Você está brava? Está me dando uma bronca ou é impressão minha?

— Eu estou irritada, sim, mas estou muito mais decepcionada. De uma forma que acho que nunca estive. O senhor pode levar as coisas pra dentro? Preciso de um minuto antes que eu acabe perdendo o emprego.

Sem esperar pela resposta, dou as costas para ele, correndo para dentro da casa. Posso ouvir sua voz me chamando, mas não olho para trás.

16

Teseu

— Thiago, será que pode me dar sua opinião sobre um assunto? — Ofereço a ele uma garrafa de cerveja e vejo o sorriso descarado surgir.

— O grande Teseu me pedindo isso? Deve ser algo importante.

Reflito por um momento a respeito do passo que estou prestes a dar. Nunca precisei do aval de alguém sobre minhas decisões, mas algo tem me incomodado muito desde mais cedo, quando Lívia me deixou na garagem parecendo tão frustrada.

— Sabe que meu principal concorrente é o Palheiros — comento, preparando o terreno. — O que diria se eu te contasse que ele me procurou e fez uma proposta?

Thiago se inclina na poltrona. Estamos sentados na sala de visitas, onde sempre o recebo quando vem assim, de repente.

— Que tipo de proposta? Ele quer comprar a Pic-Pega ou te vender a empresa dele?

— Unir as duas — revelo, sabendo o espanto que isso vai causar.

— E como isso seria feito? — ele questiona, e sua expressão demonstra surpresa com o que acaba de ouvir.

— Ele propôs que me casasse com sua neta, Brenda Palheiros.

Thiago abre um sorriso sacana e me oferece uma piscadinha.

— Não seria um grande sacrifício. A mulher é gata pra caralho.

— Pode ser, mas é um pouco doida também.

Ele estreita os olhos, percebendo que não estou brincando.

— É sério isso do casamento? Ele pensa o quê? Que voltamos aos tempos dos casamentos arranjados?

Levanto-me, andando de um lado para o outro. Não sei bem por quê, mas de repente começo a perceber o quanto a ideia é ruim.

— Sabe melhor do que eu que, nesse meio, isso nunca mudou muito. O Palheiros quer um herdeiro, um sucessor, e a neta só quer curtir, viajar... Não tem disposição para assumir os negócios.

— E então você foi de inimigo para potencial aliado, assim?

— Não somos inimigos, apenas concorrentes. Mas, sim, é algo nesse sentido.

— Que coisa de louco... — resmunga, meneando a cabeça.

— É, não é?

— Claro que sim. Por que alguém rico como você aceitaria essa ideia maluca?

Tomo um gole da minha cerveja, refletindo sobre o que ele disse.

— É o que todo mundo está me falando. Aceitei porque pensei que fosse a oportunidade de me tornar o homem mais importante do país no nosso ramo. Cheguei a conversar com ela e explicar que seria apenas uma relação de fachada, pelos negócios, e Brenda concordou com meus termos.

— Espera aí, você fez o quê?

— Sabia que não ia entender. — Suspiro, chateado. Ninguém consegue entender minha motivação, e, no fundo, sei que minha justificativa não é das melhores.

— Entender o quê, cara? Isso é demais até pra você. Se casar por conveniência?

— E eu devia me casar por qual motivo? Amor?

— Sim. É exatamente assim que as pessoas normais fazem. Tudo bem, você não ama ninguém, eu também não, então ficamos solteiros, Teseu. Eu entenderia se você fosse um zé-ninguém precisando de dinheiro pra sobreviver, mas você tem tudo, porra! Pra que se sujeitar a algo assim? E nem vou começar a falar dos seus filhos, porque, pelo que te conheço, pediu minha opinião pela primeira vez na vida e deve estar planejando me colocar daqui pra fora por dizer a verdade.

— É por eles que estou hesitando — admito. — Aceitei porque não vi o que tinha a perder. Não pretendo me casar, e se a união poderia beneficiar a empresa, então por que não? Mas aí Martina e Davi chegaram, e a Brenda não gostou nada quando descobriu. Nem sei se ela ainda quer seguir com o casamento, mas a questão é que acho que *eu* não quero mais. Não acho que seja uma boa ideia deixar que ela faça parte da vida dos meus filhos.

— E imagino que Hélio e Ares tenham opinado sobre isso. Se insistiu mesmo assim, por que agora está repensando a decisão?

Sorvo mais um gole da bebida, deixando que resfrie um pouco minha cabeça.

— Minha secretária, a Lívia — conto. — Ela se dá muito bem com crianças e acabei mudando o cargo dela de assistente para babá.

— O quê? Trouxe a assistente para trabalhar como babá?

— Isso. Você sabe melhor do que ninguém que não gosto de colocar pessoas dentro da minha casa, então procurar uma babá estava tirando meu sono. Mas não é essa a questão. Como agora ela está aqui o tempo todo — digo, sem revelar que começou hoje, sem dizer que fui eu que contei tudo a ela —, acabou descobrindo que meu relacionamento com a Brenda era uma mentira.

— E eu, seu melhor amigo, não sabia nem mesmo sobre esse arranjo — reclama. — Mas qual o problema na descoberta da secretária? Você nunca se importou com a opinião dos outros.

— É que ela andou falando umas coisas. Disse que eu deveria pensar nas crianças, que não podia mais tomar essas decisões sem pensar nos meus filhos.

— Ela teve coragem de falar tudo isso na sua cara? — Thiago solta um riso descrente.

— Fez pior. Ela disse que estava decepcionada e que dinheiro não é tudo, que eu deveria valorizar mais as pessoas do que o que tenho.

— Coitada da moça... — Ele balança a cabeça, parecendo triste.

— Coitada por quê?

— A essa hora já deve estar distribuindo currículos.

— Ela está no quarto, terminando de organizar as coisas que compramos para as crianças.

— Você não mandou a garota embora? — Ele parece mais surpreso do que quando falei sobre o noivado. — Ela se intrometeu na sua vida e ainda te disse umas poucas e boas.

— Aí é que tá. Você concorda com ela, não é? Não gosto de intromissão, mas talvez tenha mesmo merecido essa.

— Que ela está certa não há dúvida, mas você nunca se importou com isso.

— Eu sei... — Tinha que ter demitido Lívia por falar daquele jeito, mas não sou um tirano, sou? Se ela tem razão, por que precisa pagar por isso?

— Quem é essa moça? Quero conhecer.

— Conhecer pra quê?

— Por curiosidade, só. Alguém que consegue te encarar e dizer que tá fazendo merda merece meu respeito.

— Não tem a menor necessidade de conhecer alguém pra respeitar. Mas então você, assim como ela, Ares e meu avô, acha que eu não deveria levar esse acordo com os Palheiros adiante, certo?

— Sem dúvida alguma. Isso é uma ambição sem o menor fundamento. Agora vai me chamar pra entrar? Quero jantar aqui.

— Deixa de ser oferecido e vai comer na sua casa — retruco.

— Deixa de ser grosseiro. Você não é nada educado.

— Claro que sou! Entendo tudo de etiqueta.

— Não te ensinaram que é grosseria não oferecer nada pra visita? — Thiago rebate.

Aponto para a cerveja em sua mão.

— Não te ensinaram que é feio aparecer sem ser convidado?

— Olha, aqui está uma amizade que não sei como ainda existe. — Thiago se irrita, levantando-se. — Você, cara, faz tudo pra ficar sozinho. É um porre às vezes.

Isso me deixa pensativo, me faz lembrar do que ela disse mais cedo, sobre valorizar mais as pessoas. Levo a mão aos cabelos, ponderando sobre o que estou prestes a fazer, mas Thiago tem razão.

Ele é meu único amigo de verdade, e isso se deve à sua persistência sem fim, porque qualquer outro já teria desistido. Me ajudou com as crianças e mostrou o quanto é confiável mais vezes do que posso contar.

— Tá bom, vamos combinar pra amanhã. Vem jantar aqui.

Ele me encara com os olhos muito arregalados, como se eu tivesse acabado de enlouquecer.

— Isso é sério? Jantar lá dentro? Com a sua família?

— É, com todo mundo. Mas não se empolga muito, não.

— Não me empolgar? Eu vou é embora agora, antes que você mude de ideia. Você não sabe que não se mexe em time que está ganhando?

Lívia

Estamos na biblioteca — seu Hélio, as crianças e eu. Levei um tempo para me acalmar depois do desentendimento com Teseu e até agora não consigo entender como pude dizer tanto, sem pensar direito.

Vi Teseu brevemente na hora do jantar, enquanto eu servia a comida do Davi e montava o prato do seu Hélio; ele passou por mim, pegou seu jantar e desapareceu para algum cômodo da casa.

Parecia bastante irritado, mas ainda não me demitiu. No entanto, continuo preocupada e não consigo pensar em outra coisa. Fui sincera em cada palavra, mas passei dos limites que ele impôs e não sei bem quais serão as consequências.

— Lívia? — Ouço a voz de Hélio chamando e percebo que me distraí. — Pensei que seria uma ouvinte mais animada, mas você parece triste... Está tudo bem?

Estou sentada no tapete em frente à poltrona em que ele se sentou, e Davi está no meio das minhas pernas, rabiscando em uma folha de papel.

— Me desculpe. Estou preocupada com um probleminha.

— Quer compartilhar? Talvez eu possa ajudar.

É, talvez ele possa. Será que o chefe o ouviria?

— Sabe o que é? — Remexo as mãos, nervosa. — Acabei falando umas coisas que não devia pro seu neto, e o senhor sabe como ele é. Agora estou com medo até de esbarrar com ele pela casa. Será que vou ser demitida?

— Demitida? Mas você acabou de chegar!

— Pois é. No primeiro dia, seu Hélio. Por que eu não segurei a língua? Ele odeia que se intrometam nas coisas dele, e eu fui falar aquilo.

— Posso perguntar o que você disse?

— Bom, o senhor sabe do lance dele com os Palheiros, não sabe?

— Sim, a fusão — fala, fechando a cara.

— E concorda com esse absurdo?

Ele solta um riso sem humor algum.

— Posso perceber qual foi sua reação — diz —, mas não sabia que esse acerto era de conhecimento público.

— E não é ainda. Eu soube do suposto noivado porque ela o visitou na empresa. Só que o senhor Demetriou me contou no caminho pra casa que ia se casar com ela por causa dessa fusão, que não era um noivado de verdade.

— Mesmo? — Seu Hélio se inclina para a frente, curioso. — Teseu não costuma dar satisfação assim. Por que ele te contou?

— Hum, bom... Não sei, ele só contou — minto. Não posso dizer que foi porque me elogiou e depois ficou achando que eu pensaria mal dele. — Mas a questão é que achei horrível. Um homem solteiro pode fazer o que quiser da vida, mas agora ele é pai! O senhor já conheceu a Brenda Palheiros?

— Não, e nem pretendo. Nem eu nem Ares concordamos com isso.

— Nem queira conhecer! Ela é horrível! — desabafo, olhando para os lados e me certificando de que estamos sozinhos. — Chegou ao escritório e ficou tentando me obrigar a contar as coisas do chefe. Aí, quando viu que eu não ia abrir a boca, começou a me dar ordens. Me fez lavar até a privada, que já estava impecável!

— Ela fez o quê?

— Olha, não me entenda mal, já lavei muita privada. Mas essa estava limpinha, e além disso não era o meu trabalho. Ela queria que eu me ajoelhasse, sabe? Eu vi na cara dela, enquanto me olhava como se fosse alguém muito superior. Depois começou a falar que eu devia ter roubado os sapatos... O senhor Demetriou que tinha me dado aqueles sapatos.

— Isso é horrível, menina — concorda comigo. — Que espécie de mulher é essa?

— Não é? Mas o patrão chegou e escutou as coisas que ela estava falando.

— O que ele fez?

— Deu uma bronca nela, mas aí tudo piorou.

Seu Hélio abre um sorriso, satisfeito.

— Imagino. Teseu pode ter seus defeitos, mas ele não tolera injustiça e preconceito.

— Pois é, mas também não tolera gente intrometida.

— Mas o que realmente aconteceu? Depois que ele te contou...

— Ele me falou sobre o noivado, e eu disse que deveria priorizar as pessoas, a família, não o dinheiro. Sei que ser rico realmente facilita a vida, e sei disso porque não sou e nunca fui rica. Mas nunca se deve colocar o dinheiro acima das coisas que realmente importam.

— Você disse isso? — Ele ostenta uma expressão entre surpresa e divertida.

— Também posso ter dito que a noiva era uma bruxa e que não seria bom que ela ficasse perto das crianças. E, pra finalizar, disse que estava irritada e decepcionada.

Levo a mão à testa enquanto revivo minhas falas.

— Acho que agora não vamos mais poder ser amigos, seu Hélio — admito, chateada. — Ele com certeza vai me demitir.

— Bom, menina, conhecendo Teseu como conheço, sei que essa geralmente seria sua primeira atitude — concorda. — Mas o homem que eu conheço jamais explicaria a vida nem diria nada sobre o noivado para uma funcionária. Então pode ser que ele esteja mudando, de um modo sutil, mas... É, eu diria que é bem possível que ele não a demita.

— Será?

Ouvimos uma batida na porta, e instantes depois Teseu coloca a cabeça para dentro, nos olhando com curiosidade.

— O que está acontecendo aqui?

— É hora da história. Lívia se interessa por ouvir minhas histórias todas as noites, junto com as crianças — conta seu Hélio, alfinetando o neto, o que me arranca um sorriso.

— Verdade? Boa sorte pra ela, então. Só passei pra avisar que o Thiago vem jantar amanhã. O senhor fala com o Ares pra ele não marcar nenhum compromisso?

Seu Hélio retira os óculos e encara Teseu, espantado.

— Seu amigo Thiago vem jantar aqui em casa?

— Isso. Por quê? É um problema, vô?

— De jeito nenhum, claro, tudo bem...

Teseu fecha a porta sem dizer mais nada e nos deixa a sós em um silêncio abismado.

— O que foi que deu nele? — seu Hélio pergunta, sussurrando enquanto se inclina na minha direção.

— Não faço ideia.

O senhorzinho me olha de um jeito estranho, mas, no fim das contas, balança a cabeça como se de repente tivesse encontrado a solução para a pergunta.

— Tenho uma história especial pra te contar, mas ainda não sei se deve ouvi-la.

— Como assim?

— É a melhor de todas, uma que nunca contei a ninguém. Vamos ver se você vai ser a primeira a ouvir.

Fico curiosa com a ideia de uma narrativa inédita.

— O que preciso fazer pra ouvir essa obra-prima? — Esfrego as mãos, animada.

— Nada que eu possa dizer. Só o tempo vai nos mostrar se devo ou não lhe contar essa história.

— O senhor é cheio dos enigmas, hein? Vamos começar por qual, então?
— Hum, que tal começarmos com a guerra de Troia? Conhece a trama?
— Não muito bem. Já ouvi falar, mas nunca li nada sobre isso.

Ele balança a cabeça, satisfeito com minha resposta. Davi continua desenhando alguns rabiscos um tanto incompreensíveis, mas Martina começa a resmungar no sono e me apresso a pegá-la do carrinho.

— Certo. Menelau reinava soberano sobre Esparta, ao lado de sua bela esposa, Helena. Diziam que era a mulher mais linda que pisou sobre a Terra, rivalizando inclusive com a beleza das deusas. Antes de tudo de fato acontecer, as deusas teriam participado de um embate e, por culpa de Páris, Hera teria perdido. Isso fez com que, revoltada, ela arquitetasse todo um plano para destruir a vida dele. Mas isso é apenas conversa, vamos aos fatos...

— Desculpe, mas não são todos mitos?
— Bem, sim, mas alguns são mais críveis do que outros, não acha? — Ele arruma os óculos sobre o nariz. — O fato é que o rei de Esparta recebeu os príncipes de Troia em sua casa, os alimentou e confraternizou com eles, mas Páris, o príncipe mais jovem, se viu deslumbrado pela beleza da rainha. Tudo teria terminado bem, não fosse o fato de Helena também ter se apaixonado por ele.

— Imagino que o rei não tenha gostado disso.
— A princípio ele não sabia. Mas, quando os troianos partiram, Páris levou Helena consigo, escondida no navio. Aquilo feriu o orgulho dos espartanos e, mais ainda, do rei. O irmão do monarca, Agamenon, para defendê-lo, uniu suas tropas às dele, na esperança de resgatar Helena, mesmo que para isso precisassem declarar guerra.

— O príncipe causou uma guerra por amor a ela?
— Um pouco inconsequente, não foi? O rei de Troia se chamava Príamo, e seu filho mais velho, herdeiro do trono, era Heitor. Nenhum deles estava de acordo com a atitude de Páris, mas não tiveram muita escolha. Quando os espartanos chegaram lá, Aquiles, o mais valente dos guerreiros, chamou Heitor para uma batalha e, diante dos portões fechados de Troia, o matou. Ele arrastou o corpo do príncipe pelas areias do deserto e o levou para o acampamento dos espartanos.

— Isso é horrível!
— É mesmo. Antes disso, Heitor teria matado alguém que Aquiles estimava muito, mas ele era um homem nobre e bom; em meio a uma

guerra, ele apenas pagou pelas atitudes do irmão. Mas Aquiles acabou se rendendo aos encantos de uma sacerdotisa que havia sequestrado de Troia e, diante de um pedido do rei Príamo e da moça, permitiu que levassem o corpo do príncipe de volta e o velassem pelo tempo necessário.

— Havia um pouco de humanidade nele, afinal.

— Realmente. Era uma guerra, e as mortes eram consequências.

— Suponho que sim.

— Passado esse período, os exércitos voltaram a se enfrentar, mas ninguém conseguia transpor os portões de Troia, o que mantinha Helena e Páris a salvo. Até que tiveram a brilhante ideia de construir aquilo que ficou conhecido como o cavalo de Troia.

— Ah, desse eu já ouvi falar — comento. — O famoso presente de grego.

— Isso mesmo! — Seu Hélio ri da minha animação. — Construíram um cavalo de madeira, mas os soldados se esconderam dentro dele e o deixaram diante dos portões de Troia, como se fosse um presente de boa-fé. A essa altura a guerra já durava dez anos, e todos estavam exaustos.

— E viram naquilo a esperança de acabar com tudo.

— E acabaram, de certa forma. O cavalo foi levado para dentro. Os soldados saíram no meio da noite e pegaram a todos de surpresa, Páris morreu e Helena foi levada de volta por Menelau.

— E o guerreiro Aquiles?

— Levou uma flechada no calcanhar e morreu. A história diz que ele havia sido banhado no rio Estige, no Hades, e por isso seu corpo era invulnerável, exceto pelo calcanhar, que não havia se molhado. Foi exatamente o ponto em que a flecha o acertou.

— Seu Hélio, vai me perdoar, mas essa história é uma desgraça.

— Como assim? — pergunta, gargalhando com minha reação.

— A mulher traiu o marido e fugiu, o que eu concordo que não é legal. Mas daí o homem, em vez de seguir com a vida, começa uma guerra por causa disso, mata milhares de inocentes e perde dez anos da própria vida — falo, tentando fazê-lo ver como é uma péssima história. — Todo mundo que luta por ele acaba morrendo. Os troianos, que não têm nada com isso nem concordavam com o sem-vergonha do Páris, morreram também. O irmão do rapaz, que era do bem, morreu e ainda foi arrastado na areia, e quem matou ele acabou morto também. Pra piorar, no fim, a moça voltou pro lugar de onde saiu. Percebe que não tem final feliz pra ninguém? Absolutamente ninguém se deu bem nessa história!

— É verdade, mas você vai se acostumar.

— Como assim?

— A maioria dos mitos gregos é assim. Não tem final feliz para humanos nem semideuses. Eles servem pra mostrar a supremacia dos deuses e a fragilidade do homem.

— Nesse ponto eu concordo. Estamos sujeitos às reviravoltas do destino e muitas vezes não temos o menor controle da nossa vida, mas não custa tentar. Tem que persistir.

— Está certa. Me lembre de te contar a história de Teseu uma hora dessas. Acho que você vai gostar.

17

Lívia

Volto para o meu quarto ao fim da história. No carrinho levo Martina, que segue adormecida, e Davi caminha do meu lado; toda a energia já se foi, e percebo que o sono chegou.

Coloco-o na cama, e juntos fazemos a oração da noite, com ele repetindo tudo em sua voz engraçadinha e errando as palavras.

Deixo Martina no carrinho enquanto caminho até a cozinha para preparar as mamadeiras da noite. Com sorte, Davi vai dormir até de manhã e Martina deve ir até umas três da madrugada, pelo menos. Esquento o leite de Davi com apenas uma pitadinha de açúcar, e preparo a fórmula na mamadeira menor para que Martina também tome.

São quase onze da noite, mas não vejo nenhuma luz acesa. Não sei se Ares e Teseu foram dormir ou se não estão em casa, mas procuro fazer silêncio por via das dúvidas. O jantar foi há uma eternidade, ou ao menos é o que parece, então não estranho ao ouvir o ronco do meu estômago.

Primeiro entro no quarto de Davi, que ainda está acordado, e entrego a mamadeira na mãozinha dele para que tome seu leite.

— A tia Lívia vai dar o leite da Titina, tá bom? — explico, aderindo ao apelido. — Já venho ficar aqui com você, até que durma.

Ele concorda, balançando a cabeça, e acendo o abajur ao lado da cama, para que fique claro.

Os quartos ficaram lindos. Até mesmo o papel de parede parece impecável, o que não julguei possível diante das habilidades de Ares.

Pego Martina do carrinho, e, ainda que de olhos fechados, ela abre a boquinha para beber o leite. Abro um sorriso ao perceber o quanto ela suga forte, com fome. A mão pequena se fecha ao redor do meu dedo, em uma conexão tão incrível que me faz pensar no destino.

Apeguei-me a essas crianças desde o primeiro momento e estou muito feliz em poder estar aqui, ainda que saiba que tudo pode vir abaixo se meu chefe descobrir o que armei. Não é algo tão sério, é? Eu só enviei um e-mail... Mas, quanto mais tempo se passar, pior vai ser a reação dele se isso vier à tona.

Não demora muito para que a bebê devore todo o leite e adormeça. Então, depois de trocar sua fralda com cuidado para não despertá-la, eu a coloco no berço.

Volto para o quarto de Davi, prendendo os cabelos no alto. Esse vai e vem, de um quarto para o outro, deve queimar algumas calorias. O que é bom, considerando que já estou com planos de atacar a geladeira assim que o pequeno adormecer.

Seus olhinhos brilham na penumbra do quarto, que não está totalmente escuro por causa do abajur.

— Vamos dormir?

— Faz *calinho* pro Davi *mimi*...

O pedido me pega de surpresa, e meu coração se aquece diante das palavras dele.

— É claro que faço.

Ele se vira de bruços na cama, e começo a passar a mão para cima e para baixo em suas costas cobertas pelo pijama de ursinhos.

Cantarolo uma canção, e aos poucos os olhinhos dele começam a se fechar, bem devagar. Não demora muito e Davi adormece.

Eu deveria pular na cama e aproveitar as horas de sono, afinal não tenho garantia nenhuma de que Martina não vá acordar em duas horas ou menos, mas não consigo dormir com fome. Deixando as portas abertas para que possa escutá-los caso acordem, corro para a cozinha em busca de um lanche noturno.

Abro a geladeira — que por sinal é uma daquelas de duas portas, imensa — e procuro por algo gostoso. Tem alguns iogurtes e sobras de comida, mas não vou pegar sem saber de quem é. Encontro algumas fatias de queijo e retiro da prateleira, além de uma caixa de suco de laranja. Encontro um pacote de pão dentro do armário e resolvo comer um sanduíche.

Monto rapidinho, em silêncio, e encho um copo com o suco. Estou prestes a dar a primeira mordida quando ouço passos e, em seguida, a voz dele.

— Lívia?

Apesar de estar escuro, a luz da lua entra pela janela e ilumina parcamente a imagem do senhor Demetriou.

O homem decidiu voltar ao modo informal e está sem camisa, usando apenas uma calça. Não consigo ver direito, mas imagino que seja a mesma do outro dia, ou outra parecida. Também não dá pra distinguir as tatuagens, mas vejo as sombras escuras que pintam sua pele morena.

— Eu... estava com fome — respondo, aos sussurros.

— Pensei que todos estavam dormindo.

Claro que pensou, ou estaria de terno até agora.

— As crianças dormiram tem pouco tempo. Não que deva durar muito...

— Você deveria descansar — diz ele, passando por mim para abrir a geladeira. — Martina acorda muito durante a madrugada.

— Eu vou, é que não consigo dormir com fome.

Ele enche um copo de água, e por um instante ouço apenas o som que faz ao engolir o líquido gelado. Nunca pensei que engolir água fosse sexy, não até ter a imagem do corpo dele iluminado pela luz da geladeira aberta e ver os movimentos em seu pescoço enquanto a água desce.

Ele coloca o copo na mesa e se volta para guardar a garrafa na geladeira, mas, pelo modo como seus olhos se desviam para minhas pernas, a luz também iluminou meu pijama, que não é dos mais compridos.

— Sobre mais cedo, acho que te devo desculpas — falo, ignorando o calor que sinto quando ele me olha assim. — Sei que o senhor não gosta de palpites e acabei exagerando.

Aproximando-se um pouco, ele se recosta na mesa, ficando de frente para mim. Ele cruza os braços, o que só evidencia os músculos e o torso delineado.

— Tudo bem. Você tem razão, de qualquer forma. Eu fui longe demais com essa história de noivado.

— Mas não tenho nada com isso.

— Você cuida deles agora — fala, referindo-se às crianças —, então tudo que disse me parece parte disso. Estava cuidando dos interesses deles.

— Eu me preocupo. Sei que é meu primeiro dia e devo parecer maluca, mas acho que essas crianças já tiveram sua cota de sofrimento na vida.

— E está certa. Vou priorizar os dois.

— Isso significa que meu emprego está a salvo, certo?
— Mas você mal começou e já está pensando em ir embora? — pergunta, e seu tom parece bem-humorado.
— Não quero ir. Só fiquei com receio de que tivesse passado dos limites.
— E passou, mas estranhamente eu gosto de ter você aqui — admite, com a voz mais baixa e rouca.

Seu tom faz ondas elétricas percorrerem meu corpo, e a proximidade não ajuda em muita coisa para que eu me mantenha sensata. Sinto meu coração disparar, não apenas pelas palavras, mas porque os olhos dele descem pelo meu corpo de uma forma que me incendeia inteira. Nunca estive sexualmente com um homem na vida; não tive tempo nem interesse antes, mas reconheço os sinais e sei que ele, esse olhar, me excita.

— O senhor está me olhando daquele jeito de novo. — Tento impor algum senso entre nós.

— Estou, não é? Não sei por quê, mas não consigo tirar os olhos de você. Isso deve fazer de mim um canalha.

A franqueza em sua fala parece liberar minha honestidade também.

— Provavelmente.

Isso arranca uma risada baixa dele. Seu rosto está perto, e posso ver claramente o modo como seus traços mudam, se iluminam, seus olhos assumem um brilho divertido, e ele fica ainda mais lindo, o que eu não considerava possível.

— Um sorriso! Não dá pra negar agora — comento, esquecendo por um instante a declaração que ele acaba de fazer.

— Não dá. — Ele tenta voltar a ficar sério, mas falha no processo. — Por que você me faz rir?

— E olha que nem estou tentando!

O senhor Demetriou sorri outra vez, e meu olhar se desvia para sua boca, quase como se eu estivesse hipnotizada. Seu riso morre, e Teseu apoia as mãos na bancada da pia, me cercando.

— Devia parar de me olhar assim, Lívia. Estou me esforçando aqui.

Balanço a cabeça em concordância, mas meus olhos desviam de sua boca apenas para percorrer seu peito, coberto pelas tatuagens. Meu sangue corre pelas veias muito rápido, e sinto a boca seca; meus seios comprimem a blusa do pijama, buscando por um alívio que não podem ter.

— Porra! Pensei que não fizesse seu tipo — diz ele, compreendendo meu olhar com precisão.

— Também pensei.
— Você pode correr agora, Lívia.
— Ou o quê?

A boca dele toma a minha com urgência, enquanto suas mãos circundam minha cintura, me erguendo do chão como se não pesasse mais que uma pena. Ele me coloca sentada sobre a bancada da pia, e então sou gelo derretendo no calor de suas mãos.

Isso é tão errado. O pensamento cruza minha mente ao mesmo tempo que abro a boca para receber a língua dele, que me invade sem pedir permissão.

Libero um gemido baixo que faz com que o toque das suas mãos fique mais firme. Teseu ergue minha blusa, tocando minha pele sob ela e me incendiando com suas mãos. Seus lábios deixam os meus por um instante e avançam para o meu pescoço, enquanto seus dedos hábeis sobem para os meus seios.

Em algum lugar no fundo da minha mente, ouço a voz da minha consciência dizendo que eu deveria parar isso. Mas, quando seus dedos se fecham sobre meu mamilo, perco completamente o raciocínio.

— Você tem um cheiro... — murmura perto do meu ouvido, antes de morder minha orelha. — Sua pele...

— Hum...

A boca dele volta para a minha e aproveito o momento de insanidade para correr as mãos por seu peito firme, pelos ombros largos, me perdendo no beijo mais erótico de toda a minha vida.

Ele se aproxima mais e sinto uma pressão na virilha, entre minhas pernas. Abro os olhos.

Isso é... *Ai meu Deus. O que estou fazendo?*

Entro em pânico ao perceber o que estou prestes a fazer na pia da cozinha, com meu chefe, no meu primeiro dia de trabalho. Justamente aquilo que nunca fiz.

— Senhor Demetriou — chamo, em meio aos beijos molhados.

Ele ri, a boca de encontro a minha. Ai, é tão gostoso que quase perco a razão outra vez. Sorrindo assim, ele parece tão livre...

— Adoro te ouvir me chamar de senhor, sabia?

— Precisamos parar.

— Por quê? Você é tão gostosa!

— O senhor também — admito, empurrando-o um pouco.

Seus olhos me encaram, ainda anuviados pelo desejo, mas ele se afasta.

— Isso não é certo, eu... vou dormir. — Pulo de cima da pia e ainda consigo, na fuga, esquecer meu pão com queijo.

Nunca fui dormir tão frustrada na vida. Nem com tanta fome.

Teseu

Não foi uma atitude sensata, tampouco planejada, mas mesmo assim não me arrependo. Sei que foi bom não levar nada adiante, ainda que meu corpo reclame de frustração. Pelo menos pude sentir um pouco da pele macia dela, provar aquela boca gostosa.

Só não sei se esse avanço foi bom ou ruim, porque só me enlouquece mais. Lívia mexe comigo de uma forma que nunca aconteceu antes; já tive diversas mulheres, mas as minhas regras e os meus objetivos sempre estiveram muito claros, e com ela tudo se mistura e se confunde.

Sou prático quando se trata de decisões, e por isso mesmo minha atitude agora na manhã seguinte ao ocorrido é muito lógica. Preciso falar com ela, me desculpar e dizer que não vai mais acontecer. Eu, Hélio e Ares contamos com ela, e não posso simplesmente seduzir a garota porque estou com tesão.

Eu poderia sair, arrumar uma mulher qualquer e me dar o alívio de que preciso, mas me conheço o suficiente para reconhecer que não adiantaria de nada. Em relação a qualquer coisa, se não é o que quero, não me satisfaz.

O jeito é ficar na vontade. Mas o momento na cozinha me deu material para trabalhar sozinho nisso, ao menos por um tempo.

— Pediu que me chamassem, senhor Demetriou? — Ela passa pela porta do escritório.

Seus olhos observam os móveis, as paredes, mas evitam me encarar a todo custo. Sei que é a primeira vez que ela entra aqui, mas é bem óbvio que está tentando me evitar.

— Lívia, nós precisamos conversar.

Seus olhos me encaram de repente, apavorados.

— O senhor não pode me demitir. Nós somos adultos e podemos lidar com isso. Eu não tive culpa, apesar de não ter oferecido resistência.

— Quer parar com essa mania de achar que vou te mandar embora por qualquer coisa?

— Ah, tudo bem, então.

— Eu quero pedir desculpas. Não devia ter feito aquilo.

Ela balança a cabeça concordando, mas sinto que está com medo de mim, como se ao se aproximar corresse o risco de ser agarrada. Não está errada, principalmente se continuar usando essas calças apertadas.

— Fazia um tempo que não saía com ninguém. Tenho trabalhado demais e acabei descontando minha situação em você — digo, porque ao menos assim talvez ela se sinta mais confortável. Talvez, se pensar que não é nada especificamente com ela, não fique um clima estranho.

— Tudo bem. — Lívia pousa seus olhos azuis nos meus. — Eu tenho alguém, na verdade.

— Você disse que não tinha namorado — retruco.

— E não tenho, mas sou apaixonada por uma pessoa há uns dezesseis anos. Não somos namorados, mas ainda espero que ele me procure e que as coisas entre nós se resolvam. Só queria deixar claro que não precisa se preocupar que de repente eu tenha sentimentos pelo senhor.

Isso me incomoda. Não que eu esperasse que ela gostasse de mim, mas me deixa puto pensar que talvez Lívia estivesse com outro cara na cabeça naquele momento que tivemos.

— Se gosta de outro não devia beijar qualquer um.

— E não beijo. Eu não sou assim — ela se justifica. — O que aconteceu foi só um momento.

— Sei...

— É sério! Eu sempre fui sensata, nunca me deixei levar por impulsos, e é exatamente por isso que sou virgem.

Enrugo a testa ao ouvir sua escolha de palavras.

— O que seu signo tem a ver com isso? — Como ela não responde, mas seu rosto assume uma coloração bem avermelhada, imagino que essa informação tenha apenas escapado. — Olha, eu não acredito em astrologia, mas não estou julgando. A questão aqui é outra.

— Astrologia?

— Você disse que é sensata porque é de virgem.

— Não. — Ela passa a mão na frente do rosto, e ouço um grunhido baixinho. — Eu disse que sou virgem, tá legal? Não era informação pra colocar na conversa assim, do nada...

Fito seus olhos azuis e as bochechas coradas, tentando reencontrar minha voz para responder. *Virgem*! Mas que caralho.

Agora preciso lidar com mais essa. Uma virgem, se guardando para outro homem, e eu sou o chefe assediador, doido para estar no lugar dele.

— Então quer dizer que você nunca... Você tem vinte e quatro anos!

— Podemos não falar mais sobre isso? Escapou, eu falei o que não devia e agora quero abrir um buraco no chão.

Concordo com a cabeça, aceitando a decisão dela, ainda que continue muito surpreso.

— Você não está com raiva, chateada ou com... medo de mim?

— Por que estaria? Eu retribuí, não foi? Não fui forçada a nada.

— Então estamos de acordo que foi um erro e que não vai mais acontecer? Por mais que tenha sido muito bom — sondo o terreno, tentando compreender o que se passa na cabeça dela.

Lívia abre um sorriso, mas por algum motivo — talvez seja seu tom mordaz — desconfio que não é sincero.

— Foi bom errar com o senhor.

Antes que eu a dispense, Lívia sai pela porta, me dando as costas. Tentei consertar as coisas e pelo visto apenas a irritei.

Irritado com ela e comigo mesmo, deixo minha família e Lívia em casa e saio para a empresa, determinado a esquecer o que aconteceu na noite passada. No entanto, por mais que eu tente, não consigo me concentrar no trabalho, relembrando a situação, os seios macios dela nas minhas mãos e nossa conversa depois.

Sinto-me um tarado, mas a palavra "virgem" não para de aparecer em meus pensamentos. E eu, que nunca tive paciência nem tempo pra garotas inexperientes, não paro de imaginar como seria ser o primeiro dela; ensiná-la a sentir prazer, a conhecer o próprio corpo.

Também não consigo esquecer que tudo isso está sendo guardado para outra pessoa. Um idiota por quem ela espera há dezesseis anos.

Se ela tem vinte e quatro agora, então tinha o quê? Uns seis anos na época? É uma paixonite de infância, que não deveria representar nada, mas ainda assim me deixa com uma sensação incômoda e um desejo grande de socar o idiota.

O dia passa sem grandes novidades, além do fato de que Helena voltou ao trabalho. Retorno para casa disposto a tirar esses pensamentos da cabeça e passar algum tempo com meus filhos. Só depois de entrar pela porta dos fundos e presenciar a movimentação na cozinha é que me lembro do jantar que prometi a Thiago. Merda.

— Eu esqueci — digo assim que percebo uma Lívia bem descabelada, abrindo o forno, e meu avô terminando de colocar morangos em cima de uma travessa de doce.

— Não tem problema. — O velho ri da minha expressão de assombro. — A Lívia cuidou de tudo.

— Você fez o jantar? — pergunto, sondando se o mau humor dela já passou.

— Bom, você não encomendou nada e não dava mais tempo. Então pedi umas coisas por delivery e coloquei a carne pra assar. Seu Hélio está me ajudando a finalizar a sobremesa enquanto Renata cuida das crianças.

— Sobremesa? — Fito o pavê de chocolate com morango, e minha boca se enche de água.

— É. Sei que não deve estar à altura do que planejava e talvez o juiz não goste tanto, mas ao menos vamos ter o que comer — responde, nada cordial.

— Parece delicioso. Vou tomar um banho e já venho. Cadê o Ares?

— No hospital — meu avô responde —, mas ele disse que vem jantar em casa.

— Que bom.

Assim que me viro para subir em direção ao quarto, a voz dela me alcança.

— Chefe...

— Oi.

Ela parece hesitar, como se quisesse manter o ar de irritada por mais algum tempo, me evitando, mas ainda assim acaba dizendo.

— O Davi perguntou por você mais cedo — conta. Pelo modo como me olha, Lívia sabe exatamente o efeito disso em mim.

— Perguntou mesmo?

— Sim, ele perguntou pelo papai.

Abro um sorriso, sem pensar. Davi não me chamou de pai nenhuma vez. Claro que o danado tinha que dizer isso quando não estou perto.

Meneando a cabeça, contente, deixo a cozinha e subo para meu banho.

Lívia

— Ele sorriu, o senhor percebeu?

Seu Hélio ergue os olhos para o caminho que Teseu fez e depois me encara com o cenho franzido.

— Teseu sorriu na sua frente?

— Sim, mostrou até os dentes.

— Isso é novidade. Ele nunca sorri perto dos outros, a não ser comigo e com Ares.

— Ah, quer dizer que com vocês ele ri?

— O tempo todo — conta seu Hélio, achando graça na minha pergunta.

— Mas que coisa! Então ele não é tão amargurado.

Seu Hélio começa a rir, agora abertamente.

— Ele tem uma história, menina — comenta —, mas a seriedade é proposital. Teseu tem umas crenças muito exóticas, digamos assim.

— Como o quê? Rir para alguém de fora da família faz os dentes caírem?

— Não. Demonstra humanidade demais, fragilidade. Ele só quer ser respeitado e admirado, visto pelo poder que tem. Os risos são reservados para aqueles que ultrapassam suas barreiras.

Isso me faz refletir um pouco. Ontem à noite o riso foi para mim, não tenho dúvida, mas acho que podemos dizer que realmente ultrapassamos algumas barreiras físicas naquele momento. Mas o de agora, não sei se foi para mim ou para o Davi. Ou para os dois.

— Isso só fica mais interessante — diz seu Hélio, refletindo meu pensamento.

18

Teseu

Thiago não demora muito a chegar e o recebo na porta, pessoalmente. Troquei o terno completo por uma camisa social e deixei a gravata de lado, deixando claro que ele é bem-vindo e que estou à vontade.

É a primeira vez que realmente trago um amigo para dentro de casa, para um convívio mais próximo, e ele sabe disso. Apesar de não conhecer meus motivos, Thiago sabe que não abro as portas de casa facilmente.

Quando entramos na sala de televisão, meu avô e Ares já estão prontos, esperando por nós, e Thiago os cumprimenta, sem perder a oportunidade de fazer piada.

— Finalmente, hein, seu Hélio? Achei que seu neto nunca ia me deixar passar da porta.

— Também achei, rapaz — meu avô responde, os dois se divertindo.

— Se eu fosse você, controlava as piadas. Ele ainda pode mudar de ideia — Ares entra na conversa, colocando pilha.

— Realmente. Melhor irmos antes que eu coloque o juiz pra fora.

— E onde estão seus filhos? Finalmente vou conhecer os pequenos, espero. Eu trouxe presentes!

Thiago parece as crianças entrando na Pic-Pega pela primeira vez.

— Já está querendo comprar as crianças? — pergunto, notando as sacolas nas mãos dele.

— Talvez. Se gostarem de mim, vão ficar pedindo pra me chamar.

Lanço um olhar descrente na direção do meu amigo e sigo para a sala de jantar. Thiago, assim como meu avô e Ares, me acompanham de perto.

A mesa de jantar está cheia. Apesar dos comentários feitos por Lívia, ela preparou um banquete, e as travessas fumegantes sobre a toalha branca demonstram todo o seu capricho.

A cena é impressionante. Lívia já prendeu Davi em sua cadeirinha de alimentação, enquanto a coitadinha da Martina está deitada no carrinho, como sempre, sem fazer nada. Deve ser chato ficar só olhando, ao menos até que possa interagir mais com as pessoas.

A mesa posta está muito... bonita, eu acho. Não entendo bem dessas coisas, mas parece que estamos em um restaurante. Geralmente é apenas uma mesa vazia, sem nada, então creio que Lívia tenha feito um bom trabalho.

Mas o cenário se completa com a visão dela. Trocou o jeans por um vestido preto, que desce até pouco abaixo dos joelhos mas se molda ao corpo com perfeição. Os cabelos claros foram enrolados nas pontas e com isso ficaram um pouco mais curtos, na altura dos ombros. O decote não é profundo, mas, agora que tenho uma boa ideia da sensação que é tocá-la ali, tudo parece uma provocação. Principalmente porque decidimos não repetir o que fizemos nem levar adiante.

— Ah, meu Deus! — Thiago se abaixa na frente de Davi, desviando minha atenção de Lívia por um instante. — Você é o Davi, certo? Eu sou o tio Thiago, o melhor amigo do seu pai nesse mundo todo.

— Acho que esse sou eu — Ares interrompe, se sentando.

— Você é irmão, cara. Não pode ser egoísta assim, tem que dividir os cargos. — Thiago encara meu irmão, mas logo volta a fitar Davi, que retribui o olhar com curiosidade. — Eu trouxe um presente. Você gosta de meleca?

Franzo o cenho, encarando-o como se tivesse ficado maluco e pensando que vejo o mesmo refletido nos olhos dos outros. De que merda esse cara tá falando?

— Responde, Davi — Lívia incentiva com um sorriso. Pelo jeito, ela sabe que meleca é essa.

— Eu *goto*...

Pronto. Ele gosta.

Thiago abre a sacola e retira uns cinco potes de cores diferentes daquilo que eu conheço como *slime* e, considerando meu trabalho, creio que seja o termo correto e não meleca, apesar de se encaixar perfeitamente.

— Que beleza! A Renata vai adorar — comenta Ares, já pensando na bagunça que vai ser.

Davi por outro lado parece muito contente, batendo os potes um no outro.

— Agora agradece, Davi — Lívia instrui.

— *Munto obigado.* — A voz dele se faz ouvir, baixinha.

— De nada, anjinho. Espero que você faça muita bagunça. Cole isso nas roupas do papai e no cabelo da babá. — Então ele desvia os olhos na direção de Lívia, que parece achar tudo muito engraçado. — Melhor não. Só nas roupas do papai. Seria um crime sujar esses cabelos bonitos que ela tem.

Thiago oferece uma piscadinha descarada, e vejo o rubor tingir o rosto dela. Mas que safado!

— Vamos comer, então? — sugiro, interrompendo a cantada.

— Deixa de grosseria, Tetê. — O maldito e os apelidinhos que eu odeio. — Ainda nem me apresentei à moça. Muito prazer, eu sou o Thiago, mas já nos falamos por telefone.

— Sim, eu lembro. — Ela sorri. — O do crime hediondo.

— Ah, você caiu nessa, não foi? Então você é a Lívia.

— Isso mesmo — responde, toda sorridente.

Por que ela tem essa mania irritante de sorrir pra todo mundo?

— E essa bonequinha dormindo é a Martina.

— Daqui a pouco ele começa a se apresentar pros móveis — resmungo, me irritando com a enrolação. — A Martina não entende ainda, Thiago. Ela tem dois meses, cara.

— Mas ela já pode ir se acostumando comigo, seu ranzinza — responde, percebendo meu humor. — Pra essa lindeza o tio trouxe dois presentes. Um ursinho fofo como ela... — diz, estendendo para Martina um porquinho cor-de-rosa, como se ela fosse esticar a mão de repente e agradecer. — E uma chupeta muito estilosa, que a senhorita Lívia vai decidir se você pode ou não usar.

Agora não sou mais eu quem decide nada, pelo visto. Thiago tira da bolsa um embrulho pequeno e entrega a Lívia, que abre com agilidade e solta uma risada.

Inclino-me um pouco, tentando ver, e me surpreendo ao notar que o bico tem dois dentes enormes do lado de fora, de forma que quando ela usar vai ficar parecendo uma dentadura. É horroroso e engraçado ao mesmo tempo.

— Obrigada, Thiago — Lívia agradece em nome de Martina. Ela me dirige um olhar disfarçado, como um incentivo para que eu também agradeça.

Ergo a sobrancelha, esperando que ela me obrigue. Eu não vou agradecer porra nenhuma. Estou quase mandando ele para casa antes mesmo do jantar.

Finalmente Thiago se senta e Lívia faz o mesmo, colocando-se entre Davi e Hélio, com o carrinho de Martina um pouco para trás.

— Podem se servir — diz ela, preparando um prato para meu avô.

Enquanto vejo Ares se adiantar, e Thiago pegar um prato, observo os gestos dela e a maneira mansa como fala com Hélio.

Desde o início combinamos que ela iria ajudá-lo com as refeições, porque, apesar de muito independente, ele não tem a mesma coordenação de antes e acaba fazendo bagunça. Mas não é só isso; não me parece que ela cumpre apenas uma obrigação — sinto que gosta de ajudar e que estão se tornando amigos. O velho também parece gostar da companhia dela.

Espero enquanto todos se servem e até que Lívia também prepare seu prato. No entanto, antes que eu me sirva, ela percebe que ainda não estou comendo.

— Quer que eu coloque seu jantar? Acho que as travessas estão um pouco longe — sugere, gentil.

Minha resposta deveria ser de que não tem necessidade, mas parece que estou com inveja do meu avô, já que, enquanto ela o serviu com toda atenção e cuidado, a mim só direcionou olhares enviesados desde que cheguei em casa.

— Por favor. — Estico o braço, entregando meu prato para ser servido.

Percebo os olhares inquisidores de Ares e Thiago, mas escolho ignorar, como se não existissem.

— Está delicioso — comenta Thiago.

Lívia oferece um sorriso de agradecimento enquanto termina de colocar a comida no prato, me entregando na sequência.

— Tenho certeza de que já comeu em restaurantes que servem comidas mais sofisticadas, mas fico feliz que tenha gostado.

Experimento um pedaço da carne assada, e realmente o tempero está perfeito.

— Menina, sua comida é mesmo deliciosa — concorda vovô.

Ela apenas sorri.

— Obrigada. Não faço pratos muito chiques, mas tenho prática com o básico. Eu cozinhava pra muita gente.

— Ah, é? — Ares se intromete. — Trabalhou em restaurante?

Lívia gagueja uma resposta, um pouco sem jeito, e isso me deixa curioso.

— Não, família grande — explica e depois coloca uma garfada cheia na boca.

— Pensei que... — Hélio olha para ela, também de um jeito curioso. — Bom, aprendeu bem — conclui.

— Sabem que estou muito feliz de estar aqui? — Meu amigo babaca volta a falar. — Tetê dando acesso assim a sua vida e sua família é muito importante pra mim — comenta Thiago, com o papo de bêbado mesmo sem ter bebido. — Espero que saiba que, agora que me deixou entrar, eu não vou mais sair.

É esse meu medo.

— Cala a boca e come, Thiago — resmungo, fazendo os outros rirem.

Não vi graça nenhuma e estou falando muito sério; já estou me cansando dessa conversinha mole.

— E ainda tive o prazer de conhecer você, Lívia. Quanto o Demetriou está te pagando? Deveria se demitir e vir trabalhar pra mim. Preciso de uma assistente.

— Você já tem uma! — rebato, incomodado com essa obsessão pela minha babá.

— Mas não é bonita assim. Deve ser ótimo chegar no escritório e encontrar uma mulher linda como a Lívia na recepção. Acho que até melhora o ânimo para o trabalho.

— Pagar alguém pra ficar encarando ou fazendo comentários inadequados é assédio, senhor juiz. Cabe processo — lembro, direcionando um olhar cheio de raiva a ele.

— Então quer dizer que você não olha? Chega aqui, vê essa linda moça e não nota que ela é bonita?

— Eu não disse isso, e você está deixando a Lívia constrangida.

Ares e meu avô se entreolham, e percebo que estão se divertindo com a discussão, ou talvez porque não neguei que olho. Enquanto isso, só quero bater minha cabeça na parede pela péssima ideia de ter convidado Thiago.

Ele ao menos tem a decência de desviar os olhos para Lívia, notando que ela não rebate minha afirmação, porque realmente está sem graça.

— Desculpe, Lívia, eu só estou brincando. Sou meio idiota às vezes, como com a brincadeira do crime hediondo que fiz no telefone.

— Está tudo bem.

O resto do jantar transcorre de maneira mais tranquila; Thiago finalmente parou com as gracinhas, e isso me deixa um pouco mais calmo. Ainda assim mal consegui comer, perdi o apetite e nem mesmo a deliciosa sobremesa me fez recuperá-lo.

Lívia

O jantar termina sem maiores inconvenientes. Apesar de ter ficado um pouco sem jeito com as gracinhas do Thiago, o que me deixou mesmo constrangida foi a atitude do senhor Demetriou que, ao me defender, admitiu que fica me olhando. E na frente do avô!

Eu ainda não havia me recuperado completamente da raiva que ele me fez passar pela manhã, me tratando como uma bomba que poderia explodir caso não fosse desarmada com cuidado.

Foi um erro. Quantas mulheres já devem ter ouvido a frase que carrega nela uma centena de desculpinhas esfarrapadas? Primeiro que não fui eu quem o procurou e o agarrou no meio da cozinha. Segundo que eu não estava tentando criar uma relação entre nós. E, terceiro, fui eu quem parou com as coisas antes que fosse tarde.

Então que razão ele tinha para me dispensar? Por favor, né? Não pensei duas vezes antes de atirar Jonas na cara dele. Por mais que sejam situações completamente diferentes e infelizmente minha relação com Jonas seja apenas platônica, era minha única defesa.

Mas, com o passar das horas, minha raiva começou a diminuir. Fiquei tão contente ao ouvir Davi se referir a ele como papai que, por um momento, decidi esquecer a irritação e agir normalmente. Só que aí veio a situação do jantar, que já estava constrangedora o bastante sem que a declaração dele se somasse a ela.

Graças a Deus tudo terminou em paz, mas acho que ou Thiago gosta muito de provocações ou não tem muito amor à conquista árdua que foi se sentar àquela mesa. Porque, pelo modo irritado como o chefe o encarava, acho que ele nunca mais vai ser convidado.

Eu termino de retirar a louça com a ajuda de Ares, enquanto o senhor Demetriou se despede do amigo — ou quase isso — na outra sala.

Seu Hélio já foi se refugiar na biblioteca, esperando por mim e levando consigo as crianças.

Colocamos tudo na lava-louças, desejo boa-noite para Ares e sigo pelo corredor até a biblioteca.

— Cheguei. — Fecho a porta depois de entrar, trazendo comigo uma garrafa de café e duas xícaras. — E então? O que vai ser hoje? Um conto de fadas, talvez?

Seu Hélio já colocou Davi em seu lugar habitual, sobre o tapete — dessa vez com um dos *slimes* que ganhou de Thiago — e se sentou em sua poltrona. Martina está no carrinho, com os olhos muito arregalados, mas bem-comportada.

— Hoje vou te contar aquela história, a que nunca contei a ninguém.

— Jura? Mas o senhor disse que levaria tempo.

— Estava enganado, mas vai levar tempo para que a escute. Hoje vamos apenas começar.

— Estou ansiosa.

Ele aceita uma xícara com o café quente que ofereço e se reclina um pouco na poltrona, imerso em seus pensamentos.

— É a história de dois meninos. Vamos chamá-los de Heitor e Páris, como na história de ontem, porque eles também eram como irmãos.

— Perfeito. — Deito-me no tapete, preparando-me para ouvir com atenção. — Vai ser triste como a outra?

— Um pouco, mas creio que o final seja mais satisfatório.

— Menos mau...

— Os dois meninos não tinham família a quem pudessem recorrer e precisavam encontrar um modo de ganhar a vida. Eles eram amigos havia muito tempo. Então o mais velho deles, Páris, sugeriu que tentassem a sorte, que fossem atrás dos sonhos com as próprias mãos.

Daí para a frente, mergulhei de tal forma na história, e seu Hélio se perdeu de tal maneira em sua própria narrativa, que eu não ouvia mais sua voz, mas via a história se desenrolar diante de mim, como em um filme.

— Você é inteligente — sugeriu Páris. — Se soubermos em que aplicar essa sua mente genial, vamos nos dar bem.

Heitor — que, apesar de ter suas ressalvas, não queria estar sozinho — concordou com a sugestão, e juntos os garotos começaram a procurar por um trabalho que rendesse a eles um prato quente de comida e um teto sobre suas cabeças, já que não tinham para onde ir.

A primeira noite caiu antes que isso se concretizasse, e os dois meninos se viram perdidos na grande São Paulo, sem um lugar que os abrigasse do frio da madrugada.

— O que vamos fazer? — Páris já não parecia tão seguro de sua ideia inicial.

— Acho que... o melhor a fazer hoje é nos escondermos embaixo do viaduto. Pelo menos vai nos proteger um pouco do frio.

— Mas tem muita gente lá. Não é perigoso?

— Pior seria se morrêssemos congelados.

Páris concordou com a sugestão do amigo. Eles realmente não tinham muito a perder — já haviam perdido o único ponto de luz que brilhava em suas vidas, e, agora, tudo ao redor deles eram trevas.

Com um pouco de medo, mas sem opções, os dois caminharam na noite fria até chegarem ao viaduto que avistaram ao longe. Conforme se aproximavam, vislumbravam o vulto de outras pessoas, que dormiam espalhadas pelo local.

Alguns tinham encontrado um papelão para se cobrir, outros poucos tinham cobertores velhos e rasgados, e um deles, um senhor barbudo e amedrontador, tinha uma pequena chama, sobre a qual esfregava as mãos sem parar.

Páris e Heitor se encolheram em um canto, torcendo para que a proximidade os aquecesse e para que passassem despercebidos. Eles não tinham objetos de valor e, na fuga de suas antigas vidas, não puderam carregar coisas volumosas, como cobertores. Mas cada um deles levava uma mochila e, dentro dela, algumas relíquias que para eles eram inestimáveis, além de pequenos objetos que poderiam ser úteis em alguns momentos.

Havia um isqueiro, duas mudas de roupas limpas para quando conseguissem um trabalho, um pedaço de pão meio murcho, mas ainda gostoso, e uma foto que Páris carregava para baixo e para cima, na qual depositava todas as suas esperanças. Também tinham algumas moedas, economias de muito tempo. Elas não eram o bastante para um quarto de pensão, mas podiam pagar cerca de três refeições.

A chuva começou a cair quando Heitor estava prestes a adormecer, mas a voz de Páris o arrastou de volta para a dura realidade.

— Obrigado por vir comigo. Tenho certeza de que vamos conseguir se ficarmos juntos.

— Claro que vamos — Heitor respondeu. — Acha que eu viria se tivesse dúvidas?

Mas ambos sabiam que ele iria mesmo que não acreditasse no plano. Os dois eram como unha e carne, e um jamais abandonaria o outro à própria sorte, não quando já haviam perdido uma parte do grupo.

Eles ouviram o barulho forte da chuva e agradeceram por ao menos estarem protegidos dela. Páris ainda demorou a adormecer e, quando o fez, foi para um sono tumultuado e cheio de pesadelos. Heitor estava muito cansado e dormiu rápido, mas para ele a noite também não foi de descanso.

O dia seguinte amanheceu cinzento, não apenas por causa das nuvens pesadas que carregavam o céu da metrópole, mas porque, ao abrir os olhos, Heitor se deu conta de que haviam sido roubados.

As mochilas, a sua e a de Páris, foram levadas, junto com todos os seus tesouros. Eles não faziam nem ideia de quem havia cometido o crime.

Seu Hélio se cala por um momento, e percebo que meus olhos estão marejados pela história triste. Espero que prossiga, mas ele não o faz. Seus olhos continuam perdidos em algum lugar.

— Não vai me dizer que acabou. Porque a coisa começou mal e terminou pior.

Ele sorri, mas é um riso triste.

— Não está nem perto de acabar, mas olhe aí do seu lado...

Eu me viro para onde ele aponta e só então percebo que Davi adormeceu no tapete, o pobrezinho.

— Ah, ele dormiu. Vou levá-lo pra cama, então. Amanhã continuamos?

— Com toda a certeza, menina. Mas traga os lencinhos, porque essa história ainda vai piorar um pouco antes de ficar melhor.

Direciono um olhar feio para ele e me abaixo para pegar Davi no colo.

— O senhor não sabe nenhuma história feliz, não? Uma comédia, pela misericórdia de Deus! Só conta coisa cheia de situações horríveis.

Seu Hélio sorri, se divertindo com minhas reclamações. Ele parece aqueles autores que matam os personagens principais pelo simples prazer de ver o leitor chorar.

Coloco as crianças na cama, mas sigo para a cozinha a fim de deixar a mamadeira de Martina pronta. Ela já está dormindo há algum tempo, e essa paz não vai durar muito. Não se as quatro vezes que ela acordou na noite passada forem um indicativo.

No entanto, quando chego perto da pia vejo a luz do escritório acesa no final do corredor. Pelo visto o senhor Demetriou está trabalhando até tarde.

Não é um bom momento para ficar sozinha com ele, considerando o que houve na noite passada. Mas percebi que ele mal mexeu na comida e sei que deve estar com fome. Então, contrariando o bom senso, preparo um prato para ele e uma taça com um pouco da sobremesa. Coloco tudo em uma bandeja e, com a cara e a coragem, caminho até o escritório e bato na porta.

— Entre — ele diz, sem perguntar quem é.

— Oi, chefe. Desculpe interromper, mas trouxe um pouco de comida.

— Como adivinhou? Estava indo buscar alguma coisa.

— Não adivinhei. — Caminho até perto da mesa dele. — Só percebi que não comeu no jantar. Não sei se achou a comida ruim. Se for isso não precisa comer; posso trazer um sanduíche.

— Estava tudo ótimo, Lívia. Eu perco a fome quando fico irritado — responde com sinceridade, e abro um sorriso ao perceber que acertei o motivo da sua falta de apetite.

— Thiago?

— Ele tem o dom de me tirar do sério.

Coloco a bandeja sobre o tampo de madeira e empurro para mais perto dele.

— Sabe que fiquei curiosa desde a primeira vez que falei com ele sobre como vocês se tornaram amigos? São tão diferentes...

— Ele é divertido, e eu sou um idiota — fala, como se estivesse conformado com essa análise.

— O senhor não é um idiota, só é reservado. Já o Thiago é o oposto disso, muito expansivo.

— Acho que somos amigos justamente por isso. Ele não desiste e, quanto mais eu me fecho, mais ele se aproxima. Faz piadas o tempo todo, mas sabe conversar sério quando precisa. Ele me ajudou muito com a adoção, então decidi...

— Deixá-lo entrar, literalmente — completo.

— Isso.

— Mas se é assim, então o Thiago só estava sendo ele mesmo no jantar. Não precisava ficar tão bravo, a ponto de perder até a fome.

— Ele estava te incomodando — resmunga, se lembrando. — Estava, não estava? Sei que ele é simpático e divertido, então posso ter entendido errado, mas fiquei com a sensação de que você estava sem graça.

— Eu não estava — provoco. Por mais que não veja motivos para isso, sinto que ele está com ciúmes e não consigo evitar brincar. — E ele não é apenas simpático; é muito bonito também. Receber elogios de um homem como ele não é nada desagradável.

Ele me olha por quase um minuto inteiro, mas depois assente.

— Está brincando comigo, engraçadinha.

— Por que acha que estou?

— Sabe que vai me incomodar te ouvir dizer essas coisas e está se aproveitando.

— Mas se, em teoria, nosso erro de ontem não aconteceu, nada disso deveria incomodar o senhor, e eu não deveria ficar tão satisfeita em perceber o quanto incomoda.

Ele suspira, passando a mão pelos cabelos.

— Me perturba, sim, e é um saco. Inclusive, acabo de decidir que você não deve mais ficar me chamando de senhor. Por incrível que pareça, tem me dado ideias muito erradas.

— Bom, acho que vou colocar essa conversa na lista das que nunca aconteceram — decido, porque de repente esse papo todo ficou pesado demais para mim. — Coma tudo — digo, apontando para o prato.

Os olhos dele, no entanto, escurecem.

— Quer que eu esqueça e fica falando de comer.

— Ah... — Abro a boca, chocada com a franqueza. — Agora tudo tem um sentido sexual?

— Enquanto eu estiver frustrado, sim.

— Tá bom, melhor não falarmos mais nada. Boa noite — finalizo o assunto e saio correndo porta afora, como uma covarde.

Levo comigo uma sensação ambígua, como se, ao mesmo tempo que preciso sair daqui antes que cometa mais um erro, eu quisesse muito ficar. Muito mais do que deveria querer.

19

Teseu

Saio de casa antes das seis da manhã. Meu corpo está pedindo por um alívio que não posso dar, e talvez, apenas talvez, correr melhore um pouco as coisas. Já tem dias que não faço isso, desde que as crianças chegaram — hoje completa dez dias.

Dez dias desde que minha vida virou de cabeça pra baixo e uma semana desde que Lívia chegou e revirou tudo ainda mais.

Passo os dias pensando como seria me afundar nela e as noites evitando ao máximo esbarrar com ela, para não realizar a fantasia. Depois do beijo na cozinha e da visitinha dela ao meu escritório, evitei como pude até mesmo estar em um cômodo em que ela estivesse, sem mais ninguém por perto. De nada adianta me torturar se não posso realizar aquilo que não sai da minha cabeça.

Sigo caminhando para meu lugar preferido no condomínio — uma reserva cheia de árvores altas e sem casas, que fica na parte de trás da colina. A vista é incrível.

Quando foi que minha vida virou essa bagunça?

Um, dois, três. Corro e sinto o impacto do chão sob meus pés enquanto o ar entra e deixa meus pulmões. O fone no ouvido traz a distração da música, que só me leva mais e mais para o passado.

... Tava no quarto pensando sozinho
Com a cabeça quase pra enlouquecer
Mas só agora que eu entendi
Que eu posso ser quem eu quiser...

Faz tempo. Faz tanto tempo que descobri que realmente posso ser quem eu quiser, mas talvez tenha me perdido um pouco no caminho. Amanhã faz mais um ano desde o dia em que perdi uma parte de mim, desde que meu mundo se partiu outra vez, deixando em meu peito mais uma rachadura invisível. Mais um ano desde aquela data que mudou tudo pra mim.

Pensar nisso, no que perdi e no que ganhei naquele dia, me faz lembrar que minha luta ainda não acabou. Nos últimos anos, perdi o rastro daquilo que tanto busquei, da única pessoa com quem me sinto em dívida e a quem mais preciso compensar.

Desde que as crianças e Lívia chegaram aqui, não tenho dado a atenção que a questão merece.

Sinto a brisa na pele, mas o suor escorre, molhando minha camiseta e meus cabelos. Ouço ao longe o som dos meus passos, a força com que meus pés batem no chão e a música, que continua.

> ... *De olhos fechados, viajo a bordo de um Legacy*
> *Tripulação, portas em automático*
> *De olhos fechados, viajo a bordo de um Legacy...*

A música penetra mais e mais fundo. Eu realmente cheguei ao lugar que queria. Mas o que aconteceu com quem deixei pra trás? O que aconteceu?

Termino de dar a volta no quarteirão e retomo o caminho de casa. O sol começa a aquecer minha pele, mas sinto o frio da data que se aproxima me invadir. É como uma estaca afiada no meu coração, que já antecipa a dor.

> ... *Não vim do luxo, a minha mente é fértil*
> *E já tão dizendo que eu tô louco*
> *Não precisei fazer ensino médio*
> *Pra perceber que mereço bem mais que o pouco...*[*]

Tomo um banho rápido e tenho o cuidado de me vestir bem. Hoje, mais do que nunca, tenho aquele sentimento que me acomete todos os anos, de que preciso lembrar aonde cheguei e tudo que alcancei. Lembrar quem eu sou.

---

[*] Trecho da música *Legacy*, do artista Hungria Hip-Hop. (N. A.)

O dia na empresa passa sem que eu me dê conta das horas. Entre gastar meu tempo revivendo o passado e também pensando em Lívia, os minutos se passam rapidamente.

Recuso duas ligações de Brenda, que finalmente decidiu conversar sobre nosso acordo, mas infelizmente me pegou em uma péssima semana.

Helena parece perceber o quanto estou desatento, porque ouço sua voz meio distante perguntar:

— O senhor quer que eu volte mais tarde?

Isso me traz de volta à realidade. Meus problemas pessoais nunca podem interferir na empresa e no que ela representa.

— Não. Me desculpe, Helena. O que você disse?

— Está na hora de definir as doações desse ano. Estou com uma lista de abrigos e casas de reabilitação que entraram com solicitação, mas o senhor precisa escolher algumas entre elas. Quer que eu decida?

— Não — recuso, lembrando-me da minha conversa com dona Beth. — As doações desse ano vão para o Lar Santa Inês.

— Tudo? — Helena arregala os olhos, como se eu estivesse louco. — Mas geralmente o senhor divide o valor entre umas seis instituições.

— Esse ano, não. Eles não foram inclusos em nenhuma das doações anteriores, e foi lá que encontrei meus filhos. Quero retribuir, então esqueça as outras instituições esse ano.

— Nenhuma casa de recuperação também?

— Não.

Helena hesita por um momento. Sei bem o que ela está pensando; é muito dinheiro, e tenho consciência disso.

— O senhor sabe que esse valor...

— Sei, envie tudo pra eles.

— O senhor tem instruções? Sobre o que deve ser feito com o valor?

— Não. A diretora vai saber o que fazer.

Agora sim ela deve pensar que enlouqueci, entregando tanto dinheiro nas mãos da mulher sem me certificar do que vai ser feito.

— É só isso, Helena?

— Bom... Sim, senhor Demetriou.

— Então pode ir.

Quando retorno para casa, já são quase sete da noite, e encontro Davi em cima do sofá da sala, pulando como se fosse um trampolim.

Ele está contente, cantando junto com o desenho enquanto Lívia dança com Martina no colo.

É uma cena e tanto. Eles estão alegres, e não quero estragar tudo com meu péssimo humor, então dou um beijo em cada um deles — exceto nela, apesar da vontade — e aviso que vou subir para o quarto e dormir mais cedo.

Lívia me olha de um jeito curioso, percebendo que algo não está certo.

— Está tudo bem? Algum problema?

Solto o ar que comprime meu peito com força.

— Mesmo que eu pudesse explicar quantos problemas eu tenho, nem saberia por onde começar.

Dou as costas para ela e subo as escadas, me jogando na cama depois de tirar os sapatos. Amanhã é sábado. Ao menos vai ser mais fácil ficar na cama o dia todo do que vegetando no escritório.

Não demoro muito a dormir — talvez seja o cansaço ou a insônia dos últimos dias cobrando seu preço —, mas logo mergulho em um sono profundo.

O sonho vem sem que eu chame por ele, o mesmo pesadelo que volta e meia invade meu subconsciente, determinado a tirar minha paz.

Estou de joelhos no meio da avenida. Os carros passam, frenéticos, de um lado ao outro.

Meus joelhos estão úmidos, assim como meu rosto. As lágrimas escorrem dos meus olhos e pingam sobre o asfalto tingido de vermelho-rubro. O sangue se espalha rapidamente e cada vez mais, como se marcasse, como se pintasse aquele lugar pra que ninguém se esquecesse do que aconteceu ali.

Seus olhos estão fixos nos meus, mas já não há luz neles. Diante de mim, vejo pairar uma sombra pesada, que representa a morte dos sonhos, da esperança. A morte da vida.

— Me perdoa por achar que podia... — *sussurra, reunindo forças para formar as palavras.*

Balanço a cabeça, negando que haja algo a ser perdoado.

— Você não fez nada de errado.

— Não me decepciona... E não se esqueça da sua garota.

— Nunca. Eu jamais vou esquecer. É uma promessa.

Nos pesadelos eu nunca consigo ver seus olhos se fechando. Sempre acordo antes disso, suando, chorando e com o coração em pedaços.

Lívia

Ele está estranho. Não me sinto nada bem em ser evitada por Teseu durante toda a semana, mas ao menos compreendo suas razões. Assim como eu, ele está fugindo de todas as sensações estranhas que essa proximidade tem nos causado.

Duas noites atrás, acordei apavorada. Em meu sonho, nosso beijo na cozinha não tinha parado por ali e o que aconteceu dali em diante foi incrível. Tão maravilhoso que começo a me questionar por que fugi.

Não é como se eu acreditasse na ideia de me casar virgem. Não ter feito sexo até hoje não foi por causa de alguma crença, seja religiosa ou amorosa. Não. Simplesmente não encontrei alguém que me despertasse metade do desejo que Teseu acende apenas com um olhar, e esse desejo forte é motivo mais que suficiente para que eu me afaste e para que ele me evite.

Só que hoje é diferente. Ele está com algum problema, e não posso descobrir o que é sem me intrometer.

Coloco Martina na cadeirinha musical, não muito ereta, mas o suficiente para que consiga ver o desenho na televisão. Isso já é o bastante para animá-la, ou ao menos é o que imagino ao ver seus olhinhos arregalados.

Enquanto os dois assistem à animação, separo a refeição de Davi e preparo o meu prato e o do seu Hélio. Ares ainda está no hospital e, pelo seu ritmo de trabalho nos últimos dias, não deve chegar antes das dez horas. Já Teseu provavelmente só vai aparecer pela manhã.

Chamo seu Hélio no quarto, tirando-o no meio do filme — o que rende algumas reclamações — e depois coloco Davi na cadeira de alimentação. Nos sentamos à mesa, um de frente para o outro.

— Somos só nós dois? — ele pergunta, olhando ao redor.

— E as crianças. Ares ainda está no hospital, e o senhor Demetriou chegou e foi direto pro quarto. Disse que ia dormir.

— Teseu foi dormir a essa hora? — ele pergunta, começando a comer a macarronada que nos enviaram do restaurante hoje.

— Estranhei também — concordo. — Ele estava meio esquisito, calado demais e... Acho que estava chateado.

Seu Hélio para o garfo a caminho da boca e me fita com os olhos estreitos.

— Que dia é hoje?

— Vinte e um de junho. Por quê?

Ele balança a cabeça, como se isso respondesse à questão, como se a data explicasse tudo.

— Então é isso. Logo ele volta ao normal.

Isso aguça minha curiosidade e o encaro, planejando uma maneira de perguntar sem ser indiscreta, um modo de obter mais informações.

— O que isso quer dizer?

— Quer dizer que ele está meio abalado por uns problemas pessoais, mas que é temporário.

— Ah, eu entendo... Esse mês também não é o melhor pra mim.

— Pensei que estivesse feliz aqui — diz ele, me sondando.

Como um pouco do meu macarrão e observo Davi, que também come com vontade.

— E estou — afirmo. — Mas são lembranças difíceis. Perdi meu irmão um tempo atrás...

— É mesmo? Sinto muito. A princípio pensei que tivesse apenas uma irmã, mas depois que você falou sobre cozinhar pra família grande fiquei mesmo curioso...

— Hum, é... — respondo, sem saber bem até que ponto minha história pode ser contada sem que coincida com a das crianças. — Foi difícil demais perder meu irmão, e nunca superei. Então, sempre que me lembro dele, acabo ficando pra baixo.

— E ele morreu nesse mês, imagino.

— Foi. Mas sabe de uma coisa? Não vamos piorar tudo pensando nisso. O que me ajudaria agora é ouvir uma boa história, seu Hélio. O que acha de continuar aquela sobre Páris e Heitor?

— Podemos continuar, mas você sabe que também não é uma das mais felizes, não é?

— Pelo menos é ficção. Vamos? — Retiro nossos pratos da mesa, enquanto ele se levanta com alguma dificuldade.

— É pra já. Quer colocar as crianças na cama primeiro?

— Acho uma ótima ideia. Davi já está caindo de sono, e acho que uma mamadeira vai resolver as coisas com a Titina.

— Vejo que aderiu ao apelido que dei a ela.

— Combina muito, desse tamanhinho.

Deixo seu Hélio terminando a refeição e preparo as crianças para a noite de sono. Troco a fralda de Martina e coloco uma em Davi também.

Arrumo as mamadeiras e, depois de algumas tentativas, consigo fazê-los dormir.

Quando saio do quarto, percebo que a luz da biblioteca já está acesa e, de posse do meu cobertor, sigo para lá, curiosa com a história e ao mesmo tempo com algum receio do que vai vir...

Páris e Heitor

— Mas que merda, Páris. Roubaram nossas coisas! — Heitor olhava aflito para os lados. — O que vamos fazer?

O outro menino continuava sentado no chão, o olhar fixo na parede do outro lado da rua, mas os pensamentos eram nebulosos.

— Vamos achar quem fez isso e recuperar nossas bolsas — disse com firmeza. Ele estava com muita raiva.

— Não tem como achar as coisas. A essa hora já devem estar longe. Nem sabemos em que momento fomos roubados.

— Se você não dormisse demais, Heitor...

— Eu? Era pra você vigiar as bolsas.

Àquela hora da manhã, o lugar sob o viaduto não era tão amedrontador. Muitos dos que estiveram ali durante a noite já tinham saído, e os meninos conseguiam ver uma nesga de sol que entrava por sob o teto de pedra.

— A gente tá muito ferrado. Não tem mais nada pra comer, e o dinheiro tava na bolsa... — Heitor levou as mãos aos cabelos, sentindo o desespero tomar conta. Ele jamais admitiria, mas começava a pensar se tinha sido mesmo uma boa ideia saírem assim, sem rumo.

— O dinheiro? Eu perdi a foto, Heitor! — gritou Páris, furioso.

O garoto encarou o amigo com pesar. Ele sabia o quanto aquela foto era importante para Páris; ela também representava muito para Heitor.

— Vamos encontrar.

— Você mesmo disse que não dá. Merda...

— Vou pensar em alguma coisa. O que vamos fazer agora? Tem alguma ideia?

Páris também se colocou de pé, determinado.

— Precisamos procurar um trabalho, qualquer coisa que nos dê uns trocados, ou vamos dormir aqui de novo.

Munidos apenas de esperança, sem um centavo no bolso, sem roupas, sem passado e sem perspectivas de futuro, foi o que eles fizeram.

Caminharam a manhã toda, sob o céu nublado que vez ou outra permitia ao sol alguma aparição. Foram de comércio em comércio, de loja em loja, procurando por um emprego. Infelizmente, se a situação já era difícil para quem tinha uma bagagem, para eles, que ainda não tinham dezoito anos completos, nem estudos ou referências, as coisas eram ainda piores.

Passava das duas da tarde quando Heitor se deu conta dessa realidade e compreendeu que não seria fácil conseguirem uma oportunidade.

Os garotos estavam sentados na calçada de um cruzamento, observando os carros irem de um lado a outro e o semáforo abrir e fechar.

— Não adianta, Páris. Ninguém vai nos dar trabalho.

— Só procuramos por um dia. Nem isso, só por uma manhã. Vai desistir assim?

Heitor encarou o amigo, desanimado, mas ao mesmo tempo ciente de que não devia transferir seu estado de espírito para ele também.

— Não é isso. É que... Você tem noção de quantos desempregados existem nesse país? Por que alguém daria emprego a dois menores de idade, sem habilidades, sem conhecimento e sem indicação?

— Então precisamos conseguir uma dessas coisas.

Heitor assentiu enquanto assistia a um rapaz que fazia malabarismo no semáforo sempre que ficava vermelho. Depois, um pouco antes de o sinal abrir, ele passava de carro em carro recolhendo moedas dos poucos motoristas dispostos a ajudar.

Enquanto observava aquilo, a mente do garoto trabalhava a mil por hora.

— Vou encontrar uma forma, Páris — declarou. — Preciso fazer umas contas, analisar algumas coisas... mas prometo que vou achar um jeito de tirar a gente disso.

— Eu sei que vai. Você sempre consegue.

Os dois meninos voltaram a procurar trabalho. Caminharam durante toda a tarde e, quando anoiteceu, voltaram para baixo do mesmo viaduto. Não estavam muito longe e tinham a esperança de que, estando no mesmo lugar, talvez conseguissem recuperar suas coisas.

Eles se sentaram em silêncio e observaram os outros. Alguns conversavam entre si, e havia aqueles que apenas os encaravam de volta. Em um dos cantos, dois rapazes se ajudavam, injetando alguma coisa que, da distância em que estavam, eles não conseguiam ver direito.

— O que eles estão fazendo? — Páris sussurrou, curioso.
— Se drogando. Nunca viu, né?
Os olhos do rapazote se arregalaram.
— Droga? Eu só vi maconha...
— Isso é heroína. Passa bem longe, Páris. Só precisa usar uma vez e aí tá ferrado pra sempre — exagerou. Não que não acontecesse assim em vários casos; ele sabia que outros demoravam bem mais para se viciar de verdade.
Mas era melhor pecar por excesso de cuidado.
— Por que eu iria querer uma coisa dessas?
Alguns minutos se passaram até que um dos rapazes que eles viram se drogando atravessou a rua, indo até eles.
— E aí? Eu sou o Túlio — cumprimentou, sorridente. — São novos no pedaço. — Foi uma afirmação.
Páris encarava o amigo com assombro. Estava com medo do rapaz, e era bem óbvio. Heitor, por outro lado, já sabia como a vida funcionava.
— E aí, cara? — cumprimentou. — Você fica sempre aqui?
— Já faz um tempo... — O outro riu, animado, como se contasse uma piada.
Heitor sabia que era o efeito da droga.
— Por acaso estava aí noite passada? Nós dormimos aqui, e quando acordamos nossas coisas tinham sumido. Queria saber se viu quem pegou — comentou, sondando.
Túlio os fitou com o mesmo riso sádico nos lábios, mas negou com um gesto.
— Não vi nada, cara. Se ficar sabendo, aviso vocês.
— Você... — Páris se arriscou a falar. — Acho que te vimos mais cedo, no semáforo.
— Ah, vocês viram! Ô Caveirinha... — Túlio chamou o outro rapaz, que respondeu apenas com um aceno de cabeça. — Eles assistiram ao nosso show mais cedo. — Então voltou-se para Páris outra vez. — Nós nos apresentamos ali todos os dias. Não é muita coisa, mas dá pra gente se virar.
— Isso é ótimo. Precisamos arrumar alguma coisa pra ganhar uns trocos — comentou Heitor. — Alguma sugestão?
— Ah, cara, vende qualquer coisa no sinal. Bala, água...
— Mas não tenho dinheiro pra isso.
O outro riu, mais alto.
— Tem muita loja do outro lado da rua. É só pegar emprestado, se me entende.
— Hum, claro — concordou Heitor, mesmo que nem considerasse roubar.
— Vou pensar em algo. E se souber das nossas coisas...

— Claro, eu aviso.

— Valeu mesmo. Não é nem pelos trocados, isso tá de boa. É que tinha uma foto lá... Era importante.

Túlio assentiu.

— Vou dar uma sondada por aí. Vocês comeram alguma coisa? Descolei uns sacos de biscoito no mercado que tem logo ali. Estão vencidos, mas ainda dá pra comer. Eu e o Caveira já comemos, mas se quiserem ainda tem um.

— Sério? Cara, não vamos recusar. Não comemos nada o dia inteiro — Heitor respondeu enquanto Páris apenas balançava a cabeça, concordando.

— Claro, porra. A gente se ajuda...

Ele riu outra vez, agora de um jeito agudo e estridente. Era um riso doentio, que evidenciava o efeito da droga, mas nem Heitor nem Páris se importaram muito quando o viram voltar com os biscoitos.

Naquela noite, depois de comerem o que Túlio tinha dado a eles, os garotos se prepararam para dormir, deitando-se na calçada gelada. O frio do concreto penetrava as roupas finas que eles usavam e adentrava a pele, enrijecendo até os ossos.

— Heitor... Eu tô com muito frio. — Páris batia os dentes.

— Eu sei. — O braço direito de Heitor encostava na parede, e o frio já estava por toda parte.

— E com fome... Aqueles biscoitos me deram mais fome.

— Devíamos ter arrumado um papelão pra forrar o chão — lamentou Heitor.

— Amanhã a gente consegue. Quem sabe um cobertor quente...

Mas Heitor sabia que não se esbarrava com cobertores por aí.

— É, quem sabe. Vamos dormir que a noite vai passar mais rápido.

E assim, com o som dos carros ao longe, o barulho das conversas aleatórias por perto e o vento cortante maltratando seus corpos franzinos, vivenciaram a segunda noite no inferno.

Lívia

Seco as lágrimas que teimam em cair pelo meu rosto enquanto tento me recompor.

— Tudo bem, Lívia? — Seu Hélio pelo menos parece preocupado por me destruir com essa história triste.

— Acho que sim, mas as coisas só pioram pra esses garotos — murmuro, ressentida. — Não vai me dizer que vão usar drogas ou morrer congelados? Se forem morrer já me diz agora, porque preciso me preparar.

Ele assente com uma expressão de pesar, e não entendo se está dizendo que vão morrer ou apenas se solidarizando com minha tristeza. Mas, antes que eu pergunte sobre isso, ouvimos duas batidas na porta e o barulho dela se abrindo.

— Pai? — É a voz de Ares, que acaba de chegar do trabalho.

Olho por sobre o ombro e o encontro ainda usando o jaleco branco, com uma expressão confusa no rosto.

— Pensei que estivesse sozinho... — diz para seu Hélio, parecendo um pouco sem graça por nos interromper. — Boa noite, Lívia.

— Boa noite.

— Está chorando?

— Ah, sim. Mas só pela história triste que seu avô estava me contando. Inclusive, você o chamou de pai? — pergunto, me dando conta do que ele disse.

— Não sabe que foi ele quem nos criou? Meu avô é como um pai pra Teseu e pra mim. E, sobre as histórias, ele adora essas que fazem chorar. É a emoção preferida dele; veja como está feliz.

Mas seu Hélio não está. Ele parece compartilhar da minha dor.

— Paramos por hoje, menina? Estou cansado — sugere, e concordo na mesma hora.

Levanto, pegando meu cobertor. Desejo boa-noite aos dois e os deixo a sós, conversando sobre o dia de Ares no consultório. Abro um sorriso enquanto ouço suas vozes. Eles são muito próximos; vê-lo chamando o avô de pai só reforça isso.

20

Lívia

Entro no meu quarto e jogo o cobertor sobre a cama, seguindo para a porta ao lado, a fim de verificar Davi. Após confirmar que ainda dorme tranquilo, sigo para o quarto de Martina.

Para a minha surpresa, encontro Teseu de pé no meio do quarto com a pequena nos braços, balançando-a de um lado para o outro.

— Oi... — sussurro. — Ela acordou?

Ele desvia os olhos para me fitar e confirma com um gesto. Sinto aquela mesma onda de eletricidade que passa dele para mim sempre que estamos juntos, ou ao menos desde que as coisas entre nós ficaram mais intensas.

— Me desculpe. Estava na biblioteca com seu avô — explico.

— Não tem problema. Eu tive um... pesadelo — admite, um pouco contrariado. — Acordei e desci pra beber água. E, então, escutei o chorinho dela.

— Pode voltar a dormir. Eu cuido dela agora.

Mas, em vez de fazer o que sugiro, ele abre um meio sorriso triste.

— Estou gostando de ficar assim, com ela no colo. Me sinto bem.

— Ela é linda, não é? — comento, percebendo o olhar fascinado que ele tem e me aproximando um pouco para ver o rostinho sereno da pequena.

— Perfeita. É tão inocente, tão doce.

— É mesmo...

Os olhos dele então focam os meus, e outra vez sinto o ar do ambiente mudar. De repente não estou mais respirando tão bem.

Teseu parece sentir a mesma coisa. Ele caminha até o berço, colocando-a com cuidado no colchão.

— Vou beber alguma coisa, lá no deque. Quer ir comigo?

Encaro-o por um momento, analisando a sugestão, porque, por mais que não seja uma proposta indecente, está tudo implícito na pergunta. Se aceitar, estarei dizendo sim a muito mais que uma bebida. Temos nos evitado por uma razão muito clara, e ficarmos a sós não vai nos ajudar a conter essa... coisa.

Se negar, sinto que ele não voltará a me convidar, e uma voz na minha cabeça me diz que vou me arrepender. Além disso, seus olhos estão tão tristes, há tanto pesar neles que sinto um instinto absurdo de proteção.

— Você... não precisa... — diz ele, sabendo que entendi muito bem onde essa noite vai terminar. — Já falamos sobre isso, Lívia.

— Eu vou. Me espere lá fora.

— Tem certeza? — Ele hesita na saída do quarto.

Essa é minha chance de voltar atrás. Mas, por todas as razões certas e todas as erradas, eu não quero.

— Tenho, sim.

Vejo-o sair pela porta e corro de volta para o meu quarto, indo direto para o banheiro com o celular nas mãos. Digito uma mensagem para Bruna, às pressas, mesmo que esteja tarde, porque sei que ela nunca dorme cedo.

> Bru, vc acha que é loucura deixar de esperar pelo Jonas? Digo, talvez querer outra pessoa?

A resposta é quase instantânea.

> Esperar pra que exatamente?

> Sexo. Vc acha que, mesmo sentindo algo muito forte por outra pessoa, devo manter essa ilusão com o Jonas?

Parece demorar uma eternidade, mas na verdade não leva nem um minuto.

> Jonas nunca te pediu nada, Lívia. Faça o que tiver vontade. Talvez assim você descubra se o que sente é real, ou apenas uma paixão infantil e mal resolvida.

> *Você está certa. Obrigada.*

A próxima mensagem dela faz meu celular vibrar sobre a bancada do banheiro. Não estou disposta a levar essa conversa adiante, não agora, sabendo tudo o que ela vai perguntar e o quanto vai querer saber.

Eu e meu cobertor deixamos a casa. Fecho a porta ao sair para o quintal, o mais silenciosamente possível.

A noite está cheia de estrelas, e com as luzes apagadas posso vê-las brilhar. A luz da lua reflete sobre a piscina, e Teseu, bonito como um deus, está sentado sob as árvores, observando o céu à distância.

Caminho até chegar ao seu lado e noto a garrafa de vinho aberta e as duas taças no chão. Ele ergue os olhos ao me ver e abre um sorriso enquanto enche uma das taças e me entrega, para então encher a outra.

Sento-me na grama fria, perto dele, ainda com a coberta sobre os ombros. Quando ele desvia os olhos para mim mais uma vez, noto um brilho diferente refletido em seu olhar e o que penso ser a trilha de uma lágrima em seu rosto.

— O senhor... — Eu me interrompo. Ele não é o tipo de pessoa que se sentiria bem admitindo que estava chorando, e a intromissão pode me custar um momento especial com ele. — Está tudo bem?

— Vai ficar. É só uma noite difícil — responde, tomando um gole do vinho.

— Certo. — Repito seu gesto por falta de palavras.

Ele suspira e começa a falar, como se precisasse muito dizer ao menos parte do que o tem afligido:

— Todos os anos tento esquecer. Eu me afundo em trabalho, fecho as cortinas e durmo o quanto posso. Mas todos os anos eu me lembro... O passado é como a idade, Lívia. Você pode fazer o possível para evitar envelhecer, seja por meio de procedimentos, cirurgias ou mesmo adotando um estilo de vida saudável. Mas, não importa o que faça, os anos continuarão a contar... — Ele risca o pedaço de terra aos seus pés com a ponta dos dedos. — O passado é assim. Você pode fingir que esqueceu, pode ignorar ou lamentar, mas de um jeito ou de outro ele aconteceu, e nada muda os fatos.

Vendo-o assim, tão triste, percebo o quanto a imagem do homem perfeito, com vida e história lineares, foi falsa, fruto dos meus preconceitos. A verdade é que Teseu é muito mais do que os olhos veem, e sua trajetória parece ter tido muitos percalços.

— Como julgamos mal... — comento, ao me dar conta de tudo isso.
— Nunca imaginei o senhor como alguém que tivesse vivido algum momento difícil no passado. Sempre achei que sua vida fosse perfeita, fácil demais.

— Você não faz ideia. — Ele solta uma risada seca. — Garanto que a minha história é pior do que a sua.

— Seria uma disputa interessante. A minha não é fácil de superar.

— Pode ser, mas não é uma conversa que quero ter — diz, meneando a cabeça. — Por mais que eu não consiga esquecer, pelo menos posso fingir que não aconteceu.

Observo-o dizendo isso, como se houvesse algo de vergonhoso em admitir as dificuldades e as pancadas da vida, e eu não poderia discordar mais.

— Não concordo com isso. Acho que aquilo que vivemos, por pior que seja, molda quem somos e deve ser mostrado, sim, como parte do percurso.

— Algumas partes do percurso são feias demais.

Minha mão encontra a dele, e seus movimentos cessam. Seus olhos escuros se perdem nos meus por um instante.

— O senhor é bom, é altruísta, bem-sucedido e também não é de se jogar fora — brinco, tentando aliviar o clima. — Nada que construiu quem você é hoje merece ficar oculto.

— Já não disse que prefiro que não me chame de senhor? Tenho sempre ideias muito erradas.

— E se hoje eu quiser que tenha ideias ruins?

— Está brincando? Você não brincaria com isso depois de ouvir tudo que eu disse...

Dou de ombros, decidida a levar essa loucura adiante. É insano, mas meu corpo nunca implorou tanto por algo ou alguém. Nunca quis tão desesperadamente uma coisa como eu o desejo agora.

— Podemos ter apenas uma noite e não pensar muito no que vai vir depois?

— Uma noite? Acho que não faz seu estilo — ele fala, me sondando.

— Não é esse o *seu* estilo?

Ele confirma com um gesto.

— Eu não tenho relacionamentos, Lívia. Não paro de pensar em você e gosto da sua companhia, mas não sei se estou pronto pra algo a mais, entende? A empresa e agora as crianças consomem tudo de mim.

— E eu te disse que estou esperando por alguém. Não estou pedindo para se casar comigo, Teseu...

Seus olhos ficam mais sombrios ao ouvir seu nome saindo da minha boca.

— Mas você é...

— Eu sei o que sou. Isso não é um defeito. Uma hora vou deixar de ser, não vou? Desde que não me mande embora por causa disso, porque aí seria uma canalhice sem fim.

Isso o faz sorrir.

— Por essa eu não esperava. Você fugiu toda assustada na outra noite.

— Pensei que tivesse me chamado aqui fora por isso — admito, começando a me sentir envergonhada por entender errado.

— E chamei, mas me senti meio babaca depois. Não quero que faça nada sem vontade...

— Eu jamais faria. Peso bem as minhas decisões.

Quanto foi que eu bebi? Uma única taça de vinho, e já estava determinada antes. É isso, não estou sob influência alcoólica.

Teseu me segura pela mão enquanto entramos na casa e subimos as escadas em silêncio. Ele não me solta nem mesmo para abrir a porta do quarto. Assisto enquanto ele nos tranca pelo lado de dentro, para apenas depois se virar para mim.

Teseu nada diz, mas a sua boca alcança a minha em desespero. Ele tem gosto de vinho e de lágrimas. Meus lábios se abrem por instinto e sinto sua língua avançar, alcançando a minha. É um beijo suave, mas ao mesmo tempo voraz, cheio de sabor e de desejo.

Suas mãos se espalmam em minha cintura, e ergo os braços para alcançar seu pescoço. Meu cobertor vai ao chão. Sinto o calor dos seus dedos sobre minha pele, sob minha blusa, enquanto a sobe, deixando um rastro de fogo onde encosta.

— Lívia... — murmura meu nome. Sua alma está tão transparente hoje que quase posso vê-la daqui, sangrando.

Ele caminha, me conduzindo até a cama com gentileza, e então se afasta, me fitando por um instante. Sua mão vai até meu rosto, me acariciando.

Inclinando-se, ele alcança um controle sobre a cama e abre as cortinas, revelando uma vista espetacular.

— Quero perguntar se tem certeza — diz, a voz deliciosamente rouca —, mas estou com medo da resposta.

— Eu tenho — afirmo, retirando os sapatos para em seguida soltar meus cabelos.

— Mas você sabe que...

— Eu sei — interrompo. — Sem promessas vazias.

Dessa vez seus lábios beijam meu pescoço e sua mão se afunda em meus cabelos, puxando-os de forma a inclinar minha cabeça para o lado.

— Esse seu cheiro, Lívia... tem me matado aos poucos. Todos os dias tenho uma vontade absurda de te agarrar quando sinto o seu perfume.

Murmuro alguma coisa ininteligível e ganho uma mordidinha na orelha. Levo minhas mãos até a barra da camiseta dele, erguendo-a com sutileza, mas Teseu percebe meu gesto.

— Quer que eu tire?

Concordo com a cabeça e observo enquanto ele se desfaz da peça, deixando o torso nu à minha frente. Toco o abdômen trincado, coberto por tatuagens, e deixo minha mão passear sobre ele, conhecendo cada pedaço exposto.

A boca dele volta a encontrar a minha, e, em meio a um beijo lânguido, Teseu faz com que eu me deite sobre a cama. Lentamente retira a minha blusa, e cada gesto seu é tão sensual que aumenta mais e mais a tensão entre nós.

— Você é perfeita, Lívia.

— E você... — Meus dedos tocam seu rosto e ele fecha os olhos, sentindo minha carícia.

— Eu sou cheio de problemas. Cheio de defeitos e de pedaços desconexos.

— Estou adorando cada um deles.

Voltamos a nos beijar e sinto seus dedos trabalharem no fecho do sutiã, libertando meus seios. Suas mãos os envolvem, acariciando, apertando levemente, sentindo.

— Vou ligar a luz, quero te ver...

— Hoje, não — peço, a voz trêmula. Sinto meu rosto arder apenas com a ideia de que ele me veja assim, completamente despida.

— Tá bom...

Seus dedos continuam brincando com meus seios, e então, tão devagar quanto uma fera que não deseja assustar sua presa, ele desce a boca pelo meu pescoço, pelo colo e depois pelo seio, até chegar ao bico entumecido de desejo. Sua língua o circunda, provocando, e ouço o gemido que escapa da minha garganta.

Teseu o acomoda dentro da boca e me suga com vontade. Seus beijos e sua língua, que se diverte com meu corpo, enviam uma pontada forte de desejo entre as minhas pernas. Fecho-as um pouco, em busca de alívio, mas ele percebe e, com a mão, me faz abri-las.

Sinto seu toque sobre o tecido da minha roupa, um vai e vem delicioso que me enlouquece. Ele abocanha meu outro seio, alternando entre os dois, me deixando à beira de algo muito intenso, que nem sei como começar a descrever.

— Eu preciso...

— Sei bem do que precisa. Só tenha mais um pouco de paciência.

Teseu posiciona os dedos nas laterais do meu short, e ergo o quadril para facilitar seu trabalho.

— Ah, caralho... — Ele me olha com tanto desejo que me sinto a mulher mais incrível do mundo. — Por que você já estava sem calcinha?

— Eu... hum... Gosto de dormir assim.

— E o que eu faço com essa informação? Vou acordar no meio da noite, perturbado, te imaginando peladinha assim no andar de baixo.

Seus dedos avançam para minha entrada úmida, e inclino o corpo ao sentir seu toque.

— É bom, amor?

Tento ignorar a escolha de palavras, porque sei bem que é apenas uma reação ao momento, mas é tão incrível ouvi-lo falar assim, como se realmente partilhássemos algo a mais. Me sinto tão bem com essa ideia que prefiro deixar vir, imaginar que realmente nos amamos e que esse momento é resultado desse sentimento.

— Assim, Teseu... — murmuro diante dos movimentos dele, que me deixam completamente fora de mim.

Ouço o farfalhar do tecido enquanto ele abaixa a calça com a mão livre, sem deixar de me estimular.

— Vou te deixar bem molhada agora, pronta pra mim.

Tento argumentar que não há como ficar mais pronta que isso, mas não estou formando frases coerentes. Fico ainda mais desconexa quando o sinto se afastar de mim e mergulhar o rosto entre as minhas pernas.

— Teseu... — Mal consigo olhar. Me sinto exposta demais, constrangida, mas ao mesmo tempo ansiosa.

Desvio os olhos para as cortinas abertas e me concentro nas luzes lá embaixo, que brilham tanto que parecem aprovar nosso momento de insanidade. Teseu beija minhas pernas e se aproxima mais, testando minha resistência.

Sinto primeiro sua língua, que trilha o caminho e me arranca um gemido. Ele entende como incentivo e desce os lábios sobre mim, chupando com força.

Meu corpo se arqueia como por instinto, e levo a mão até seus cabelos fartos. Seus beijos e mordidas, sua língua e o jeito como suga cada gota de mim me levam mais e mais à beira do abismo.

— Deixa vir, minha Lívia...

Diante do tom possessivo perco todo o controle e sinto meu corpo convulsionar em espasmos e gemidos guturais. O rosto dele se afasta, mas em meio ao meu nirvana consigo vislumbrar alguns detalhes enquanto Teseu abre a gaveta ao lado da cama.

Pouco depois, quando estou quase me acalmando, ainda que meu coração esteja disparado de uma forma quase audível, sinto uma fricção gostosa naquele ponto que ainda chama por ele.

— Prometo que vou com muita calma, tudo bem?

— Tudo...

Estou tão molhada que a princípio ele desliza fácil. É estranho e gostoso ao mesmo tempo. Sinto como se Teseu fosse parte de mim, retornando para o seu lugar de direito.

Mas então dói, e a visão romântica se vai.

— Teseu... — Espalmo as mãos em seu peito, o impedindo por um momento.

— Está doendo? Podemos parar.

— Não, só vai devagar.

— Eu vou. Não tenho como tirar a dor, mas prometo que vai passar e que é só dessa vez. Nas próximas não vai doer mais.

A ideia de que tenham próximas vezes me faz sorrir.

— Continua.

Ele empurra um pouco mais, e a dor aguda, somada às emoções, faz meus olhos arderem. Fecho-os para que ele não veja, para que não se assuste, e procuro sua boca para voltar a beijá-lo.

E é sorte. Porque, quando ele finalmente termina de entrar, sinto como se estivesse sendo rasgada ao meio. Dói e arde tanto que provavelmente eu teria gritado, não fosse sua boca cobrindo a minha.

— Calma... — ele pede, sua mão tocando meu rosto e meus cabelos com carinho. — Quer que eu pare? Podemos continuar outra hora.

— Não. — Agarro seus ombros antes que ele se afaste. — Fica aqui. Só... Espera um pouco.

Ele assente e encosta a testa na minha. Percebo quando Teseu nota o brilho das lágrimas em meus olhos.

— Te machuquei, minha Lili?

E elas escorrem.

— Não machucou. Só é muito intenso— falo, me referindo a coisas que ele jamais entenderia.

— Eu sei...

Mordo o lábio e então o incentivo com um gesto, para que se mexa.

— Se doer muito, você me fala.

Teseu apoia as mãos nas laterais do meu corpo e se move para a frente e para trás, uma vez. A ardência incomoda, mas agora é quase suportável.

Ele se movimenta mais uma vez e depois outra. Devagar, mas constante.

A dor piora um pouco e não consigo me concentrar, mas Teseu parece entender, porque pouco depois ele sai de dentro de mim, deixando uma estranha sensação de vazio.

— O que foi?

— Está machucada. Não gosto de ver que está sentindo dor.

— Mas... e você?

— Eu resolvo isso — diz ele abrindo um sorriso, por mais que deva estar se sentindo frustrado.

— Você sorriu outra vez.

— Parece que você tem esse dom... — comenta, pensativo. — Conseguiu transformar uma noite que começou péssima.

Não sei o que falar, então apenas sorrio como resposta. Sento-me na cama e olho pra baixo, percebendo o sangue que manchou os lençóis.

— Ah, e agora? A Renata vai ver isso.

— Não vai. Eu dou um jeito. — Observo ele remover a camisinha, que mal o vi colocar.

— O que eu posso fazer pra ajudar? — pergunto, olhando com curiosidade para seu membro que ainda está duro.

— Não precisa.

— Eu quero... Quero que seja bom pra você também.

Isso faz com que ele sorria outra vez.

— Você não tem ideia do que acabou de fazer? Me entregou a sua primeira vez, Lívia, me deixou te sentir e te provar, testemunhar seu primeiro orgasmo. Não tem como ser melhor, amor.

Mesmo assim, levo a mão até a sua base e o toco ali, o que faz com que ele libere um gemido rouco. Teseu coloca sua mão sobre a minha e começa a movimentá-la, me ensinando o ritmo certo.

Não dura muito. Um pouco depois ele me solta, deixando os movimentos por minha conta, enquanto suas mãos me exploram por completo.

Tento seguir o que me foi ensinado pelas suas mãos experientes e continuo os toques ousados enquanto ele se entrega, fechando os olhos. Depois de poucos minutos, sinto seu membro pulsando em minha mão enquanto um som erótico deixa seus lábios. O líquido branco sai em jatos, molhando meus dedos e escorrendo por sua extensão.

Teseu abre os olhos e, com um sorriso sacana, se inclina e me dá um beijo terno nos lábios.

— Espere aqui.

Ele se levanta e vai até o banheiro, me deixando com a visão do seu corpo completamente despido. Cubro os seios com o braço, sentindo um pouco de vergonha após o momento eufórico que tivemos, mas ele logo retorna, ainda ostentando um sorriso nos lábios. É difícil não me deixar levar quando ele sorri assim.

— Abre um pouco as pernas...

Faço o que ele pede e sinto o frio da toalha molhada que Teseu usa para me limpar do sangue.

— Sua mão... Quer saber? Por que não toma um banho comigo?

— Acha que o Ares...

Ele levanta a sobrancelha.

— Não acho um bom momento para falarmos dele.

— Não! — Sorrio diante do seu comentário. — Acha que ele ou seu avô nos ouviram?

— De jeito nenhum. Eles dormem no andar de baixo e fica bem longe. Vem cá...

Teseu me conduz pela mão até o banheiro. Ele está sendo tão carinhoso que me recuso a deixar o momento acabar assim, tão rápido.

O banheiro é enorme, e no meio dele está a banheira que Renata mencionou. A bancada e os móveis são brancos, e todos os detalhes são dourados. Mas, antes que eu possa analisar cada detalhe, Teseu aciona alguns botões e abre as torneiras da banheira, atraindo minha atenção.

— Espere enquanto enche. Vou descer e ver se as crianças ainda estão dormindo, mas volto já.

Ele me deixa sozinha e me sento na beirada da banheira, observando enquanto ela enche e evitando pensar. Ainda é muito cedo para arrependimentos.

21

Teseu

Quando retorno, encontro Lívia sentada na beirada da banheira, observando a água, que já atingiu o nível adequado.

— Por que não entrou?

— Estava te esperando... Sabe que sempre adorei banheiras? A Renata me disse que havia uma no seu quarto.

— Nunca entrou?

Ela balança a cabeça e abre um sorriso.

— Deve me achar uma ignorante. Nunca andei de avião, nunca entrei numa banheira dessas, nunca tive um carro... Sabe que até os lençóis da sua cama achei diferentes?

— Claro que são diferentes — comento, com falsa arrogância. — São mil e quinhentos fios do mais puro algodão egípcio.

— Sabe que não entendo disso, né? Mas adorei.

Ofereço a mão a ela para que entre na banheira e espero até que se sente.

— Não te acho ignorante. É muito comum não conhecer essas coisas na sua idade. É quando ainda estamos construindo um futuro para um dia comprar esses lençóis.

Pego o pote com sais de banho e despejo na água, e quando acrescento a espuma vejo o sorriso dela aumentar.

— E quantos anos você tem? — ela indaga, curiosa.

— Não acha que devia ter perguntado antes?

— Você não gosta de gente intrometida.

— Verdade, mas essa pergunta não é nada de mais. Tenho trinta e três.

Ela morde o lábio e quase posso ver seu cérebro fazendo as contas.

— São nove anos, Lívia. — Entro na banheira e me sento do outro lado, convidando-a para mais perto com um gesto.

Ela se arrasta até onde estou e me beija nos lábios, antes de encostar as costas em mim, se posicionando entre as minhas pernas. Sinto meu pau começar a ganhar vida mais uma vez, com o corpo dela tão perto, molhado e escorregadio.

— Não é tanto, eu acho... — murmura depois de um tempo.

— Talvez até seja, mas não estou me importando... — Minhas mãos deslizam por seus seios, espalhando a espuma e sentindo os bicos se erguerem.

— Uma noite casual, não é? Acho que a idade é só um detalhe.

Esse comentário me cala por um instante. Não estou nem de longe pronto pra esquecer o que aconteceu aqui. Não estou pronto para ver essa mulher dentro da minha casa todos os dias e não poder mais tocar seu corpo macio ou me enterrar nela, logo agora que a barreira que existia se foi. Não, ainda não estou disposto a me despedir.

— E se for mais do que uma noite?

O barulho na água é o primeiro indicativo de que ela está se virando. Depois disso seus olhos azuis encontram os meus, com curiosidade.

— O que está dizendo?

— Podemos continuar assim? Por um tempo...

— Quanto é um tempo? — Apesar da pergunta, ela abre um sorriso, e considero isso como um incentivo.

— Não tenho a menor ideia. Enquanto nós dois quisermos, imagino.

Lívia fica séria por um tempo, e não sei o que se passa em sua mente. Não sei se vai rejeitar a sugestão ou se...

— Acho um ótimo prazo.

— Perfeito. — Beijo sua boca gostosa, e ela me brinda com outro sorriso. — Mas eu tenho uma condição.

— Não me intrometer? Sabe que esse acordo não é um emprego, não é? Não vou pra sua cama como sua funcionária — rebate, indignada.

— Claro que eu sei. Eu não durmo com funcionárias, Lívia. Isso — aponto para ela e para mim — é uma exceção que nunca abri antes.

— Certo. E, quando acabar, não pode me demitir.

— Por que eu faria isso? Somos dois adultos, passando um tempo juntos. Seu trabalho não tem nada a ver com essa decisão.

— Ótimo.

— E sobre as condições... Não quero que mexa nas minhas coisas. Quando quiser saber alguma coisa, pode me perguntar.

— Posso mesmo?

— Pode. Mas, se for um assunto sobre o qual não quero falar, vou deixar isso claro. O que ia te pedir era outra coisa, algo mais simples.

— O quê?

— Me chame de Teseu a partir de agora. Sempre, mesmo na frente dos outros.

— Por quê?

— Não sei, eu gosto assim.

Ela concorda com a cabeça. Lívia me abraça com as pernas e deixa o seu sexo muito perto do meu pau. Perto demais para que eu me concentre.

Mas então ela diz algo que me intriga.

— Você me chamou de amor. Sei que é uma forma carinhosa e, sendo sincera, me deixou mais relaxada, por ser a primeira vez. Mas quero pedir que não me chame mais assim, nem mesmo quando estivermos sem roupa.

— Por quê? É um pouco...

— Estranho? Não é. Acho que "amor", "eu te amo", essas coisas, são sérias demais e não devem ser ditas da boca pra fora.

— É um bom ponto de vista — concordo, tocando sua cintura fina e descendo as mãos um pouco mais.

— Na verdade, Teseu, ouvi essas palavras poucas vezes e costumo levar muito a sério.

Isso me faz recuar. Eu a fito nos olhos e aninho seu rosto entre as minhas mãos.

— Lívia, eu nunca me apaixonei, você entende isso? Não quero te machucar.

— E não vai, desde que tudo entre nós seja sempre muito transparente. Esses termos, essas palavras... cruzam a linha, entende?

— Perfeitamente. Prometo que não vou dizer mais.

Saímos da banheira um pouco depois e nos enrolamos nas toalhas antes de voltarmos para o quarto. Lívia procura suas roupas pelo chão e começa a se vestir, rapidamente.

— Aonde você vai?

— Tenho que descer. A Martina pode acordar a qualquer instante.

— Eu trouxe a babá eletrônica. Vai ouvir se ela chorar. Fica aqui... — Então a enlaço pela cintura, detendo-a antes que fuja pela porta.

— Não posso, Teseu. Sua família vai acordar cedo e nos descobrir. A Renata e a Andrezza também vão chegar de manhã.

— Elas só chegam às sete, e meu avô e Ares não acordam antes disso, nunca.

— É arriscado demais. Além disso, você deve gostar de dormir sozinho nessa cama gostosa — responde, sorrindo.

— São mil e quinhentos fios, Lívia. Vai rejeitar tudo isso?

— Algodão egípcio, você disse?

— Disse, com certeza eu disse.

— Não tem como, Teseu. Se nos descobrirem...

— Não vão — afirmo, categórico. — Sou eu, Lívia, e nunca trouxe uma mulher pra essa cama, nunca dormi com uma funcionária e sempre sou grosseiro e mandão. Nunca vão pensar que passou a noite comigo. É só você descer bem cedinho.

— Teseu...

— Você me fez esquecer — admito, como último recurso.

— O quê?

— Tive um pesadelo, lembra? Amanhã é o pior dia do meu ano, essa noite... geralmente é um inferno. Mas, com você aqui, esqueci por um bom tempo. Fica comigo só até o sol nascer.

Isso faz com que ela se desarme. Lívia descalça os chinelos outra vez e volta para a cama, engatinhando sobre ela.

— Tá bom, mas não se acostuma.

Deito-me ao lado dela, feliz por ter conseguido convencê-la a ficar.

— Sabe que eu sou uma ótima acompanhante de cama? Sirvo de travesseiro se estiver precisando, e, se tiver outro sonho ruim, é só me abraçar bem forte — brinca, me dando opções.

— Era o que eu esperava ouvir.

— Mas não crie dependência. Não vá se apaixonar por mim.

Ela ainda está brincando e me lembro de ter dito as mesmas palavras a Brenda, mas, por alguma razão, dessa vez não vejo graça nenhuma.

Lívia

Teseu adormece um pouco depois de nos deitarmos e, enquanto sinto a maciez dos lençóis — que realmente estão em outro nível — e os braços dele ao meu redor, eu me pergunto o que estou fazendo.

Não pelo sexo, mas por um momento como esse, tão íntimo. Isso não pode ser uma boa ideia. Teseu é um príncipe, exceto por alguns momentos de grosseria com os outros. Ele também é incrivelmente bonito e inteligente. Mas, quando se aproxima demais, você começa a notar as qualidades que ele tenta esconder.

Ele é altruísta, generoso e tem uma pequena dose de carência que só o deixa mais charmoso. Tem um passado que não compartilha e mistérios que me enlouquecem. Estar tão perto e ainda manter meu coração a salvo vai ser uma tarefa e tanto.

Ainda estou pensando nisso quando meus olhos se fecham, se rendendo ao sono.

Algumas horas depois, não sei exatamente quantas, ouço o chorinho da Martina pela babá eletrônica. Calço meus chinelos, pego o aparelho e, então, silenciosamente destranco a porta e desço as escadas, evitando qualquer ruído.

Vou direto à cozinha e preparo o leite dela, antes de correr para o quarto para alimentar a ferinha.

Retiro-a do berço e me sento com Martina na poltrona. Estou cansada e meu corpo está moído pelos esforços de mais cedo, pela tensão toda que senti, e não penso duas vezes antes de ligar o massageador da cadeira.

As vibrações se espalham por toda a extensão da minha coluna, me relaxando no mesmo instante. Não é que a danada da vendedora tinha razão? Coloco a mamadeira na boquinha da Martina, que suga o líquido com vontade e com os olhos fechados, como se ainda estivesse dormindo mas precisasse matar a fome mesmo no sono.

Não demora muito para que termine, então a coloco no berço e encaro o relógio do meu celular, que marca cinco e meia da manhã. Não volto para o andar de cima. Sigo para o meu quarto e me jogo na cama, sabendo que tenho talvez mais umas três horas até que a casa desperte ou que Martina reclame de fome outra vez.

〜

— Não vai adivinhar quem acaba de chegar? — Andrezza vem saltitando pela cozinha com cara de quem tem uma fofoca das boas.

— Quem? — Preparo uma fatia de pão com bastante requeijão, como Davi gosta.

— A senhorita Brenda Palheiros. É a neta do concorrente do senhor Demetriou, uma blogueira bem famosa, mas estão rolando uns mexericos sobre ela e o chefe.

— Blogueira? Ela é uma bruxa — respondo, sentindo meu coração martelar no peito.

O que ela está fazendo aqui?

— Como assim, Lívia? Ela é perfeita.

— Vai lá servir a boneca que você vai entender — digo, mesmo sabendo que estou destilando veneno.

— Hum, tá me deixando com medo agora. Ainda bem que a Renata já foi.

Basta falarmos nela e Renata volta à cozinha com a bandeja vazia.

— Não sabem o que eu escutei — sussurra, olhando para os lados.

— O quê? — perguntamos juntas, Andrezza e eu.

Mas logo me arrependo, pois não sei se quero saber o que ela ouviu. Com certeza eu deveria pegar o pão e levar para Davi.

— Eles estavam falando de noivado. De casamento, acreditam? Não pensei que fosse ver o dia em que o senhor Demetriou se casaria... Talvez seja por causa das crianças.

— Mas é pelas crianças que ele não pode fazer isso. Aquela mulher é horrível!

Deixo a cozinha completamente fora de mim e saio para os jardins, para perto da piscina, esquecendo o pão e, pelo jeito, minha educação.

Respiro um pouco do ar de fora de casa, tentando me acalmar. Afinal, Teseu disse que não iria mais levar o acordo adiante. Além disso, aquilo nunca foi um relacionamento; eles nunca se beijaram! Só que, mesmo insistindo muito comigo mesma, não consigo me livrar da sensação terrível de ter transado com um homem que pode vir a se casar com outra mulher.

Eu sei que Teseu não é minha propriedade, que não me fez promessa alguma e que nossa situação é temporária, mas daí a me deparar com tudo isso na manhã seguinte à minha primeira noite já é demais.

— Lívia — Andrezza chama da porta —, parece que agora tem uma visita pra você...

— Visita?

— Ela disse que é sua irmã e que é urgente.

— Ah, pede pra ela entrar pela garagem, por favor. — *O que é que a Bruna veio fazer aqui?* — Pra não interromper o chefe...

Andrezza aquiesce, mas não se move.

— Está tudo bem? — ela pergunta.
— Vai ficar. Pode levar o pão pro Davi? Por favor...
— Claro que levo.

Andrezza some dentro da casa, e pouco depois disso vejo Bruna entrar no quintal.

Ela vem caminhando apressada, com seus cachos na altura do queixo e as pernas esguias.

— Oi, irmã! — cumprimenta, animada, antes de pular em cima de mim em um abraço efusivo.

— Oi, Bru... Que saudade.

— Eu também estava. Sei que não devia vir assim, sem avisar, mas depois de ontem fiquei doida! E você tinha me dado o endereço, pra emergências.

— Ah, ontem... — Lembro das mensagens antes da grande noite e entendo a visita repentina. — Mas isso não é bem o que quis dizer com emergência, Bru.

— Você está com os olhos marejados. Por que estava chorando, Lívia? — Ela coloca as mãos na cintura, me pressionando.

— Não estava, não.

— Estava, sim.

— Não. Eu só... quase chorei. Mas só quase.

— Depois daquelas mensagens, imagino que tenha a ver com o que aconteceu ontem.

— Vem cá. — Arrasto Bruna até as árvores onde à noite me sentei com ele, me aproveitando de as crianças estarem com Ares e o avô e de Andrezza já ter levado o café.

— Anda, desembucha.

— É que... acho que não posso te contar isso.

— Como assim? Você soube da minha primeira vez. Eu contei quando fiquei com o Marcos e até sobre aquele babaca que prefiro não lembrar o nome.

— O Tigrinho?

— Quer fazer o favor de esquecer isso? Mas é. Contei tudo, por que você não me contaria? Anda, quem foi?

— É que...

— Ah, carambolas! Você transou com seu chefe? — Essa segunda parte sai em um sussurro, para meu alívio.

— Fica quieta, Bruna! Quer que eu perca o emprego?

— Só pode ser, já que não quer contar. Ele te ameaçou? Dormiu com você e disse que ia te mandar embora se contasse pra alguém? Porque isso dá processo.

— Não é nada disso.

— Então por que o choro? Foi ruim?

— Você já viu o Teseu, Bruna? Tem como ser ruim?

— E já virou Teseu. Então o que foi?

— É que, antes disso — começo, a contragosto —, ele mencionou uma coisa. Disse que talvez se casasse com uma pessoa aí, por causa da empresa — falo, sem entrar em detalhes porque prometi não contar a ninguém que era apenas um acordo. — Mas falamos sobre isso, e Teseu me disse que ia desistir.

— Aí vocês transaram e depois ele *mudou* de ideia. Estava te enganando pra te levar pra cama!

— Não. Sim... Não sei — respondo, começando a me irritar. — A Andrezza, que trabalha na limpeza, disse que a noiva está aí, e a Renata falou que os escutou falando sobre casamento. Eu sou uma idiota por ficar chateada, não sou? Mas é que...

— Não é idiota coisa nenhuma. Idiota é ele! Onde o babaca está? Vou dizer umas boas verdades pra ele...

— Não, Bruna. Ficou doida? — Nesse instante o vejo sair da casa, caminhando na nossa direção. — Ah, droga.

Teseu já está em seu terno de corte perfeito, com os cabelos alinhados. Nem parece o mesmo homem de ontem à noite.

— É ele, né? Nossa, irmã, você tá muito ferrada. — Bruna me encara com os olhos esbugalhados. — O homem é um escândalo! Mas fica calma que vou manter a pose e xingar do mesmo jeito.

— Bruna!

Teseu chega diante de nós e me olha, com cautela.

— Tudo bem, Lívia? Perguntei por você, e a Andrezza disse que estava aqui fora. Falou que você parecia chateada...

Ele olha de mim para Bruna, que o encara com a expressão de pinscher raivoso.

— E você é...?

— Eu sou a irmã dela. E a Lívia não estava só chateada; estava chorando, se afogando em lágrimas, quando cheguei. Sabe por quê?

Ele a ignora e me fita, parecendo preocupado.

— Você estava chorando? O que aconteceu?

— Bruna, fica quieta pelo amor de Deus. — Cubro o rosto com as mãos, prevendo a vergonha.

— Por causa de um idiota aí, com o perdão da palavra, que dorme com a mulher em uma noite e diz que vai se casar com outra no dia seguinte.

— Bruna! — Tiro as mãos do rosto e a encaro horrorizada. Tenho certeza de que minhas bochechas estão pegando fogo.

Teseu me olha de um jeito diferente, ao menos diferente do que eu esperava. Pensei que veria julgamento em seus olhos por ter contado tudo à Bruna, talvez até raiva, mas há apenas ternura.

— Eu... Eu não queria dizer nada — murmuro, me explicando. — É que nós nos falamos ontem e eu acabei dizendo umas coisas. Bruna que acabou deduzindo o resto.

— Não estou preocupado com isso. Você está triste comigo? — As mãos dele estão nos bolsos, e ele olha para baixo. — Eu jamais faria uma coisa dessas, Lívia. Sei que não somos... um casal, mas eu não faria isso.

Ele se cala por um instante e desvia os olhos para Bruna, como se a presença dela ali o incomodasse, mas, ainda assim, encontra uma forma de me dizer mais:

— Eu não vi mais a Brenda desde aquele dia na empresa. Ela apareceu sem avisar, e eu disse que não vai ter mais... — Outra vez ele olha pra Bruna, sem saber como dizer tudo na frente dela, sem saber até que ponto ela sabe. — Não vai ter mais nada.

— Eu não quero que me entenda mal, não estava chorando porque tenho qualquer tipo de expectativa. Só me senti...

— É claro que não. Ela nem liga pra você! — Bruna só falta gritar para reforçar meu ponto.

— Bruna! Chega!

— Tá bom, eu só queria ajudar! — Ela se levanta do chão, revoltada. — Vou embora porque preciso trabalhar. Agora que já vi que está bem e que ele já se desculpou, de certa maneira, eu vou indo.

Esperamos que ela se afaste, tentando manter a pose, mas percebo que saiu correndo antes que fosse enxotada.

— Só se sentiu o quê? — Teseu pergunta, quando ficamos a sós.

— Usada.

— Deixa de ser boba, Lívia. Já te disse que não tive nada com a Brenda e nem vou ter. Deixei isso bem claro pra ela. Então vamos esquecer esse assunto.

— Mas você não está com raiva de mim?

— Por se sentir mal depois de perder a virgindade em uma noite e achar que isso não tinha a menor relevância pra mim? Não. Eu entendo por que ficou triste.

— Obrigada por entender. Acho que estou complicando um pouco as coisas.

Ele ainda me olha por um instante e depois meneia a cabeça.

— E eu fiquei preocupado com você, vim até aqui e agora estou prestes a te convidar pra sair comigo. Acho que não estamos cumprindo mesmo todas as regras do casual...

— Pensei que você fosse bom nisso de não se apegar.

— Eu sou ótimo. As minhas relações não duram mais do que poucas horas, mas nenhuma delas me fez sorrir.

E é esse comentário dele que também me arranca um sorriso.

22

Páris e Heitor

Heitor havia procurado pelos arredores, mas encontrou apenas um pedaço de papelão. Não seria o suficiente para forrar todo o chão e protegê-los do vento, mas ao menos iria deter um pouco do frio que vinha da calçada gelada.

Quando ele entrou embaixo do viaduto, procurando pelo amigo, o encontrou ao lado de Túlio e Caveirinha. Os três riam de alguma piada que ele não ouvira.

— E aí, cara? Achou alguma coisa?

— Um pedaço de papelão pra cobrir o chão. E você?

Páris olhou para os novos amigos e fez suspense, antes de encarar Heitor outra vez.

— Adivinha...

— Alguma comida?

Os outros três gargalharam, ensandecidos. Uma luz começou a piscar, como alerta no fundo da mente de Heitor.

— Fala logo...

— Um cobertor! Acredita? — Páris comemorou.

— Tá brincando? Como foi que arrumou um?

O garoto desviou os olhos, fitando o chão. Ele sempre fazia isso quando estava escondendo alguma coisa.

— Hum, o Túlio me ajudou.

— Que massa. Isso vai ajudar demais. Valeu, gente. — Heitor agradeceu aos outros, apenas por educação e porque sabia que não seria bom se indispor com eles.

No fundo, tinha consciência de que eles tinham conseguido aquilo de modo ilícito. Se tivessem ganhado, com certeza teriam dito algo a respeito.

— Vou forrar o chão, então. Você traz o cobertor — disse, chamando por Páris com um gesto.

— Já estou indo.
— Vem — insistiu ele. — Preciso te contar uma coisa.

Páris ficou curioso e se despediu dos outros, seguindo adiante com Heitor para o mesmo lugar das últimas noites. Já fazia uma semana que estavam ali e ainda não haviam encontrado nada, nem uma ideia brilhante, nem um emprego milagroso.

O rapaz tropeçou no próprio cadarço e começou a rir como uma hiena, um riso que arrepiou os pelos de Heitor.

Em silêncio, ele forrou o chão com o papel grosso e depois se sentou em cima dele, mas Páris não conseguia se sentar; andava à sua frente de um lado para o outro, agitado demais.

— O que ia me contar? — perguntou enquanto esfregava o nariz. Era a terceira vez que ele repetia o gesto.

— O que eles te deram, Páris? Eu não disse pra ficar longe?
— Não me deram nada. Do que tá falando?

Heitor suspirou. Ele reconhecia todos os sinais.

— Você cheirou?
— Deixa de ser idiota, Heitor. Às vezes ajuda, tá? — o rapaz admitiu. — Eu estava morrendo de frio e agora estou aquecido. Até a fome passou.
— Droga não é remédio, porra.
— De certa forma, é, sim — Páris lembrou, gargalhando.
— Para com isso. O que eles te deram?

O garoto ainda ria e continuava a andar agitado, de um lado para o outro.

— Olha pra mim — pediu Heitor. — Foi pó?
— Foi só um tiro, eu juro. Não precisa ficar irritado assim.
— Um tiro? Merda, Páris. Eu não posso ter que me preocupar com você também, além de todo o resto. Precisa ter a cabeça no lugar, ou não vamos conseguir nada.

Ele levou a mão aos cabelos com desespero antes de responder:

— Desculpa, Heitor, eu... não vou pegar mais.
— Espero que não. E qual é a do cobertor?

Dessa vez Páris se sentou sobre o papelão, ao lado do amigo, as pernas balançando muito, como se não conseguisse ficar parado.

— Eles... Eles roubaram, mas eu não fiz nada, juro.
— Você viu quando roubaram?
— Eu vi, mas o vendedor tinha uns cinquenta iguais a esse. Prefere morrer congelado?

Heitor se calou por falta de argumento. Não gostava da ideia do roubo, não era o caminho que queria percorrer, mas de certa forma Páris tinha razão e não conseguia crucificá-lo quando, por causa do furto, poderia ter uma noite aquecido.

Lívia
~

— Eu sabia... — resmunguei, secando as lágrimas outra vez. — Sabia que esse idiota ia acabar se drogando.

— Pois é — concordou seu Hélio. — Infelizmente, aquela não foi a última vez.

— Coitadinho do Heitor. Na rua, com frio e ainda precisando se preocupar com o amigo.

— Eles se amavam muito. Heitor só queria que Páris tivesse uma vida boa.

— Sabe, seu Hélio... Essa história me deixa muito triste, mas, agora que começou, preciso saber como termina. Não dá pra ignorar o que aconteceu com os dois.

Ele se reclina um pouco na poltrona, fitando o teto enquanto me ouve.

— Verdade, é uma história instigante. Se você quiser, podemos continuar agora.

— Ah, eu queria, mas tenho compromisso. Combinei de sair com o Teseu...

Isso atrai a atenção dele, que se ergue na poltrona de repente.

— É mesmo? Aonde vão?

— Não faço a menor ideia, ele disse que ia me levar a um lugar e que... Bom, disse que não precisava esconder do senhor.

Isso lhe arranca uma risada.

— Esse menino... Pensei que ia ser mais difícil.

— Difícil o quê?

— Nada, nada... Me ignore, menina. — Seu Hélio faz um gesto de desdém com as mãos. — Mas e as crianças?

— Também não sei. Acho que Ares disse que ficava com eles. É a folga dele, não é? Provavelmente queria sair...

— Se ele disse que vai ficar, então não vai ser um problema.

Ouvimos as batidas na porta, e pouco depois Andrezza coloca os cachos escuros para dentro da biblioteca.

— Lívia, tem uma tal de Débora aí fora. Ela disse que veio te ver.

— Débora?

— É, ela veio da Rocher's e tá cheia de vestidos — comenta com curiosidade.

— Vestidos? — Viro-me para olhar seu Hélio e o vejo gargalhar.

— O que foi que você fez com ele? Vestidos... — O velhinho sem-vergonha continua a rir.

Encaro-o, horrorizada. Com certeza Teseu não conhece o sentido de casual, mas, se continuar fazendo essas coisas que disparam meu coração, não vou sair inteira dessa coisa que estamos experimentando.

— O que digo pra essa mulher? — Andrezza chama da porta.

— Pode pedir pra me esperar no meu quarto, por favor?

Espero que ela saia e fecho a porta outra vez, correndo para perto do seu Hélio.

— E agora? Ela e a Renata vão ficar pensando coisas. Porque é muito óbvio que não posso comprar um vestido daquela loja.

— Na verdade, em teoria você pode. O seu salário é muito bom — ele me lembra.

— Isso é verdade, mas ainda não recebi... Elas vão ficar desconfiadas — digo, resmungando.

— Do que exatamente?

— Humm, da nossa amizade — respondo. Afinal, o que mais posso dizer ao avô dele?

— Amizade. Uma ótima escolha de palavras...

Fixo os olhos no tapete, por falta de coragem de encarar o homem mais velho. Ele parece estar se divertindo com a coisa toda, mas provavelmente se soubesse a verdade me julgaria uma interesseira.

— É a palavra certa — digo, com um toque de mentira, talvez.

— Claro que é. Sabe que Teseu não tem muitos amigos, né? Tem o Thiago e a nós, que somos família. E agora tem você.

— Bom, é uma situação bem recente.

— Sim, mas você já está chamando ele pelo nome.

— Foi ele quem pediu!

— Verdade? Ainda melhor. — Ele sorri outra vez.

— Ah, seu Hélio, o senhor está exagerando. Não é nada de mais, só vamos... sei lá, comer alguma coisa juntos.

Ele concorda com um gesto, mas seus olhos brilhantes não parecem muito convencidos. Mando um beijo pra ele e o deixo na biblioteca antes de sair correndo para o meu quarto.

Passo pela porta e encontro Débora sentada em uma das poltronas, muito à vontade.

— Oi, senhorita Lívia. Tudo bem? — ela cumprimenta ao me ver entrar no quarto.

— Tudo, e você? Vejo que trouxe muitas coisas... — Observo as sacolas sobre minha cama, as caixas espalhadas pelo chão e uma arara em um canto do quarto.

— Foi o que seu chefe pediu. Ele disse que era pra trazer tudo que eu tivesse de melhor, pra você ter muitas opções.

— E você trouxe mesmo...

— Ah, sabe que não se diz *não* a um homem como ele. Inclusive, parece que seu cargo mudou desde a última vez que nos vimos.

Seu tom de voz deixa em evidência a curiosidade, afinal de contas eu era a secretária e agora estou aqui, na casa dele, olhando vestidos caríssimos.

— Ele tem dois filhos e me ofereceu o emprego como babá.

— Sei... — responde, não muito convencida. Eu também não estaria, considerando a situação. — Então vou te ajudar com isso. O senhor Demetriou sugeriu algo elegante para um jantar sofisticado, acho que vermelho combina com você...

— Vai se destacar demais. Melhor algo mais sutil.

— Amarelo? Hum, acho que um ciano vai ficar incrível em você.

— Ciano?

— Verde-água...

— Eu gosto dessa cor — concordo, mesmo que ainda não tenha visto o modelo.

— E nem viu o vestido — diz, ecoando os meus pensamentos. — Vai destacar seus olhos e seus cabelos. Espera só...

Ela passa alguns modelos incríveis na arara e fico logo em dúvida. São todos tão bonitos que não sei qual a melhor opção.

— Será que posso experimentar mais de um?

— Quantos você quiser.

— Ah, meu Deus... Tô me sentindo dentro do filme *Uma linda mulher*.

Débora ri do meu deslumbre.

— Mas eu não vou ser a vendedora malvada, prometo.

— Que bom. Não iria querer lidar com o Richard Gere dessa casa...

— Ah, eu adorei lidar com ele.

Isso me faz olhar para ela, tentando entender o que quis dizer e descobrir se minha simpatia por Débora termina aqui.

Mas ela ri.

— Relaxa, estou me referindo ao fato de que ele disse "Tudo que ela gostar, pode deixar lá em casa e me mandar a conta" — diz, imitando a voz dele.

— Teseu disse isso?

— Disse. Falou ainda que, se você não quisesse, eu podia deixar do mesmo jeito.

— Ele exagera demais. Vou experimentar o verde-água primeiro...

Pego o vestido ainda no cabide e corro para o banheiro. Me visto com agilidade e sinto o tecido suave escorregar pelo meu corpo, descendo até os pés. Ele é lindo. Sem exageros e sem pedrarias chamativas, mas com um caimento perfeito, um tecido delicado e um modelo que se ajusta ao corpo com perfeição.

Volto para o quarto ainda usando o vestido, e Débora sorri.

— Ficou lindo!

— Eu adorei esse, pode deixar esse e um par de sapatos.

— Você não estava em *Uma linda mulher* hoje? Pode experimentar mais alguns. Eu mesma separei.

Ela me entrega mais quatro modelos e me empurra de volta para o banheiro. Meus protestos não são porque não quero realmente me ver naqueles modelos maravilhosos, mas porque não faz o menor sentido comprar mais de um.

Tiro o primeiro vestido e experimento os que Débora escolheu, um por um. Primeiro o vermelho, depois um preto, o rosa e, por fim, um prateado.

Todos são perfeitos e cabem direitinho em mim. Por isso não queria vestir, porque aí fica difícil insistir que ela os leve embora.

— E então? — Débora pergunta quando retorno ao quarto.

— São todos lindos, mas...

— Ah, nem vem! — Ela se levanta, pegando a bolsa. — Você se resolve com seu chefe depois. Ele me disse pra deixar tudo aí e que vai me pagar, então, se não quiser, pede pra ele vender depois.

— São vestidos de festa. Eu nem vou a festas com frequência.

— Não são só vestidos de festa... — Ela morde o canto da boca, sondando minha reação. — Nas sacolas tem calças e saias, blusas para o dia a dia, e nas caixas trouxe vários sapatos de estilos diferentes.

— Mas, Débora! Espera aí um minuto, vou ligar pra ele. Porque isso é de um exagero sem fim, além de ser meio estranho...

Deixo Débora sozinha e corro para a porta ao lado, entrando no quarto de Martina para ter mais privacidade.

— Oi... — Teseu atende no primeiro toque. — *Tudo bem com as crianças?*

— Estão com seu irmão enquanto experimento os vestidos — conto. — Eu sei que me disse que vamos sair, mas a vendedora quer deixar metade da loja aqui! Eu nem tenho onde usar essas roupas...! Liga pra ela e fala pra levar de volta? Porque parece que quando eu falo ela se finge de boba.

— *Não vou fazer isso, Lívia.* — Ele ri. O engraçadinho está sempre rindo agora. — *Se não tem onde usar, vamos encontrar. Acho que está na hora de agendar aquele passeio de avião.*

— Mas, senhor... Teseu — corrijo. — Isso está fora de controle, não acha? Ficar me comprando coisas não é...

— *Muito casual? Eu sei.* — Ele suspira. — *Acho que não sei fazer isso como se deve. Mas pense assim: para mim, roupas são apenas roupas. Não faz a menor diferença no meu orçamento. Quero que fique com elas.*

— Mas...

— *E, se a Débora for esperta como me pareceu, já deve ter ido embora a essa altura.*

Abro a boca para questionar, mas a curiosidade me faz agir. Volto correndo para o quarto, e, para meu espanto, a arara sumiu, assim como Débora, mas todo o resto está jogado sobre a cama e aos pés dela.

— *Devo chegar às sete e nós saímos umas oito.*

— Ares vai ficar com as crianças mesmo?

— *Vai.*

— O que disse a ele? — pergunto, pois não sei até que ponto a família dele foi envolvida na história.

— Lívia, está aí? — A voz de Ares me chama do lado de fora do quarto.

— Vou desligar e já nos falamos.

Encerro a ligação e corro para abrir a porta. Encontro Ares com Martina no colo, chorando.

— Acho que é fome — diz prontamente. — Sabe que horas ela mamou a última vez?

— Não é fome, não. Me dá ela aqui. — Eu estico os braços para pegá-la. — Ela mamou tem pouco tempo. Acho que é a fralda.

Cheiro minha bebezinha e faço uma careta.

— Com certeza é a fralda. Vou trocar.

— Tá bom — concorda Ares e atravessa a porta. — Mas o que é tudo isso?

Os olhos dele varrem todo o ambiente, desde as caixas espalhadas até as sacolas amontoadas na cama e no chão, e, por fim, se detêm nos vestidos que experimentei pouco antes.

— Ah, essas roupas...

— Teseu mandou que trouxessem?

Não tenho coragem de olhar pra Ares e ver seu julgamento, então dou as costas, seguindo para o quarto de Martina.

— Ele... — Mas o que eu falo agora? — Nós vamos sair hoje, mas não é nada... do que você pode estar pensando... eu acho — digo, sem saber até que ponto estou mentindo ou não. A verdade é que não sei o que ele está pensando.

— Teseu me disse que iam sair, mas me pareceu que era algo do trabalho, da empresa, talvez. Não pensei que...

Os olhos dele se fixam nos meus por um momento, e vejo seus lábios se apertarem. Ares é sempre gentil, mas está me olhando com raiva.

— Ares, eu não sou interesseira, tá? Eu sei que deve parecer ruim, mas...

Ele não me responde, apenas me dá as costas e desaparece pelo mesmo caminho de onde veio.

Teseu
~

Subo para meu quarto logo depois de ver Davi e Martina. O plano de hoje é sair com Lívia e quem sabe no fim de semana dar um passeio mais longo com as crianças, durante a folga dela, se tudo correr conforme o planejado.

Tomo um banho demorado, me preparando para uma noite agradável, e enquanto a água cai me permito pensar no que estou fazendo.

Nunca fui um cara hipócrita, que diz uma coisa e faz outra, mas não estou reconhecendo minhas atitudes.

Digo que não vou tocá-la e depois a arrasto para a cama; eu explico que não sou de me envolver e então preparo um encontro especial. Aviso que não é uma relação, mas compro roupas, sapatos e tudo o mais. Por fim, peço que não se intrometa no que é pessoal, mas procuro um jeito de passar um tempo com Lívia fora da cama.

Gosto dela. É difícil admitir essa verdade pra mim mesmo, ainda que não esteja falando de amor, de paixão e de todas essas baboseiras. Eu me importo, quero tê-la por perto e evitar que fique triste, me preocupo... É, eu gosto mesmo dela.

Saio para o quarto, enrolado na toalha, e encontro Ares estirado sobre a minha cama.

— Que foi? — pergunto, caminhando para dentro do closet.

Ares me segue e franzo o cenho, puxando a porta para vestir a cueca bóxer.

— Posso saber aonde você está indo? — A voz dele me alcança, mesmo do lado de fora.

Abro a porta para que ele entre e tiro duas camisas, em dúvida entre elas.

— Por quê? Mudou de ideia sobre ficar com as crianças pra mim?

— Não é isso. Fui levar a Martina pra Lívia agora e vi um monte de sacolas e caixas no quarto. Você comprou tudo aquilo pra ela?

Ah, isso.

— A azul? — Mostro as camisas pra ele.

— A rosa... — Ares aponta a que gosta mais.

— Comprei as coisas, e daí? — Visto a camisa e o encaro enquanto fecho os botões.

— E daí? O que você tá fazendo, Teseu? Não ia se casar com a tal Brenda?

Pela expressão dele, não sei dizer qual das ideias o incomoda mais.

— Não vou mais. Já desfiz o acordo. Pensei que fosse o que vocês queriam.

— Claro, algum bom senso. — Ares ergue as mãos, irritado. — Mas, ainda assim, quero saber se você tem ideia do que está fazendo com aquela garota.

Paro de me arrumar por um momento. Uma pessoa de fora poderia ver as frases e atitudes dele como preconceito, por Lívia ser a babá ou por não ter dinheiro. Mas Ares não é assim; eu o conheço bem e sei que não é o caso.

— Qual o problema, Ares? Vai me dizer que gosta dela? — Finjo um tom casual enquanto pego uma calça clara do cabide, mas estou com receio do que ele vai dizer.

— Isso te incomodaria?

Viro na direção dele, tentando sondar, por sua expressão, se está falando sério.

— Você não gosta, não é? Porque... me incomoda, sim.

— Não, idiota, eu não gosto dela. Só estou preocupado. Lívia é uma garota legal e tem ajudado muito com as crianças. Não quero que ela se machuque.

Mais aliviado, visto a calça e depois coloco as meias, me sentando no banco comprido que fica no meio do cômodo fechado.

— Você costuma me ver brincando com alguém, Ares? — Paro de me arrumar por um momento e olho para ele diretamente. — Quantas vezes você já me viu levar uma garota pra sair? De verdade, digo. Não estou falando de sair de uma festa com alguém ou de marcar um encontro num hotel.

— Eu sei disso, mas também sei que você é... você. — Ares aciona o botão na minha sapateira e escolhe um par marrom.

Ele me entrega e se senta ao meu lado.

— Quebrado? — pergunto.

Ele dá de ombros.

— Quero que seja feliz, Teseu, e meu pai também quer, mas seu instinto natural é evitar isso, e a Lívia... bom, ela é uma garota inocente, feliz... Não merece sofrer por essas merdas que você carrega.

— Ela... Eu fui honesto em tudo, Ares, e, ao contrário do que está imaginando, não quero afastá-la. Também não posso prometer nada por enquanto.

— Certo. Eu devia saber que você não ia iludir a menina assim. Se ela sabe onde está pisando, está tudo certo. — E então ele me olha, com um sorriso diferente. — Por falar nisso, encontrei o cara, finalmente...

Eu termino de amarrar os sapatos, começando a sentir a ansiedade que me acomete sempre que penso nisso, principalmente considerando o dia de hoje.

— Não tocou no meu nome, né?

— Não. Eu só perguntei se ele conhecia quem estávamos procurando, se sabia sobre o paradeiro.

— E ele disse o quê?

— Que não se davam bem, que não tinha notícias há muito tempo. Há alguns anos, na verdade.

— Então ao menos a pista estava certa, eles realmente se conheciam.

— Sabe que se você contratasse um detetive já teria encontrado ele, não sabe? — Ares volta ao assunto que já discutimos inúmeras vezes. — Sem um detetive e sem dar muitas informações, fica complicado.

— Eu sei, mas assim teria meu nome envolvido. — Escolho um relógio e dou uma olhada no cabelo, que está um pouco bagunçado. — Voltamos à estaca zero, então?

— Não. — Ele sorri, vitorioso.

— O quê? Descobriu alguma coisa concreta?

— Ele disse que tem uma filha que com certeza vai ter essas informações.

— Uma filha?

— E me passou o telefone dela. Vou ligar e marcar de ir até lá. Quer ir comigo? Você pode ficar no carro — sugere.

— Não. Você vai e descobre tudo. Quando tiver um endereço, eu vou.

— Certo.

— Pode guardar o telefone dessa garota junto com todo o resto, na pasta? Tem o nome dela?

— Tenho. Ele me disse quando passou o telefone, e eu anotei.

Penso no que mais podemos fazer, além do que já fizemos com as informações que conseguimos.

— Depois dá uma olhada nas redes sociais e vê se encontra alguma coisa. Pode ter uma foto...

— Tá bom, deixa comigo. Você vai conseguir saldar sua dívida, irmão.

Lembro de tudo, de como aquela história influenciou meu passado e o presente, me levando a ser a pessoa que me tornei hoje.

— Não é só uma dívida, Ares, é uma promessa. É uma obrigação e também algo que quero muito fazer por mim mesmo. Quem sabe depois disso...

Ares espalma a mão contra meu ombro.

— Vai ser feliz! Cacete de irmão teimoso.

Sorrio com a escolha de palavras e concordo.

Ao menos por hoje eu escolho ser feliz, escolho a vida e não pensar na morte.

23

Lívia

Pelo horário que combinamos de sair, ao menos Renata e Andrezza já foram embora. No entanto, ainda temos Ares, Hélio e as crianças para assistirem à nossa saída.

Não importam as desculpas que tenhamos dado ou o que fizemos para que acreditem que não é nada de mais; não dá para esconder nada morando na mesma casa. Ainda que nossa noite juntos tenha permanecido em segredo, nossos planos para o jantar são como uma placa em que está escrito "encontro", em letras garrafais que piscam com luzes de neon.

Teseu não parece se importar com isso, e, apesar de ficar um pouco envergonhada, prefiro passar por essa situação constrangedora a deixar de sair com ele.

Encontro-os na sala. Teseu está usando uma camisa rosa, calça clara e tem os cabelos levemente bagunçados. Ele é lindo de todos os ângulos e vestido de qualquer forma — incluindo sem roupa nenhuma, digo com propriedade —, tão lindo que mal consigo desviar os olhos dele.

Ao menos não até que Davi se aproxime de mim, com suas mãozinhas puxando a barra do meu vestido.

— Oi, anjinho da tia Lívia... — Inclino-me para ficar mais perto da altura dele.

— Aonde você vai *ninda* assim?

Ouço os risos dos adultos preencherem a sala e me esforço para não me desmanchar ali mesmo com tanta fofura.

— Eu vou sair com seu pai e já volto, tá bom?

— O Davi pode ir? — Ele olha de mim para Teseu, e meu coração se aperta.

— Não, senhor — Ares interrompe e se abaixa para pegar Davi no colo, erguendo-o sobre a cabeça e arrancando gargalhadas do pequeno. — Você vai ficar com o tio Ares e vamos nos divertir muuuito...

— Davi — Teseu chama. — No final de semana nós vamos passear, tá bom? O papai promete.

O menino concorda com a cabecinha, e Ares sai da sala com ele ainda erguido para o alto como se estivesse voando. Eu encaro Teseu de um jeito diferente. Apesar de ser realmente o pai, acho que nunca o vi tratar uma das crianças com tanto carinho. Ares tinha razão: ele só precisava de tempo.

— Vamos? — Teseu chama, interrompendo minha reflexão.

Lanço um olhar para seu Hélio e o vejo abrir um sorriso.

— Divirtam-se.

Como não tenho nada a responder, apenas sorrio de volta e me despeço com um aceno enquanto caminho ao lado de Teseu para fora da casa. Encontramos Borges à nossa espera, com a limusine pronta para partir.

— Ai, meu Deus. Aonde nós vamos? — A ansiedade começa a dar sinais de vida, como um bolo se revirando no meu estômago. — Estou começando a me preocupar. Não sei comer em lugar chique, não, Teseu.

— Vamos ser só nós dois, não se preocupe.

— Só nós dois? — Olho para as roupas que ele escolheu e para o meu vestido caríssimo, cujo modelo, que deixa os ombros à mostra, desce justo até abaixo do quadril e depois se abre perto dos pés. — Mas e esse vestido lindo?

— É só pra mim.

Borges abre a porta do carro para que eu entre, e o cumprimento, torcendo para que não tenha ouvido o comentário de Teseu.

— Oi, Borges! Já faz dias que não te vejo.

— É que geralmente espero o chefe aqui fora. Como vai, senhorita Lívia?

— Muito bem, e você?

Ele acena com a cabeça, confirmando que está bem, e entramos no carro. Teseu se senta ao meu lado e liga o som, permitindo que uma música suave preencha o ambiente.

— Sem hip-hop hoje?

— É pra já ir montando o cenário... — ele responde, sorrindo. — Você está linda. O vestido ficou perfeito.

— Também não está nada mau, chefe.

Teseu me encara com os olhos estreitos, brilhando com intensidade.

— Se me chamar assim de novo, acho que não vamos chegar ao nosso destino. Pelo menos não vestidos.

Fecho a boca no mesmo instante, temendo que Borges escute essa safadeza. Mas volto a falar logo depois, mudando o rumo da conversa:

— E pra onde estamos indo?

— É um pouco longe, relaxa.

～

Era bem longe. Deixamos a cidade, e Borges pegou a estrada para o litoral. Não reconheço o lugar em que estamos, mas o carro desce por uma encosta que nos leva até o mar.

Vejo as luzes acesas de um barco, mas não há outros por perto.

— É um iate? Isso... — Olho ao redor, procurando por mais embarcações ou sinais de civilização. — Nós vamos ficar aqui?

— Borges vem nos buscar mais tarde. — Ele abre a porta e desce do carro.

Continuo incrédula, olhando para o mar. Não sei quanto tempo demoro, mas é o suficiente para que Teseu dê a volta e abra minha porta.

— Vem... — Ele me oferece a mão, e saio da limusine também, os sapatos afundando na terra úmida.

Borges não diz uma só palavra, apenas manobra o carro e segue de volta por onde viemos.

— Ele vai voltar pra casa?

— Não, tem um restaurante por perto. Ele vai ficar lá até que eu diga que pode vir nos buscar.

Teseu me segura pela mão, auxiliando minha subida. Piso na embarcação completamente extasiada. Não me lembro de ter andado nem mesmo de canoa em toda a minha vida, e um iate sempre esteve totalmente fora das minhas possibilidades. E não é um iate qualquer, pelo que posso ver — é bem espaçoso e os móveis são luxuosos.

— Não vai me dizer que também comprou o iate?

— Eu poderia — responde, humilde como sempre —, mas não. Apenas aluguei por algumas horas e pedi que preparassem o jantar.

— Vamos ficar aqui? Ancorados? Não sei se é assim que se fala... — Caminho em frente, até chegar diante da amurada.

— Infelizmente para nós dois, eu não sei navegar e não quero mais ninguém por aqui hoje. Então, sim, vamos ficar neste exato lugar.

— É incrível... — Meus olhos se perdem no mar, que brilha iluminado pela luz da lua.

Teseu me segue e para ao meu lado, fitando as águas tranquilas e escuras.

— O mar, na minha opinião, é uma das coisas mais impressionantes que existem — diz, todo pensativo. — Essa extensão, a fúria, a força, mas também a beleza e a tranquilidade que ele traz...

— *Uma* das coisas, você disse. O que seria mais impressionante?

— O ser humano.

— Mas não somos páreo para um mar furioso. Aqui, como estamos, temos a falsa sensação de domínio. Mas contra as ondas revoltas...

Teseu concorda com um gesto.

— Com certeza, mas veja o tamanho dele e o seu — comenta, se divertindo ao frisar muito bem meu 1,62 metro. — Algo com a magnitude e o poder do mar realmente impressiona. Mas uma pessoa, que não chega a dois metros de altura na maioria dos casos, com a força que nós temos, a capacidade de se reinventar... é muito mais admirável. O ser humano enfrenta adversidades, passa pela dor, pelo luto e se recupera, consegue sorrir outra vez. Não há nada na Terra mais impressionante que o homem.

Essas palavras me deixam pensativa. Teseu fala sobre dor e sofrimento com muita propriedade, e, por tudo o que me disse na noite anterior, é impossível não me sentir curiosa sobre a vida que ele teve. Ao mesmo tempo, concordo com cada palavra que disse. Nós somos seres absolutamente maravilhosos; aquele que nos criou, ainda mais.

— Deus faz coisas únicas. Você acredita?

— No quê?

— Em Deus... — Viro de lado, sondando sua expressão. Pelo que posso ver, a pergunta não lhe parece das mais agradáveis.

Ele responde, ainda assim:

— Acredito, só não acho que esteja interessado em nós.

— Como assim?

— Eu orava quando era moleque. Orações normais, antes de dormir, ou agradecendo por algo bom que me acontecia — conta. — Só pedi de verdade, com clamor e lágrimas, duas vezes na minha vida. Nas duas fui ignorado. E Ele não me ouviu ou escolheu não me atender.

— Isso não é verdade. Talvez só não fosse o momento. Nós pedimos e muitas vezes não entendemos os planos de Deus... Pode ser que ele tenha escolhido te atender mais tarde ou que não fosse o melhor caminho.

— Só que não teve mais tarde, Lívia. Nas duas vezes em que pedi, não foi por bens materiais. Eu estava diante da morte de pessoas que eu amava. As duas não estão mais aqui.

Isso me entristece, porque a morte é uma realidade que pesa sobre cada um de nós e com a qual não sabemos lidar. Não entendemos o que leva Deus a tomar essas decisões, mas sei que o propósito deve ser maior que nós. Infelizmente isso não conforta.

— Sinto muito. Sei como dói...

— Você também?

Solto uma risada, diante da surpresa no tom dele.

— Você não tem ideia de quanta morte tem na minha conta.

— Acho que é um assunto mórbido pra um encontro. Além disso, você parece uma assassina falando desse jeito.

— Então estamos mesmo tendo um encontro.

— E ainda muda de assunto. Estamos tendo um encontro, e é um dos piores, pelo visto. Talvez seja o meu último...

— Idiota. Se fosse te matar, primeiro iria te seduzir e me casar com você, porque assim, você sabe, eu herdaria todos os seus bens.

— Não sei se isso me acalma.

Teseu me pega pela mão e segue para o outro lado do barco, andando a passos rápidos. Um suspiro me escapa ao ver a mesa que prepararam para nós.

Velas brilham em cima da mesa, mas há também alguns lampiões expostos ao redor, clareando o ambiente.

Ele puxa a cadeira para que eu me sente, como um perfeito cavalheiro, e depois se senta à minha frente.

— Vinho? — pergunta, abrindo a garrafa.

— Já é a segunda vez que me dá vinho desses de rico. Está me deixando mal-acostumada com essas coisas. Depois quero ver quando eu tiver que voltar a comprar os meus de seis reais.

— Você bebe vinho de seis reais? — Ele faz uma careta, me servindo.

— Vai dizer que nunca fez uma batidinha? Leite condensado, refrigerante, vinho... — Espero pela careta de desgosto, mas, ao contrário disso, ele me olha com uma expressão nostálgica.

— Já, mas tem muitos anos.

— Vou fazer pra você qualquer dia desses.

Comemos, conversando amenidades, e Teseu me conta um pouco sobre como vão as coisas na empresa. Pergunto sobre suas viagens, e ele também narra as aventuras incríveis que já viveu mundo afora.

— Quer dizer que já viajou pra dezenas de países? Hélio e Ares também?

— Claro. Precisava ver quando os levei de volta à Coreia. Eles ficavam me obrigando a comer *kimchi* e a beber *soju* quase todo dia.

— Era ruim?

— Não, muito bom na verdade. Mas todo dia não dá, né? Eu queria uma carne assada, um bife suculento...

Começo a rir do comentário, estranhando um pouco o modo como ele fala, como se fosse apenas uma visita ao seu país de origem. Eles não viveram lá até poucos anos atrás?

— E quando fomos aos Emirados? Cheguei a Abu-Dhabi e recebi um convite para jantar na casa de um príncipe.

— Um príncipe de verdade?

— Depende do que você considera príncipe. Ele realmente era filho do sheik. Só que me serviram um chá esquisito e eu me comportei a noite toda, como me ensinaram, porque eles não ingerem bebidas alcoólicas.

— Deve ter sido um martírio.

— Martírio foi pegar o copo do príncipe por engano e perceber que ele estava o tempo todo bebendo tequila, enquanto eu tomava um chá horroroso.

— Tá brincando?

— Ainda nem contei do tigre...

Isso me faz pousar a taça de vinho sobre a mesa.

— Tinha um tigre?

— Pedi para ir ao banheiro, e o cara foi muito solícito. Só esqueceu de me avisar que tinha um animal selvagem solto pela casa. Quando entrei e, você sabe, abri a calça e me preparei, percebi uma movimentação. O bicho enorme saiu de dentro da banheira de hidromassagem.

— O que você fez?

— Primeiro guardei a documentação...

Começo a rir ao imaginar a cena.

— Depois fui me afastando de costas, até conseguir chegar à porta. Abri lentamente e saí... Só voltei a respirar depois que fechei a porta e saí correndo por alguns metros.

— Você disse alguma coisa ao rapaz? Príncipe...

— Disse. Falei que ele podia ter me avisado. O idiota começou a rir e afirmou que o animal era vegetariano.

— Sério? Nunca ouvi falar disso em animais selvagens...

— Claro que não é sério, Lívia! Como se eu fosse cair nesse papo.

Nossa conversa continua durante todo o jantar, que consiste em peixe assado gratinado, arroz e uma maravilhosa salada de folhas e frutas.

Quando terminamos, no entanto, Teseu me pega de surpresa com suas palavras.

— Sinto que não fui totalmente honesto sobre essa noite, Lívia.

— Verdade? O que você aprontou?

— Nada, mas não fui sincero sobre minhas intenções. Queria ter você pra mim por algum tempo, sem ninguém por perto.

— Na verdade essas intenções ficaram muito claras.

Ele se levanta da mesa e me oferece a mão. Teseu me leva de volta para a parte de trás do barco, onde há um colchão feito para aqueles que desejam tomar sol durante o passeio. Nós, no entanto, vamos usar para outras finalidades.

Teseu me beija com vontade, assim que me posiciona em frente ao colchão. Sua boca toma a minha com paixão enquanto suas mãos abrem o zíper do meu vestido sem hesitar.

Ele parece fazer um grande esforço para tirar as mãos afoitas de cima de mim, passeando com elas por meus ombros e, depois, se concentrando no fecho do meu sutiã. Se ontem ele conduziu tudo com muita calma, hoje parece tomado pela urgência.

— Segura assim — pede, a voz grave e sensual. Suas mãos me mostram como devo unir meus seios, apertando-os.

Sigo suas instruções como uma aluna com sede de conhecimento. Logo depois, sem um aviso sequer, Teseu desce o rosto no meio deles, me torturando com beijos molhados e ousados. Sua boca vai de um para o outro, sugando, mordiscando e deslizando a língua pelos bicos que se erguem com seus toques e com a brisa da noite.

Eu sabia onde estava me metendo ao mergulhar nessa história. Ainda assim, ontem era virgem e inexperiente, mas hoje estou ficando nua sob a luz do luar. Por mais rápido que esteja acontecendo, Teseu demonstra preocupação o tempo todo. Sua mão apoia a base da minha coluna, para me manter de pé, e é uma sensação maravilhosa a que ele me transmite em cada toque, como se me adorasse com suas mãos e sua boca.

Um gemido me escapa, e Teseu termina de descer meu vestido até que caia no chão com um barulho discreto. Ele posiciona minhas mãos sobre os botões da sua camisa para que eu os abra, e sigo seu comando sem hesitar.

Uma a uma, suas tatuagens vão surgindo, assim como minha curiosidade diante delas. Depois da camisa, também solto o botão de sua calça e abro o zíper, permitindo que ele mesmo se livre dela pouco depois. A noite não está tão fria, mas ainda assim a brisa que me toca a pele faz meu corpo se arrepiar por completo.

Teseu me empurra com delicadeza para que me deite no colchão atrás de nós e, então, usando apenas a cueca bóxer preta, ele se ajoelha diante de mim. Seus beijos estão por toda parte e me deixam ainda mais excitada.

Quando sua mão me toca sobre o tecido fino da calcinha, me contorço em busca de mais. Sinto a umidade entre minhas pernas e sei que, nesses poucos minutos, já estou pronta para recebê-lo, ainda que um pouco dolorida da noite anterior.

Os dedos de Teseu escorregam para um ponto sensível em meu sexo e me tocam ali, sob o tecido. O desejo, a vontade louca que ele me fez sentir até então, não é nada comparado ao que estou vivenciando agora. É como se todo o cenário, o lugar, o jantar e a nossa conversa informal, tudo tivesse me deixado preparada para sucumbir a ele em poucos toques.

Sensações indescritíveis crescem em algum lugar dentro de mim quando ele me penetra com a ponta do dedo. Ergo o quadril em busca de mais, gemendo seu nome como nunca pensei que faria um dia. Malicioso, Teseu retira o dedo e o leva até os lábios, provando meu gosto.

— Você é deliciosa, Lívia. Acho que me viciei na primeira vez, como uma droga.

Ainda estou chocada com a atitude que deveria me assustar, mas, ao contrário disso, me deixa ainda mais excitada. Teseu abaixa a cueca, se revelando diante dos meus olhos.

Ah, droga... Como eu não iria sentir dor com um... negócio desse tamanho entrando em mim? Acho que meus olhos arregalados entregam o pavor, porque ouço o riso baixo que ele libera e vejo o brilho divertido em seus olhos.

— Não vai doer como ontem, eu prometo.

Então Teseu se aproxima de mim e toma minha boca em um beijo faminto, enquanto, com uma das mãos, afasta minhas pernas. Sinto sua carne macia e, ao mesmo tempo, muito dura em minha entrada. Devagar, ele me penetra com cuidado. Fecho os olhos, me preparando para a mesma dor de ontem, mas ela não vem.

Então os abro outra vez e encontro o seu olhar. Seus olhos estão escuros e preocupados, mas também vejo neles uma paixão desenfreada — a mesma paixão que nos levou a um envolvimento fadado ao fracasso, mas do qual não consigo fugir.

Teseu apoia a testa sobre a minha, como já fez antes, e um sorriso sensual brota em seus lábios, me dando um frio na barriga, como sempre acontece quando o vejo sorrir.

— Tudo bem? — ele pergunta.

— Tudo...

— Então eu vou me mover — fala. Mas, antes que conclua a frase, já sinto seu corpo escorregar lentamente para fora do meu.

Quando os lábios dele tomam os meus novamente, suspiro, deliciada. Ele me preenche outra vez e sinto o vai e vem ficar mais fácil a cada investida.

Eu o quero, talvez mais do que já quis qualquer coisa na vida. A realidade cai sobre mim como um balde de água fria, porque, não importa o quanto eu queira, jamais poderei tê-lo inteiramente. Estou me apaixonando; era inevitável, e eu sabia.

Espanto a tristeza para longe, não me permitindo estragar o que talvez venha a ser o momento mais especial de toda a minha vida. Se são apenas alguns dias que temos, então que sejam perfeitos.

Retribuo ao beijo com intensidade, enquanto Teseu toma meu corpo e minha alma no processo.

Páris e Heitor

Já completava um mês desde que abandonaram suas antigas vidas. Estavam sujos, sempre famintos e desesperados. Já não havia distinção entre eles e os outros moradores do viaduto. Ostentavam o mesmo olhar sem brilho e sem esperança, a mesma resignação de quem precisava admitir sua realidade para si mesmo.

— Vamos nos separar hoje. Vou tentar conseguir alguma comida ou dinheiro. O que vai fazer? — Heitor perguntou ao amigo quando os dois estavam parados em uma esquina próxima ao viaduto.

— O Túlio vai me ensinar malabarismo. É uma opção, por enquanto.

— Sabe que não gosto que fique com eles. Você...

— Eu já disse que não vou usar mais — Páris interrompeu. — Semana passada foi a última vez. Eu... estava desesperado, Heitor.

— Eles não são do bem, Páris. E você é adulto, já fez dezoito. — Heitor parou por um instante. — Não quero...

— ... se preocupar comigo, eu sei.

— Não é isso. — Ele chutou uma pedra para o meio da pista e ela rolou por sob os carros. — O que não quero é te perder pra essas merdas.

— Eu juro que não vai...

— Beleza, vou confiar. Concordo que o malabarismo pode ajudar.

Assim, depois de chegarem a um acordo, os dois meninos se separaram. Enquanto Heitor pedia alguns trocados nas redondezas, sem muito sucesso, Páris aprendia malabarismo com Túlio e Caveirinha.

Em meio aos movimentos que fazia para ensinar a Páris, duas notas caíram do bolso do rapaz. Páris se abaixou para pegá-las, mas, para seu total espanto, embolada no meio delas, estava a fotografia que havia perdido junto aos seus pertences na primeira noite, a única coisa de valor que ele tinha na vida.

— O quê... Por que você está com ela? — perguntou, entre decepcionado e furioso.

Caveirinha coçou a cabeça, encarando Túlio, que tentava encontrar uma explicação.

— Essa... A foto? Achei outro dia. Não descobri quem foi que roubou, mas encontrei na rua.

— Então sabe que é minha. Por que não me devolveu?

Ele colocou em um canto as laranjas com as quais treinavam.

— Não, cara. Eu não sabia que era sua. Achei que fosse só uma fotografia qualquer.

Páris estreitou os olhos, desconfiado.

— Tem certeza? Não entendo por que você guardaria a foto de uma criança...

— Nós não somos amigos? Eu não roubaria você, idiota.

Mas Páris não os considerava amigos, não de verdade. O único amigo que realmente tinha era Heitor, por quem daria a vida se fosse preciso. E sabia que o amigo não hesitaria nem por um instante em fazer o mesmo por ele.

— Certo — respondeu, para encerrar o assunto, e guardou a foto no próprio bolso.

Mas as dúvidas estavam ali, à beira de se tornarem certezas.

Túlio e Caveirinha estiveram com suas coisas esse tempo todo? Eles os haviam roubado e depois se fizeram de amigos?

Se realmente tivessem feito isso, ele não poderia deixar barato.

Lívia

— Ah, meu Deus, seu Hélio! Os desgraçados fizeram isso, não foi? E agora esse menino vai querer se vingar. Já estou até imaginando...

Estou deitada no tapete, de bruços. Substituí o vestido chique pelo meu pijama e me preparei pra dormir depois que chegamos em casa.

Passava da meia-noite, e as crianças já estavam dormindo. Mas incrivelmente seu Hélio estava de pé, me esperando acordado para continuar a contar a história.

— Acho que devemos terminar essa parte ainda hoje. O que acha, menina?

— Sério? Eu acho ótimo. Dormir pra quê? — respondo, me ajeitando melhor sobre o chão.

— É a pior parte, penso eu. A vantagem é que depois disso as coisas começam a melhorar, e aí nos concentramos nas partes boas a partir de amanhã.

— Estou preparadíssima! O que Páris fez?

24

Páris e Heitor

A noite chegou antes que Heitor voltasse. Uma garoa começou a cair, molhando as ruas da cidade e fazendo subir um cheiro de terra molhada — o que era estranho, considerando que quase não havia terra propriamente dita naquele lugar. Enquanto isso, Páris remoía o que tinha acontecido mais cedo. Quanto mais pensava, mais se alterava.

Ele havia cumprido a promessa que fizera a Heitor e não aceitara quando Túlio o chamou para uma dose de alívio. Ainda assim, sentia a adrenalina correr por suas veias como a mais forte das drogas, e ela era estimulada pela raiva e pelo sentimento de traição.

Fazia um mês que ele e Heitor estavam ali, um mês dividindo o espaço sob o viaduto com aquelas pessoas das quais sabia tão pouco e, ao mesmo tempo, via suas almas desnudas todos os dias. Um mês desde que foram roubados e, depois disso, os outros rapazes se aproximaram dos dois e compartilharam vários momentos. Ainda assim, Túlio não confessou que os tinha roubado e muito menos devolveu o que pertencia a eles.

A traição ficou martelando em sua cabeça, enquanto esperava que Heitor voltasse. A princípio, ele acreditou que haveria uma explicação, mas, quanto mais refletia a respeito, mais claro tudo ficava.

Heitor demorou muito naquela noite. Tempo suficiente para que Páris tomasse uma decisão pouco sensata.

Túlio havia subido para a avenida principal, que passava sobre o viaduto, e se apresentava com os malabares para os carros que eram detidos pelo semáforo. O sinal fechava, e ele se adiantava à frente deles, fazendo seu número.

Páris observou à distância, procurando a melhor maneira de abordar Túlio e colocá-lo contra a parede. Provavelmente não iria recuperar suas coisas, o dinheiro já nem devia existir, mas estava sedento por uma briga.

O sinal se abriu, e Túlio correu para a calçada. Enquanto aguardava, retirou do bolso um isqueiro verde fluorescente, uma cor nada discreta, exatamente igual ao que Páris levava na bolsa quando fugiu com Heitor.

O semáforo se abriu; voltando para a frente dos carros, Túlio recomeçou seu número. Ele não viu quando Páris chegou por trás e o empurrou com força, comprando uma briga por aquilo que estava entalado em sua garganta.

— Filho da puta! Você roubou nossas coisas, ladrãozinho de merda!

As laranjas que Túlio usava no malabarismo caíram no chão e saíram rolando para baixo dos carros; ao contrário delas, o rapaz se recuperou rápido da surpresa.

Ele se virou, encarando Páris com um riso de escárnio nos lábios.

— Você não vai querer comprar essa briga, moleque. — Até mesmo sua voz estava diferente; não era mais amigável como antes. — Esquece isso. Já não te devolvi a foto?

— Devolveu? Eu achei! Isso não muda em nada o tempo todo que você mentiu.

Túlio riu, debochando, o que só irritou Páris ainda mais.

— Sai fora. Tô avisando pra esquecer isso...

— Não vou esquecer porra nenhuma. Você vai me pagar por isso.

Heitor, que nesse momento voltava para o viaduto, avistou os dois se enfrentando bem no meio da avenida. Ele sentiu um aperto no peito, pressentindo que a situação fugia do controle, e então correu.

— Sai fora! — gritou Túlio, os olhos vidrados, alterados pelas substâncias que corriam por suas veias. — O sinal vai abrir. É sua última chance — avisou em tom de ameaça.

A verdade é que Páris estava acostumado a brigar com outros garotos, mas ele não conhecia a maldade do homem, o desvario, as mentes insanas.

O garoto preparou um soco e acertou o queixo de Túlio com toda a sua força. O semáforo se abriu, e Túlio fez o mesmo com o garoto diante dele. E mais cinco facadas que Páris não pôde prever.

Os gritos de Heitor foram abafados pelos sons dos carros, e de repente Páris estava no chão, enquanto os automóveis passavam frenéticos ao redor. Outros mais atentos estacionavam no meio da avenida, pessoas gritavam por socorro, mas o mundo continuava a girar enquanto um garoto de dezoito anos, cheio de sonhos e vazio de possibilidades, derramava seu sangue.

Heitor chegou a tempo de ter um último vislumbre do amigo, do irmão que a vida lhe deu. Como tinta, que manchava tudo e nunca mais saía, o vermelho escorria e cobria o asfalto, o peito de Páris e a alma de Heitor.

O assassino ainda sorriu brevemente antes de fugir sem olhar para trás.

— Está tudo bem? — Seu Hélio me encara, preocupado, e sinto um peso no coração por ter que deixá-lo assim, mas simplesmente não posso mais ouvir essa história. Não hoje, não agora.

Teseu

O domingo começou diferente dos outros dias. Por mais que tenha tido um sábado especial e uma noite agradável, que me fez esquecer completamente o dia horrível que a data representa, Lívia não estava em casa quando eu me levantei.

Desço as escadas carregando minha Titina no colo — foi a própria Lívia que a levou ao meu quarto, um pouco mais cedo — e encontro Davi brincando com uns dez carrinhos no chão da sala, enquanto meu avô assiste a um filme na televisão.

— Bom dia — cumprimento, correndo para a cozinha para arrumar a mamadeira antes que o anjinho em meu colo me deixe surdo.

— Bom dia, filho. A Lívia saiu?

— Hoje é a folga dela — respondo, enchendo a mamadeira com a água que ela já deixou preparada e misturando a fórmula depois.

Faço tudo com um único braço livre e quase deixo minha filha cair de cabeça no chão, o que só prova como é difícil lidar com um bebê chorando e tirando a concentração.

— E ela foi ver quem? Os pais?

— Não sei. Disse que tinha que sair... Estava meio dormindo e acabei não prestando atenção. Por quê? Já com saudades, velho? — brinco com ele.

Coloco a mamadeira na boca da Martina, e a paz reina no ambiente.

— Também — responde Hélio, rindo. — É que ontem aconteceu uma coisa estranha.

— O quê?

— Vocês chegaram e ela foi pra biblioteca, pra eu contar uma história, como todas as noites. Mas de repente ela começou a chorar tanto que parei pra ver se estava tudo bem. Daí a Lívia me deixou falando sozinho e saiu correndo pro quarto.

Franzo o cenho ao ouvir sobre o ocorrido.

— Que tipo de história você contou? Porque ela estava muito bem quando voltamos.

— Bom, era um pouco triste, admito...

Ares entra na sala nesse instante, já trajando suas usuais roupas brancas.

— A Lívia chorando? Nenhuma novidade pelo visto. Esses dias mesmo abri a porta da biblioteca e ela também estava com o nariz vermelho de tanto chorar.

Começo a rir, imaginando a cena.

— Pelo jeito ela é emotiva, Hélio. Relaxa. Quando ela me trouxe a Martina mais cedo, estava bem.

— Que bom. Fiquei preocupado...

Ares bagunça os cabelos do velho, que o encara com uma expressão irritada.

— Que foi? É que o senhor fica tão fofo assim, preocupadinho. Já perguntou pro Teseu o que ele pretende com a Lívia? — Ares me provoca. — Devia perguntar. Ele adora gente tomando conta da vida dele.

— Para de encher o menino, Ares! — ralha meu avô. — Vai pro hospital?

— Tô indo... — diz, se despedindo do velho com um beijo estalado, que ele limpa pouco depois. — E, Teseu, vou na casa daquela garota hoje. Depois te ligo e conto o que descobrir, assim que sair do hospital.

— Certo. Não me deixe esperando. Vou sair com as crianças e o nosso idoso, mas meu celular vai ficar ligado, te esperando.

— Idoso é o nariz de vocês dois...

— Pai, a terceira idade começa aos sessenta; já, já você chega nos oitenta — Ares lembra, se divertindo.

— A idade chega quando a pessoa aceita, meu filho. Eu ainda não aceitei nada.

Lívia
~~~

— Finalmente você apareceu — Laís me cumprimenta, logo que entro no abrigo. — A dona Beth já estava entrando em depressão de tanta saudade.

— Eu também fiquei — resmungo, abraçando minha amiga. — Semana passada não consegui sair. Foi uma loucura, porque tive que preparar os quartos das crianças, comprar um monte de coisas, enfim...

— Imagino. Esse seu chefe caiu do céu, né? — comenta, finalmente me liberando do aperto. — Tem que retribuir mesmo; ficou sabendo o que ele fez?

— Hum, não sei. Do que você tá falando?

— Vem...

Laís começa a andar pelo corredor, e eu a sigo para dentro, correndo.

— Cadê todo mundo?

— Na sala de cinema — diz ela com naturalidade.

— De televisão, você quer dizer — comento, afinal aqui nunca teve uma sala de cinema.

Um homem estranho passa por nós no corredor, todo sujo de... cimento?

— O que está acontecendo aqui? — questiono ao notar uma movimentação estranha.

— Reforma. Você vai ver... — Laís então me olha de cima a baixo, notando minhas roupas chiques e o sapato. Dou uma voltinha só pra provocar. — Como você tá rica, amada!

— Viu só? É o que roupas novas podem fazer.

Estamos rindo quando chegamos à sala de televisão, mas meu riso morre e fico boquiaberta ao notar as mudanças nada sutis. As paredes foram pintadas recentemente, e substituíram as poucas cadeiras por poltronas bonitas e coloridas.

Na parede da frente, a televisão de trinta e duas polegadas sumiu, dando lugar a uma tela enorme, que, diante do tamanho da sala, parece um telão de cinema.

— De onde saiu essa televisão? Isso tem o quê? Cem polegadas?

— Noventa e oito — Laís responde, com várias vozes de crianças como coro.

Os pequenos me olham, e vejo seus rostinhos sorridentes. Que saudade dessa turminha. Dona Beth e Pietra também notam minha chegada, e de repente ninguém mais está prestando atenção no filme.

— Ah, minha pequena... — A diretora se levanta, correndo para me abraçar. Coloco mais um abraço na conta. — Já estava chorando, pensando que tinha se esquecido de nós.

Retribuo o carinho, apertando-a com força e sorrindo.

As crianças nos cercam, e de repente todo mundo quer um abraço. Tem uns dez dias que saí daqui, mas parece uma eternidade.

— Vocês ganharam um cinema, pelo jeito — comento, observando a sala montada para fazer a alegria das crianças.

— Vamos na minha sala, vou te contar tudo! — Beth me segura pela mão e faz um aceno para Laís. — Ajude a Pietra a tomar conta dessa turminha. — E então se vira pra mim novamente. — Você veio de metrô?

Beth me arrasta pelo corredor, animada como não a vejo há muito tempo.

— Não, vim no carro que o Teseu me deu pra trabalhar.

— Ele te deu um carro? Não me surpreende.

— Não? — pergunto em meio a uma risada. — Porque eu confesso que fiquei bem surpresa. Ele disse que ia me deixar andar em um dos carros dele, mas não esperava que fosse me comprar um novinho.

— Não viu o que ele fez aqui?

— A televisão? Foi ele?

— Televisão? — Ela ri. — Você não tem ideia, não é?

Dona Beth abre a porta da diretoria e, depois que entramos, a fecha.

— Ele tinha dito que iria nos incluir nas doações deste ano e geralmente a empresa dos Demetriou divide o orçamento entre várias instituições, então ficamos esperando receber algum valor — começa a contar.

— Sim, dessa parte eu sabia...

— Mas então a secretária dele ligou — ela quase grita, eufórica —, informando que toda a renda de doações deste ano viria para o Santa Inês e que eu deveria fazer o que quisesse e pudesse pra melhorar o conforto das crianças.

— Toda a renda? — Eu me sento na cadeira, aturdida. — Isso é muito dinheiro, não é?

— Trezentos mil reais!

— Trezentos? Deus do Céu! — Me levanto outra vez. — Por isso está reformando!

— Claro que sim. Quando ele vier aqui, quero que veja que o investimento que fez valeu a pena. — Ela pega minha mão, e seu sorriso se alarga. — Estou tão feliz, Lívia! Mesmo que não sejam adotadas, ao menos agora as crianças vão ter um lugar digno. Mandei reformar os quartos e trocar as camas, encomendei alguns computadores pra que possam estudar, o parquinho... vai ficar tão lindo! Vamos ter até uma quadra pra jogarem bola.

— Isso é incrível, Beth... — Minha voz já está embargada.

— Ah, menina, o que ele fez por nós é uma coisa linda. Por que o choro?

— É que... estou com saudades do Tato. Ele teria adorado uma quadra aqui.

— Teria mesmo. Já foi visitá-lo essa semana? — pergunta, entendendo minha emoção.

Faço que não, meneando a cabeça.

— Sabe que não tive coragem? Você sabe como lido com tudo isso. Eu sou forte, Beth. Geralmente sou. Mas isso tem mexido muito comigo e venho tentando esconder de mim mesma como estou abalada. Só que ontem eu desmoronei.

— O que aconteceu?

— Ouvi uma história triste e quando dei por mim tinha perdido o controle. Chorei a madrugada toda me lembrando dele — conto, me sentando novamente.

— Tato ia adorar ver tudo o que te aconteceu. O emprego na Pic-Pega, a adoção das crianças que você armou, seu carro novo... — Beth sorri, me lembrando do quanto ele amava carros. — Ele ia amar as mudanças por aqui também. Acho que ia gostar muito do seu chefe. Eu gosto!

Isso me arranca uma risada. Quem não adoraria Teseu?

— Também gosto dele...

— Do seu chefe? Quem não... Ah! Você *gosta* dele — repete ela, compreendendo bem. — E isso é bom?

— Não sei — admito.

— Por quê? Ele não gosta de você?

— Também não sei. Talvez um pouco. Mas não acha errado?

— E por que seria? Por ele ser seu patrão? — Beth se senta na beirada da mesa, ficando mais perto de mim.

— Também.

— Por causa do Jonas? — Ela finalmente entende.

Aquiesço, mordendo o lábio já esperando sua reprovação.

— É que me dei conta de que esperei por ele nos últimos dezesseis anos e, desde que me mudei, quase não me penso nele. Sei que é bobagem — confesso, antes que ela me interrompa.

— É mesmo — fala, concordando comigo. — Você era uma criança a última vez que o viu. Isso é uma ilusão, Lívia. Se gosta do senhor Demetriou, não tem motivos pra que uma paixão de infância, por alguém que nem mesmo sabemos se está vivo, te impeça de encontrar a felicidade.

— Você tem razão, claro. Acho que sempre vi no Jonas uma ligação com o Tato e me apeguei a isso... Como se meu irmão fosse gostar de nos ver juntos.

— Eu entendo, mas esse sentimento pelo Jonas não é real, sabe? É uma coisa platônica, de menina. O que você está vivendo agora vem dos sentimentos de uma mulher. São reais.

— Ele é maravilhoso, Beth... — Permito que as palavras dela me alcancem e me libertem.

Sinto que eu precisava desse conselho para entender que esquecer o Jonas e seguir em frente não é errado. Nós nunca fomos nada além de amigos.

— E eu não sei? Desde a primeira vez que o vi, soube que era especial. Se, além de nos ajudar, ele te fizer feliz, menina, não tenho mais nada a pedir nessa vida. Você é a filha que a vida me deu.

— E você a mãe que o Santa Inês me deu. — Sorrio, fitando seu rosto já cansado, mas que agora tem um brilho de alegria. — Lembra como eu chorei quando fui adotada?

Beth suspira, as lembranças voltando de uma só vez.

— Você tinha uns oito anos. Segurou minha saia até o último segundo... Seu irmão se trancou no quarto e não comeu por uma semana, e o Jonas tentou impedir que te levassem de todas as formas.

— Foi horrível. Naquele dia você me abraçou forte... Nunca senti tanto medo do novo, do desconhecido.

— E tinha razão em sentir, eles foram horríveis pra você.

— Pelo menos me deram a Bruna. Mas se eu soubesse o que ia acontecer depois que parti...

— Você não tinha o que fazer, Lívia. Eu devia ter percebido como o Tato ficou devastado, devia ter feito alguma coisa.

— A verdade é que, se uma única coisa tivesse sido diferente, os resultados seriam outros. Mas nada disso importa agora.

— Vá visitar seu irmão. — Ela me olha com firmeza. — Conte a ele sobre o senhor Demetriou e todas as novidades.

— Eu vou, só preciso de mais uns dias.

Quando chego em casa encontro as crianças dormindo, o que é incomum, porque eles não costumam apagar assim antes das dez da noite.

Tudo bem que a Martina capota o dia todo, mas não o Davi.

— Nós fomos passear com Teseu, Davi fez uma bagunça no shopping. Depois, o pai o levou na Pic-Pega e o menino ficou doido de alegria.

— Sério, seu Hélio? — Coloco minha bolsa sobre o encosto do sofá. — Ah, eu queria ter visto isso...

— Você sumiu. Queria que tivesse ido com a gente. — Ele me olha curioso, sondando minha resposta.

— Fui ver minha... mãe — respondo, me lembrando da conversa que tive com Beth.

— Ah, coisa boa. Imagino que ela estivesse com saudades.

— Estava mesmo. E eu também.

— Fiquei preocupado ontem. Você saiu correndo aos prantos e não voltou mais.

Concordo com um gesto sutil.

— Vamos pra biblioteca? — sugiro, seguindo para a cozinha em busca da garrafa de café. — Quero contar uma coisa.

Volto à sala e seu Hélio concorda em me acompanhar, então ofereço o braço como apoio pra facilitar seu caminho.

— E onde está o Teseu?

— Foi correr e ia dar um pulo na academia do condomínio.

Claro, um corpo daqueles não se malha sozinho. Ajudo seu Hélio para que se sente na poltrona e me coloco à sua frente, sentada no tapete como todas as noites.

— Acho que devemos te comprar uma poltrona... — comenta, sorrindo.

— Também acho, viu? O chão é meio duro.

Ele se acomoda melhor e pega uma xícara de café na mesinha que posicionei ali pra facilitar nossa vida.

— O que queria me contar?

— É que... — Coloco meus cabelos pra trás e suspiro, determinada a dizer o que planejei. — Eu não fui totalmente sincera sobre umas coisinhas pessoais. Lembra que eu disse que tenho uma irmã? — Seu Hélio aquiesce. — Também tive um irmão, mas ele morreu de uma forma bem parecida com o Páris. Não sobre a foto e o roubo, mas meu irmão também foi assassinado. Eu... Enquanto ouvia parecia que estava assistindo a tudo.

— Ah, menina... Eu sinto tanto. Não fazia ideia.

Sorrio, percebendo pela primeira vez que tanto ele quanto Beth me chamam do mesmo jeito, de "menina".

— E como faria? Eu não contei. Mas, sabe, eu adoro vocês todos, o senhor, o Ares. Nem preciso dizer que amo as crianças...

— E o Teseu.

— Bom, talvez eu goste dele um pouquinho além do que deveria — concordo. — Não quero esconder as coisas. Eu não sou assim...

— Você me deixa intrigado, sabe?

— Sei. — Posso imaginar a cabeça dele com minhas histórias contadas pela metade. — É que eu menti em uma coisinha bem pequena... — Faço um gesto, indicando o quanto é pequena, mesmo que talvez não seja. — Mas com isso acabei sendo obrigada a manter em segredo outras coisas sobre mim, coisas das quais geralmente me orgulho de falar.

— Mentiu, foi? — Ele parece mais curioso do que bravo.

— Foi, mas juro que não é nada ruim. Só que primeiro quero contar pra ele... Acha que ele vai me odiar?

— Teseu? Pelo contrário, ninguém perde por dizer a verdade.

— Tomara. Então podemos continuar?

— A história? Pensei que não quisesse mais ouvir.

— Bom, a parte ruim já passou, não foi? Quero saber o que houve com Heitor depois disso. Já estou bem agora.

— Então vejamos... Ah, sim... — E ele continuou.

25

Heitor

O barulho das sirenes o assustou. Seu peito batia descompassado enquanto ele olhava o corpo do amigo no chão, os olhos já sem vida, os mesmos que, instantes antes, lhe fizeram um último pedido.

O assassino havia fugido, a polícia se aproximava, e ele era um garoto com quase dezoito anos, sem família, que seria implicado em um assassinato.

Ele jamais saberia explicar o motivo. Talvez fosse adrenalina ou a dor irracional que tomava conta do seu corpo. O fato é que, sem olhar para trás, ele fugiu.

Correu para longe. O garoto passava em meio aos carros, tentando enxergar, mas sua visão estava embaçada por causa das lágrimas e da chuva que caía como se o céu também chorasse sua perda.

Ouvia as buzinas e continuava correndo. Foi por um milagre que não o atropelaram ali mesmo. Ele perdeu um chinelo, que arrebentou diante da correria desenfreada, então arrancou o outro e, descalço, continuou correndo, como se a sua própria vida também dependesse disso — e talvez realmente fosse assim.

Heitor seguiu por umas três quadras e finalmente parou sob o toldo de uma banca de jornal velha, que estava fechada àquela hora. A cobertura não era lá essas coisas contra a chuva, mas ele tampouco estava se importando.

O menino se sentou no chão e chorou.

Chorou a noite toda — pelo amigo que perdera, pela esperança que abandonou seu corpo junto com as lágrimas e pelo desejo de vingança que ameaçava dominar seu coração.

Chorou até adormecer.

Heitor não se moveu quando o dia amanheceu ou quando as pessoas começaram a passar de um lado para o outro, indo e vindo do trabalho, vivendo a vida. Foi apenas quando a porta da banca foi erguida que Heitor abriu seus olhos.

Diante dele estava um homem de meia-idade, que o fitava, curioso.

— Você dormiu aí? Sentado? — o senhor lhe perguntou. Heitor deu de ombros por falta do que dizer.

O homem terminou de abrir sua lojinha de revistas e entrou, sentando-se atrás do pequeno balcão que servia de caixa.

— Você não tem casa? Não tem pra onde ir? — continuou com as perguntas.

— Não, senhor. Desculpe... Eu já vou indo, só me escondi da chuva.

O homem observou as roupas surradas e os pés descalços. Fitou os cabelos desgrenhados e o rosto manchado de lágrimas, e por algum motivo seu coração doeu.

— Fica aí. Eu preciso comprar uma coisa ali na esquina e, se vigiar a banca pra mim, te dou uns trocados quando voltar.

Heitor confirmou com um gesto mecânico, e o homem saiu, deixando-o sozinho.

Era um teste, claro. Um muito arriscado, diga-se de passagem. Afinal, todo o dinheiro das vendas da semana estava no caixa.

Mas Heitor não era ladrão. Mesmo na rua, nunca havia roubado nada diretamente. Talvez só o cobertor, se a passividade diante do roubo contasse. Além disso, naquele momento, mesmo que quisesse e pudesse, não conseguiria pensar em outra coisa que não fosse Páris.

O homem voltou algum tempo depois, trazendo alguns pães em uma sacola e um copo de café na mão.

— Você ainda está aqui — comentou, abrindo um sorriso.

— O senhor me pediu.

— Pedi mesmo, não foi? Entra aqui. Ali atrás tem um banheiro, e eu sempre deixo uma troca de roupas lá. Pode usar; assim não fica doente.

O rapaz encarou o homem, sem reação. Não sabia se era uma piada, mas desde que ele fora parar nas ruas as pessoas se esquivavam como se ele tivesse uma doença contagiosa.

— Que foi?

— Isso é sério?

— É, sim. Ou não quer?

Heitor deu de ombros. Ele não queria mais muita coisa da vida; ela havia tirado dele a única família que lhe havia sobrado.

— Vai lá... Depois você toma café.

O menino observou a sacola e o líquido fumegante no copo descartável. Ele não deveria aceitar, provavelmente era errado que tivesse fome em um momento como aquele, mas seu corpo tremia com o frio causado pelas roupas molhadas e a bebida era muito atraente.

No banheiro, tirou as roupas imundas e trocou pelas que encontrou. Uma calça de moletom velha, mas limpa, e uma camiseta larga. Havia também um par de meias, ainda que não houvesse sapatos.

Em silêncio, ele retornou para a banca, onde o homem aguardava por ele.

— Pode comer. — O dono da banca lhe cedeu o lugar na cadeira. Sobre o balcão estavam dois pães com manteiga e o copo de café.

Heitor se sentou e começou a comer, finalmente matando a fome que o assolava havia mais de um mês. Ele nem se deu conta das lágrimas que voltaram a cair enquanto comia.

Um cliente chegou e pediu uma indicação. O homem entrou no banheiro e retornou de lá com um livro no tema procurado, mas o menino não notou nada disso, preocupado apenas em comer.

Quando o comprador pagou e partiu, satisfeito com a aquisição, o homem parou de pé, em frente a ele.

— Por que você está chorando?

Mas Heitor não estava pronto para contar o que acontecera na noite anterior.

— Eu... — Ele bebeu o resto do café em um só gole. — Vou indo, muito obrigado. Se eu puder ficar com as roupas... — pediu, envergonhado. — Aí não precisa me dar aquele trocado.

— Você tem lugar pra dormir esta noite?

— Tenho — respondeu, orgulhoso.

— Certeza?

— Claro, eu tenho uma... casa.

— Sei. Se por acaso deixar de ter, eu fecho às seis da tarde e só abro às oito da manhã. Então você poderia dormir aqui na banca. É apertado...

O rapaz olhou para o lugar apertadinho, mas quente, que tinha um teto e uma porta, um banheiro de verdade e titubeou.

— Eu tenho onde dormir — insistiu.

— Tá bom. Mas, se mudar de ideia, te vejo às seis.

E Heitor realmente voltou. Quando chegou à banca, havia um par de sapatos surrados esperando por ele, um colchonete fino, travesseiro e dois cobertores.

O dono da banca terminava de arrumar a cama quando o rapaz chegou.

— Que bom que voltou — cumprimentou, sem desviar os olhos da cama. — Tem uma vasilha ali no canto, com o jantar.

— Obrigado. Por que está fazendo isso? — perguntou.

— E por que não? Você não ajudaria outras pessoas se pudesse?

Ele assentiu.

— Ajudaria, mas a maioria não é assim.

— Cabe a nós, então, fazer a diferença, não é? Eu vou embora agora. Precisa de mais alguma coisa?

Heitor negou. A única coisa de que ele precisava não era possível trazer de volta.

Lívia

~~~

— O senhor disse que iríamos terminar a história hoje — reclamo, ao ver que seu Hélio parou antes do fim.

— Eu sei, mas estou com muito sono. Pode ficar pra amanhã?

Concordo sem insistir, afinal já passa da meia-noite. Agora que as coisas estão melhorando para Heitor, me sinto um pouco mais tranquila com a narrativa.

Despeço-me de seu Hélio com um beijinho na bochecha e corro para o meu quarto. Tudo de que preciso no momento é de uma boa noite de sono, se a pequena me permitir.

Abro a porta e acendo a luz. Retiro os sapatos e começo a me despir quando noto um movimento na cama. Emito um gritinho com o susto, mas logo reconheço os cabelos castanhos de Teseu, que por algum motivo achou que era uma boa ideia invadir minha cama.

Eu me aproximo devagar e percebo que os olhos dele estão abertos, ainda que sonolentos.

— Oi...

— Oi — responde, a voz rouca de sono. — Você chegou tarde.

— Já faz um tempo que voltei. Estava com seu avô.

— Aquele velho te quer só pra ele...

Coloco as mãos na cintura e abro um sorriso que não consigo conter.

— Estava com saudades?

Ele também sorri.

— Parece que sim. Vem deitar aqui.

Então me enfio embaixo das cobertas e permito que Teseu me abrace. Seu perfume me invade, e sinto sua respiração na minha nuca enquanto seus braços fortes me rodeiam.

— Hum, eu poderia me acostumar com isso — murmuro, fechando os olhos.

O riso dele me mostra que não fui longe demais.

— Eu também, Lili...

É a melhor noite que tenho em anos. Depois da turbulência dos últimos dias, ter Teseu comigo, me abraçando, é o melhor que poderia me acontecer.

Para meu descanso, Martina não chorou durante a noite e acordou apenas uma vez para se alimentar. Estou na mais absoluta paz de manhã, quando abro os olhos mas, em vez de encontrar Teseu ao meu lado, me deparo com os olhinhos verdes de Davi, que de alguma forma se deitou entre nós.

— Oi, príncipe! — Teseu está do outro lado, ainda de olhos fechados, mas consigo ouvir a risada dele. — Como... Por que você veio pra cá?

— O papai veio, então Davi veio *tombém*.

— Entendi. O Davi é um menino muito grande, né? Já sabe guardar um segredo? — pergunto, cochichando.

O pequeno aquiesce, balançando a cabecinha para confirmar.

— Então esse é nosso segredo, tá bom? Não pode contar pra ninguém que o papai veio.

— Vai lá contar pro tio Ares, Davi — instrui Teseu, maldoso. — Depois conta pro vovô e não esquece a Renata.

— Teseu!

Ele começa a rir, sem um pingo de preocupação com o que Davi vai fazer.

— Eu sou seu segredinho sujo, Lívia? — pergunta, se divertindo às minhas custas.

— Ah, meu Deus! Você não tem jeito... Vou ver a Titina.

Levanto-me da cama, atirando as cobertas sobre os dois, que recomeçam as risadas.

Pego Martina do berço, notando seus olhinhos arregalados, e troco sua fralda em poucos minutos.

— Que tal a gente colocar um laço bem lindo em você hoje? — Abro a gaveta, escolhendo um amarelo. — Quando você ficar maiorzinha, nós vamos usar roupas iguais, o que acha?

Paro com o laço no meio do caminho, me dando conta da sugestão. É o tipo de coisa que uma mãe faria. Não cabe a mim combinar roupas com ela, e pode ser que nem esteja mais por aqui daqui a oito, nove meses.

— Lívia! Socorro — Teseu chama, assustado.

Prendo o laço nos cabelos da minha bebê e, com ela no colo, corro de volta para o quarto ao lado.

— Que foi?

Ele sai de dentro do banheiro, sozinho e com os olhos muito arregalados, completamente apavorado.

— Cadê o Davi?

— Tô *ati!* — A voz fina dele se eleva. — Davi fez um cocô bem *gandi*... Começo a rir, já imaginando o motivo do desespero de Teseu.

— Lívia, o que vamos fazer?

Meu riso só aumenta.

— Aquilo ali que ele fez... Como coube uma coisa dessas num menino desse tamanho? Eu olhei o buraco da privada, tenho certeza de que não vai passar.

O olhar dele é tão desesperado que não consigo parar de rir e preciso colocar Martina na minha cama, antes de me apoiar sobre os joelhos, tentando me controlar.

— É sério, Lívia. Temos uma emergência... Você já foi a um curral?

Esse é o fim para mim. Me sento no chão, as lágrimas escorrendo por meu rosto enquanto provavelmente estou parecendo um pimentão.

— Eu... — tento falar, mas sai tudo enrolado. — É igual a cocô de vaca.

— Exatamente! Eu não consigo acreditar nisso. Como que vou tirar essa coisa do penico e jogar na privada?

— Tem que dividir em três... — explico, me controlando um pouco. Teseu me encara, atônito.

— Quer dizer que todos os dias ele faz esse negócio?

— Não todo dia, por isso é tão grande... Ele faz a cada dois dias e sempre preciso partir em três para que a descarga funcione.

— Isso é muito nojento! — Ele faz uma careta. — Com o que você faz essa... divisão?

— Pega um saco plástico embaixo da pia do banheiro, e, se quiser evitar o mau cheiro na mão, é bom colocar um par de luvas descartáveis.

— Mas isso é quase uma operação, como se eu me preparasse pra uma batalha.

— Não deixa de ser — respondo, voltando a rir.

Enquanto isso, a voz de Davi chega até nós, choramingando.

— Não ri de mim...

Depois dessa, ao menos tento rir mais baixo.

Teseu volta para o banheiro a fim de se aventurar na situação que para mim é um tanto cômica, e noto a luz do meu celular se acender com uma ligação.

Corro para atender e, quando o pego na mão, vejo o número da Pic--Pega. Atendo, sem imaginar por que estariam me ligando de lá.

— Alô...

— *Lívia, é a Bianca. Tá sentada?*

— Quê? Não, tô de pé — respondo, terminando de me levantar do chão. — Por quê?

— *Adivinha quem está aqui te procurando?*

Sento-me na cama, porque meu coração dispara em uma velocidade surreal e sinto que, caso não me sentasse, iria cair ali mesmo.

— Nem brinca com uma coisa dessas, Bianca. É sério?

— *É... Eu não posso usar o telefone, então corre pra cá agora mesmo.*

Encerro a ligação e percebo minhas mãos tremendo, meus olhos já estão cheios d'água e sinto uma emoção que mal posso descrever. É ele. Depois de dezesseis anos o Jonas finalmente apareceu. Ele me encontrou.

Teseu sai do banheiro com Davi nos braços. Os dois estão sorrindo. No entanto, quando me vê, o riso dele desaparece.

— O que aconteceu?

Como posso dizer isso a ele? Principalmente depois do que falei sobre esperar por Jonas. Teseu jamais entenderia, não sem conhecer todas as implicações da nossa história.

— Eu preciso sair. É meio urgente. Será que você se importa se eu pedir pra Renata olhar os dois? Prometo que não vou demorar.

— Tudo bem, eu posso... Posso ir para o escritório mais tarde.

Isso me lembra que, se ele sair agora, vamos os dois para a empresa e isso vai ser bem esquisito. Como se não bastassem todas as coisas que inventei para acobertar minha intromissão na adoção das crianças. Não gosto de mentiras.

— Na verdade, preciso ir à Pic-Pega.

— Você precisa ir à empresa, urgente? — A expressão dele, de pura confusão, me destrói.

— É que tem alguém procurando por mim. É importante.

Vejo quando a compreensão chega até ele e suas feições se fecham completamente. Com poucas palavras, destruí em segundos todos os avanços que tivemos até aqui.

Eu me sinto mal, mas não posso evitar. Por mais que tenha admitido para mim mesma que estou apaixonada por Teseu, isso não muda o que Jonas representa para mim, e não posso deixar de ir.

— Entendo. Pode ir. Eu fico aqui. Tenho que resolver algumas coisas com o Ares, e ele ainda não chegou.

— Desde ontem?

— Ele acabou dando plantão no hospital. Você precisa de ajuda? — pergunta, mas posso ver como isso o incomoda. — Não parece muito bem.

— Não, é só... uma coisa...

Pelo modo como me olha, é óbvio que Teseu não ficou feliz com minha recusa ou por não dar detalhes do que houve, mas ele não insiste.

Troco de roupa o mais rápido que posso, sem me preocupar muito com o que estou usando, e calço um par de tênis. Pego minha bolsa e corro para fora de casa, como se Jonas fosse desaparecer a qualquer instante.

Tiro o carro da garagem e dirijo o mais rápido possível, sem bater ou atropelar ninguém.

Quando estaciono em frente à Pic-Pega, confiro minha imagem no espelho pela primeira vez e entro na loja sentindo um misto de emoções. Estou ansiosa, curiosa e comovida. Ao mesmo tempo sinto receio de que não tenha sobrado nada do Jonas que conheci e que ele seja hoje alguém completamente diferente.

Avisto Bianca no meio de um corredor, e ela praticamente sai correndo ao me ver.

— Ah, que bom que você chegou! Eu já não sabia mais como mantê-lo aqui.

— Onde ele está?

— Lá nos fundos. Ele chegou te procurando, e eu corri pra te ligar. — Bianca coloca a mão sobre o peito, emocionada. — Nem acredito que vão viver essa história, amiga. Eu vou tirar uma foto do reencontro, escondidinha ali...

Abro um sorriso, sem coragem de destruir os sonhos dela. A verdade é que, enquanto esperava por Jonas, Teseu me encontrou.

Bianca me leva pela mão até o fundo da loja e aponta com o queixo, discretamente, para um rapaz de cabelos compridos e muito cacheados. Franzo o cenho, analisando a imagem à minha frente e comparando minhas lembranças.

— Tem certeza?

— Ah, amiga, tem dezesseis anos, né? Não esperava que ele fosse estar igual.

— Não, mas...

Ouvindo nossas vozes, o homem se vira e abre um sorriso.

Meu coração salta no peito.

Teseu

Não sei descrever o que estou sentindo, ao menos não com exatidão. Sinto raiva, estou desapontado, frustrado e enciumado.

Inferno, não sei por que me mantive ileso de sentimentos por tanto tempo para me deixar fisgar justamente por alguém que já ama outra pessoa.

Tudo bem que a ideia do casual partiu de mim, que nunca planejei um relacionamento. Mas Lívia entrou no meu organismo de repente e não consigo me ver livre dela. O problema é que ela deixou muito claro que esperava por alguém. Merda, ela planejava *se guardar* para essa pessoa. Mas pensei que...

Não sei direito o que pensei. Com certeza não me imaginava no papel ridículo de dormir de conchinha e presenciar a correria desesperada dela para encontrar outro homem.

— Porra...

— O que é *rorra*? — Davi pergunta, inocente, e me repreendo por dizer essas coisas na frente dele.

— É... *Aloha*, é um cumprimento. O mesmo que dizer tchau...

— *Aloha*, papai!

— *Aloha* — respondo, aliviado em me ver livre dessa.

— Papai... A *zenti* pode dançar?

Olho para o pequeno, assustado, como se estivesse nascendo um chifre no meio da testa dele.

— Dançar? Eu... Isso é mais com a tia Lívia.

— Mas ela saiu. Ela sempre faz a dancinha da *itólia*...

Sorrio, ao me lembrar da tal dança que já tive o prazer de presenciar. Logo em seguida me lembro que estou com raiva dela.

— É verdade, faz mesmo. Mas eu não sei.

— Eu te ensino — diz o pequeno.

Davi se remexe todo e me faz colocá-lo no chão e então para à minha frente.

— Ó... *Pimero* você faz assim. Soco, soco, soco *pá fenti*...

O garoto começa a imitar a dança que já vi Lívia fazer antes. Ele faz tão bonitinho que quase consigo visualizar os dois juntos assim, e ela ensinando a tal coreografia.

Enquanto o assisto, tento ignorar e escapar dessa, então digito o número de Ares. Apesar de demorar um pouco, ele atende a chamada com a voz tranquila.

— E aí?

— Você disse que ia ligar.

— Mandei uma mensagem avisando que ia ficar aqui. É que chegou uma emergência no hospital. Fiquei acordado a noite toda em cirurgia. Vou passar lá daqui a pouco.

— Acho que vou com você.

— E por que mudou de ideia? Não é melhor ficar fora disso?

— Não é uma teoria nem uma possibilidade, certo? Realmente é ela quem estamos procurando. Então tudo bem se eu me mostrar.

— Mas ontem você disse...

— Eu sei, mudei de ideia. — Não posso admitir que, se ficar em casa, vou enlouquecer pensando no encontro da Lívia com o babaca.

— Então vem pra cá. Eu te encontro na porta do hospital...

Encerro a chamada e me deparo com os olhinhos de Davi bem abertos à minha frente, enquanto os braços estão cruzados e a testa franzida.

— Que foi?

— Você não viu e não *fazeu* a dança.

— Não *fazeu*... certo. Filho, eu não sei mesmo.
— Mas eu já ensinei. *Pimero* levanta o pé.
— Primeiro não era soco, soco, soco?
— Confundi. *Pimero* levanta o pé e gira, depois o soco.

Obrigado pela carinha de bravo dele, decido fazer parte da tal dança e, enquanto desfiro três socos no ar, arranco de Davi uma risada que faz tudo valer a pena. Que ninguém nunca descubra ao que me sujeitei.

Depois dessa situação constrangedora, saio carregando Davi no colo até a sala, onde Martina já está na cadeirinha, vendo desenho — se é que ela assiste —, e meu avô está ouvindo uma história engraçada de Andrezza.

— Será que você pode ficar com as crianças pra mim por umas duas horas? — peço a ela, já oferecendo Davi no ar. — Talvez a Lívia volte antes disso.

— Claro, senhor Demetriou. Eles são uns anjinhos, não é, Davi?

O pequeno concorda e, quando ela o pega no colo, estala um beijo na bochecha da moça.

— Vou encontrar o Ares, vô. Resolver aquilo...

— Sobre isso, Teseu... Você pensou na possibilidade de estar procurando por alguém que já estava aqui?

Ele e seus enigmas... Mas dessa vez sei bem que se refere à Lívia.

— É só uma coincidência.

— Tem certeza? Ela me contou umas coisas, e fiquei pensando...

— Seria ótimo, Hélio. Mas acha que não cogitei a possibilidade? Quando eu voltar conversamos melhor.

Dirijo até o hospital, onde Ares já me espera do lado de fora. Ele entra no seu carro e dirige com destino ao endereço que conseguiu, enquanto o sigo de perto.

Levamos quase uma hora para chegar. A casa da garota fica do outro lado da cidade, em um bairro pobre. Quando estacionamos diante do portão, um rapaz pouco mais novo que eu aparece na janela, sondando.

— Viemos falar com a moça que mora aqui. Ela está?

Ele olha, descarado, de Ares para mim, e depois para os carros.

— Ela é minha namorada — responde, nos olhando com desconfiança.

— É sobre a irmã dela.

— Entendi. — Ele parece aliviado. — Mas estou sozinho em casa, ela saiu pro trabalho, só volta às seis...

Olho no relógio me dando conta de que passa pouco das dez da manhã.

— Voltamos à tarde, então — Ares começa a dizer, mas tenho outra ideia.

Eu me aproximo da janela e ofereço um cartão meu ao rapaz.

— Pode pedir pra ela me procurar? É importante.

— Teseu Demetriou? Dos brinquedos? — O rapaz analisa o cartão, curioso.

— Isso — concordo. Já estou acostumado com a pergunta.

Então ele parece entender a situação, ainda que seja impossível.

— E é sobre a irmã dela, você disse?

— Sim. Você pode dar o recado?

— Claro que posso. Vou avisar.

E agora nos resta torcer para que ele realmente dê o recado e que ela venha o mais rápido possível.

26

Lívia

Meu coração acelerou com o tamanho da decepção, claro.

Não é Jonas que está de pé na minha frente, mas eu conheço esse rosto de algum lugar. Um lugar bem mais recente...

— Lívia Santos Paiva? — ele pergunta, jogando os cabelos para trás.

— Sim, quem é você?

— Ele é o Jonas! Eu disse — Bianca se intromete no assunto, percebendo que não é o clima que ela esperava.

— *Jonatas*, moça — corrige o rapaz. — Fui eu quem tirou suas fotos na formatura ano passado e hoje vim te mostrar. Ver se, quem sabe, você quer comprar algumas e montar um álbum.

Desvio os olhos para Bianca, que não tem nem coragem de me encarar.

— Desculpa, Lívia... Eu juro que entendi que o nome era Jonas quando ele entrou, e aí... Quando vi, já tinha te ligado.

— Acho que a culpa é minha por criar em você a expectativa que eu tinha por uma coisa que não vai acontecer— tranquilizo.

Olho dela para o rapaz e suspiro profundamente.

— Jonatas, pode me enviar por e-mail as imagens pra que eu escolha? Quero algumas fotos, sim.

Ele concorda, satisfeito.

— Uma dúvida: como foi que descobriu que eu trabalhava aqui?

— Eu fui até o endereço que estava salvo no seu contato, e uma moça me disse que você agora trabalhava para o dono da Pic-Pega.

— Claro...

Depois de passar meu e-mail para o fotógrafo, volto para casa me sentindo derrotada. Criei uma tensão desnecessária com Teseu sem o menor motivo, simplesmente por esconder coisas idiotas.

E logo agora que ele parece disposto a algo além do casual, logo quando estamos indo tão bem.

— Voltei — anuncio ao entrar em casa.

A princípio não encontro ninguém, e ainda está cedo para que Renata e Andrezza tenham ido embora. Não levei nem uma hora nesse vai e vem, então saio procurando de cômodo em cômodo, mas não estão na cozinha e também não tem ninguém na sala.

Se bem conheço Teseu, como teve que ficar em casa, deve ter ido trabalhar no escritório. Caminho até lá e encontro a porta fechada. Então me preparo mentalmente para uma conversa complicada, porque já passou da hora de contar a ele sobre a adoção das crianças e meu papel nisso tudo.

Uma relação baseada em mentiras está fadada ao fracasso. Se eu me abrir e me arriscar agora, pode ser que ele também se entregue mais ao que estamos construindo.

Abro a porta, mas não o vejo em sua cadeira.

— Teseu? — Entro, chamando por ele.

Sigo até o banheiro e bato na porta, mas não ouço resposta.

Talvez esteja no quarto...

No entanto, quando faço meu caminho de volta para fora do escritório, passo ao lado da mesa dele e uma pasta preta sobre ela me chama a atenção. Simplesmente porque tem meu nome escrito em letras grandes.

Lívia Lima de Oliveira.

Não Lívia Santos Paiva, como sou conhecida desde os oito anos de idade, quando fui adotada. Mas Livia Lima de Oliveira, meu nome de batismo.

Sinto o sangue fugir do meu rosto enquanto tento entender o que isso significa e abro a pasta, notando o tremor nas minhas mãos. A primeira visão que tenho é uma foto que mostra Bruna, sorridente. Mas em todas as outras...

Existem fotos minhas desde os quatro anos, em todos os ângulos possíveis. Em algumas estou com Otávio, e em uma delas com dona Beth. Passo as imagens, apressada, enquanto meus olhos se enchem de lágrimas. Que tipo de brincadeira é essa?

Uma folha branca cai no chão, e me abaixo para pegar com os olhos turvos.

Isso é... meu histórico escolar? Coloco-o junto às outras coisas e continuo remexendo, ainda que minhas pernas pareçam prestes a ceder. Encontro uma carteira de vacinação antiga, no meu nome, e uma foto em que estão todas as crianças do abrigo, incluindo Otávio, Jonas e eu. A foto mais recente é de quando eu ainda tinha uns dez anos e venci uma competição na olimpíada da escola; estou segurando um certificado.

Há uma outra, bem mais antiga, e nela estou de mãos dadas com Tato e nossa avó está de pé atrás de nós, antes de sermos enviados ao lar.

Parece uma pesquisa. Por algum motivo que não consigo compreender, Teseu pesquisou toda a minha vida, desde a infância. Ele sabe sobre o abrigo, sobre o Otávio, e fingiu que não tinha nem ideia esse tempo todo.

Por que ele faria isso?

O que Teseu pretendia quando me ofereceu esse emprego?

As lágrimas caem enquanto me dou conta de que me apaixonei por uma pessoa, mas não sei se ela existe. Não faço ideia de quem seja Teseu, e talvez, desde o momento em que nos conhecemos, tudo tenha sido parte de um plano doentio.

Olhando assim, o emprego me pareceu mesmo muito absurdo desde o início. A maneira como ele me contratou para a Pic-Pega, o trabalho na casa dele, aquela doação absurda para o orfanato.

Deixo o carro, ignoro minhas roupas e meus pertences e, sem me despedir de ninguém, saio correndo da casa para a rua, levando apenas minha bolsa comigo. Preciso pensar, colocar a cabeça no lugar e tentar entender tudo isso.

Lembro dos rostinhos das crianças, Davi e Martina, e meu coração se aperta. Fiz o possível para dar a eles uma família como merecem, mas talvez tenha errado feio nessa e não faço a menor ideia do que poderia fazer para consertar a situação.

Saio do condomínio sem rumo. Se eu voltar para o orfanato, Teseu vai me achar; se for até a casa da Bruna, provavelmente vai acontecer o mesmo.

Então disco o número de Bianca sem pensar duas vezes. É a única amiga que me restou e que está fora dessa situação toda, ainda que trabalhe na empresa.

— *Oi, amiga. Está tudo bem? Fiquei preocupada depois que saiu...* — A voz dela do outro lado da ligação me alcança.

— Bianca, eu sei que vai parecer estranho, mas será que posso ficar na sua casa por uns dias?

— *Na minha casa? Claro que pode, mas o que houve?*

Teseu

— Onde estão todos? — Entro na casa, e a única pessoa que vejo é Renata, que está limpando a cozinha.

— A Andrezza está com as crianças, e o seu Hélio foi tirar um cochilo.

— Lívia não voltou?

— Não sei... — Ela me olha de um modo estranho, parando de esfregar a mesa por um momento. — Quer dizer, eu achei que tinha ouvido ela chegar e o carro realmente está aí na porta, mas ela não está em parte alguma.

— Como assim?

— Olhei na casa toda já. O menino não para de chamar por ela...

— Davi?

— É, mas não a encontrei.

Olho para os lados, como se ela fosse aparecer de repente.

— Você olhou... no meu quarto?

Renata abre os olhos, assustada, e chega a engasgar, mesmo sem ter colocado nada na boca.

— Não, senhor. Ela não iria lá. Também não olhei no escritório...

— Vou ligar pra Lívia.

Apesar de dizer isso, não é a primeira coisa que faço. Antes de dar o braço a torcer e discar o número dela, usando a desculpa de que estou fazendo isso apenas por Davi, decido verificar o escritório e o quarto.

Subo as escadas, apressado, mas não a encontro no meu quarto. Então desço as escadas e sigo para o escritório, mas também não há sinal dela.

— Senhor Demetriou — Renata chama quando começo a digitar uma mensagem —, o seu amigo está aqui. O doutor Thiago.

Guardo o telefone no bolso outra vez.

— É mesmo? Faz dias que o desgraçado não aparece.

— Ele está na sala de visitas, mas ficou me dizendo que agora podia entrar e que não ia aceitar retrocesso. Não entendi muito bem...

Thiago e suas ceninhas.

— Você não soube que ele veio jantar outro dia? Agora ele acha que tem passe livre — comento. — Pode trazer ele aqui, no escritório.

Sento-me na poltrona atrás da minha mesa, onde avisto a pasta com minha pesquisa. Provavelmente Ares guardou as novas informações nela e esqueceu de devolver ao lugar. Guardo-a na gaveta, antes que Thiago entre e comece a perguntar a respeito.

— E aí, tesão? — Ele passa pela porta e de longe vejo os olhos esbugalhados de Renata, assustada com o linguajar. — Pensei que não fosse me convidar de novo.

— Não convidei. Você apareceu ainda assim — informo.

— Ah, mas me deixou entrar. Olha como avançamos... — Thiago olha ao redor, observando meu escritório, que está vendo pela primeira vez. — Gostei desse lugar. Então é aqui que você se enfia quando trabalha em casa.

— Exatamente aqui. Senta aí. — Indico a poltrona à minha frente.

— Sabe o que falta pra ficar bonito de verdade?

Acompanho seu olhar, tentando entender a que ele se refere. Meu escritório é todo em cores neutras, mas tudo nele é elegante e sofisticado.

— Não.

— A babá, Lívia. Cadê ela?

Estreito os olhos, percebendo a provocação implícita.

— Vai começar? Vou te colocar pra fora, agora. Pode ir.

Ele abre um sorriso convencido.

— Eu sabia que não estava vendo coisa onde não tinha. — Ele bate palmas para si mesmo. — Você sabe: como juiz, sempre percebo quando tem algo que não estão me contando, e tem coisa nessa história.

Balanço a cabeça, concordando.

— Tem muita coisa que você não sabe sobre mim. Essa é a menor delas.

— Então eu estou certo. Você tem ciúmes da babá.

— Para de chamar ela assim, Thiago. O nome dela é Lívia. E o que eu sinto é irrelevante na nossa conversa aqui.

— Sente? — O maldito se inclina, aproximando mais o rosto da minha mesa. — Hum, então você *sente* alguma coisa. Que interessante, e eu pensando que era só um lance...

Ele coça o queixo, tentando aparentar casualidade.

— Isso quer dizer que não posso investir, né? — Suspira, com um pesar fingido. — Tudo bem, a vida é assim.

— É isso mesmo que quer dizer. Deixe a Lívia em paz.

— E cadê as crianças? Davi já espalhou aquelas melecas pela casa toda?

Abro um sorriso, me lembrando da bagunça que o pequeno fez no sofá da sala.

— Você fez de propósito, porque era óbvio que ele ia fazer sujeira. Eles estão na outra sala, com a moça que trabalha aqui, a Andrezza.

— E cadê a Lívia?

— É uma ótima pergunta. Já era pra ela ter chegado. Me dá licença um minuto que preciso tentar falar com ela.

Disco o número de Lívia, finalmente cedendo, e espero que me atenda, mas a ligação não completa. Tento mais uma vez, sob os olhos atentos de Thiago, mas ninguém atende.

— Ela não está atendendo...

— Problemas no paraíso? Rápido assim?

— Não estamos com problemas. Ela saiu pra... — Pensando bem, talvez seja um problema. — Não sei...

— Não sabe aonde ela foi ou não sabe se é um problema?

— Sei aonde ela foi. Mas Lívia saiu de carro; o carro já está aí fora, e ela não.

— Isso não é esquisito? Com quem ela saiu? — Ele estreita os olhos, desconfiando de alguma coisa.

Fecho a cara e ignoro a pergunta, já que não é algo que eu queira responder. Mas infelizmente Thiago tem um faro infalível.

— Ah, não. Ela saiu com outro cara? Como assim, Teseu? Você deve ter feito alguma merda.

Eu me calo, ponderando entre negar e assumir a situação. Sempre fui ótimo em manter minha vida pessoal em segredo, mas dessa vez, assim como tudo que envolve Lívia, as coisas estão diferentes.

— Não fiz nada. Estava tudo bem — admito, tentando entender. — Ela não disse que era outro cara, eu só imaginei. É alguém que ela conhece tem muito tempo, mas que não vê há anos. Uma besteira; logo ela volta — completo, tentando convencer mais a mim mesmo do que ao Thiago.

— Talvez não. Se ela deixou o carro aí e saiu com ele e agora não atende, tudo leva a um único destino.

Isso chama minha atenção; talvez ele tenha entendido algo que ainda não consegui perceber.

— Que destino?

— Motel, claro.

Em vez de brigar, me levanto e caminho até o aparador, no canto. Abro uma garrafa de uísque e sirvo em dois copos com gelo.

— Cala a boca, idiota — respondo, entregando a bebida a ele. — A Lívia não é assim. Não ia pra um motel com um cara que acabou de conhecer.

Afirmo, mais uma vez tentando me consolar.

Thiago bebe com uma careta.

— Por que você insiste em me dar essas coisas? Não tem cerveja nessa casa?

Tomo o copo da mão dele, e viro o conteúdo com um único gole.

— Tá certo, fica com a garrafa de uma vez — ele responde, ao me ver fazer o mesmo com a minha dose. — Você disse que se conhecem desde a infância.

— Disse, mas não se veem desde então. — Volto para minha cadeira, mas sigo seu conselho e realmente levo a garrafa comigo.

— E você não acha que seja algo sério. Nem mesmo está preocupado, pelo que posso ver...

A ironia em sua voz me faz encher o copo outra vez.

— Thiago, eu gosto de uísque. Não tem nada a ver com a Lívia ter saído com esse cara.

— Claro que não, e também não tem ciúmes.

— Não, eu me garanto.

Ele ri, o filho da puta.

— Garante, sim. Mas sabe que estou achando divertido? Nunca te vi assim. Não achava que fosse o tipo que toma todas pra afogar as mágoas.

— E não sou.

Infelizmente, mesmo depois que Thiago foi embora e que a garrafa de uísque terminou, Lívia não tinha voltado para casa, o que abriu uma brecha para que as hipóteses sugeridas por ele, de que ela estivesse em um motel por aí, ou na casa desse cara, começassem a me incomodar e a parecer possíveis.

Talvez o álcool também tenha alguma participação nos pensamentos nebulosos que começam a surgir. Quando Ares passa pela porta do escritório, sei que já estou levemente alcoolizado.

— Você tá bêbado?

Levemente pode não ser a palavra certa.

— Só bebi um pouco...

— Sua voz tá arrastada — fala, depois ri alto. — E você tá com a calculadora na orelha. — Ele caminha até onde estou, tira a calculadora da minha mão e me oferece o celular.

Só então percebo que realmente troquei os dois. Mas, quando começo a discar o número da Lívia outra vez, Ares me arranca o telefone.

— Melhor não. Vai saber o que você falaria pros outros. Por que tá bebendo? E cadê a Lívia? A Andrezza tem que ir embora.

— A Lívia saiu — falo, com a voz enrolada. — Foi encontrar um antigo amor e não voltou mais.

— Mas que babaca...

— Com certeza, só pode ser um babaca.

— Estou falando de você. Faz o quê? Uns dois meses que você a conhece? Um mês desde que ela veio pra cá de vez? Como é que evitou relacionamentos até agora e foi se apaixonar em um mês?

— Quem disse que estou apaixonado?

— A garrafa vazia.

— Mas você já olhou pra ela? — pergunto, esperando que ele me responda essa.

— Pra garrafa? Estou olhando agora.

— Não. Pra Lívia, idiota. Ela é perfeita, por dentro, por fora, em todos os ângulos. — Faço um quadrado com as mãos e depois um círculo, evidenciando que ela é linda em todas as formas.

Ares continua rindo, se divertindo por alguma razão que não entendo. Não é um momento para risadinhas.

— Ela é uma garota muito legal mesmo e parece gostar de você também. Então por que, em vez de chorar, você não luta por ela? Toma um banho e, quando a Lívia chegar, você fala com ela.

A sugestão parece sensata, por isso faço o que ele diz. Subo e tomo um banho rápido, depois me jogo na cama, esperando que ela volte e tentando o celular de vez em quando.

Lá pela décima vez, eu acho, acabo adormecendo.

Lívia

— Vai me contar o que aconteceu ou esse mistério é de propósito?

Estou sentada no sofá da casa de Bianca, um apartamento pequeno e aconchegante do outro lado da cidade.

— Olha, eu não devia, mas estou assustada...

Olho para os lados, me certificando de que não tem ninguém por perto.

— Meu pai está trabalhando; ele é vigia noturno. Só chega de manhã — explica, percebendo minha análise. — Desembucha, Lívia!

— Tá, é que eu fui no escritório falar com o Teseu...

— "Senhor Demetriou" não existe mais, pelo visto. — Suas sobrancelhas se erguem enquanto ela se senta ao meu lado.

— Pois é — admito. — Lembra como foi esquisito o modo como ele me deu o emprego? E a sugestão pra eu ir pra casa dele também foi surreal, um salário exorbitante.

— Lembro, mas e daí? Ele faz essas coisas mesmo, já te contei.

— Daí que ele se aproximou de mim e eu dele. Mas hoje entrei no escritório e encontrei uma pasta em cima da mesa, cheia de fotos minhas de quando era criança... — Mal consigo falar antes que minha voz falhe novamente e o choro venha. — Foi assustador, mas o pior foi a decepção. Eu achei que ele... não sei... sentisse alguma coisa por mim, mas não um tipo de obsessão doentia.

— Espera, amiga. "Vocês se aproximaram" quer dizer o quê? Você transou com o chefe, Lívia? E você gosta do patrão? Tipo, amor? — Bianca sobe no sofá, a voz estridente enquanto praticamente grita suas perguntas.

— Amor? — A palavra fica martelando na minha cabeça, mas não tenho uma resposta de imediato. — Não sei. Eu me apaixonei por ele, mas agora acho que ele é louco. Nem sei se me apaixonei por alguém real ou se Teseu me mostrou o que queria pra que eu gostasse dele.

— Então transou?

Desvio os olhos para a janela, porque estou constrangida em falar sobre isso, mas já cheguei até aqui, então continuo:

— Foi...

— Meu Deus! Isso é... Eu não sei nem o que dizer. Ele é mal-humorado, mas é lindo de morrer, né?

Volto a encarar Bianca, porque ela obviamente está se desviando do problema.

— Bianca, a questão não é a beleza dele, que é indiscutível, mas a pasta com as fotos.

Ela cobre a boca, percebendo a falha.

— Desculpa, me distraí. Olha, isso parece aqueles casos de investigação de crimes passionais. Eu já vi muitos. Você pensa que o cara é o príncipe encantado e que a mocinha foi assassinada por algum bandido e, quando vai ver, foi o príncipe que queria a apólice do seguro.

— Você tá me assustando mais, Bianca. E eu não tenho apólice nem nada que ele fosse querer.

— Eu não entendo. Ele é um cara decente, certo? — ela pergunta, talvez mais para si mesma. — Ajuda os outros, faz caridade, dá emprego a quem precisa.

— Exatamente. O que ele poderia querer comigo?

— Não faço a menor ideia.

Meu celular toca de novo em cima da mesa. Pela contagem que aparece na tela, já é a ligação de número trinta e dois.

— Atende pra mim — peço, empurrando o celular para Bianca. — Diz que tive um problema familiar e vou dormir fora e que amanhã volto pra casa.

— Mas você não vai voltar, vai?

— Vou pegar minhas coisas quando ele estiver na empresa, acho. Estou preocupada em deixar as crianças...

Bianca atende a ligação, e eu junto as mãos, rezando pra que ele não reconheça a voz dela.

— Alô... — Ela coloca no viva voz.

— Lili, onde você tá?

Meu coração se aperta ao ouvir a voz dele. Precisava me chamar de Lili? Isso é jogo muito baixo.

— Eu, hum... Ela teve um imprevisto familiar e vai ter que dormir fora. Amanhã ela volta pra casa — Bianca dispara.

— Lili? — ele insiste. A voz parece arrastada, enrolada, e eu a sinto como um soco na boca do estômago. — Por que você tá fazendo isso? Vai ficar com esse cara?

Bianca gesticula com os lábios, me perguntando que cara é esse de quem ele está falando.

— Eu pensei que a gente tivesse alguma coisa... — A voz dele continua.

— Desliga — peço a ela, sussurrando. Antes que eu acabe cedendo e falando com ele.

Dói ver que ele está chateado e pensa que estou com Jonas, mas a dor maior que sinto é a de perceber que fui enganada por algum motivo que não entendo.

Bianca desliga o celular e o coloca outra vez sobre a mesa.

— Do que ele estava falando? Do Jonas?

Confirmo com a cabeça, porque essa parte é bem óbvia.

— Você notou que ele bebeu, né? — ela pergunta com o cenho franzido. — Isso tudo é muito bizarro.

— O quê?

— Você gosta dele, e ele tem alguma obsessão doentia por você. Agora, o chefe que mal fala com os funcionários nem decora nossos nomes está tomando todas porque pensa que você saiu com outro cara... Além disso, é óbvio que qualquer mulher iria querer o cara, então descobrimos finalmente o motivo de ele estar solteiro.

— Porque ele bebe?

— Não. Ele é um maníaco perseguidor.

— É tudo esquisito... — Não nego, mas o termo maníaco me incomoda. — Ele não parece ser assim. Além disso, tem o Ares e o seu Hélio; eles são uma família normal.

— Nunca sentiu que estavam escondendo alguma coisa?

— Isso não. Teseu é misterioso. Não dá muitos detalhes da vida dele, e um ou outro fato me deixaram com a pulga atrás da orelha. Mas nunca pensei em algo nesse sentido.

— E por que não ficou lá e perguntou? Pode ter alguma razão pra tudo isso. Já ouvi dizer que ele é muito cauteloso com quem entra naquela casa. Pode ter te investigado antes de oferecer o emprego.

— Você está me deixando confusa. Acha que ele é um maníaco ou que só é sistemático demais com quem emprega?

— Eu não sei a verdade, mas ele é um empresário muito rico. Tem família, adotou as crianças... Não combina muito com a imagem de perseguidor que eu tenho em mente.

— Acha que eu devia ter falado com ele?

— Talvez...

27

Teseu

Abro os olhos, ou pelo menos tento. Eles parecem ter sido pregados com cola ou que alguém colocou um peso sobre eles, para dificultar o simples ato de erguer as pálpebras.

Estou deitado na minha cama, ainda usando os sapatos da noite anterior, mas ao menos me lembrei de retirar a camisa.

— Mas que droga! — Tento me sentar, e meu corpo todo dói. Minha cabeça parece prestes a estourar, e pontadas nada suaves estalam em meu crânio.

Percebo um movimento à minha frente e finalmente abro os olhos, encontrando Ares, que me encara com reprovação.

— Se chama ressaca, não lembra mais? Tem anos desde a última vez que te vi assim.

E aí está meu irmão amado, o tipo de pessoa que tripudia do sofrimento dos outros. Ele pode parecer um anjo para os pacientes e os desconhecidos, mas não é sempre que pega leve comigo.

— Merda. Por que me deixou beber tanto, Ares?

Ele está de pé diante de mim, os braços cruzados, e agora ostenta um risinho cínico nos lábios.

— E alguém *deixa* Teseu Demetriou fazer alguma coisa? Quando o juiz foi embora, você já tinha virado quase toda a garrafa. Como o estrago já tinha sido feito, achei melhor te deixar sofrer em paz.

Nego com um gesto, mas o movimento me faz sentir uma náusea horrível.

— Eu não estava...

— Bebendo porque a Lívia não voltou pra casa? Porque pareceu muito que era isso.

Raciocino por um instante, tentando coordenar meus pensamentos. Ela não voltou, passou a noite fora, e eu liguei, uma ou duas vezes.

— Não. Eu não...

— Não bebeu porque ela dormiu em algum lugar que não sabe? Talvez com outro cara, e pra piorar não atendeu o telefone?

— Ela não atendeu, idiota. Mas alguém... — Tento me lembrar de tudo, mas a dor na cabeça é tão forte que fica difícil me concentrar. — Uma outra pessoa atendeu.

— Era ele? — Ares franze o cenho, finalmente parecendo preocupado. — Eu estava brincando, não pensei que a Lívia fosse sair...

— Não — interrompo. — Era uma mulher.

Ares então se senta na beirada da cama. A expressão é de alívio, e isso faz com que eu me sinta melhor — saber que, apesar das brincadeiras, Ares é meu parceiro, meu amigo para a vida toda.

— Menos mau. Ela dormiu na casa de uma amiga, então — diz, tentando melhorar a situação.

— Por que ela não iria querer falar comigo? E não voltou nem pelas crianças. Não faz o estilo dela.

Ares concorda, tão confuso quanto eu.

— Não faz mesmo, ela é responsável. Que merda você fez?

— Eu não tenho a menor ideia — falo alto, e minha própria voz entra pelos meus ouvidos, fazendo minha cabeça doer ainda mais. — Estava tudo indo bem... — Diminuo a voz para um sussurro: — Aí alguém ligou, e ela saiu pra encontrar essa pessoa, que na minha cabeça era um cara.

— Olha, não querendo encher a sua bola, mas por que a Lívia iria trocar você por um cara qualquer que ela não vê há anos? A menos que...

— Que o quê?

— Você não definiu a relação, Teseu. — Ele suspira, como se eu fosse um babaca. — Ficaram juntos, tiveram um encontro e eu bem vi quando você escapou pro quarto dela no meio da noite. Mas a Lívia não parece o tipo de garota que curte essas coisas casuais, então talvez tenha pensado que você nunca fosse levar isso adiante. O amor do passado deve ser alguém que é mais seguro, e você só ofereceu um caso...

— Eu não sou um caso! — Elevo a voz outra vez. Má ideia, porque o latejar insistente só piora.

Ares ergue as mãos em um gesto que indica rendição.

— Certo. — Abaixando os braços, ele pega alguma coisa no bolso e me estende, junto com um copo d'água que estava sobre a cabeceira da cama.

— Estava com isso aí esse tempo todo?

Vejo o dar de ombros dele como uma afronta, ou seja, Ares adora me torturar.

— Imaginei que fosse precisar de um analgésico. Mas vamos ao que interessa: se você não é um caso — insiste ele —, então o que você quer de verdade com ela, Teseu? Porque, olha, vamos ter um momento de reflexão aqui.

— Vai começar...

— Vamos recapitular sua vida. Quantas namoradas você teve? — Ares pergunta, ignorando meus protestos.

— Nenhuma.

— Isso. Nessa idade e nenhuma namorada. Por quê?

— Por falta de tempo e muita ambição. — Coloco o comprimido na língua e viro a água por cima, para engolir.

O gosto amargo arranha minha garganta, mas a água é como um alívio bem-vindo.

— E o que mudou? Não responda no automático, pense um pouco — Ares instrui.

— Eu sei lá o que mudou. Eu gosto dela — confesso. — E tenho as crianças também. Acho que minhas prioridades estão mudando... — admito, agora pensando melhor. — Desde que a Lívia apareceu na empresa, não sei exatamente a partir de quando, deixei de pensar tanto na Pic-Pega e passei a focar mais nas crianças, a princípio, e nela, depois. Tudo aconteceu meio misturado, a contratação dela e a adoção, depois meu envolvimento com ela... Agora o ano está passando e provavelmente não vou atingir a marca das cem lojas antes do fim, o que era meu objetivo profissional para este ano, mas não estou me importando.

Isso faz com que Ares se volte para mim, assustado.

— Você tá falando sério? Porque, se estiver, você não só gosta dela, mas tá muito lascado.

— E por quê?

— Desde que nos conhecemos, você vive por essa vida que conquistou a duras penas, Teseu. A empresa, a Pic-Pega... Nunca te vi falar em alguma mulher com esse carinho, a não ser na outra garota. Mas aí é uma situação diferente.

— Eu sei... Acha que pode ter alguma coisa a ver com isso?

— Com o quê?

— O nome. Porque é estranho que eu vá me apaixonar justamente por uma mulher chamada Lívia. Talvez seja meu subconsciente me culpando por alguma coisa.

— Isso não faz o menor sentido, e achei que já tínhamos chegado a um entendimento de que você não tem culpa de nada. Se o papai te ouvir falando assim...

— Eu sei, Ares. É que... Porra, tô fodido mesmo.

— Entendeu, não é?

— Como isso foi acontecer? Eu... — A verdade cai sobre mim como uma dose enorme de adrenalina, me tirando do torpor causado pela ressaca. — Eu amo alguém além de vocês. Para ser mais exato, eu amo três pessoas, além de você e do Hélio. Eles chegaram assim, do nada, e eu nem vi minha resistência ir embora.

— O amor é assim mesmo. Sabe quando perguntam por que uma pessoa ama a outra? Se você encontrar uma resposta lógica, então não é amor.

— Como assim? — Estreito os olhos tentando acompanhar o raciocínio, mas me sinto como uma criança aprendendo uma equação bem complicada.

Amar é uma equação sem resposta exata.

— Alguns respondem que amam porque a pessoa os faz rir, outros dizem que amam o sorriso ou o toque... Isso não é amor, ao menos não é só isso. Se é amor, não tem que haver um porquê; você ama o todo, simplesmente ama, e não precisa de justificativas ou razões misteriosas.

— E quando é que ficou tão entendido sobre o amor?

— Eu acho que é simples. São as teorias que aprendi com o papai e com a vida. A prática é outra história...

— Senhor Demetriou — ouvimos a voz de Renata antes mesmo das batidas na porta —, o senhor está aí?

— Pode entrar, Renata — responde Ares, sem se preocupar com meu estado debilitado pela ressaca e pelas conclusões recentes.

— Oi — ela coloca apenas a cabeça para dentro do quarto —, tem uma moça aí. É a irmã da Lívia que veio outro dia...

— Disse a ela que a Lívia não está? — Ares pergunta. — Ela não veio pegar as coisas da Lívia, né?

— Pegar? Não... Ela disse que quer falar com o senhor Demetriou. Mas se o senhor não estiver se sentindo bem... — completa, percebendo minha cara de derrotado.

— Não, pode pedir que ela me espere no escritório. Já vou descer.

Renata fecha a porta outra vez, e eu me levanto, determinado a pelo menos melhorar minha aparência. Na primeira vez que nos vimos ela já não gostou de mim, então posso imaginar que, se voltou agora, depois de Lívia sair, essa pode ser minha última oportunidade de causar uma boa impressão. Não quero nem pensar no que ela pode ter dito aos pais delas. Considerando que descobri que quero Lívia na minha vida, isso não é algo bom.

— Vai fazer o quê? — Ares me segue, percebendo meu caminho até o banheiro.

— Lavar o rosto pelo menos. Eu devia tomar um banho, mas deixar a menina esperando não é educado.

— Você parece nervoso. — Ares ri, jogando os cabelos para trás em um gesto irritante.

— É que ela não gosta de mim.

— E por quê?

— Acho que foi só uma impressão ruim. — Abro a torneira e atiro um pouco de água no rosto. Esfrego os olhos e depois seco com a toalha. — Mas talvez dê tempo de consertar, certo?

Escovo os dentes enquanto observo a expressão incrédula do meu irmão no espelho.

— Vou com você. Estou adorando te ver assim, parecendo um adolescente em busca de aprovação. Sabe que com dezoito anos você já era adulto? É uma inversão e tanto.

Abro um sorriso com o comentário.

— Eu me divertia também, fala sério...

— Você fazia tatuagens, Teseu. É ousado, não divertido.

— Mas você adorava ir junto.

— Sempre gostei de ver pessoas com dor, por isso sou médico.

Isso me arranca uma gargalhada.

— O conselho deveria cassar sua licença depois desse comentário horroroso.

— É brincadeira. Mas, no seu caso, eu me divertia mesmo.

Caminho até o closet, troco a camisa amassada por uma limpa e calço um par de sapatos. Depois me viro para Ares, apontando para meu próprio corpo.

— Como estou?

— Algo entre ruim e péssimo, mas melhorou um pouco.

— Então vai ser assim mesmo.

Desço as escadas e sigo para o escritório, ouvindo os passos de Ares logo atrás; o idiota está mesmo decidido a assistir à minha vergonha.

Quando entro no cômodo, encontro a mesma garota do outro dia: os cabelos cacheados na altura do queixo, os olhos castanhos que analisam tudo ao seu redor.

— Bom dia, Bruna. Que surpresa.

Ela desvia os olhos para mim e franze o cenho.

— Surpresa?

— É, a Lívia não está aqui.

— Por falar nisso, sabe aonde ela foi? Tentei ligar e falar com ela, mas ela não me atende.

— Eu não sei bem. — Dou a volta para me sentar atrás da mesa, ficando assim de frente para ela. — Ontem alguém ligou e ela saiu; depois acabou não voltando. Quando liguei, me disseram que ela estava bem e que ia passar aqui mais tarde, mas ainda não entendi o que está acontecendo. — Levo a mão à barba que está crescendo, frustrado. — Na verdade, tinha a esperança de que você pudesse me dizer, que soubesse o que aconteceu.

— Não, eu nem sabia que ela não estava aqui.

— Então veio encontrar com sua irmã? Quer esperar por ela? Pode ficar à vontade.

A garota me encara com os olhos semicerrados.

— Eu não vim falar com ela. Vim porque você pediu.

Isso me deixa confuso, então olho para Ares procurando ajuda, mas ele parece tão perdido quanto eu.

— Desculpe, você disse que *eu* pedi?

Bruna olha para mim e depois para meu irmão.

— É uma brincadeira? Meu namorado disse que foram me ver. Você deixou o cartão e falou que queria que eu viesse, que era sobre a Lívia.

Lentamente as palavras dela começam a penetrar a névoa da minha mente. Só não fazem muito sentido.

— Foi você que ligou? — Ouço a voz dela falando com Ares, enquanto mergulho fundo na situação absurda que parece estar se desenrolando diante dos meus olhos.

— Eu... Você é a irmã da Lívia? — ele pergunta.

— Sou. Já vim aqui antes.

— Não. — Ares tenta formular uma frase coerente, enquanto sinto algo molhado escorrer pelo meu rosto. — Você é irmã da Lívia do Tato? A Lívia do Jonas?

Bruna se levanta de uma vez, os olhos arregalados.

— Como vocês sabem disso? — pergunta, olhando de um para o outro.

— Eu não acho que a Lívia tenha falado sobre isso com vocês.

— Isso não é possível... — Ouço minha voz embargada e sei que estou passando pela maior vergonha da minha vida, mas não consigo evitar. — A Lili foi adotada por uma família. Ela era órfã. E você é irmã da Lívia, não é? De sangue.

— Não somos irmãs de sangue. Ela foi adotada, assim como eu, por uma péssima família por sinal, e nos tornamos como irmãs. O que está acontecendo aqui? Senhor Demetriou... O senhor está chorando? — A voz dela tem uma nota de incredulidade que me parece muito engraçada.

Começo a rir no meio do choro, sem saber mais o que significa a palavra controle.

— Mas ela disse que foi ver a mãe esses dias... — murmuro, porque ainda não consigo entender que isso seja mesmo verdade.

— A mãe? Nós não falamos com aquela idiota. Ela deve ter ido ao orfanato ver a dona Beth.

— A Beth? Ela sabia onde a Lili estava esse tempo todo...

— Claro que sabia. A Lívia voltou pra lá quando fez dezoito anos. Continuou morando no Santa Inês até vir morar aqui.

— Mas que caralho... — Ouço o palavrão de Ares, o que evidencia o choque da coisa toda.

— Você está dizendo que a minha Lívia, que mora nesta casa, é a pequena Lili, irmã do Tato? Por que ela nunca falou dele?

— Ah... Bom, se é sua Lívia, ela é quem vai decidir, não é? — Percebo que ela começa a ficar mais fechada, como se estivesse desconfiada de nós diante de tantas perguntas sem sentido. — Ela não queria que soubesse do abrigo e aí deve ter omitido tudo. Porque... Bom, melhor falar com ela sobre isso.

— Por que ela iria esconder que cresceu em um orfanato? Isso não seria um problema pra mim.

— É que... Eu não posso mesmo falar sobre isso, sinto muito. — Ela morde o canto da unha, parecendo ansiosa. — Na verdade, vocês estão me assustando. Como sabem sobre o Tato e o Jonas, se ela não contou?

Encaro Ares e percebo que seus olhos também estão marejados. Sem explicar nada para Bruna, ele caminha até onde estou, atrás da mesa, devastado; Ares me puxa pelo braço, fazendo com que eu me levante.

— Você conseguiu, irmão — diz, me abraçando forte, e de repente sou um menino outra vez, chorando sem reservas, como se todas as emoções que evitei por tanto tempo viessem à tona, transbordando e alagando tudo.

— Eu a encontrei, Ares. Minha pequena Lili...

Bruna se levanta, mas mal consigo ver sua expressão, meus olhos estão embaçados e tudo que eu vejo agora é o quanto fui cego esse tempo todo.

— Sua Lili? — ela pergunta. — Isso... Quem é você?

Ares ainda me apoia pelo ombro quando me viro para encarar Bruna outra vez.

— Prazer em conhecê-la, Bruna. Eu sou o Jonas.

Lívia
~~

Ficar longe está sendo bem mais difícil do que pensava. Sinto uma falta tremenda das crianças, e não saber como estão, se estão sendo cuidadas direitinho, está acabando comigo.

E me manter afastada de Teseu também me deixou em frangalhos. Chorei a noite toda, sem entender quando foi que as coisas saíram tanto do controle. Como fui me apaixonar por alguém que mal conhecia, sem saber quais eram de fato as suas intenções?

O pai de Bianca chegou pela manhã, pouco antes do horário em que ela sai para o trabalho, então peguei minha bolsa e saí com a minha amiga, indo ao abrigo para falar com dona Beth.

A princípio não era minha intenção, mas precisava de um conselho, e não há pessoa melhor que ela nessas horas.

Eu a encontro no quintal, brincando de roda com as meninas, enquanto Laís coordena o futebol dos garotos. O barulho da reforma continua, indicando que as alterações no lugar estão sendo feitas rapidamente.

— Oi... — eu me anuncio e vejo as crianças correrem ao meu encontro. Algumas já estão aqui há muito tempo, como a Paula e a Daiane; outras chegaram recentemente, mas ainda assim acompanham as mais velhas.

Ofereço um abraço em grupo, como sempre, e vejo a dona Beth se aproximar, esperando até que as crianças terminem de cumprimentar.

— Vão brincar com a Pietra. Vou conversar com a tia Lívia e já volto — avisa, me pegando pela mão em seguida.

— Que bom que voltou! Tenho novidades — ela começa a falar, enquanto me arrasta para a diretoria. — Sabe a Suzi? Foi adotada por uma família linda! Precisava ver o amor que eram os pais, e ela também tem um irmão agora.

— Não acredito! Que coisa boa. Por um tempo tive medo de que não chegasse a vez dela.

— Eu também, mas foi aquela conexão, sabe? Eles ficaram encantados por ela, e ela se apaixonou pela família. Fiquei muito feliz que deu certo.

Dona Beth abre a porta de sua sala e espera que eu entre, para fechá-la em seguida.

— Você voltou rápido... e parece chateada. O que aconteceu?

— Não sei explicar. Eu te falei sobre o Teseu. Depois daquilo, as coisas iam muito bem e estavam progredindo, mas ontem entrei no escritório dele e encontrei umas coisas estranhas que me deixaram assustada.

— Que tipo de coisa?

— Eram fotos minhas, fotos antigas. Parecia que ele tinha pesquisado minha vida toda, Beth! Acha que ele fez isso por causa do emprego? É um pouco detalhista demais, não acha?

— Do emprego? Acho que não. Mas e se ele tiver descoberto sobre as crianças? Seu e-mail anônimo. Talvez seja algo assim.

— Bom, ele pode ter se preocupado, se for o caso. Eu pensaria em todas as possibilidades. Talvez tenha achado que eu quisesse algo em troca do que fiz, ou até que tivesse planos de roubar as crianças, um sequestro... Não sei. Faria sentido ele ter essas fotos nesse caso. Será que pode ser isso?

— Acho provável. Que outra razão teria?

— Não sei. Na hora achei que ele fosse um perseguidor maluco. Sabe como sou ansiosa. Acho que exagerei.

— Com certeza exagerou. Ele é um bom homem.

— É, né?

— Claro que sim. Vocês estavam se dando bem. Você se apaixonou, e dessa vez de verdade. Deixa de ser boba e de imaginar cenários criminosos e conversa com ele. Já consigo ver claramente a família linda que vocês vão ser.

— Nós? — pergunto, mas abro um sorriso com a possibilidade. — Davi e Martina, Teseu... Acho que estamos sonhando muito, indo longe.

— Você merece ser amada, menina. E acho que alguém com um coração como o dele, disposto a fazer tanto por outras pessoas, também merece e, principalmente, merece uma chance de se explicar.

28

Lívia

Meu celular toca, mostrando o número de Bianca na tela. Peço que Beth espere um segundo enquanto falo com ela.

— *Amiga, onde você está?* — Bianca pergunta quando atendo o telefone.

— Vim resolver umas coisas, mas quando você sair do serviço volto pra sua casa...

Ela fica em silêncio por um momento.

— *Então, é que aconteceu uma coisa.*

— O que foi?

— *É o Jonas. Dessa vez é mesmo sério. Ele está aqui na Pic-Pega te esperando.*

Desvio os olhos para dona Beth, que se mantém sentada à minha frente.

— Tem certeza de que é ele, Bianca? Você fez isso e...

— *Eu sei, sei que errei feio, mas agora é mesmo ele. Eu perguntei.*

— Perguntou o nome dele?

— *Perguntei se era o seu Jonas, melhor amigo do seu irmão, e ele disse que sim e que está te esperando.*

— Ah, meu Deus... Eu estou indo, mas... O Teseu está aí?

Bianca fica quieta por um momento e só posso imaginar que esteja verificando.

— *Não, amiga. Só o Jonas.*

Desligo o telefone e encaro dona Beth, que me olha tentando acompanhar.

— O que aconteceu?

— É o Jonas, ele me achou, Beth! Ele finalmente me achou.

A mulher se levanta da mesa também, surpresa com a notícia.

— De verdade? Eu nem consigo acreditar. Vai logo então e não esquece de trazer ele aqui! Eu também quero rever o menino...

— Tá bom, eu prometo!

Pego minha bolsa às pressas, mas, quando estou prestes a sair, ela me chama.

— E, Lívia, depois me conta como ficou com o senhor Demetriou. O Jonas aparecer não muda nada. Sabe disso, não sabe?

Abro um sorriso diante da preocupação explícita na voz dela.

— Agora eu sei. Jonas é como um irmão que eu estou reencontrando. Teseu é...

— O homem que você ama.

— Desde que isso tudo seja apenas um mal-entendido.

Chego à Pic-Pega algum tempo depois. Meus cabelos já não estão arrumados como antes, e com certeza estou suando um pouco depois do trajeto do metrô, mas isso é o de menos.

Entre reencontrar Jonas e me resolver com Teseu, o dia promete fortes emoções, e não estou em um momento em que minha aparência seja o principal.

Sigo pelos corredores da loja, procurando por Bianca ou por ele, mas não vejo ninguém nem remotamente parecido. No entanto, quando estou prestes a perguntar no caixa, vejo minha amiga descendo as escadas, vindo do andar de cima.

Bianca está vestindo uma saia com suspensórios em um tom de laranja nada discreto, mas, apesar das roupas alegres de sempre, seu semblante está sério.

— Bianca...

— Oi, amiga. — A voz dela também soa estranha, um pouco culpada.

— Vai me dizer que não era ele?

— Não, eu só... — Ela bate as mãos nas pernas, como se estivesse frustrada. — Não sei, Lívia. Ele disse que era. Eu não entendi foi nada, mas realmente foi o que me disse.

— E onde ele está?

— Lá em cima, no sexto andar.

— No sexto?

— É, ele quer conversar com você na sala do senhor Demetriou.

Olho para os lados, me certificando de que ninguém ouviu um absurdo desses.

— Você o levou até lá? Ficaram loucos? O Teseu... — Mal posso imaginar a reação dele se me encontrar com outro homem justamente na sala dele.

— Ah, amiga. Não pergunta mais, tá? Só vai. Depois você me conta como foi.

Meneando a cabeça, ainda descrente, faço o que ela diz. Ignoro as inconsistências nessa história absurda e subo pelo elevador direto para o último andar.

É um longo trajeto; não demora mais que dois minutos, mas parece ter a duração de horas. Não acredito que finalmente, depois de tanto tempo, vou poder ver Jonas de novo, saber o que aconteceu com ele durante todo esse tempo, ouvir sobre Otávio e a verdadeira história por trás da morte dele, os motivos do assassinato.

Antes eu também era motivada por uma paixão que acreditava sentir. Hoje compreendo que o que sinto por Jonas não é paixão nem algo físico, mesmo porque eu não tinha idade para entender isso quando éramos menores. O que sinto é muito profundo e forte, mas também é puro.

Bato na porta da sala de Teseu e a abro em seguida, sem esperar por uma resposta, até porque não é ele quem me espera do outro lado.

Faz tempo que não venho aqui, mas ao entrar percebo que tudo está exatamente como antes, exceto pelo arranjo de lírios sobre a mesa.

Incrivelmente, até o homem que me espera aqui é o mesmo das outras vezes.

— Teseu?

Ele está de costas, as mãos nos bolsos da calça enquanto fita a cidade pela janela, observando a chuva que começa a cair.

— Que bom que veio — é sua resposta.

Olho para os lados, procurando por mais alguém, mas estamos a sós.

— A Bianca disse que tinha alguém aqui esperando por mim.

Ele aquiesce.

— Pedi que ela te ligasse.

— Você mentiu? — Fecho a porta, decidida a acabar com essa confusão toda e bastante irritada por ele ter feito algo assim. — Pediu que a Bianca inventasse isso?

Como ele não responde, decido aproveitar o momento para tocar no outro assunto.

— Encontrei uma pasta em cima da sua mesa, em casa. Cheia de fotos minhas de quando eu era criança.

— Foi por isso que sumiu? — Dessa vez a voz dele tem outro tom, como se finalmente compreendesse tudo.

— Fiquei assustada. Não entendi o que as fotos faziam ali e precisei de um tempo. Confesso que a princípio pensei que você fosse um perseguidor, algo assim. Mas depois... Por que você tem aquelas fotos?

Ele ainda está de costas pra mim e caminho até o meio da sala, parando a alguns metros de distância da mesa.

— Uma delas foi o seu irmão que me deu na última vez que nos vimos.

Sua resposta me pega completamente desprevenida. Abro a boca, tentando formular um argumento, mas meu cérebro ainda não conseguiu assimilar a informação.

— Meu irmão? Você está me dizendo que conheceu o Otávio? — finalmente pergunto, e minha voz sai baixa. Tudo é surreal demais.

— Caía uma garoa fina como essa, naquela tarde. Os carros estavam parados diante do semáforo, e eu os vi de longe...

Olho dele para a chuva lá fora, tentando compreender o que está havendo aqui.

— Eu não estou entendendo. Você está dizendo que viu meu irmão morrer? Co-como? — gaguejo, meus olhos o encaram com descrença.

— Ele era tudo pra mim — Teseu fala, me causando uma sensação esquisita. — Na verdade, vocês dois eram. — Suas mãos secam algumas lágrimas, e meu peito se aperta. Ainda que a minha mente não compreenda o que está acontecendo, meu coração reconhece a dor que ele está sentindo. — Eu tentei muito conseguir uma maneira de nos tirar daquela situação, e planejava te encontrar logo depois, mas alguém roubou nossas coisas. E, quando o Otávio descobriu, foi atrás do ladrão. Estava determinado a arrumar briga e não me contou nada.

— Teseu, eu não estou entendendo aonde isso vai dar. Como tudo que está me dizendo pode ser possível?

Talvez eu pudesse pensar com mais clareza se o que ele diz fizesse mais sentido.

— Começou a chover, assim como agora, e decidi voltar para o mesmo lugar em que estávamos dormindo já tinha um mês. — Ele dá alguns passos na minha direção e para outra vez. — Eu não estava muito longe, Lili. Consegui ver a faca entrando e saindo, vi aquele desgraçado fugindo. — Teseu passa a mão pelo rosto outra vez, e sinto minhas próprias lágrimas caírem. Meu coração dispara no peito e minhas mãos ficam geladas enquanto uma possibilidade irreal demais começa a se formar na minha mente.

— Você...

— Eu me ajoelhei sobre o sangue dele, que pintava o chão e se espalhava muito rápido. Segurei Otávio, apoiei a cabeça dele na minha perna e senti meu coração se estilhaçar ali mesmo. Nós já tínhamos perdido você, e foi naquele instante que me vi outra vez sozinho no mundo.

Meu choro contido se transforma em pranto. Não sei se ele realmente está dizendo o que penso que está, mas, só de visualizar a morte do meu irmão pelos olhos de Teseu, minhas barreiras se rompem e perco as forças que me mantêm de pé.

Devagar, permito que meu corpo escorregue até o chão. Teseu me alcança em poucos passos e me segura de encontro ao peito, se ajoelhando comigo.

— Sabe o que ele me disse por último, Lili? As últimas palavras do nosso Tato?

Agarro a camisa dele com força enquanto sinto as lágrimas escorrerem e banharem sua camisa completamente. A compreensão de que ele é Jonas e de que Jonas sempre foi o garoto na história que seu Hélio me contou arrasa a minha sanidade, o meu controle.

— Não vá esquecer sua garota — diz ele.

Meneio a cabeça, sem condições de encontrar minha voz, e ele me abraça apertado, chorando comigo. Choramos pelos anos perdidos, por nossas vidas separadas, choramos por Otávio e choramos por esse reencontro.

— Jonas... — sussurro, tocando seu rosto, porque preciso dizer o nome dele, preciso dessa confirmação.

Seus olhos ainda marejados encontram os meus, e ele abre um sorriso terno.

— Sou eu, meu pequeno lírio. Não acredito que consegui te encontrar, finalmente.

A boca dele toma a minha em um beijo apaixonado, minhas mãos se enlaçam em seu pescoço enquanto me permito esse momento de euforia.

Nosso beijo é cheio de promessas, de paixão, de desejo, mas também é recheado de sentimentos ternos, de amor, de pertencimento.

Ele é meu Jonas, meu Teseu, e finalmente voltou para mim. Sob o toque quente da palma de suas mãos, sou apenas um pequeno lírio desabrochando.

Quando ele se afasta, interrompendo o beijo, continuo tocando seu rosto, seus cabelos, traçando as linhas do seu queixo bem marcado, de uma maneira que nunca fiz com Teseu. Estava apaixonada, mas era tudo muito novo; ainda não havia entre nós a intimidade que os anos trazem. Mas agora tudo é diferente.

— Você disse que me procurou?

— Ares foi até o abrigo quando voltamos da Coreia. Eu queria te encontrar antes, mas não podia te tirar da casa dos seus pais adotivos, você era menor e legalmente era filha deles. Eu era um moleque sem um tostão furado no bolso.

— Mas isso mudou.

— Mudou — confirma, sorrindo. — Tudo isso que eu conquistei foi por nós. Pelos nossos sonhos, pelas promessas que fiz ao Tato e não pude cumprir, pra te encontrar e poder te dar uma vida diferente daquela que tivemos. Mas também foi por mim. Pra nunca mais passar fome ou frio.

— Você comprou a Pic-Pega, como disse que faria.

— E nunca mudei o nome da empresa, na esperança de que você me encontrasse.

Isso me faz sorrir, pensar no quanto eu esperei que ele entrasse por aquela porta e me achasse.

— Eu tinha a mesma esperança. No fundo eu sabia que nos encontraríamos aqui...

Encosto a cabeça no peito dele, que continua me abraçando forte. Estamos sentados no chão e alheios a todo o resto, mas nada mais importa.

— Ares não conseguiu me encontrar? Você disse que pediu a ele...

— Você ainda não tinha voltado ao abrigo nessa época, como hoje descobri que fez. A dona Beth se negou a dizer seu endereço ou qualquer coisa que nos mostrasse seu paradeiro.

— Ela me disse que alguém me procurou e sempre imaginei que tivesse relação com você, mas ela não acreditava nisso e não conhecia o Ares.

— Eu não podia falar que era eu. O Jonas morreu, Lili, junto com o Tato naquela tarde — responde ele, e sinto o quanto de verdade há em seu tom. — Quando Teseu surgiu, mudei minha vida toda, apaguei meu passado, mudei de nome e sobrenome. Eu não podia dizer a ela quem era sem me arriscar a perder o que vinha conquistando. Não podia contar minha história a um detetive particular, porque ele também saberia das minhas origens.

Apesar da beleza de tudo que ele alcançou e da emoção que sinto ao perceber que estamos juntos, enfim, algo nesse discurso me incomoda muito.

— Não é vergonha nenhuma, Jonas. As marcas do passado não devem ser escondidas; as cicatrizes são a prova das suas vitórias. Deveria se orgulhar de tudo que alcançou, mesmo diante de todas as dificuldades.

— Talvez esteja certa, mas o mundo não é fácil para alguém que viveu nas ruas, que não tem pais nem nome.

Balanço a cabeça, compreendendo o que ele quer dizer.

— Eu sei disso e sei o quanto você vem ajudando outras pessoas em situações parecidas com aquela em que esteve um dia, mas hoje você tem uma empresa milionária, tem suas posses, o legado que construiu e que ninguém pode tirar. Hoje você pode ser quem realmente é, sem máscaras. Se lembra do que me disse outro dia, no barco?

— Eu disse muitas coisas naquela noite.

— Você disse que a coisa mais impressionante que há sobre a Terra é o ser humano, pela força e pela capacidade de se reinventar. Você é a prova disso; saiu das ruas, do nada, e se transformou em um dos homens mais bem-sucedidos do país. Não acha que o mundo precisa conhecer sua história? Sua vida, Jonas, é inspiração para outras pessoas.

— Não sei, Lili... Esse passado está cheio de dor, de tristeza. Se você soubesse tudo...

— Acho que eu sei — confesso, sem saber se é uma boa ideia, mas não quero mais que haja barreiras entre nós.

— Como?

— Seu Hélio vem me contando uma história de dois garotos já tem alguns dias. Ele parou na parte em que um dos meninos, que ele apelidou de Heitor, chegou até uma banca de jornal e foi acolhido por um senhor.

— Ele te contou? Hélio me perguntou outro dia se eu nunca tinha suspeitado que fosse você, e eu disse que era impossível, mas não imaginava que, pelas minhas costas, o safado estava te contando tudo o que lutei tanto pra esconder.

— Ele nunca disse que era você, mas... — Isso me faz pensar em outra coisa. — Se não sabia que era eu, o que fazia com aquelas fotos?

— A da olimpíada escolar, eu consegui na escola. Sempre pesquisava seu nome com o sobrenome antigo e um dia tive a ideia de procurar na internet apenas pelo primeiro nome. Encontrei aquela foto; não tinha sobrenome nem outras informações, só falava de uma aluna que havia vencido uma competição de dança na escola... Achei que era a sua cara.

— E você viu a exímia dançarina que me tornei, com a dancinha da vitória que sempre faço — comento, achando graça na dedução dele. — Fiquei só um semestre naquele colégio, depois nós nos mudamos de casa e fui transferida.

— E eu perdi seu rastro completamente. Fui até a escola em que a foto havia sido tirada, mas eles não sabiam seu endereço, nem o nome dos seus pais. E pensar que você esteve no abrigo por todos esses anos...

— E você esteve aqui, o tempo todo. Trabalhamos juntos, moramos juntos, nos... envolvemos... e não descobrimos a verdade.

— Quando você chegou à Pic-Pega e me disse seu nome, no primeiro dia de trabalho, me passou pela cabeça por um instante. Era quase impossível e não fazia muito sentido, mas pelo nome e pela cor dos seus olhos, tive uma pequena esperança.

— Por que não perguntou?

— E o que eu perguntaria? Olha, por acaso você não é uma garota que conheci uns vinte anos atrás num orfanato? Eu ia parecer louco, mas te sondei do meu jeito...

— E que jeito foi esse?

— Perguntei se tinha irmãos e você me falou de uma irmã, a Bruna. Não mencionou o Tato em momento algum. Além disso, tinha outro nome, e eu achava que, na idade que você tinha quando foi adotada, não fossem mudar seu nome.

— Me deixaram manter o primeiro, mas trocaram meu sobrenome... Perdi as contas de quantas vezes quis te contar sobre o Tato, falar sobre ele, mas eu não podia deixar que me ligasse ao abrigo.

— E por que não? Aí está a parte da história que ainda não entendi. Não faz sentido.

— Porque iria descobrir que fui eu quem mandou aquele e-mail falando sobre a Martina e o Davi. — Desvio os olhos dos dele, evitando encarar sua expressão de surpresa.

— Foi você?

— Eles me separaram do Tato, Jonas... — digo, em tom de justificativa. — Eu não podia deixar que acontecesse o mesmo com os dois. Agi no impulso, mas não me arrependo.

Ouço uma risada baixa e ergo os olhos.

— E não tem por que se arrepender — diz, a voz sem um pingo de julgamento. — Eu amo aqueles dois com a minha vida. Eles chegaram devagar e conquistaram meu coração. Além disso, o que você fez foi só me contar uma história triste; a decisão de adotar os dois foi minha.

— E você foi maravilhoso, lutando por eles.

— E sabe por que eu fiz isso? Pelo mesmo motivo que você. Porque não aceitei pensar que eles poderiam ser separados, como você foi do Tato. E de mim...

— Estou com medo — confesso, segurando a mão dele na minha. — Medo de acordar de repente e descobrir que foi só um sonho muito bom.

— Não é um sonho, Lili. E isso me lembra uma coisa... Sabe que fiquei morto de ciúmes quando você disse que estava esperando por alguém? Que estava apaixonada.

— Ah, bom, tem isso...

— Você estava esperando por mim? Apaixonada pela minha versão mais jovem e magrela?

Lembro de todas as vezes em que pensei nele, de toda aquela esperança de um reencontro e de tudo que ele, Teseu, despertou em mim e me fez sentir.

— Te esperei por esses anos todos, sim. Mas não estava apaixonada.

— Não?

— Não. Eu achava que estava apaixonada pelo Jonas, mas na verdade era amor, um amor puro e inocente. Isso só ficou claro pra mim quando me apaixonei por você, Teseu.

— Então... Você me deixou pra ir me encontrar e agora está dizendo que se apaixonou pelo Teseu e não quer mais o Jonas.

A forma como ele descreve minha fala me faz rir.

— Não disse nada disso. Eu amo o Jonas e amo o Teseu. Não preciso escolher, porque vocês são um só. O que estou dizendo é que eu te amava como uma menina sabe amar; Jonas sempre foi uma parte de mim, assim como o Tato. Mas eu te conheci outra vez e me apaixonei, como mulher. Hoje você é a junção de tudo o que eu mais amo no mundo.

— E o meu mundo sempre girou pra te encontrar, meu lírio. Eu amo você, Lívia. Antes eu te amava como uma irmã mais nova e daria tudo por você, mas foi nesse reencontro que você se infiltrou aos poucos em meu peito, rompendo aquele muro alto que construí, cheio de resistência, solidão e culpa. Mas você e as crianças foram derrubando esse muro, tijolo a tijolo, e construindo, no lugar, um desejo forte de felicidade, de me permitir viver de verdade.

Ele beija meus lábios suavemente, apenas um toque.

— Hélio e Ares me deram a chance de construir uma vida, mas vocês me despertaram o desejo de viver a vida que construí.

— Então Hélio era o dono da banca. Vocês não são parentes de sangue. Borges me disse uma vez que seu pai era um tal de Aquiles, filho do seu Hélio...

— Não, Aquiles foi alguém que criamos para justificar nossa família. Hélio não é meu avô, mas eu o amo como a um pai. Ele e Ares me acolheram, quando o mundo todo me virou as costas. Eles me aceitaram, me apoiaram em tudo desde o início e se tornaram a minha família. Eles mudaram de nome por mim...

— Ele me contou só as partes tristes. Lembro como se fosse ontem daquele dia em que fui adotada, do quanto eu chorei, do quanto você implorou para que não me levassem. Algum tempo depois, dona Beth me procurou e me contou o que tinha acontecido com o Tato.

— Só posso imaginar como você sofreu com isso.

— Meu mundo foi destruído. Eu nem sabia que vocês tinham fugido. Passava os dias naquela casa, tramando uma maneira de escapar e voltar para o abrigo.

— O Tato ficou inconsolável quando te levaram. Ele tinha quase dezoito e sabia que logo teria que sair e se virar, mas eu ainda ficaria por mais um ano no orfanato.

— Então vocês fugiram pra ficar juntos.

— Tínhamos a esperança de conseguir superar as dificuldades dos primeiros dias, arrumar um trabalho, e, depois que ele fizesse dezoito e estivesse estabilizado, poderia lutar por você, pegar nossa menina de volta. Infelizmente não foi o que aconteceu.

— Não, não foi. Mas as coisas mudaram depois que seu Hélio te acolheu. Como? Porque estou ligando todos os pontos, mas o dinheiro, a empresa... Não consigo entender como você fez isso.

— É uma história muito longa. Vou te contar como conheci o Ares, primeiro.

Jonas
~~

Acordei com o barulho da porta da banca se abrindo e me levantei, percebendo que tinha perdido a hora. Mas, em vez de encontrar seu Hélio, me deparei com um garoto da minha idade que me encarava com curiosidade.

— Então você é o Jonas. — Não era uma pergunta. — Eu sou o Ares, filho do Hélio.

O rapaz entrou na banca e se sentou atrás do balcão, pouco se importando que eu ainda estivesse dobrando os cobertores e tirando minha cama improvisada do chão.

— Ele não vem agora de manhã — continuou. — Está preparando umas coisas em casa, mas mandou almoço pra nós dois.

— Entendi.

Isso fez com que ele me encarasse com um sorrisinho.

— Você não é de falar muito, pelo visto.

— Não é isso, é que... Estou passando por um momento complicado.

— Ah, que merda.

Ares ligou a televisão pequena, que ficava em cima do balcão, e a voz do repórter invadiu o cubículo:

— O rapaz foi esfaqueado no meio do trânsito, enquanto os semáforos ainda estavam fechados. O suspeito fugiu do lugar, e as autoridades ainda estão procurando por ele. Túlio Magalhães tem passagem pela polícia por tráfico de drogas e assalto à mão armada. Ele se encontra foragido.

— Viu isso aí? Pelo que falaram, foi aqui perto. O rapaz tinha a nossa idade.

Dei as costas para ele e corri para o banheiro, chegando até a privada instantes antes de vomitar, colocando a comida da noite anterior toda para fora. A mera lembrança de Otávio, morto, me revirava o estômago, e ter a confirmação de que Túlio havia escapado era ainda pior.

— Você tá... bem? — Ares perguntou, de pé, atrás de mim.

— Não.

Nem sei por que respondi a verdade, mas não consegui fingir que estava tudo bem.

Depois disso, ele não me fez mais nenhuma pergunta a manhã toda e quase não falou comigo. Só entendi a razão disso quando Hélio chegou e me chamou para conversar.

— Jonas, sobre aquele assassinato aqui perto... Foi na noite em que você chegou aqui...

Ergui as sobrancelhas, compreendendo que Ares tinha ficado com medo diante da minha reação ao ver o jornal.

— Está me perguntando se fui eu?

— Ares me disse que você passou mal, e, pelo modo que você anda cabisbaixo, suspeito que você conhecia o rapaz que foi morto.

— Então não acha que fui eu? — Aquilo me surpreendeu ainda mais. Era natural que sempre me achassem suspeito, simplesmente por não ter pais ou dinheiro.

— Não, não acho. Ares realmente ficou em dúvida, mas eu sei o que vi, e você parecia destruído quando chegou aqui.

Confirmei com um gesto. Não havia razão para dizer a verdade, mas também não tinha motivo para mentir. Ele estava me oferecendo um lugar para dormir, me dando da sua própria comida. O mínimo que eu podia fazer era ser sincero.

— Otávio era meu melhor amigo. Éramos como irmãos desde que nos conhecemos, no orfanato. Eu tive uma ideia boa pra ganhar algum dinheiro e queria colocar em prática, talvez tirar a gente das ruas. Mas eu o deixei sozinho e quando voltei...

— Eu sinto muito.

— Não tinha motivo pra que Túlio fizesse isso — falei, revoltado. — O Otávio era um cara do bem.

Hélio me encarou com os olhos marejados.

— Você fugiu da cena do crime? Sabe que o tal Túlio é apenas suspeito? Se você disser o que viu, podem prendê-lo e ele vai ficar lá, mas sem testemunhas...

— Se o que precisam para prender o Túlio é que eu testemunhe, então vou fazer isso.

Foi o primeiro de muitos conselhos sábios que eu recebi de Hélio.

29

Teseu

— Você sabe o que aconteceu com ele? — Lívia me pergunta. Ainda estamos aninhados no tapete, mas ao menos nos encostamos em uma poltrona, como apoio. — Você realmente testemunhou?

— Eu tinha acabado de fazer dezoito anos — continuo contando a ela o que aconteceu —, então não corria o risco de ser enviado para um abrigo ou coisa do tipo, e Hélio me ofereceu um lugar para ficar. Com isso definido, nós fomos até a polícia.

Involuntariamente um suspiro me escapa ao lembrar da situação.

— Eles já tinham encontrado a faca que Túlio havia usado.

— Eu sei. Na época eu ainda era muito nova, mas foi o que me contaram. Também saiu nos jornais que tinham encontrado a arma do crime e que conseguiram ligar a ele.

— Túlio foi preso uns cinco dias depois do assassinato... — conto, me lembrando do peso que aquilo tirou do meu peito, ainda que não fosse o suficiente para o que ele merecia. Eu esperava que ele apodrecesse na prisão pelo resto da vida.

— Sabe o que foi feito dele depois? — ela questiona. Seu rosto se inclina um pouco para cima de maneira que possa pousar os olhos azuis em mim. — Por algumas vezes pensei em ir até lá, olhar nos olhos dele, mas nunca tive coragem. Eu tentei... tentei viver com esperança, com sonhos, buscando uma vida diferente, e sempre senti que se visse os olhos dele não dormiria mais em paz.

— Acho que você fez bem. A forma como lidou com tudo te fez diferente de mim, tão doce...

— Mas você não está mais sozinho. Não que estivesse; você tem Ares e seu avô. Mas agora também estamos juntos. Não posso acreditar que vivemos juntos esse tempo todo, sem saber de tudo isso. Mas como eu poderia te reconhecer? São mais de quinze anos e você ficou tão diferente... Nunca ia ligar o empresário bem-sucedido, com essa aparência e uma família, ao meu Jonas, que não tinha nada nem ninguém.

Abro um sorriso ao pensar no quanto esperei para encontrá-la, mas nem em sonho imaginei que, a essa altura, estaria apaixonado pela pequena Lili.

— Nunca imaginei que isso fosse acontecer. Quer dizer, eu esperava te encontrar, mas nunca pensei que fosse te amar assim, não como mulher.

Lili se senta, arrumando a postura, e então me encara com os olhos um pouco mais abertos que antes.

— Está dizendo...

— Que eu te amo? Não ficou óbvio? Eu não sei como aconteceu, Lívia, mas você chegou nesse escritório mexendo com tudo dentro de mim, me fazendo querer coisas que antes eu não queria. Você chegou na minha casa revirando tudo de ponta-cabeça, derrubando as minhas barreiras com tanta intensidade e fúria que não pude me defender.

Lentamente, um sorriso curva os lábios dela.

— Lili, você literalmente me atirou um novelo de lã e me guiou para fora do labirinto. Mas não fui eu que matei meus monstros... Eu apenas me escondi deles e tentei superar. Você, minha Ariadne, foi quem destruiu o Minotauro.

Dessa vez ela parece confusa, o que só me faz rir.

— Fiz uma declaração e tanto aqui e você não entendeu nada, né?

— Você me chamou de Ariadne.

— E Hélio parece ter contado a você todas as histórias importantes, menos a que originou a escolha do meu nome.

— Então me conte... — Ela se deita outra vez, encostando a cabeça no meu peito.

É tão bom tê-la assim, perto, segura entre os meus braços, que me perco por um momento, acariciando seus cabelos claros.

— Vou te contar sobre o dia em que Hélio nos contou essa história. Assim, você conhece o mito e um pouco mais sobre os anos em que estivemos separados.

Hélio entrou na banca, trazendo nas mãos um saco pardo. Nós podíamos ver a gordura que manchava o papel, e o cheiro invadiu o lugar.

— O que tem no saco? — Ares chegou mais perto, sondando o que o pai havia trazido.

— São pastéis, um pra cada... Agora se sentem aí que vou contar uma história.

— Mais uma? — reclamei, já me sentando e estendendo a mão para pegar meu pastel.

— Sim, meninos. Vocês são pobres, mas precisam ser ignorantes? A resposta é "não". Vocês podem ser o que quiserem; eu fui pai com quase cinquenta anos, viajei com meu filho depois da morte da mãe dele, da Coreia para o Brasil, e me arrisquei abrindo essa banca aqui, enquanto criava Ares do melhor modo que pude. — Ele fez uma pausa, olhando do filho para mim. — Fiz tudo isso buscando uma história diferente, tentando superar as lembranças da mulher que tanto amei e com a esperança de que meu filho se tornasse um grande homem. E agora, Jonas, você também é meu filho. Não aceito que fiquem parados, esperando que a vida decida o que vai ser de vocês.

Ele disse muitas coisas, mas o momento em que me chamou de filho me marcou de uma forma que nunca esqueci.

— Eu não aceito que a vida decida por mim — respondi, porque eu mesmo já havia determinado tudo o que iria alcançar um dia.

— Pois bem. Hoje vou contar aos dois um dos meus mitos, a história de Teseu. Conhecem?

Ares aquiesceu, afirmando que se lembrava dos doze trabalhos, mas isso rendeu um peteleco na orelha dele.

— Foi Hércules quem teve que cumprir os trabalhos, Ares. Teseu lutou contra o Minotauro, no labirinto, pelo amor de Deus...

— Ah, esse Teseu — respondeu ele.

Ares não parecia entender muito do assunto, apesar de ter o nome de um deus.

— É o único Teseu que tem, meu filho, por favor, me ajude aqui. Enfim, se não conhece, apenas fique quieto e ouça. — E então Hélio começou: — Minos era um habitante de Creta, na Grécia. Ele desejava muito ser rei, então fez um pedido ao deus dos mares...

— Poseidon — Ares complementou.

— Finalmente... Poseidon aceitou realizar o pedido do homem, desde que fizesse um sacrifício. Então o deus enviou até Minos um touro belíssimo para que fosse morto, mas, encantado com a beleza do animal, Minos decidiu substituí-lo por um de seus próprios touros na hora do sacrifício e ficar com aquele para si. Obviamente ele não enganou o deus dos mares, que decidiu puni-lo.

— O que aconteceu? — perguntei, em meio a mais uma mordida no meu pastel.

— Ele fez com que a esposa de Minos, Pasífae, se apaixonasse pelo animal e se relacionasse com ele. Assim nasceu o Minotauro.

Ficamos os dois com expressões incrédulas, claro, afinal eram uma mulher e um touro. Mas, nos ignorando, Hélio continuou a história:

— Depois disso, Poseidon ainda permitiu que Minos se tornasse o rei, mas ele teria que lidar com o monstro. O rei então ordenou que construíssem um labirinto para prender a fera. O lugar era cheio de passagens sem saída, confusas, e qualquer um que entrasse lá não conseguia mais sair, ficando à mercê do monstro e da morte.

— Então o rei ainda se safou — comentei, agora bem interessado na história.

— De certa forma, sim. Por um tempo. Mas ele fez pior. O filho do rei foi morto pelos atenienses, e eles entraram em guerra. Quando Creta venceu, o rei determinou que Atenas enviasse todos os anos sete mancebos e sete donzelas para serem mandados ao labirinto como sacrifício para o Minotauro.

— Mancebos? — Ares perguntou, engasgando com a risada.

— Estou contando uma história antiga. Pode, por favor, me deixar usar um linguajar mais erudito? Mancebo quer dizer jovem, como vocês dois... — Hélio fez uma pausa, se irritando com as interrupções, mas logo retomou a história: — Então um dia Teseu chegou a Creta e se ofereceu para entrar no labirinto, determinado a matar o Minotauro.

— Por que ele fez isso? — Eu realmente não conseguia entender.

— Teseu era um herói. Ao contrário do que muitos pensam, ele não era um semideus, mas realizou feitos tão importantes quanto os próprios deuses, mesmo sendo homem. Ele se ofereceu para entrar no labirinto, mas, quando chegou ao castelo, viu a jovem princesa Ariadne e se apaixonou imediatamente por ela.

— E foi amor à primeira vista. Lá vamos nós... — Ares desdenhou.

— Às vezes acontece. Nesse caso, o amor foi recíproco e, para ajudá-lo a vencer o monstro e sair do labirinto vivo, Ariadne deu a ele uma espada mágica e um novelo de lã.

— Que grande ajuda, hein? Um novelo, vou te falar. Tá vendo, Jonas? Homem apaixonado fica idiota. Aposto que morreu.

Dei um tapa na cabeça do idiota e aproveitei pra roubar o último pedaço do seu pastel.

— Não entendeu? É um labirinto, Ares. Ele vai usar a linha pra marcar o caminho e conseguir sair de lá.

— Ahhh, foi isso?

— Exatamente — Hélio confirmou. — Teseu entrou no labirinto, soltou a ponta da linha e foi desenrolando o novelo. Quando encontrou o Minotauro, empunhou a espada e, com algum esforço, o matou em um golpe fatal. — Hélio nos encarou, abrindo um sorriso. — Depois foi fácil encontrar o caminho de volta. Afinal, ele havia deixado a trilha pronta e, como o herói que era, ainda resgatou alguns gregos perdidos no labirinto.

— Caraca, um homem que venceu um monstro. — Ares estava tão impressionado quanto eu.

— Contei essa história para verem o que podemos aprender com Teseu nas entrelinhas. Não importa se você é apenas um homem diante das monstruosidades da vida; se tiver foco, fé e força de vontade, pode ser quem quiser e alcançar o que desejar. Você pode mudar seu próprio destino.

~~~

— Dá pra ver que a história te impressionou muito, já que escolheu esse nome — Lívia comenta, me tirando do devaneio causado pela lembrança.

— Pois é, eu queria ser como Teseu, derrotar meus monstros, refazer a minha vida e, de quebra, salvar alguns gregos no caminho... — Sorri, me recordando dos motivos que me levaram àquela escolha. — Mas só mudei meu nome alguns anos mais tarde, pouco antes de destruir o monstro que começou com tudo isso.

Como Lívia ainda me encara, aguardando, continuo a me explicar:

— Túlio morreu algum tempo depois de ir parar na cadeia, e talvez eu tenha uma parcela de culpa nisso. Mas, nesse caso, não me importo nem um pouco.

— Como assim?

— Fiz uma visita, uma única vez, antes de viajarmos à Coreia. Claro que ele não me reconheceu, mas eu fiz questão de dizer a ele quem era agora e quem eu fui. Disse que ele devia dar um jeito de continuar na prisão, porque, se saísse, eu providenciaria um modo de acabar com a vida dele.

— E então?

— Foi encontrado morto na cela e deduziram que foi suicídio.

— Você... — Ela parece ter receio de perguntar, mas não vejo julgamento em seu olhar.

— Se eu teria coragem? Provavelmente. Na época eu não tinha filhos, não tinha você... Eu tinha apenas muito ódio e um desejo absurdo de vingança. Mas não fiz nada. Ou Túlio ficou com medo ou se sentia culpado pelo que fez ao Tato e decidiu tirar a própria vida.

— É tudo tão trágico... Eu acho que percorremos todos os momentos ruins do seu passado, ou quase. Quero saber como tudo mudou, como você abandonou essa história e se tornou Teseu.

Essa é a melhor parte, a única que nunca pude compartilhar com ninguém além de Ares e Hélio, mas que sempre quis. A época da minha vida da qual mais me orgulho.

— Vamos pra casa? Vou te contar todos os detalhes quando chegarmos.

Lívia

Concordo na mesma hora, afinal já estou morta de saudades das crianças. Descemos de elevador para o primeiro andar, e Teseu segura minha mão o tempo todo, pouco se importando que os funcionários nos vejam.

Quando saímos no andar da loja, sinto os olhos de todos sobre nós, ouço os cochichos e imagino o quanto essa história deve parecer estranha. Talvez para eles eu seja apenas uma garota dando o golpe do baú.

Bianca vem saltitando à nossa frente, com o celular apontado para nós. Eu sei exatamente o que ela está fazendo, mas Teseu olha para a câmera com uma expressão de choque no rosto.

— Prontinho! Eu disse que ia fotografar esse momento. — Ela vira o celular para que possamos ver a foto e abro um sorriso ao ver a cara de susto dele na imagem. — Imagino que não vá pra minha casa hoje à noite...

— Não vou, amiga. Mas obrigada por tudo que fez, ontem e hoje.

— Você sabe que precisa me ligar depois, não sabe? — ela pergunta, e olho disfarçadamente para ele, insinuando que tenho muito a explicar.

— Claro, vou te ligar mais tarde.

Despeço-me dela com um abraço e saio com Teseu para a rua. Borges está na calçada, à nossa espera, e abre a porta do carro para que eu entre, cavalheiro como sempre. Teseu então se senta ao meu lado e automaticamente me encosto em seu ombro, como se, agora que o reencontrei, não pudesse mais perder um segundo sequer.

— E então? — questionei, aguardando que continue a me contar os detalhes.

— Sabia que um semáforo abre geralmente entre duas e três vezes por minuto? Depende do lugar, claro. Essa é uma média.

— Hum, eu sei. O painel digital mostra...

— Pois então. Vamos calcular que ele se feche uma vez por minuto e, nesse prazo, alguém consiga ganhar um real. Então em uma hora a pessoa poderia ganhar sessenta reais.

— Em uma hora? Se essa pessoa souber economizar, ela pode então ganhar mais que muitos assalariados.

— Exatamente. Em um regime de trabalho fechado, o funcionário trabalha por oito horas. Ganhando um real por minuto, durante oito horas no trânsito, essa pessoa ganharia quatrocentos e oitenta reais por dia.

— Nossa... Você parece ter calculado muito bem.

— E calculei. Eu queria saber quanto eu e Otávio podíamos fazer por dia, para que logo conseguíssemos alugar um quarto, futuramente uma casa, e buscar você. Eu tinha sonhos, sim, mas também tinha garra. Claro que ser possível não quer dizer que seja fácil.

— Não vai me dizer que foi assim que você...

Ele sorri.

— Não fiquei milionário no semáforo, mas foi assim que tudo começou.

Franzo o cenho, tentando imaginar como ele conseguiu chegar até aqui vendendo alguma coisa nas ruas. Parece surreal demais. Mas Jonas sempre foi um gênio.

— E como foi?

— Meu avô... bom, ele sempre vai ser como um avô, como um pai... Ele vendia, além das revistas e jornais, vários livros, de assuntos diversos.

— E você lia todos?

— Economia, arquitetura, música, programação. Tudo que possa imaginar, eu lia. Menos literatura, porque nesse caso ele preferia narrar as histórias, e eu e Ares escutávamos.

— Como a de Teseu.

— Sim, como a de Teseu e várias outras. Ele também adorava nos contar sobre as lendas coreanas.

— A parte que vieram da Coreia é verdade, então?

— É, sim. Ele e o Ares vieram de lá, quando meu irmão ainda era pequeno. Eu estudei muita matemática avançada e aprendi sobre negócios, empreendedorismo. Além disso, tinha ficado fascinado por Teseu, um homem com habilidades nada especiais que conseguiu derrotar um monstro que amedrontava tantas pessoas. Então pensei que podia ser como ele, derrotar a vida miserável que levava e não só me sustentar, mas ficar rico.

— Simples assim? — Sorrio, acompanhando a lógica dele, cada vez mais impressionada.

— Sempre fui muito focado e nunca fui alguém que desiste fácil diante dos obstáculos. Sabe que existe uma frase que diz isso? A diferença entre os que alcançam seus objetivos e os que não alcançam está em persistir.

— Você sempre foi persistente e inteligente acima da média. Eu me lembro até hoje dos seus conselhos e das promessas que fazia sobre o futuro.

Dessa vez meu comentário parece despertar nele alguma lembrança dolorosa. Seus olhos ficam sombrios e distantes.

— Antes de conhecer vocês, antes que minha mãe morresse de uma overdose, eu já sonhava alto — comenta, revelando algo que eu nunca tinha ouvido. — Sonhava poder tirá-la daquela vida, mostrar que havia um outro caminho mais... fácil, mais bonito. Infelizmente não deu tempo. Ela não foi forte o bastante.

— Eu sinto muito por isso, não sabia...

— Você era muito nova quando nos conhecemos, não era assunto para uma criança. Mas a verdade é que, enquanto eu via os paramédicos a levarem, enquanto eu pedia a Deus que a salvasse, prometi que eu jamais seria fraco, que não iria desistir por mais que fosse difícil.

— Lembrei agora do que me disse naquele dia, no iate, sobre as duas vezes em que pediu a Deus pela vida de alguém. Sua mãe e o Tato?

Ele concorda, com um aceno discreto.

— Como pôde ser tão forte diante dessas circunstâncias?

— Eu só tenho esta vida, Lili. Não vou ter outra oportunidade de fazer diferente. Ou eu vivo a vida que posso ter aqui e agora ou passo pela Terra sem fazer ou ser nada especial.

Assinto, compreendendo seu raciocínio. A vida é curta demais para não viver como se quer.

— Eu estudava todos os dias à noite e, depois de uma semana, consegui montar um plano de negócios para apresentar ao Hélio. Parecia absurdo que eu fizesse algo tão burocrático para vender balas num semáforo, mas era um plano sólido, com prazos estipulados, e decidi mostrar a ele e pedir que investisse em mim.

— Você pediu dinheiro a ele?

Teseu abre um sorriso. O carro está parado no semáforo, que se abre para que nós avancemos. É bem irônico, considerando o assunto.

— Dez reais. Eu não precisava de muito, porque a ideia era multiplicar esse valor em pouco tempo. Apresentei a ideia, e ele ficou impressionado com meus cálculos. Hélio disse que talvez não fosse fácil, senão muitos moradores de rua já teriam dado um jeito.

— Mas te apoiou?

— Com certeza. Eu tinha minha mente a meu favor e uma coisa que muitos naquela situação não tinham: eu era limpo. Não usava e nunca usei drogas; vi o que fizeram com a minha mãe e sempre abominei essas substâncias. — Ele me olha de lado, triste. — Também lutei muito para que Otávio não se envolvesse com isso...

— Tato nunca gostou de seguir ordens, por mais que ele ainda te ouvisse um pouco.

— Ele mentia, dizia que não tinha usado, mas eu reconhecia cada sinal e fiz o que pude, Lili.

— Eu sei, não foi culpa sua. E, apesar de ter usado, não foi por isso que morreu.

Teseu aquiesce, concordando com minha opinião.

— Bom, eu também não bebia, não fumava, finalmente tinha um teto, porque Hélio me levou para a casa que dividia com Ares, e eles também me davam comida. Ou seja, praticamente não tinha gastos, mas fiz meus cálculos de modo que uma parte fosse destinada a ajudar nas despesas. Ares já trabalhava e contribuía, e eu não queria ser um peso.

— O que ele disse? Sobre os dez reais...

— Não era muito, mesmo naquela época, e Hélio viu que minha ideia tinha fundamento. Então ele me deu esse dinheiro e me acompanhou até a loja de doces. Na época um pacote fechado de balas custava uns sete reais, e com o resto comprei vários saquinhos transparentes. Lembro como se fosse ontem... A gente se sentou à mesa da cozinha. Hélio tinha feito uma sopa quente; a noite estava muito fria. E Ares me ajudou a separar as balas. Colocamos quatro em cada saquinho e, com um grampeador da banca, grampeamos um a um.

Entramos pelos portões do condomínio, quase em casa, mas Teseu não interrompe sua história, e eu devoro cada palavra, fascinada.

— Foram cem balas, divididas em vinte e cinco pacotes de quatro, e, no dia seguinte pela manhã, corri para o semáforo enquanto Hélio abria a banca e Ares ia para o trabalho. Antes do almoço, seguindo meu esquema de vender os pacotes enquanto o semáforo se fechava, eu já tinha esgotado meu estoque e tinha vinte e cinco reais.

— Você dobrou o investimento.

— Dobrei. Na hora do almoço eu corri e comprei mais dois pacotes de bala. Dessa vez o próprio Hélio me ajudou a embalar tudo. À tarde, voltei ao semáforo da esquina, um cruzamento movimentado, com cinquenta pacotes e vendi todos eles antes do fim do dia...

— Você teve quarenta reais de lucro no primeiro dia.

— Sim. Então comprei cinco pacotes na manhã seguinte. Dessa vez precisei me empenhar mais, mas vendi todas as balas. No fim da primeira semana eu já conseguia tirar uns cem reais por dia.

— Você faz parecer fácil — comento, sorrindo do modo como ele multiplicou o dinheiro.

— Mas não foi. Essa cidade tem um clima doido. Às vezes chovia e eu continuava firme no meu ponto, mas os carros não abaixavam o vidro, e eu não conseguia vender. Mas coloquei como objetivo nunca voltar para casa com os pacotes, então eu partia para o comércio, oferecia as balas para as vendedoras, para os ambulantes, e só voltava à noitinha, depois de vender todos.

— Isso é surreal, Teseu.

— Eu sei — concorda. Não há modéstia em seu tom de voz, e, honestamente, não há um só motivo para que haja. — Quando comecei a vender trezentos pacotes por dia, Ares passou a me ajudar no seu tempo livre e todo nosso dinheiro ficava em uma poupança que o Hélio me ajudou a abrir. No final do primeiro ano, eu tinha um valor razoável e decidi investir.

— Investir em que exatamente?

— Na bolsa, a princípio. Eu tinha lido uns vinte livros sobre o assunto e, ao menos em teoria, já era especialista. Claro que a prática é diferente...

— Você perdeu dinheiro?

— Quase tudo. Fiquei puto, chorei à noite, com a cara enfiada no travesseiro, e briguei com Deus, que, como eu te disse, nunca me deu nada de bandeja.

— Mas não desistiu.

— De jeito nenhum. Eu nem contei ao Hélio. Ele só soube muito tempo depois. Continuei a vender, Ares ainda me ajudava e logo eu tinha o mesmo valor de antes. Mas já fazia dois anos e eu estava mais experiente, com vinte anos e uma centena de livros sobre finanças e investimentos na bagagem.

— Você investiu de novo.

— Investi, e dessa vez começou a render. Não demorou muito e comprei uma casa...

— Sua primeira casa. — Estou definitivamente impressionada e, com certeza, mais apaixonada do que nunca. Esse homem não pode ser real.

— A primeira, mas meu objetivo era a Pic-Pega. Eu tinha te prometido, e aquele lugar era uma ligação que eu tinha com você e o Tato.

— E então? Comprou a loja?

— A princípio, não. Imóveis são mais lucrativos. Continuei investindo e meu dinheiro foi se multiplicando, mas não paramos de vender as balas. Ares largou o serviço e começamos a trabalhar os dois no semáforo, o dia todo, e passamos a vender água também. Eu prometi a ele que em breve iria ajudá-lo com a medicina, que era seu sonho desde a infância.

— Vocês se arriscaram mesmo.

— Não tem vitória sem riscos, Lili. Não foi do dia pra noite, mas as pequenas vitórias foram acontecendo e nos dando ânimo para continuar. Depois de mais dois anos, eu tinha quatro casas de aluguel. Os imóveis valiam muito mais do que quando comprei, e eu os vendi de uma só vez.

— Eram casas caras?

— Não, casas na faixa de cem mil cada. Deram aproximadamente quatrocentos mil reais, que investi na bolsa. A essa altura nós não precisávamos mais vender balas, então paramos e começamos a trabalhar de casa, apenas investindo. Foi nessa época que Ares passou na faculdade de medicina. Ele não precisou que eu pagasse pelo curso.

— Outro gênio. Os irmãos Demetriou arrasam — comento, enquanto o carro entra na garagem.

— Ele é inteligente e uma pessoa incrível. Ares me ajudou em tudo, então o que conquistei também é dele. Ele podia viver na boa vida, mas não quis; ele gosta mesmo é de ser médico e de ajudar as pessoas.

Borges estaciona o carro, mas não descemos. Teseu apenas abre o vidro e diz a ele que pode entrar e esperar por ele lá dentro.

Depois, se volta para mim a fim de concluir sua história de sucesso.

30

Lívia

— Dobrei os quatrocentos mil dentro de um ano, e com mais seis meses eu tinha meu primeiro milhão. Eu tinha vinte e três anos nessa época.

— Eu tinha catorze... — comento, imaginando o que estava fazendo da vida enquanto ele ficava milionário.

— Foi nesse período que intensificamos as buscas por você. Ares te procurou no abrigo, mas não encontramos. Depois disso minha vida ficou mais fácil. Eu já entendia tudo sobre investimentos, já sabia o que podia ou não fazer e multipliquei o dinheiro rapidamente. Só então, depois de já ter alguns milhões em conta, comprei a Pic-Pega.

— Você tinha o quê? Vinte e quatro?

— Foi logo que fiz vinte e cinco anos. A loja ficou fechada por alguns meses, e enquanto isso Hélio, Ares e eu partimos em uma viagem. Fomos à Coreia cumprido um desejo que Hélio tinha, de revisitar seu país. Fomos a vários outros lugares, mas em determinado momento fomos para a Grécia. Foi então que eu disse aos dois que iria mudar de nome e voltar como um milionário de passado desconhecido; eles seriam meu irmão e meu avô, porque Hélio já estava bem mais velho. E, porque eu não me pareço em nada com eles, precisava de um distanciamento na genealogia.

Abro um sorriso, pensando em como, quando se sabe, fica óbvio que eles não têm ligação de sangue.

— Imagino que Demetriou também não fosse o sobrenome deles.

— Não. É um sobrenome grego. E, como Hélio sempre adorou os mitos e já tinha dado ao filho o nome do deus da guerra, e também já tinha um nome grego, decidi que retornaria como Teseu. Juntos, escolhemos Demetriou como sobrenome, e com dinheiro não foi difícil alterar nossos nomes sem deixar rastros. Jonas nunca foi ninguém importante.

— Ele foi pra mim. Ainda é.

Teseu me fita com carinho. Percebo em seus olhos que, apesar da resistência em contar ao mundo sua história, ele tem muito orgulho dela.

— Então você voltou de viagem como o CEO milionário de uma empresa.

— Exatamente. Reformei o prédio da Pic-Pega e logo comecei a expansão da empresa. As pessoas acharam súbito demais e diziam que eu era louco, mas eu não me importava muito. Sabia exatamente o que estava fazendo, estudava o mercado em cada cidade antes de avançar e fui abrindo as filiais. Quando tudo deu certo, fui de louco a ousado em pouco tempo.

— A essa altura você estava com vinte e seis?

— Sim, ficamos quase um ano fora. Aperfeiçoei meu inglês na Europa, aprendi espanhol, fiz cursos de etiqueta e aprendi a me comportar como um homem de classe. Decidi esconder as tatuagens, mudei meu guarda-roupa e fiz de tudo para agir como alguém que sempre esteve inserido na alta sociedade.

— E deu certo.

— Nesses quase sete anos, abri mais oitenta e seis lojas, além da matriz. Construí a casa onde moro, investi em diversos outros imóveis e comprei meus carros, o Legacy e tudo o que tanto sonhei. A única coisa que eu queria e me faltava era encontrar você. As crianças estavam no plano, mas a princípio era mais por caridade. Eu prometi a Hélio que um dia faria por outros o que ele fez por mim, mas nem em sonho imaginei que pudesse amar tanto aos dois. Agora é como se fossem um pedaço de mim; eu faria tudo por eles.

— Eu sei como é. Me senti assim na primeira vez que os vi e realmente fiz o que pude.

— É isso, Lívia. Esse é um resumo da minha história. Com certeza tenho várias situações horríveis na bagagem, mas finalmente parece que alguém se lembrou de mim e me mandou um presente.

— Deus?

— Sim, as coisas que conquistei, tudo que tenho hoje foi mérito meu. Corri atrás e agarrei meus sonhos. Mas você... Foi como se Ele finalmente me achasse digno de um presente quando te atirou dentro da loja, molhada, suja de café e descalça.

— Tudo por sua culpa, inclusive — respondo, lembrando do dia em que nos reencontramos.

— Foi um milagre, não foi? Uma cidade desse tamanho... Ainda que tivéssemos a loja como ligação, só pode ter sido um milagre você entrar pela porta naquele instante, justo quando eu estava lá.

— Acho que você não deve mais brigar com Deus, sabe? Nos reencontramos, você ganhou dois lindos filhos... Apesar dos pesares, a vida é boa.

— Eu não vou mais brigar. Se você aprova os métodos dEle e Ele me deu você de volta, vou tentar fazer as pazes. Vamos entrar agora? Davi está louco de saudades de você.

— Eu também estou, mas vai indo na frente. Vou falar com a minha irmã rapidinho. Ela já mandou umas dez mensagens.

— Não briga com ela. Eu pedi que não dissesse nada porque queria te fazer uma surpresa...

— Usou a Bruna e a Bianca na armação, não foi? E as duas concordaram e me enganaram direitinho. Nem vou julgar, porque eu também não sei falar *não* pra você.

Ele ainda está sorrindo quando desce do carro, me deixando sozinha. Digito o número da minha irmã e espero que Bruna atenda.

— Oi, Lívia! Estava preocupada, depois de tudo... *Você está bem?* — ela dispara assim que atende.

— Teseu me contou como tudo aconteceu. Eu estou bem, só... Não sei, parece que estou sonhando até agora. Não consigo acreditar.

— *Nem eu, é surreal demais. E agora? O que exatamente vocês são? Um casal? Velhos amigos, quase irmãos?*

— Nós somos definitivamente um casal e o mais sortudo do mundo, pelo visto. Mal posso acreditar que realmente nos encontramos depois de tantos anos.

— *Você nunca perdeu as esperanças.*

— Eu achava que era apaixonada, mas descobri que era um sentimento diferente quando realmente me apaixonei por ele. Pelo visto, de um jeito ou de outro, vai ser sempre ele.

— *Vocês têm sorte. A maioria das pessoas se apaixona e depois descobre que o outro não é bem como imaginavam.*

— Nem todos. Você e o Marcos já têm o quê? Dois anos que estão juntos?

— *Quase dois. É, somos uma exceção.*

— Graças a Deus por isso, Bru. Eu quero agradecer por ter vindo aqui. Talvez, se não viesse, nós dois ainda estaríamos sem saber da verdade. Eu tenho que contar pra Beth também... E conversar com o seu Hélio e o Ares. Mas te espero aqui, pra me visitar em breve.

— *Eu vou, com certeza.*

Desligo o telefone e corro para dentro, para minha casa. Sei que nossa relação não está exatamente definida, mas isso não me importa. Sei que Jonas jamais vai soltar minha mão, e eu vou segurar a dele com muita força.

Antes de mais nada, corro até o quarto das crianças. Martina está no meio do banho, que Andrezza está dando nela, mas isso não me impede de dar um monte de beijinhos na cabecinha molhada de xampu.

Corro para o quarto de Davi e o encontro na cama, com Ares contando uma história.

— Ahá! Peguei você no flagra!

Ele fecha o livro às pressas e me encara com os olhos arregalados.

— Não pode contar pro meu pai que roubei o posto dele. Foi só por um momento.

— Vou é contar que você se faz de difícil, mas adora uma boa história.

Ares ri, passando a mão pelos cabelos muito lisos.

— Estou feliz que está aqui, Lívia e que você... bem, é você.

— Levanta, Ares...

Ainda que não entenda a ordem, ele faz o que peço, se colocando de pé à minha frente. Eu o abraço, pegando-o de surpresa, mas ainda assim recebo um tapinha desajeitado nas costas.

— Obrigada por ser o irmão dele.

— Eu... nunca substituí o Tato, Lívia.

— Claro que não. Você é você, e o Tato era o Tato, duas pessoas diferentes. Mas os dois foram os irmãos que a vida deu a ele. Eu agradeço por ajudar Teseu a procurar por mim, por ter ajudado meu Jonas lá atrás e por ter recebido aquele garoto magrelo nessa família incrível... — Meu nariz já está fungando e estou chorando outra vez.

Pelo que parece, as emoções estão à flor da pele hoje. Ares limpa a garganta, disfarçando o choro, e eu o solto. Coitado, mais constrangido impossível.

Pego Davi no colo e o encho de beijinhos, enquanto ele gargalha passando as mãos gordinhas em volta do meu pescoço.

— Oi, meu amor. Que saudade!

— Aonde você foi? — ele pergunta com sua voz mansinha.

— Precisei ir a um lugar, resolver umas coisas. Mas agora eu voltei, bebê.

— Não vai mais *fazê* coisas?

Aperto meu pequeno mais um pouco e ouço a risada dele, mais alta.

— Não, amorzinho. Vou ficar aqui. Pra sempre.

Arrasto Davi comigo até a biblioteca em busca de seu Hélio e, como sempre, o encontro em sua poltrona, lendo um suspense, bastante compenetrado.

— Boa tardeeee... — cantarolo, entrando no ambiente e fechando a porta atrás de mim.

— Menina, você voltou finalmente! — Seu Hélio me recebe com um sorriso enorme.

— Voltei e estou querendo te dar um peteleco, viu? Me enganando com aquela historinha de Páris e Heitor.

Ele fica sem jeito por um instante, e seus olhos me parecem tristes.

— Eu não sabia quem você era. Desculpe por dar tantos detalhes sobre seu irmão e tudo que houve.

— Não se desculpe. Vou guardar essa história para sempre no meu coração. Por isso ela mexeu tanto comigo, porque Otávio havia morrido daquele mesmo jeito.

Ele confirma com um gesto de cabeça.

— Cheguei a ficar um pouco desconfiado depois da sua reação, mesmo que Teseu tenha garantido que eu estava enganado. Seu primeiro nome e o que me contou me deixaram ressabiado, mas queria ter certeza. Não podia dar esperanças ao garoto à toa. Ele te contou tudo?

Sinto as mãozinhas de Davi mexendo no meu cabelo, formando uma maçaroca, mas pouco me importo. Estou tão feliz, e descabelada parece ter se tornado parte de quem eu sou agora.

— Sim, nós conversamos, e ele me contou todos os detalhes, sobre como começou a vender as balas, sobre como o senhor o apoiou e incentivou. — Caminho até estar diante dele e então coloco Davi no chão. Me ajoelho e seguro as mãos de seu Hélio entre as minhas. — Eu sei que sou só uma garota que o conheceu na infância, mas quero agradecer com todo o meu coração por ter ficado ao lado dele, por ter apoiado seus sonhos e, principalmente, por ter dado ao meu Jonas uma família. Nunca vou agradecer o suficiente por não o terem deixado sozinho.

Seu Hélio aperta as minhas mãos em resposta.

— Você não é só uma garota do passado, Lívia. Você é o pequeno lírio dele, como sempre a chamou. Foi a família que ele escolheu primeiro, quando aquela em que ele nasceu não estava mais aqui. E hoje você é a mulher que trouxe a luz de volta aos dias desse rapaz, que ensinou ao nosso garoto o significado do amor romântico, que mostrou a ele que a vida é mais que trabalho e acumular riquezas. O que vocês dois têm é único. O sentimento que une vocês, a história que os liga, não pode ser desfeito ou esquecido. Isso vai fazer seus corações pulsarem até o fim.

— Para sempre — concordo. — Mesmo que um dia ele não me ame como mulher, mesmo que a paixão acabe, sempre vou estar aqui por ele.

— Isso nunca vai acabar, menina. Prova disso é que nesse momento quero pedir que você também seja minha neta — diz, me fazendo chorar mais uma vez. — Nós vamos ser uma família de hoje em diante, se você nos aceitar. Somos um pouco disfuncionais, e você vai entrar nessa com um avô, um irmão e dois filhos a tiracolo, mas te garanto que em nenhum lugar vai ser tão amada quanto no nosso meio.

Apenas balanço a cabeça, afirmando o quanto quero isso, e deixo as lágrimas caírem. Faz tempo que Bruna e dona Beth, que me deu mais amor que aqueles que me adotaram, são a minha única família. Receber uma família inteira, pessoas que vivem e morrem umas pelas outras, é o maior presente que eu poderia ganhar depois de reencontrar Jonas.

UMA SEMANA DEPOIS

— Tem certeza disso, Lili? Eu consigo entender o que você disse e concordo que, apesar de não voltar mais a usar meu nome antigo, talvez seja bom contar minha história ao mundo, usar isso para influenciar outras pessoas em situação parecida.

— Então qual é o problema de começarmos por pessoas que gostam tanto de você? Dona Beth está me azucrinando, querendo saber do Jonas e sobre como ficaram as coisas entre mim e você. E o Thiago, amor, é seu melhor amigo. Ele te aceitou mesmo com todas as barreiras que você colocou e não desistiu da sua amizade. E ainda nos deu Martina e Davi.

— *Nos* deu?

— Eles são meus também, tá? Eu vi primeiro.

— Mas são meus filhos — ele brinca, me provocando.

Fecho a cara diante da afirmação, e ele sorri.

— Quem sabe em breve eles possam ser seus também.

Isso faz meu coração dar um salto no peito. De que importa o fato de que nos reencontramos há apenas dois meses? Nossa história supera qualquer barreira do tempo. E, se ele disser que quer passar o resto da vida comigo, não tenho outra resposta a não ser um sonoro *sim*.

— Quem sabe... Vai depender do pai deles, pelo visto.

— Então tá bom — Teseu concorda finalmente, ignorando minha indireta. — Vamos contar tudo a eles durante o jantar. Depois vou poder contar às pessoas por aí. Mas antes quero discutir uma coisa com você. Duas, na verdade.

— O que foi?

— Quero que vá comigo ver o Tato. Preciso contar a ele sobre nós dois, mas estou um pouco nervoso.

— Nervoso? Como poderia se ele... bom, não é como se ele fosse dizer que desaprova.

— Pode não dizer, mas sabe como ele era superprotetor? Imagina o que vai pensar me vendo... Você sabe.

— Transar comigo? Espero que nada. Prefiro não pensar no meu irmão quando estamos na cama.

— Ele ia querer me dar uma surra.

— Claro que não. Ele tinha você em alta conta, e tenho certeza de que você seria a única pessoa a quem ele confiaria a irmã caçula.

— Esse é mais ou menos o discurso que pretendo fazer. Vai comigo?

— Claro que vou. Qual a outra coisa?

— Quero trocar o nome da empresa.

— Da empresa? De todas as lojas? — pergunto, realmente pega de surpresa.

— Sim — Teseu responde, me entregando um documento. — Eu mantive o nome todos esses anos na esperança de te encontrar. Mas agora... Tudo que conquistei foi por nós, Lili. Por você, por Tato e por mim e, claro, por Hélio e Ares também. Mas, se todos nós estamos aqui, usufruindo disso, ele também merece participar dessa história.

Demoro a responder, porque meus olhos estão marejados ao ler o novo nome no topo da página.

— Otávio's... — sussurro.

— Ele se foi muito jovem e vai ser sempre nosso garoto. Ninguém merece mais essa homenagem que o Tato.

— É... a coisa mais linda que você já me disse, Jonas. Teseu...

— Que tal Jonas a sós e Teseu em público? — ele sugere, brincando.

— Você gostou mesmo do nome?

— Se gostei? Não acabei de falar que é a coisa mais linda que você já me disse?

— Vou tentar me superar essa noite.

Não sei se é uma promessa romântica ou sexual, mas não tenho tempo de perguntar, porque logo Ares e Hélio se juntam a nós enquanto aguardamos mais alguns minutos até que todos os convidados cheguem.

Começamos o jantar muito bem. A mesa está lotada, porque, além dos moradores habituais, dona Beth, Thiago, Bianca e Bruna também compareceram. Seu Hélio aproveitou o momento para sugerir um jogo. De acordo com ele, desde que a casa ficou movimentada com a chegada das crianças, não tinham jogado nem uma vez.

Foi só quando ele disse o nome do jogo, "código secreto", que fui entender a conversa que ouvi quando comecei a trabalhar na empresa.

Apesar de estranharem o comportamento de Teseu, muito alegre e mais sorridente que de costume, nem Thiago nem dona Beth mencionaram isso. Só depois de todos terminarem de comer que Teseu decidiu acabar com a curiosidade de todos.

— Quero agradecer por terem vindo até aqui esta noite. Sei que o que tenho a dizer pode chocar vocês, alguns mais do que outros... — diz ele, encarando Thiago.

— Me chocar? Eu já vi de tudo nessa vida.

— Sei, mas por essa eu garanto que você não esperava. Lívia e eu nos conhecemos cerca de vinte anos atrás, enquanto vivíamos sob os cuidados dessa mulher incrível que está aqui hoje, a dona Beth.

— Espera — Thiago interrompe, enquanto dona Beth abre a boca, surpresa. — Vocês são parentes?

— Ela é a diretora do orfanato em que crescemos.

— Orfanato? Mas você tem família... — Thiago continua chocado.

— Eu disse que iria te surpreender. Lívia, eu e o irmão dela, Otávio, éramos inseparáveis, até que uma família a adotou. Bom, Otávio e eu fomos para as ruas, passamos por momentos difíceis e infelizmente ele faleceu... — Ele narra um resumo muito superficial dos fatos, mas ainda assim consegue deixar Thiago estarrecido, assim como dona Beth, que aos poucos começa a compreender tudo. — Foi logo depois disso que conheci Hélio e Ares, e os dois se tornaram a minha família.

— Meu Deus! Me sinto muito enganado! — A voz de Thiago assume um tom esganiçado, coitado. O choque realmente foi muito grande.

Dona Beth ainda não se recuperou completamente do susto.

— Fica quieto e escuta. Devagar, construí tudo que tenho e sou hoje, mas Lívia sempre esteve nos meus pensamentos. Eu a procurava sem parar. Sem que nos reconhecêssemos, nos reencontramos por acaso e nos apaixonamos.

Dona Beth se levanta, as lágrimas caindo pelos olhos.

— Jonas? — Ela caminha com seus passos ágeis até ele e o abraça pela cintura, um gesto que Teseu retribui, emocionado. — Como você...

— Ela disse Jonas? Eu não sei mais o que está acontecendo aqui, mas me sinto muito traído — reclama Thiago.

— Eu era o Jonas, Thiago. Você conheceu o Teseu. E hoje, graças a Lívia, eu sou a soma desses dois nomes. Todos os meus pedaços se juntaram em um só, e por isso decidi contar a verdade a vocês antes de compartilhar com o mundo.

— Eu não sei o que dizer...

— Devia estar feliz. Se eu estou contando, é porque você é meu melhor amigo.

— Eu sabia! Sabia que era eu! — o juiz comemora, esquecendo por um momento a surpresa.

— Idiota... Pois bem, vou aproveitar o momento para dizer que, se tenho uma certeza na minha vida, é a de que essas pessoas aqui estarão comigo até o fim, para o que der e vier. Meu irmão — ele se volta para Ares —, obrigado por dividir comigo seu pai e sua casa, por me acompanhar em cada tatuagem doida, por me apoiar sempre e por ser quem você é.

— Ele disse tatuagem? — Ouvimos claramente o que era para ser o sussurro de Bianca.

— Quem é esse cara? — Thiago responde, acompanhando a surpresa dela.

— Ao meu avô, meu pai, Hélio... — Teseu prossegue, ignorando-os. — Obrigado por acolher um garoto desajustado, que não ia ser ninguém, e por me ensinar o significado de resiliência, me transformar em um homem de bem, me dar um teto, comida e aqueles dez reais. Mas, principalmente, obrigado por me amar antes mesmo que eu merecesse.

— De nada. Você é meu filho, Teseu. Eu faria tudo por vocês dois... Três — completa, olhando para mim. Mas depois seus olhos se desviam para as crianças, na ponta da mesa. — Cinco.

Teseu abre um sorriso para o pai e continua o discurso:

— Dona Beth, agradeço pelo tempo que cuidou de mim, mas principalmente por ter sido a mãe que a Lili não teve. Agradeço por ter cuidado dela, oferecido amor e por ter sido a responsável por nos levar àquela loja de brinquedos pela primeira vez, tantos anos atrás. E me desculpe por não ter dito quem eu era. Sabia que tantos anos e tantas crianças depois, com meu novo nome, a empresa... Sabia que não iria me reconhecer e preferi manter as coisas assim. — Então ele se volta para minha irmã. — E, Bruna, obrigado por ser a irmã de que ela precisava. Talvez sem você Lívia não tivesse suportado a dor e a solidão de perder o irmão.

— A Lívia também me deu uma irmã, ela também me livrou da solidão.

Ela concorda, compreendendo perfeitamente o que ele diz.

— Thiago, obrigado por ser meu amigo, mesmo quando fiz tanto para que se afastasse. Obrigado por não desistir de mim e ser persistente até o fim. E, Bianca, obrigado por ser essa amiga incrível para a Lili e por mentir para ela quando pedi. — Isso faz com que as gargalhadas ao redor da mesa ecoem. — Prometo nunca mais te chamar como substituta.

As risadas aumentam, e Bianca faz um sinal de joia para ele.

— Finalmente, quero te agradecer, meu lírio, por nunca se esquecer de mim, por me amar durante dezesseis anos de ausência e por ter sido a minha razão para não desistir. Mas, principalmente, obrigado por enviar a luz para o meu coração — os olhos dele cintilam de emoção e são como dois faróis que iluminam minha alma —, quando enviou aquele e-mail, quando me mostrou como essas duas crianças iriam mudar a minha vida. Obrigado por encher meus dias de amor com a presença deles e com a sua. Obrigado por me ensinar a amar e por me amar de volta.

Teseu deixa seu lugar na cabeceira da mesa e caminha até onde estou sentada, me pegando pela mão.

— Obrigado por ser aquele pedaço que sempre me faltou, mas que agora me completa. Eu nunca soube viver sem você. Existi por todos esses anos, mas reaprendi a viver quando você surgiu. — Ele me puxa para que eu me coloque de pé e então, devagar, quase como em câmera lenta, se ajoelha diante de mim. — Então te peço agora, que se, e apenas se, eu a fizer tão feliz quanto você me faz e se desejar estar ao meu lado tanto quanto eu desejo estar ao seu, que aceite se casar comigo o mais rápido possível. Porque, no que depender de mim, você será minha até o fim dos nossos dias.

Ele tira uma caixinha do bolso e a abre, diante de todos. Ouço os suspiros coletivos e as vaias de Ares e Thiago, mas nada disso importa, porque jamais haveria outra resposta que não fosse *sim*.

— É claro que eu aceito — respondo, abrindo o que com certeza é o maior sorriso da minha vida. — Aceito você, Jonas, e te aceito, Teseu... — Estou pronta para pular nos braços dele, mas não resisto a uma gracinha, sob os olhares atentos de todos: — Teseu, Teseu, meu coração é todo teu.

Como previsto, isso arranca risadas de todos os outros ao redor da mesa, e, quando eu o enlaço pelo pescoço e beijo seus lábios, estou mentalmente fazendo a dancinha da vitória.

Porque nunca me senti tão vitoriosa quanto me sinto nos braços dele.

31

Teseu

Com a nova rotina instaurada e os preparativos para a reinauguração da empresa com o novo nome, nossa vida ficou bagunçada por uns dias.

Lívia parece feliz com a mudança. Nos assumimos como casal, o que significa que agora ela dorme na minha cama todas as noites e começamos a planejar o casamento.

Agora, no palco, diante de toda essa gente, após dar a eles e aos repórteres parte da minha história, de onde vim e como me tornei quem sou, depois de contar sobre o garoto que originou o nome que hoje damos à rede de lojas, percebo que estou exatamente onde sonhei, com a mulher que eu amo ao meu lado.

— E essa moça que está com o senhor? Quem é ela? — um repórter se adianta, mesmo que eu não tenha aberto para perguntas nem pretenda.

Seguro a mão de Lívia, e os flashes disparam.

— Essa é a Lívia, a garotinha que eu conheci tantos anos atrás e reencontrei recentemente. Esse anel que brilha no dedo dela é um símbolo de tudo que ela representa pra mim. Nós vamos nos casar em breve e, com nossos filhos — aponto para Titina e Davi, na plateia ao lado de Hélio e Ares —, vamos formar uma família exatamente como aquelas dos comerciais de margarina.

Apesar das risadas, as fotos continuam. Os convidados, empresários e funcionários da Otávio's estão presentes, e todos parecem surpresos com a novidade. Os únicos rostos infelizes são os de Brenda e Ernesto Palheiros. Isso não me incomoda em nada; estou tão feliz que sinto que posso conquistar o triplo do que alcancei até hoje, sem acordos impensados e priorizando as pessoas antes das coisas.

Além disso, me acostumei à inveja. Isso agora funciona apenas como combustível para que eu vá ainda mais longe.

Finalmente, pego a tesoura das mãos de Lívia, e juntos cortamos a fita vermelha que simboliza essa nova fase. Os garçons já serviram o champanhe durante meu discurso, então ergo minha taça, vendo todas as outras se erguerem na sequência.

— À Otávio's e ao garoto que um dia teve esse nome.

∼∼∼

— Oi... Eu sei que devia ter vindo antes. Inclusive chamei a Lívia para vir comigo, mas acabei mudando de ideia. Acho que é uma conversa que precisamos ter sozinhos...

Encaro a lápide à minha frente, lendo a inscrição que mandei gravar quando solicitei a substituição da antiga.

"Irmão e amigo amado. Um sonhador que se foi cedo demais, mas que marcou aqueles com quem conviveu de tal maneira que estes o marcaram no mundo."

— Gostou da nova inscrição? Mandei colocarem essa frase, mas não tinha vindo até hoje contar o que significa. Quer dizer que eu finalmente troquei o nome das lojas e fiz uma homenagem a você.

Faz duas semanas desde que o nome da empresa foi oficialmente alterado, mas, em meio à papelada que precisei assinar, à inauguração de outras filiais e aos planos para o casamento que se aproxima, acabei postergando esse momento.

— Não — falo, como se Otávio tivesse me questionado —, eu não queria te comprar com essa homenagem para depois pedir que aceitasse minha relação com a sua irmã. Só aconteceu, sabe? Mas imagino o quanto você iria gostar de ter seu nome em noventa e nove lojas... Cem, muito em breve. Não estão todas funcionando ainda, mas os projetos estão em andamento.

Faço uma pausa, observando os arredores e confirmando que não tem ninguém me olhando, me achando louco. Uma árvore grande faz sombra sobre o túmulo de Otávio e isso também me dá algum alento, ainda que eu saiba que ele não está aqui, sob o cimento; não literalmente.

— Mas agora é sério... Sobre a Lívia, você sabe que eu não planejei isso, não sabe? Quando ela reapareceu, eu não sabia que era a nossa Lili, mas... eu... me apaixonei por ela, Tato. — É incrível como consigo ficar sem jeito sem nem mesmo saber se ele pode me ouvir. — Sei que você deve ter ficado um pouco enciumado, mas sabe melhor do que ninguém que não há outra pessoa no mundo que cuidaria tão bem dela quanto eu, nem que a amaria tanto.

Caminho de um lado ao outro, diante do túmulo, me justificando:

— Tenho certeza de que você quer o melhor para o nosso lírio e, honestamente, eu sou o melhor. Tudo bem, agora não estou sendo muito humilde, mas... — Suspiro, esfregando o rosto com as mãos. — Ah, cara, como queria que estivesse aqui! Você ia me dar um tapa forte na cabeça, me avisar para não brincar com ela, mas, no fim, tenho certeza de que nos aprovaria, e com certeza seria nosso padrinho.

Então eu paro, encarando a lápide como se fosse o próprio Otávio.

— Porque, sim, vou me casar com sua irmã. Ou acha que eu não a levaria a sério? Nós iríamos ter vários almoços nos domingos, e você brincaria com os seus sobrinhos. Eu queria muito que vivêssemos isso juntos. — Não percebo que comecei a chorar até ver uma lágrima pingar sobre o cimento cinza. — Me desculpe por ter fugido naquele dia, sem esperar que a ambulância chegasse. Eu era um idiota. Fiquei com tanto medo, Tato... Me desculpe também por demorar tanto para achar a Lili. Eu juro que tentei...

É apenas quando uma pinha grande cai da árvore, bem em cima da minha cabeça, que entendo que ele me ouviu.

Essa é a forma de Otávio me dizer: *Seu idiota, não foi culpa sua! Mas, se não cuidar bem dela, vai se ver comigo.*

— Eu prometo, Tato, nós vamos ser muito felizes.

Lívia

O casamento acontece cerca de três meses após o pedido. Levou um tempo para que preparássemos tudo conforme planejamos, então marcamos a data para dezessete de novembro.

Teseu se acostumou a ostentar e, por mais que muitas vezes eu dissesse que não havia necessidade, a verdade é que eu queria uma grande celebração tanto quanto ele.

Decidi me arrumar na nossa casa, enquanto Teseu foi para a casa de Thiago com o amigo, seguindo a tradição de não ver a noiva antes do casamento.

Diante do espelho, parada, admiro minha imagem sem conseguir acreditar em tudo que passamos para chegar até aqui, em como a vida interferiu tantas vezes, mas ainda assim, depois de tantos anos, nos reencontramos para viver o destino que escolhemos e traçamos com nossas próprias mãos.

Escolhi um vestido muito rodado. A armação enorme me faz parecer uma princesa, e confesso que nunca imaginei que ficaria tão bonito assim. Teseu não poupou gastos e me permitiu escolher cada detalhe como desejasse, e foi o que eu fiz.

Os ombros à mostra revelam um decote em v, todo trabalhado em renda e tule, e as mangas com bordados intrincados descem justas até os punhos.

— Seu cabelo ficou maravilhoso assim — comenta Bianca, observando a longa trança loira que foi decorada com pequenas flores brancas.

— Eu adorei. Um pouco diferente, né?

— Sim, e as flores vão combinar com o buquê. — Ela me entrega o arranjo cheio de lírios brancos. Abro um sorriso, observando como ficou bonito.

— Acho que vou ao banheiro... — Dona Beth se levanta, mas, como já é a quarta vez, estamos cientes de que, na verdade, ela está indo chorar escondida.

Quando perguntei se me acompanharia até o altar, dona Beth me disse que precisava ficar com as crianças do abrigo, que foram todas convidadas, tomando conta para que não colocassem o altar abaixo. Mas sei bem que o verdadeiro motivo é que ela pretende se acabar de chorar e não quer fazer isso no meio do corredor, com todos os olhares sobre ela.

Não que esteja julgando. Eu mesma fiz questão de uma maquiagem à prova d'água — e mesmo assim já retocaram duas vezes, e a cerimônia nem começou.

— Está pronta? — Bruna confere pela milésima vez seu vestido no espelho. Para ela, escolhi um modelo azul-bebê com o mesmo decote que o meu, mas a saia é bem mais justa. — Já chegou a hora, Lívia.

Encaro meu reflexo uma última vez, repassando mentalmente os próximos passos, e então confirmo com um gesto. Saímos da casa acompanhadas por Borges, que fez questão de usar o uniforme completo hoje, com o quepe perfeitamente colocado e a limusine lustrada, brilhando de longe.

— Cadê o vovô? — pergunto a ele, já que, agora, ou me refiro a Hélio dessa forma ou fico sem ouvir suas histórias por uma semana.

— Ele foi com o senhor Ares e as crianças. Vão te encontrar lá... Senhora Demetriou.

O novo nome me surpreende por um momento. E eu me calo, encarando Borges sem me mover.

— Só estou testando. — Ele sorri e me estende a mão para me ajudar a entrar no carro.

— Eu adorei! Ainda não tinha ouvido em alto e bom som...

Entro no carro e ocupo sozinha quase um banco inteiro. Bianca, Bruna e dona Beth se sentam à minha frente e, ao ver as três assim, enfileiradas, começo a rir.

— Que foi? — Bruna parece achar que enlouqueci, enquanto o carro finalmente sai de casa, rumo ao local onde vai ser a cerimônia.

— Agora que percebi que, tirando eu, vocês são Bruna, Bianca, Beth e Borges... Todos os nomes começam com B.

— B de bodas — Bianca ri comigo, se divertindo.

— Acho que ela está nervosa — dona Beth comenta, mas não deixa de achar graça da situação.

As três conversam comigo, me distraindo um pouco da tensão que estou sentindo. Quando dou por mim, já estamos estacionando.

— O que... — Abaixo o vidro da janela, observando a fachada nova do abrigo, e franzo o cenho. — Por que viemos pra cá, Borges?

Ele abaixa a divisão que o separa de nós e se vira para me encarar, todo sorridente.

— Como assim? A cerimônia é aqui.

Olho para dona Beth, mas, em vez de me responder, ela já recomeçou a chorar.

Sinto meus olhos se marejarem também ao perceber que ela e Teseu armaram isso. Os dois me enganaram enquanto organizavam o casamento aqui, sem que eu soubesse.

Descemos do carro, e Bianca arruma meu vestido, esticando a cauda que não consigo ver. A equipe responsável pela cerimônia aparece, e tudo vira um caos por um momento. Eles abrem os portões, e, pela ausência de carros na rua, posso deduzir que os convidados chegaram pela outra entrada.

— Aguarde só um minuto... — a moça instrui. — Vou conferir se já é sua entrada.

Ela conversa com alguém por um rádio, e os outros fecham o portão após entrarmos todos.

Estamos no hall do lar, um lugar em que estive tantas vezes, mas tudo foi modificado. As paredes foram pintadas; no lugar da mesinha simples que havia ali, agora vejo um balcão bonito e sofisticado. Até mesmo o piso quadriculado antigo foi substituído por porcelanato.

— Certo. Peçam a ele que venha, então.

Instantes depois, seu Hélio aparece com Martina no colo. Não sei dizer qual deles está mais lindo: ele, que veste um terno feito sob medida e usa a bengala para auxiliá-lo, ou minha bebê, penduradinha no braço do bisavô, em um vestido muito parecido com o meu e um laço gigante na cabeça.

— Podem entrar... — a mulher avisa.

A cerimonialista me oferece um carrinho para colocar Martina, mas ela faz cara de choro e imagino que não seja o melhor lugar para nossa filha assistir ao casamento, mesmo que dona Beth tenha prometido cuidar dela.

Então me decido. Entrego meu buquê no lugar de Martina e pego a pequena no colo, apoiando-a apenas de um lado, enquanto pouso a outra mão no braço estendido do vovô.

Ouço a marcha nupcial começar e então acompanho seu Hélio em seus passos lentos na direção dos jardins do abrigo.

Quando chegamos diante da porta, observo tudo, incrédula. O lugar foi transformado e está magnífico.

O gramado do campo de futebol é de um verde impecável, e as árvores que o cercam fazem sombra acima das pessoas. Várias cadeiras foram espalhadas sobre ele, e, no centro, um tapete vermelho traça o caminho de onde estamos até o outro lado.

Algumas tendas foram montadas nas laterais, preparadas para o almoço que virá em seguida, e os convidados assistem em pé à minha entrada.

Jonas está na outra ponta do tapete, esperando por mim. Seu sorriso lindo é uma das minhas coisas preferidas na vida. Só de pensar nos dezesseis anos em que ele o escondeu do mundo, sinto meu coração doer. É por isso que faço o que está ao meu alcance para fazê-lo sorrir, sempre que posso.

O tempo está ótimo. O sol não está forte, e uma leve brisa sopra no ar, deixando tudo mais agradável.

Martina se remexe no meu braço, querendo descer para o chão, complicando a coisa toda. Seu Hélio apenas ri, babão como sempre.

— Vamos, pequeno lírio... Força.

— Estamos quase lá — respondo, olhando ao redor pela primeira vez.

Noto as crianças, cercadas por Pietra e Laís. Dona Beth, que tenta controlar Davi para que ele não saia em disparada para o corredor antes da sua vez, e Renata e Andrezza, muito bonitas em seus vestidos de festa.

Os funcionários da sede da Otávio's também vieram em peso. Estão sorrindo, me incentivando a prosseguir. Como se houvesse incentivo maior do que o homem que me espera, paciente.

Chegamos diante dele, e Teseu se adianta até estar de pé à nossa frente.

— Sua noiva, meu filho — diz seu Hélio, colocando minha mão sobre a de Teseu. —Mas vai continuar dividindo comigo... — completa, me fazendo rir.

Ele pede Martina com um gesto e a coloco em seu braço livre, ajudando-o a se sentar na cadeira em frente ao altar.

Acompanho Teseu para tomar meu lugar ao lado dele sob as árvores altas, diante de todos os convidados. Posso ver que ele fez a escolha certa em transferir a cerimônia para este lugar, porque não poderia haver um dia mais perfeito, cheio de simbolismo e sentimento.

Thiago e Bianca estão postados ao meu lado como meus padrinhos. Ao lado de Teseu estão Ares e Bruna, que, apesar da cara feia de Marcos, não rejeitou meu pedido.

Quando o juiz de paz convida todos a ficarem de pé e a música clássica que escolhi começa a tocar, Davi entra, usando um terno idêntico ao do pai e arrasando os corações de todos que estão assistindo ao casamento.

Ele caminha em um ritmo próprio, devagar mas saltitante, e chega ao altar em pouco tempo, entregando nas mãos de Teseu a caixinha com as alianças.

Martina está na primeira fileira, no colo do bisavô, que se diverte em colocá-la sentada sozinha na cadeira ao lado, já que agora está quase uma mocinha que consegue se manter sentada por alguns segundos antes de cair para o lado, abrindo um sorrisão banguela.

— Pois bem, podem fazer seus votos.

Optamos por isso porque, ao menos no nosso caso, nossas próprias palavras são únicas e representam sempre a veracidade do que sentimos. Preferimos isso às juras ensaiadas.

— Lívia... Te fiz inúmeras promessas durante nossa vida e todas as que dependiam unicamente de mim, eu cumpri. Te encontrei, ainda que tenha demorado, e construí com você essa família maravilhosa que temos, que somos agora. Hoje, eu quero te fazer apenas mais uma promessa: a de que acima da minha felicidade está a sua e, enquanto eu respirar, você vai ser meu pequeno lírio, regado sempre com muito amor.

Abro um sorriso, contente, ainda que possa ouvir as piadinhas de Thiago sobre o quanto foi brega. Essa é sempre a opinião de quem não vive o que nós estamos vivendo, mas um dia ele ainda vai mudar de ideia.

Enquanto Teseu desliza o anel pelo meu dedo, sinto que finalmente nossa história — não aquela cheia de lágrimas e de tristeza, mas a que é recheada de sorrisos e momentos de alegria — está prestes a começar, para nunca mais ter fim.

— Teseu, meu Jonas. Você foi meu primeiro amor, mesmo quando eu não tinha ideia do que era isso, e continua sendo o único homem, aquele que eu escolheria mil vezes. Eu te amo por completo, por quem você é e não por outros motivos que sobressaiam. Eu prometo que enquanto eu respirar meu coração será seu e também toda a minha admiração. Porque você é o que há de mais admirável na Terra.

Nosso primeiro beijo como marido e mulher não é cheio de promessas, mas cheio de realizações. Quando uma pinha cai da árvore sobre nossas cabeças, Teseu apenas sorri e aprofunda o beijo.

∿

— Tem certeza de que sabe pilotar essa coisa? Se eu morrer na lua de mel, vai ser muito trágico, Teseu.

— Claro que eu tenho. Além disso, os engenheiros que construíram esse avião fizeram tudo para que ficasse o mais fácil possível para o piloto. Sem falar no conforto. Você está confortável, não está?

Olho para ele com ceticismo.

— Se a pergunta for sobre o ambiente, sim, muito confortável. Mas eu não me sinto assim usando um vestido que dá pra se perder dentro dele e estando tão distante do chão.

— Nós estamos muito mais alto do que parece. O conforto...

— Teseu! Você parece o garoto-propaganda do avião, pelo amor de Deus!

Não dá para negar que estou com medo. Por mais bonito e elegante que seja o jato, ainda estamos a uma altura que nunca estive, e, depois do dia mais feliz da minha vida, o que menos quero é morrer a caminho da lua de mel.

— Por que você não se deita um pouco? Te expliquei como as poltronas se convertem em uma cama? E você pode controlar a temperatura e tirar um cochilo. Eu te acordo quando chegarmos.

— Vou me deitar só pra ver se fico mais tranquila. Lógico que não vou dormir sem saber se vou acordar. É cada uma...

Faço o que ele diz e sigo para a cabine de passageiros, arrumando as poltronas como Teseu me mostrou mais cedo. Depois me deito e puxo uma manta sobre meu corpo antes de ajustar a temperatura do ambiente também.

Olho ao redor, notando o luxo do avião e me perguntando quanto pode custar algo assim. Mas, antes de digitar na aba de pesquisa do celular, incrivelmente acabo adormecendo.

Meu sono não é nada turbulento, e acordo com Teseu me chamando, avisando que estamos iniciando o pouso.

Sento-me na cama e arrumo as poltronas para afivelar o cinto. Depois que finalmente me ajeito, preparada para a descida, pego o celular e decido pesquisar sobre o avião.

Quando o valor salta na tela, meus olhos se arregalam ainda mais, impressionados, mas eu os fecho rapidamente, evitando assistir à descida.

Abro-os novamente apenas quando estamos em terra firme e me mantenho sentadinha até que Teseu sai da cabine do piloto e vem até mim, se ajoelhando ao meu lado.

— Tudo bem, Lili? Vamos sair...

— Vinte milhões, Teseu. Você é doido?

— Vinte milhões de quê, amor?

— De dólares! Como pôde comprar um avião que custa vinte milhões de dólares? Na verdade, como você tinha tanto dinheiro assim?

— Bom, eu não tinha. Não livres, pelo menos. Boa parte estava investida em ações e nas empresas, mas outra foi parcelada em suaves prestações.

— Suaves? Eu não vou perguntar de quanto, porque pode ser que eu não durma mais depois de saber. Vamos aproveitar nossa viagem e esquecer seu brinquedo. Você mereceu.

— Exatamente, Lili, eu mereci. Ele é um símbolo pra mim.

— Tá bom, então. — Solto o cinto e seguro a mão que Teseu me oferece. — Eu amo você, doido ou não, e não vai ser um avião a mais ou a menos que vai mudar isso.

Ele ri, se divertindo com minha frase sem sentido, e me conduz para fora do jato.

Por onde olho, vejo tudo azul. Um lugar onde o céu e o mar se misturam, formando um degradê de tons que vão desde o violeta até um azul que se aproxima muito do branco.

A areia é semelhante ao açúcar refinado, e não vejo ninguém nos arredores.

— Somos só nós dois nesse lugar paradisíaco?

— É lógico que somos só nós. É uma lua de mel. Queria mais quem aqui?

Teseu me pega no colo, girando comigo nos braços, mas nos desequilibramos e caímos os dois na areia. Ele atinge o chão antes de mim e amortece minha queda, erguendo poeira ao nosso redor enquanto gargalhamos da situação ridícula em que nos encontramos.

Teseu me cala com um beijo, e, quando sua boca toma a minha com anseio, o único pensamento que passa pela minha cabeça é o de que deve ser impossível ser mais feliz que isso.

Epílogo

Teseu

Ela bate à porta para anunciar sua chegada. Não é como se precisasse fazer isso, mas acho que os velhos hábitos ainda estão muito presentes, mesmo que já tenha um ano desde que nos casamos.

Lívia voltou para a empresa comigo alguns meses depois. Logo que Martina começou a engatinhar, deixamos a menina sob os cuidados de Andrezza, ao menos nas seis horas que passamos na sede todos os dias.

Estamos trabalhando juntos na administração da Otávio's, e, apesar de não ter nenhuma experiência anterior, Lívia se mostrou extremamente competente e dedicada. Isso só fortaleceu nossa marca, que agora conta com cem lojas em funcionamento espalhadas pelo país.

— Trouxe alguns contratos que precisa assinar, chefe — provoca, parando diante da minha mesa, com uma saia preta, justa, com o poder de me enlouquecer.

— Fazendo o trabalho da secretária outra vez? Onde está a Bianca?

— Dei folga, para que o andar ficasse mais... vazio.

— Deu folga à secretária que promovemos recentemente? — Mas então as palavras dela penetram minha mente. — Para que ficássemos a sós?

— Sabe... — Lívia caminha sensualmente até minha mesa e se senta na beirada dela, cruzando as pernas em seguida. — O senhor tem sido um chefe muito exigente. Achei que talvez pudesse me dar mais algumas ordens.

— É mesmo, amor? — Minha mão espalma sobre sua coxa, e Lili abre um sorriso.

Durante o tempo que se passou desde que ficamos definitivamente juntos, Lívia despertou como mulher de tal forma que nem parece a menina assustada com quem me deitei em sua primeira vez.

— Então abre as pernas pra mim...

Obediente, ela afasta as coxas, me revelando sua boceta gostosa e completamente nua.

— Lívia! Você veio trabalhar sem calcinha? E se alguém...

— Mas, chefe, eu *queria* que alguém me visse — responde, com ar de inocência fingida.

A saia dela se ergue quando apoia os saltos pretos sobre a mesa, abrindo ainda mais as pernas.

— Primeiro, chega mais para perto da beirada.

Ela faz o que peço, arrastando a bunda gostosa sobre meus papéis. Fodam-se os papéis.

Passo o dedo por sua boceta molhada, sentindo meu pau ficar duro enquanto ela atira a cabeça para trás, gemendo meu nome.

Deslizo o dedo para dentro dela antes de provar seu gosto delicioso e, enquanto percebo suas coxas firmes se contraindo, desço o rosto entre suas pernas e abocanho seu sexo com vontade.

Lívia geme alto, me instigando ainda mais. As cortinas estão abertas, e o risco de sermos vistos à distância apenas nos deixa mais excitados.

Com a ponta da língua estimulo seu clitóris, que incha na minha boca, enquanto os dedos dela se afundam em meus cabelos, pedindo por mais.

Sinto que ela está muito perto de gozar — talvez seja a excitação pelo perigo ou a brincadeira de chefe e secretária —, mas não posso permitir que ela ganhe esse alívio tão rápido.

Abro o botão e o zíper da calça e então me afasto, sorrindo diante do seu desespero para que eu continue.

— Ainda não, safada. Vou te comer bem gostoso agora...

Os olhos dela cintilam, e sei que refletem o mesmo tesão que tenho por ela. Enquanto tiro meu pau de dentro da cueca, Lívia desabotoa a própria camisa, revelando os seios fartos, os bicos eretos e tão convidativos. Deslizo meu pau por sua boceta apertada, enquanto chupo seus peitos e sinto suas pernas se cruzarem em volta do meu quadril.

Minhas estocadas são fortes e profundas, e ela parece me puxar para ir cada vez mais fundo. Beijo sua boca e colho os gritos do seu orgasmo direto da fonte, abafando um pouco do nosso barulho enquanto me derramo dentro dela, indo da perdição ao paraíso em uma fração de segundo.

Saímos da empresa pouco depois das quatro da tarde. Desde que Lívia começou a trabalhar comigo, combinamos que nosso horário seria reduzido para que tivéssemos mais tempo para ficar com as crianças, e assim temos feito.

— A Martina me chamou de mãe — comenta, os olhos brilhando de alegria enquanto dirijo pelo trânsito lento de São Paulo.

— Mas você é a mãe dela. Ela já tinha falado antes, Lili. Desde os nove meses.

— É, mas era uma coisa mais como mamã. Eu nunca sabia se era eu, se era a mamadeira ou qualquer outra coisa. Mas dessa vez ela me viu, abriu um sorrisão e disse um sonoro "mamãe".

Sorrio ao ver a alegria dela, porque a verdade é que nossa Titina nunca conheceu outra mãe, então isso iria acontecer mais cedo ou mais tarde.

— Você não ficou boba assim quando Davi te chamou de mamãe a primeira vez.

— Não? Eu fiquei muito pior. Não lembra que fiz a dancinha da vitória na frente da pediatra? Ela com certeza achou que eu tinha enlouquecido.

A lembrança me faz rir outra vez.

— Achou mesmo, mas, se consola, eu amo te ver fazendo aquela dancinha.

— Eu ensinei pro vovô, sabia?

— O Hélio? Aí você já passou dos limites, Lívia! Que pouca vergonha, um homem na idade dele. Você não colocou no TikTok, né?

— Você não tem uma conta lá, então nunca vai saber — provoca.

— Prefiro não ter certeza mesmo. Nem posso imaginar um homem da idade dele fazendo dancinha no TikTok.

— Não me lembro de ter dito isso no dia que te ensinei.

— Claro que eu disse, mas aí você me prometeu *aquilo* e tive que disfarçar.

— Pelo menos sei sempre como te comprar...

Paramos o carro em um semáforo fechado, e, à nossa frente, dois meninos começam a oferecer balas, chocolates e garrafas de água.

Abro a janela do Porsche, e Lívia sorri para mim de canto, já imaginando o que vou fazer, enquanto o garoto se aproxima da janela e estende a caixa para que eu veja os doces dentro dela.

— Vai uma bala aí, tio? Um chocolate pra moça?

Estendo a mão direita, e Lívia me entrega um exemplar da minha biografia, que coloco nas mãos do garoto.

— Você sabe ler?

Ele faz que sim, me olhando de um jeito curioso.

— Então espero que goste. Se você tiver força de vontade e determinação, essa história pode mudar sua vida.

O sinal se abre e avanço com o carro.

— Colocou os dez reais na última página? — pergunto à minha esposa.

Ela confirma com entusiasmo.

— Viu o brilho nos olhos dele? Coloquei seu cartão de visitas também. Se ele tiver disposição para ler o livro todo, vai encontrar o dinheiro e seu número.

Nesse pouco tempo, já ajudamos mais de uma dezena de jovens assim, com mentoria para os que desejam tentar a sorte como eu e com emprego para aqueles que querem um teto e comida. Não ofereço o dinheiro gratuitamente, porque, sem disciplina e foco, assim como veio, tudo se vai muito fácil. Só que, para aqueles que se dispõem a ler essa história até o fim, existe uma mensagem bonita e, também, uma oportunidade de recomeçar.

Cenas extras

Lívia

Aos oito anos
Despedir-me da dona Beth foi difícil. Chorei muito quando ela me abraçou forte, tentando me acalmar enquanto eu gritava pelo meu irmão, Tato.

Ele não vinha... Eu esperava que ele aparecesse pra me salvar, mas aos oito anos, sabia que, mesmo que quisesse muito isso, não tinha nada que pudéssemos fazer, e Tato estava chorando no quarto.

Jonas tentou me salvar. Ele sabia que Tato não queria me ver sendo levada, então tentou por ele. Apareceu correndo de dentro do orfanato e agarrou minha mala para impedir que me levassem. Mas o homem bigodudo do conselho tutelar o segurou, afastando-o de mim.

— Nós vamos te achar, Lili! — Jonas gritou.

Olhei meu salvador uma última vez. Ele estava muito magrinho, e os cabelos na altura do queixo precisavam de um corte. Porque, por mais que dona Beth se esforçasse muito, as condições no orfanato não eram boas, e não recebíamos verba suficiente para luxos como cortes de cabelo. Mas, para mim, Jonas era como um príncipe que um dia viria em meu socorro.

— Pode ter certeza de que o Tato e eu vamos te achar! — Jonas gritava com raiva, como se não se conformasse com a injustiça de sermos separados. Nós éramos como os três mosqueteiros... até não sermos mais.

Eu acreditei nele quando disse que me encontrariam. Ainda assim chorei muito durante todo o caminho.

Minha nova mãe era uma mulher meio estranha. Ela se chamava Zélia e não parecia ligar muito pra mim, ainda que tenha feito o possível para me adotar. Enquanto eu chorava no banco de trás do carro, ela apenas olhava às vezes pelo retrovisor, parecendo entediada.

— Para com isso, Lívia! — meu novo pai pediu. Ele devia ter um nome normal, mas Zélia só o chamava de Tuco.

Apesar de não gritar, o tom que ele usou foi firme. Ele não estava feliz com meu choro.

— Você vai gostar da sua casa nova. Temos um bar bem legal, e você vai ganhar uma nova irmã.

Mas eu não queria uma irmã nova; queria o que eu já tinha desde sempre.

Continuei chorando baixinho, para que não me xingassem, até que ele estacionou o carro em frente a um portão pequeno e enferrujado.

Havia mesmo a porta de um comércio ao lado, onde devia funcionar o bar. A entrada perto do portão, com grades, levava a uma casa nos fundos do terreno.

O homem que agora eu deveria chamar de pai tinha os cabelos pretos, salpicados de branco, e uma barba espessa. Ele pegou minha mala pequena, que havia arrancado das mãos de Jonas, e seguiu pelo corredor.

Minha nova mãe, Zélia, me esperou. Eu desci do carro, secando as lágrimas com a manga da blusa para que não me dessem outra bronca, e a segui para dentro. O corredor era estreito e o chão era feito de cimento áspero. Ele conduzia até uma porta marrom, com a tinta já descascada.

Ela abriu a porta e me vi em uma sala pequena, entulhada de coisas. Havia um sofá em um dos cantos e uma televisão, mas também havia caixas de cervejas, fardos de refrigerante e garrafas de outras bebidas que eu não conhecia. Era como se a sala também fosse o estoque do bar.

A mulher seguiu até a porta que separava a sala da cozinha e bateu nela, abrindo-a em seguida.

— Chegamos — ela disse. — Essa é sua irmã a partir de hoje, a Lívia.

Ela apoiou a mão nas minhas costas e me empurrou para dentro do quarto.

Deitada na cama estava uma garota que devia ser uns dois anos mais velha que eu. Seus cabelos eram cacheados e bem volumosos, emoldurando o rosto de olhos pretos e brilhantes.

— Essa é a Bruna, Lívia. Ela é nossa filha também, então vocês duas são da família agora. — Zélia apontou para a outra cama, vazia. — Vão dividir o quarto e as tarefas. Explique como funciona a casa e o trabalho pra ela, Bruna.

Ela nos deixou a sós e subi na cama que agora era minha, voltando a chorar na mesma hora.

Bruna se sentou na dela, me encarando com curiosidade e... pena. Ela era uma criança ainda, mas parecia bem mais velha, talvez por já ter entendido antes de mim como a vida funcionava.

— Você está chorando por quê? Não que não tenha motivos, mas eles te fizeram alguma coisa?

Meneei a cabeça, fungando.

— Eu não queria vir pra cá... — resmunguei. — Não quero morar com esses pais, e eu já tenho um irmão.

Ela arregalou os olhos, surpresa com essa parte.

— Você tem, é? Eu nunca tive irmãos. Me disseram que você seria minha irmã, mas se você já tem um...

Ela esperou uma resposta, mas eu apenas chorei e chorei.

— Acho que pode ser minha amiga, então. Não tenho amigas também.

Assenti, balançando a cabeça porque ela parecia legal. Não era maldosa como as meninas do orfanato.

— Não precisa chorar. Eu te dou as tarefas mais fáceis, tá bom? Já vai ser bom ter alguém pra dividir, e vou cuidar de você.

Achei que a oferta era boa e que ela estava sendo gentil, mas ainda não havia entendido bem essa coisa de tarefas.

— Que... Que tarefas são essas?

— Lavar a roupa, limpar o chão e lavar o banheiro. A louça, essas coisas — ela explicou.

— Tudo isso? — Arregalei os olhos, surpresa.

Bruna balançou a cabeça, confirmando, e fez uma careta.

— É. Primeiro vamos à escola, depois fazemos as tarefas, e à noite tem o trabalho.

— À noite?

— Temos que atender no bar. Os amigos do... papai. Eles chegam à noite pra beber, e ele gosta que eu ajude lá.

A situação só piorava, mais e mais.

— Mas... crianças não trabalham — reclamei, ainda surpresa.

Bruna me olhou com uma tristeza tão grande que por um momento entendi que, de certa maneira, nós éramos iguais: duas meninas que não tinham pais e de repente se viram em uma família que parecia não pensar em nós como filhas, não de verdade.

— Não se preocupa, não. Eu vou te ajudar...

E ela me ajudou. Contra todas as expectativas, Bruna evitou que o pior de tudo isso recaísse sobre mim e, aos poucos, ela se tornou minha irmã.

Jonas

Aos dezenove anos

— Vai amarelar, Jonas? — Ares perguntou, fazendo piada ao perceber minha hesitação.

Estávamos em frente a um estúdio de tatuagem que ficava relativamente perto da nossa casa. Já fazia cerca de um ano desde que Hélio e ele tinham me recebido na família e se tornado meu lar. E desde então tenho estudado muito, planejando um dia poder retribuir tudo que eles têm feito por mim.

Segurei mais firme a garrafa de cerveja, que já estava pela metade, e virei o resto na boca, bebendo de uma vez só. Estava tentando usar o álcool como combustível para forçar minhas pernas a seguir em frente.

— Eu disse que vou fazer, não disse? — respondi, ainda hesitando.

Ares passou a mão pelos cabelos lisos, tirando-os de cima dos olhos, e me encarou com um sorrisinho sarcástico.

— Você sabe que, se quer chegar à imagem que tem planejado pra você um dia, isso pode não combinar tanto, não sabe?

Ele se referia aos meus planos de me tornar um empresário bem-sucedido. Considerando que eu vendia balas no semáforo o dia todo, parecia mesmo um sonho distante, mas Ares e Hélio tinham tanta confiança em mim quanto eu mesmo tinha. Até mais.

— Por isso vou tatuar em partes do corpo que não fiquem visíveis. Pra mim é importante manter um pedaço de quem eu sou. É uma pessoa que só você, seu pai e eu vamos conhecer.

— Tá certo. Então vamos logo.

Entramos no estúdio e fomos atendidos por um recepcionista com cara de desânimo. Apesar disso, as tatuagens que cobriam seus braços eram muito bem-feitas, o que me deixou aliviado.

O horário já estava marcado, então logo passamos para a sala do tatuador, que já nos esperava enquanto passava na maca um pano que recendia a álcool.

— Você que vai fazer? No que pensou? — ele perguntou, apontando para mim.

Quando não respondi de imediato, ainda pensativo, ele atirou uma pasta preta e pesada no meu colo.

— Dá uma olhada aí e escolhe.

O homem não parecia muito animado em me ajudar na decisão, mas me deu tempo para pensar. Enquanto isso, ligou o som e deixou um rock baixinho tocar no ambiente.

— Que tal um dragão? — Ares sugeriu, apontando para o animal desenhado em uma das folhas.

— Você é que gosta dessas coisas — respondi, alfinetando seu gosto para mangás e animes, em que sempre apareciam dragões.

— Meu pai é que gosta e tenta de todo jeito nos fazer gostar também — ele respondeu.

A verdade era que Ares e eu também gostávamos, mas não podíamos dar esse gostinho a Hélio; seria demais pra ele.

— Ele conseguiu nos conquistar com os mitos — comentei, porque Ares e eu não conseguíamos fingir indiferença em se tratando de mitologia grega.

— Conseguiu. E se fizesse algo que sugerisse um deus grego? Um herói... Algo como o que vem se tornando.

— A ideia é lembrar quem eu fui, tudo o que passei... — Pensativo, fitei Ares nos olhos quando uma ideia surgiu. — Otávio... Nós nos divertíamos muito jogando xadrez, antes de tudo. Eu podia tatuar as peças.

Ares aquiesceu. Ele sempre soube o quanto Tato e Lili significavam para mim.

— Uma torre e o rei?

— Não. Nenhum de nós era rei, Ares. Nós éramos simples peões.

Ele abriu um sorriso triste diante do que eu disse, mas eu sabia que entendia e concordava com minha escolha. Eu me virei então para encarar o tatuador, que até então estava distraído com o celular nas mãos.

— Você saberia tatuar dois peões?

O homem franziu a testa, surpreso.

— De rodeio?

Isso me arrancou uma risada, porque não fazia o menor sentido.

— Não. De xadrez. As peças do tabuleiro.

— Ah, claro. Eu faço o que o cliente quiser — respondeu. — Nunca tatuei peças de xadrez, mas não deve ser difícil.

Apesar da hesitação que me atingiu com o comentário dele, ao final de três horas eu tinha os dois peões tatuados na costela, com detalhes tão bem-feitos que pareciam reais. Como se de alguma forma tivessem colocado as peças dentro de mim.

E essa foi apenas a primeira. Depois desse dia, Ares ainda voltou comigo ao lugar mais quatro vezes, até que me dei por satisfeito.

Teseu

Aos vinte e seis anos

Depois de rodarmos o mundo, estava quase na hora de voltar e assumir o que tinha conquistado. Em nossa última parada como turistas, visitamos a Grécia. Lá, decidi que me chamaria Teseu a partir de então. Hélio e Ares aceitaram o sobrenome Demetriou, e era hora de retomarmos nossa vida.

Mas, assumindo minha nova identidade, demonstrar fraquezas não fazia parte dos planos, e eu não tinha a menor noção de como me comportar em meio à alta sociedade. Por isso retornamos para a França, onde, do alto dos meus vinte e seis anos, aprendi a degustar um bom vinho, a conversar de modo educado e a não entregar a verdade por trás do milionário Teseu Demetriou.

Eu poderia ter tentado aprender a me portar em uma mesa, a agir como um homem bem-nascido, da alta sociedade, usando apenas a internet e os conhecimentos literários de Hélio e os que eu mesmo havia adquirido, mas isso jamais iria se igualar à prática.

Então fomos ao berço de ouro da classe, do luxo e de todas essas firulas que eu teria que aprender caso quisesse realmente assumir meu papel como Teseu. Na primeira vez que me sentei, com Hélio e Ares à mesa em um restaurante chique no 7º *arrondissement* de Paris, me senti uma fraude.

Quando o garçom se aproximou de nós e começou a falar em francês, em uma velocidade com a qual eu não estava habituado, respirei fundo, coloquei as mãos nos bolsos e tentei compreender todas as palavras. Já vinha estudando a língua havia muito tempo, mas não foi tão difícil quando me concentrei.

— *La carte des vins... S'il te plaît.*

O homem aquiesceu e abriu um sorriso. Em poucos instantes ele saiu e voltou, trazendo consigo a carta de vinhos que eu havia pedido.

Escolhi o vinho observando as uvas, porque era a noção que eu tinha. Ainda não entendia marcas e safras, mas consegui me sair bem optando por uma uva conhecida e um preço absurdo.

— Isso. Agora lembre-se do que aprendeu, Jonas — Hélio lembrou quando o rapaz se afastou para buscar meu pedido. — Sinta o sabor e veja se o vinho é bom.

— É Teseu, pai... — corrigi. Hélio ainda não havia se acostumado ao novo nome. — Precisa treinar também.

— Isso, Teseu.

O garçom retornou com a garrafa em mãos e a abriu. Depois, serviu minha taça e ficou de pé, aguardando minha opinião. O vinho desceu ardendo um pouco pela minha garganta; era completamente seco. Não era doce, e o gosto do álcool era forte.

— Está horrível... — reclamei em português, encarando Ares que parecia conter uma risada.

— Perdão, senhor. O vinho não está do seu agrado? — o rapaz questionou em francês, porque, mesmo que não entendesse minha língua, a careta que fiz me denunciava.

Encarei Hélio em busca de socorro, mas ele apenas ergueu as sobrancelhas, esperando que eu me virasse.

— É meio amargo — sussurrei —, e desce queimando.

Virei a garrafa para observar o rótulo.

— Seco. É um vinho seco, vô — falei, tentando mais uma vez obter sua ajuda.

— Você queria um vinho doce, Teseu? Só os vinhos de sobremesa. O vinho para acompanhar a refeição não é doce...

— Então... Tem que ser assim mesmo?

Hélio apenas assentiu, contente em ver que eu havia compreendido a situação.

Voltei-me para o garçom e retomei meu francês ainda enferrujado.

— *Oui*, o vinho está formidável.

O homem abriu um sorriso e se afastou, finalmente nos deixando a sós.

— Quer dizer que a vida vai ser assim? Pagar caro para tomar bebidas amargas?

— Vai se acostumar e até gostar. Ainda não tomou uísque, e é muito mais forte. Quando fomos à Coreia, você bebeu várias garrafas de *soju* e não reclamou...

Isso era verdade. Talvez fosse a expectativa da coisa. Em Seul, quando nos serviram a bebida transparente, logo imaginei que teria um gosto como o de cachaça e me preparei para o pior. Já no caso do vinho francês, fui esperando algo bem doce e me assustei.

Hélio mais uma vez tinha razão, porque em menos de uma semana, apesar de uma dor de cabeça insistente, já não achava o sabor do vinho tão amargo.

Meu segundo teste como Teseu foi o de enfrentar o estilista que Hélio havia caçado, dessa vez na Itália.

— Quanto a isso, acha que tem que ser aqui? — Ares perguntou, também um pouco intimidado com a altura do prédio chique, em Milão.

— Concordo que o valor é um pouco exagerado, mas Teseu só precisa de alguns ternos para as festas e eventos. Para o trabalho podemos encontrar outros mais baratos — Hélio explicou, como sempre sendo a voz da razão.

E, por baratos, Hélio se referia aos Giorgio Armani, que ainda valiam cerca de catorze mil reais no Brasil. Estávamos em frente ao ateliê de Wilhelm Eastmoncatt, um estilista renomado mundialmente que concordou em nos receber após termos agendado o horário com muita antecedência.

— Ele vai perceber que não somos como os outros clientes — falei, temeroso.

— Sabe que isso não é bem verdade, não sabe? Você tem o dinheiro, Teseu. Batalhou por ele e merece fazer o que quiser. Precisa se lembrar de aceitar e vestir essa imagem, ou isso não vai dar certo.

— Certo, então vamos.

Logo depois que entramos, fomos recebidos com poucas palavras pelo homem, que logo começou a tirar minhas medidas. Enquanto a fita ia de cima a baixo, seus olhos curiosos me escrutinavam, sem saber exatamente quem eu era. Apenas me mantive ereto e com ar de indiferença. Como se todos os dias encomendasse ternos que custavam rios de dinheiro.

— Bom, consigo entregar os dois trajes completos em cerca de trinta dias. Vão custar... Duzentos e setenta e cinco.

Arregalei os olhos diante da quantia exorbitante. Duzentos e setenta e cinco mil reais por dois ternos? Ainda que eu tivesse e pudesse pagar, era o valor de um carro, de uma casa para muitas pessoas! Chegava a ser ridículo.

— Duzentos e setenta e cinco mil reais? — perguntei, confirmando o absurdo.

— Euros.

— Cacete! — Não me contive e recebi um olhar de aviso de Hélio diante do palavrão, enquanto Ares outra vez se divertia às minhas custas.

— Imagino, por sua reação, que seja um pouco acima de seu orçamento. Posso sugerir que procure um alfaiate com valores mais acessíveis?

Isso me deixou possuído de ódio. Eu até podia pagar, mas não queria. Era ridículo me sujeitar a isso por algumas peças de roupa enquanto outras pessoas passavam fome e não tinham nem um pedaço de pano para se cobrir! Sujeitinho arrogante...

Hélio meneou a cabeça, já pressentindo o que viria, mas nem o fitei de volta quando peguei meu celular do bolso e abri o aplicativo do banco, virando a tela para o alfaiate metido.

— Eu poderia comprar a sua marca se eu quisesse — disse, em tom cortante. — Só não acho que um paletó tenha tanto valor assim.

Enquanto o rosto do estilista ficava vermelho, Ares me interrompeu:

— Milionários não precisam se gabar, esfregando o que eles têm na cara das pessoas, irmão — comentou, rindo abertamente da minha explosão.

Aquilo me fez ter uma noção da situação à qual me expusera. Realmente, o alfaiate parecia constrangido, mas ao mesmo tempo furioso por me ver menosprezar suas peças valiosíssimas.

— Não é um paletó, senhor! — ele disse, quase gritando. — Isso é um insulto. O senhor pode ter dinheiro, mas não tem classe e não tem visão para reconhecer a obra de arte que é o meu trabalho.

Ele não quis mais me vender os ternos, e tudo bem, porque eu jamais compraria. Eu sabia muito bem o valor que as coisas tinham e faria o possível, sim, para me encaixar na alta sociedade e passar a imagem que tanto planejei. Mas havia limites que eu não poderia cruzar.

Comprar um jato, os carros que sempre sonhei, uma mansão bem localizada e roupas de marca estava nos planos, mas eu compraria vinte ternos finos com o valor daqueles dois.

Teseu

AOS TRINTA ANOS

O dia foi extremamente cansativo. Inaugurações sempre me deixavam exausto; afinal, ter que considerar estoque, contratações, sistema e todo o funcionamento de uma filial, ainda que indiretamente, requer muito de qualquer um, e eu nunca fui o tipo de chefe que ignorava as obrigações.

E foi por isso que, no caminho para casa, decidi fazer um desvio, algo que fazia com uma frequência cada vez menor, porque nunca sobrava tempo.

— Borges, sabe aquele bar do mês passado?

Meu motorista abaixou o vidro que nos separava e me encarou pelo retrovisor.

— Sim, senhor Demetriou. Quer ir até lá?

— Preciso de uma bebida.

Ele apenas aquiesceu, e observei enquanto o vidro subia outra vez, me deixando sozinho com meus pensamentos.

Inaugurei a Pic-Pega de número setenta e nove e tinha planos futuros de chegar à centésima loja. Não vinha sendo uma trajetória fácil, mas era compensadora.

Quando Borges estacionou em frente ao bar, desci do carro e abotoei o terno.

Era um lugar em que não precisava me preocupar com algazarra ou com muitas pessoas me importunando. Um bar bonito e muito caro, o que fazia com que tivesse poucos frequentadores. A música era boa, os garçons não eram intrometidos e geralmente ninguém me incomodava.

Mas sempre existe uma primeira vez para tudo.

Eu me sentei em uma das mesas mais afastadas, planejando ficar sozinho, mas um casal se sentou ao lado pouco depois. Eles já pareciam estar em meio a uma discussão acalorada, o que prometia me tirar a paz.

— Você então está me dizendo que escolheu cursar direito? Dentre tantas opções, você se formou como advogado e agora defende criminosos? — a mulher perguntou em um tom de voz cortante.

Franzi o cenho e pedi ao garçom uma bebida. Ao menos a briga era interessante.

— Não disse isso — o cara respondeu, e foi possível ouvir o riso em sua voz. Aquele lá não tinha medo do perigo. — Eu fiz direito, sim, mas hoje sou juiz e nem mesmo trabalho na área criminal.

— Mas odeio essa sua profissão — ela insistiu, teimosa.

Consegui ver quando a moça pegou o cardápio para escolher alguma coisa. Ela era bonita, mas tinha cara de limão azedo e parecia disposta a brigar com o juiz, mesmo por uma profissão que ele não seguia.

— Não gosta da minha profissão?

— Eu odeio advogados! — ela gritou, me assustando, e quase derrubei meu uísque na camisa branca. — Um de vocês defendeu o ladrão que roubou o fundo de investimentos do meu pai. E ganhou!

— Então ao menos o cara era bom de argumentos — o rapaz falou, provocando sem um pingo de receio.

— Era *bom*?! Ele não valia nada! — A mulher acenou para o garçom, que se aproximou da mesa meio sem jeito, porque todo mundo estava ouvindo os gritos. — Uma água tônica, por favor e... Por enquanto é só isso. Não sei quanto tempo vou ficar.

O encontro mal tinha começado e já parecia prestes a terminar. Por incrível que pareça, ainda que estivessem perturbando minha paz, eu estava me divertindo com a situação.

— Advogados trabalham para o diabo. Nunca ouviu o ditado? — ela retomou o assunto.

Que menina chata! Eu já teria me levantado, mas o juiz, que estava de costas pra mim, já havia se recostado na cadeira, com as pernas estiradas à frente do corpo e os braços atrás da cabeça. Eu não podia ver o rosto dele, mas parecia estar se achando graça dos surtos da mulher.

— *Advogado do diabo* é um filme. Deveria aprender a distinguir ficção de realidade, Amanda. E eu sou um juiz — repetiu com calma.

— É Kananda! — ela corrigiu em voz alta. Pela risada dele, percebi que o erro tinha sido proposital. — Olha só, não acho que esse encontro esteja dando certo. Somos muito diferentes — a mulher disse, fazendo menção de se levantar.

— Espera! — ele esticou a mão para tocar o braço dela. — Nós temos muito em comum.

— Como o quê? — Os olhos dela se estreitaram na direção dele.

— Bom, você gosta de água tônica, eu gosto... de água.

Ela franziu o cenho, incerta sobre o comentário ser a sério ou uma piada. Eu, por outro lado, já estava rindo — coisa que raramente acontecia.

— Além disso, você odeia advogados.

— Pois é!

— E eu, bom, vejo advogados todos os dias. — Ele fez uma pausa quando o garçom se aproximou colocando o copo dela na mesa. — E também... Você trabalha com o que mesmo?

— Eu sou professora infantil. Você não se lembra de nada, não é? Nem meu nome.

— Professora infantil? — O tom de voz dele subiu uma nota, como se aquilo o animasse muito. — Eu não disse que combinávamos?

— Você... Você já deu aulas para crianças? — Kananda pareceu mais interessada e me preparei para ouvir a resposta engraçada que ele certamente tinha preparado.

— Não. Mas já fui uma, uns anos atrás.

— Você é um idiota!

— Tenho um QI bem acima da média, na verdade. Você precisa decidir se gosta das pessoas por quem elas são ou pela profissão delas.

— Você é um grosso!

— Eu? Imagine se eu chegasse aqui e dissesse que não gostei de você porque é professora? Quem seria o grosso?

Ponto para o juiz. Mulher sem noção.

— Eu só fui sincera! Não é grosseria, é franqueza. Além de tudo, você usa cavanhaque! Como eu iria sair com um cara de cavanhaque?

— Pra quem odeia tanto advogados, você vai acabar precisando de um, qualquer hora dessas.

— Eu?

— Fica surtando do nada, atacando as pessoas. Vai acabar sendo processada — ele disse, em tom de ameaça.

A maluca simplesmente se levantou e jogou o copo todo de água na cara do juiz. Então, pegou sua bolsa minúscula e saiu de cena batendo os pés no chão.

Ele ainda devia estar chocado com a reviravolta, porque não disse uma só palavra. Eu, por outro lado, estava gargalhando como não fazia há séculos.

— No mínimo devia ter a decência de me passar uns guardanapos, se vai rir de mim na cara de pau — o juiz comentou depois de uns instantes.

Fiz o que ele disse, estendendo os guardanapos de papel. O homem se virou na cadeira, me encarando.

A água pingava de seus cabelos escuros e escorria pelo rosto, o que me fez rir um pouco mais.

— Eu te diverti, não foi? — questionou, secando o rosto com os guardanapos.

— Fazia tempo que não ria assim. De onde foi que tirou essa moça?

— Adivinha? Minha mãe vive me indicando umas garotas que ela acha que eu deveria conhecer. Eu sempre escapo, mas dessa vez não deu...

— E foi justo na pior delas, porque não tinha como as anteriores serem piores que essa aí. Aceitou sair justamente com a que odeia sua laia de advogado.

Ele riu dessa vez, sabendo que eu estava fazendo uma piada com a situação toda.

— Tá bebendo o quê? Uísque?

Assenti, fechando um pouco a cara. Não é que não estivesse me divertindo com a coisa toda, mas não era do meu feitio fazer amizades aleatoriamente em um bar.

— Isso só me desce com energético — ele contou, estendendo a mão. — Eu sou o Thiago.

— E é juiz — respondi.

— Parece que gosto de falar isso sem parar? Porque eu gosto. Não tem tanto tempo que virei juiz e me esforcei muito pra isso. Além do mais, com toda aquela chatice, ela estava pedindo pra me ouvir repetir.

— Devia mandar bordar no seu terno. "O Juiz".

— Não é uma má ideia. E o seu nome?

Thiago se levantou e puxou a cadeira em frente à minha, se sentando em seguida.

— Teseu. Sou Teseu Demetriou.

— O das lojas de brinquedos?

Assenti, concordando com apenas um aceno.

— Caralho, hein? Você é foda. — Mas então a expressão de surpresa foi substituída por um ar de riso. — Cara, desculpa perguntar, mas alguém já te disse que seu nome parece muito com tesão?

— Não. Nunca me disseram algo tão ridículo.

— Pois agora eu disse. E vou te chamar assim, sempre, em todas as vezes que a gente se vir.

— Quem disse que isso vai acontecer? — respondi, me levantando e colocando uma nota sobre a mesa.

— Vamos ser amigos, tesão! Era o destino.

— Que merda é essa? Você deve estar bêbado — decidi, me desvencilhando da mão que o descarado apoiou na manga do meu terno.

Ele meneou a cabeça, parecendo chateado.

— Não se fala assim com um juiz, cara. Que falta de respeito. Me conte sobre você, como é ser milionário aos... trinta e dois? — ele sondou.

Thiago, no entanto, não sabia sobre a quantidade de segredos que eu escondia e o quanto estava acostumado a me esquivar das perguntas. Não que essa em particular fosse uma delas, mas fiz questão de não responder.

— Muito bom, você devia tentar. Nem sobra tempo pra se intrometer na vida dos outros.

— Mas sobra pra ouvir os encontros desastrosos dos outros e rir de um pobre azarado.

— Um pobre azarado juiz — emendei.

Saí do bar com a certeza de que nunca mais veria o cara, mas ele já havia decidido que seríamos amigos.

Teseu e Lívia
~

Atualmente

— Lili, está deixando meu avô abusar de você com essa contação de histórias todos os dias...

— Não é abuso nenhum. Eu gosto de ouvir as histórias, Teseu!

Suspiro, resignado. Hélio havia me enfeitiçado com seus mitos e histórias antigas e fizera o mesmo com Lívia. Não tinha mais volta.

— Então vamos. Mas, desse jeito, não vai sobrar tempo pra vermos um filme, ou pra eu ficar com você naquela banheira do deque lá fora... — falo, testando. Quem sabe eu consiga fazê-la desistir de me arrastar para a biblioteca.

— Você é tão exagerado — Lívia responde, sorrindo ao perceber minha estratégia. — Nós só ouvimos as histórias duas vezes na semana. E hoje vamos todos.

Ela segura Titina nos braços, enquanto Davi segura minha mão, esperando apenas uma palavra minha para sair me arrastando até Hélio.

Como Lívia caminha na frente, eu a sigo; afinal, que escolha tenho? Davi parece animado, e, a bem da verdade, também gosto das histórias. Não gosto muito é de ter que me sentar no chão duro para ouvi-las.

Quando Lili abre a porta da biblioteca e a deixa aberta para que eu entre, noto uma poltrona lilás ao lado daquela que Hélio sempre usa.

— Você comprou uma poltrona? — pergunto, vendo que ela já se sentou com Martina.

— Eu não comprei, o vô Hélio me deu.

— E por que eu preciso me sentar no tapete? — reclamo. — Sabem o preço do meu terno?

Apesar do protesto, me sento em frente aos dois, e Davi se acomoda entre as minhas pernas, mexendo nas abotoaduras do meu terno.

— Se viesse mais vezes, talvez eu entendesse a necessidade de te dar uma poltrona também — Hélio responde, rindo. — Por enquanto, apenas Lívia se fez digna.

Ela ergue as sobrancelhas, me desafiando a contestar, mas Davi passa a mãozinha pequena pelo meu rosto, acariciando, e desvio os olhos para meu filho.

— Papai tá *tiste*...

— Não, amor. Papai está só brincando. Eu gosto de me sentar aqui com você — explico, sendo sincero.

A verdade é que é meu papel reclamar, ser ranzinza às vezes. Não significa que trocaria esses momentos com minha família por qualquer outra coisa.

— Pois bem. O que vai nos contar hoje? — Lívia cruza as duas pernas no assento da poltrona, como uma borboletinha.

— Que tal voltarmos no tempo, para antes dos deuses gregos, até a era dos Titãs?

— Antes de Zeus?

— Sim — Hélio responde, e então a magia começa. — Urano e Gaia, que representavam respectivamente Céu e Terra, se uniram. Dessa união, Gaia concebeu vários filhos. Mas, como Urano não a deixava em paz, ela não conseguia dar à luz a eles... Gaia então incentivou um de seus filhos, Cronos, a derrotar o pai.

— Por não deixar em paz, o senhor quer dizer o quê? — ela questionou, curiosa.

— É bem o que estão pensando, mas Davi está ouvindo. Se comportem.

— Então ele era insaciável como eu — brinco, recebendo um olhar de reprimenda de Hélio.

— Cronos decepou o... membro do pai e o mutilou. Assim finalmente a mãe ficou em paz, e assim se deu a separação dos Céus e da Terra.

— Que maluquice... — Lívia comenta.

Eu na verdade já ouvi a história antes, mas gosto de escutar mesmo as repetidas, então continuo me fazendo de desentendido.

— Cronos passou a governar, mas era um péssimo pai para os filhos que teve com sua irmã Reia.

— Esse pessoal... Nenhuma noção de incesto — falo.

— Nenhuma. Então, com medo de que seu poder fosse desafiado, Cronos devorava os filhos, um a um. Um dia a história se repetiu, e Reia ajudou um filho a escapar. Zeus cresceu e, quando se tornou forte o bastante, voltou e deu ao pai uma poção para que vomitasse todos os seus irmãos.

— Ninguém se pergunta como eles ficavam vivos dentro da barriga do pai?

Lívia sempre procura uma lógica nessas histórias que não têm nenhuma.

— São imortais, sua incrédula. Já assistiu àquele filme infantil que diz que, sempre que alguém diz que não acredita, uma fada morre? É você com os pobres Titãs.

— Pobres? Eles eram horríveis! — ela retruca. — Certo, mas e então?

— Uma guerra. Houve uma guerra dos filhos contra Cronos e outros Titãs, mas Zeus venceu com a ajuda dos irmãos e se tornou o novo governante.

— Não sei se fico feliz ou triste. Porque, por outras histórias que já me contou, Zeus também não foi dos melhores — Lívia comenta, se levantando quando Martina começa a choramingar.

— Não fique feliz ou triste. Guarde apenas as ricas lições que essa história nos traz.

Eu e Lívia encaramos meu avô, esperando que nos esclareça, porque não está sendo fácil encontrar uma lição de moral na bagunça que foi essa história.

— Não é óbvio? Incesto não funciona, matar o pai não é legal — ele diz, apontando para si mesmo — e canibalismo, devorar os próprios filhos, não é a melhor forma de exercer a paternidade ou a maternidade.

Lívia o encara, atônita, e começo a rir ao perceber o riso disfarçado na expressão dele. Hélio está feliz com nossa família completa e acaba de fazer uma piada.

Agradecimentos

Quero agradecer a Deus em primeiro lugar, sempre! São quase três anos como autora, e vários livros escritos. Então quero agradecer por me agraciar com a capacidade de criar histórias, pelas ideias que povoam minha cabeça e por, incrivelmente, tanta gente gostar delas. Obrigada por me permitir trabalhar com o que amo e viver disso. A gratidão é tão grande que não cabe em mim.

Agradeço ao meu esposo, Gustavo, por ser meu referencial de amor. Por inspirar tantos romances no meu coração. A meus pais, pelo apoio em todos os lançamentos, por acreditarem tanto em mim e nos meus sonhos. Ao meu pai, agradeço por *betar* este livro — ainda que ele só quisesse ler antes mesmo. Obrigada às minhas irmãs, à minha sogra e a todos os outros que torcem por mim.

Grazi, minha agente incrível e a toda a equipe da Increasy. Agradeço por acreditarem em mim e erguerem as armas ao meu lado nessa batalha tão linda que é sobreviver no meio literário.

Letti Oliver, obrigada por ser meu ombro amigo, que ouve as lamúrias e ri comigo (de desespero, em certos momentos). Por achar que meus enredos sempre merecem o Nobel e por apoiar minhas ideias.

Maria Vitória, obrigada pelo empenho na divulgação e pelo trabalho incrível.

Agradeço às parceiras que me ajudam a mostrar meus livros por aí, que compram minhas ideias malucas e, com seus olhos brilhantes e expressões de carinho, despertam em outras pessoas o interesse pelas minhas histórias. Obrigada, antes de mais nada, por se apaixonarem pelos personagens tanto quanto eu e, depois, por os divulgarem ao mundo. Obrigada por, nesse caso, se emocionarem comigo, aderirem aos filtros, às dancinhas animadas e aos lírios, claro. Anny, Lih, Rachel, Rose, Vivi, Ana, Anathielle, Anna Bia, Ariadny, Carla, Cláudia, Dri, Hayane, Ingrid, Isabele, Jaque, Jessica, Joseany, Julia, Lari Caren, Lola, Luh, Maria, Nicole e Ray, vocês são incríveis.

E a você, leitor. Obrigada pela oportunidade, por segurar este livro — ou leitor de e-book — nas mãos e acompanhar Teseu e Lívia na jornada em busca do felizes para sempre. Obrigada por fazer de mim uma autora.

Até a próxima história...

Este livro foi publicado em novembro de 2021 pela Editora Nacional.
Impressão e acabamento pela Gráfica Exklusiva.